KB272306

홍익인간 일기

2

홍익인간 일기 2

문현진 지음

좋은땅

하루라는 시간을 기록해 왔습니다. 기록 속에서 미처 알지 못했던 나 자신의 다양한 면모를 마주하게 되었고, 그 과정은 기쁨과 안도, 혼란과 두려움 같은 여러 감정을 동반했습니다. 글을 쓴다는 행위는 곧 삶을 정리하고, 나를 이해하는 일이었습니다. 정리하고 이해하는 시간을 거듭할수록 깨달음은 하나둘 선명해졌습니다. 그 가운데 내 삶에 가장 깊은 영향을 남긴 것은 세 가지였습니다.

첫 번째는, 문제는 머릿속에만 담아둘 때보다 글로 써 내려갈 때 풀린다는 사실입니다. 생각으로 엉켜 있던 문제들이 문장으로 옮겨지는 순간, 비로소 해답의 실마리를 발견하곤 했습니다. 문제는 풀리고, 감정은 이해되었습니다. 쓰지 않았다면 미처 깨닫지 못했거나 한참 뒤에야 알았을 지점들을, 일기를 통해 조금 더 일찍 마주할 수 있었습니다.

두 번째는, 나폴레온 힐의 말처럼 불행에는 반드시 그에 상응하는 가치가 숨겨져 있다는 사실입니다. 크고 작은 실패도, 슬픔과 뼈아픈 상처마저 모두 나에게 필요한 일이었습니다. 이러한 경험은 내 안의 하늘이 기획하고 배치한 사건들이었다고 믿게 되었습니다. 지금 내 앞에 펼쳐진 현실이 곧 내 안의 하늘 뜻임을 알아차리게 되었고, 그로부터 점점 더 허용과 수용에 익숙한 사람이 되었습니다.

세 번째는, 일기에 적어 내려간 질문 가운데 인간의 지성으로는 닿을 수 없을 것만 같은 물음이 존재했다는 사실입니다. 인간 존재란 무엇인가, 이 세계는 왜 존재하는가, 전생과 현생, 무의식과 의식은 무엇을 뜻하는

가. 이러한 의문에는 끝내 답을 찾지 못할 것으로 여겨졌지만, 우주는 알고자 하는 나의 간절한 물음에 침묵하지 않았습니다. 하늘은 해답에 이르기 위한 돌다리를 하나씩 놓아주었습니다. 이 책은 그 질문에 이르는 기록이자, 동시에 응답으로 향하는 기록입니다.

책에는 누군가에게는 불편하게 느껴질 수 있는 사유와 표현들이 담겨 있습니다. 확정된 답이 아니라, 질문의 과정과 흔들림을 그대로 기록했기에 읽는 이의 관점에 따라 동의하기 어려운 지점도 있을 것입니다. 이 기록은 독자 여러분 각자의 판단과 해석 속에서 완성되기를 바랍니다. 이 글은 설득을 위한 주장이 아니라, 한 인간이 삶을 통과하며 남긴 솔직한 사유의 궤적이기 때문입니다.

이제 이 기록을 독자 여러분의 시간에 맡깁니다. 책을 집어 들어 주신 독자 여러분께 진심으로 감사의 마음을 전합니다. 미안합니다. 고맙습니다. 사랑합니다.

2025년 9월 13일
금강 고마나루터에서
문현진

* 이 책에서 말하는 '홍익인간'은 대한민국 교육이념으로서의 의미입니다. 특정 종교나 단체의 사상과는 무관합니다.
 본문에 등장하는 이야기는 개인의 경험을 기록한 것입니다.

차례

1장

길이 된 만남
2015년 12월

가구점 사장님을 처음 만났다. 다양한 이력을 지니고, 이곳저곳 여행도 많이 다닌 나를 사장님은 흥미롭게 바라보셨다. 나를 살펴보시고는, 내가 전두엽이 발달한 창의적이고 영리한 사람이라고 평가하셨다.

사장님은 국학을 공부하고 있다고 했다. '국학'이라는 말이 낯설어 잠시 고개를 갸웃했더니, 사장님은 우리 민족정신의 뿌리이자 대한민국 교육 이념인 '홍익인간 이화세계'의 철학을 지키고 이어 나가는 곳이라고 설명해 주셨다.

전형적인 경상도 사나이 이사님과 여장부 사장님이 대화하시는 모습을 옆에서 지켜보았는데, 이사님 표정이 참 재밌었다. 이사님은 사장님 말씀에 휘둥그레 한 표정의 리액션을 지으시며 맞장구치셨다.

손님들이 우리 매장을 둘러보고 지나가는 와중에 한 부부가 들어와서 나의 설명을 잘 들어주었다. 이때까지만 해도 그 부부가 나의 첫 고객이 될 줄 몰랐다. 그들은 원목 침대를 구매했는데 얼떨떨하게 기뻤다. 처음 계약서를 작성하는데 이사님께서 도와주셨다. 그리고는 내가 정식으로 머리를 올렸다며 축하해 주셨다. 머리 올렸다는 것은 어린 티를 벗은 청년이 상투를 트는 것을 의미하는데 첫 계약을 이루고 판매원의 시간이 시작되었다는 의미였다.

우리 가구점은 세 개의 브랜드를 취급하며, 대구 지역 네 개 매장을 운영하고 있다. 그중에서도 독특한 소재로 소파를 제작하는 뉴패러브랜드는 세련되고 멋지다. 우리는 현대백화점 대구점에 이 브랜드 매장을 하나 두고 있다.

서울 본사 판매왕이 백화점 행사 지원을 위해 내려왔다. 사장님은 부모가 자식을 훈장님에게 의탁할 때처럼 신중하게 말을 건넸다. "과장님, 새로 입사한 원석입니다. 계시는 동안 잘 좀 가르쳐 주십시오." 사장님은 내게 판매왕에게 많이 배우라고 하셨다.

뉴패러브랜드 가구는 가격대가 상당히 높다. 2~3인용 소파가 500만 원을 훌쩍 넘기니, 솔직히 판매가 겁난다. 장점이 많고 충분히 값어치를 하는 소파라지만, 그래도 여전히 부담스러운 금액이다. 그래서 고객이 매장을 찾으면 고가 제품보다는 비교적 저렴한 가구부터 먼저 소개하곤 했다. 이런 나와는 반대로 판매왕의 말과 행동에는 주저함이 없었다. 자신감이 자연스럽게 배어 있었다. 오늘은 짧은 만남이라 2시간가량 같이 있었는데 그는 나를 '새끼 호랑이'라고 불렀다. "나는 사람을 보면 딱 알아요. 본인이 호랑이인 줄 모르네요. 재밌네요. 막히는 부분 있으면 물어보세요."

그 말의 정확한 의미는 아직 잘 모르겠다. 다만 기분은 좋았다. 아무렴, 고양이보다는 범이 낮지 않은가.

12월 24일 목요일

MJ누나가 운영하는 육회집에 방문해 친구들과 시간을 보냈다. 누나의 세련된 감각으로 꾸며진 가게였다. 부산이 고향인 누나는 겉으로는 강한 척, 터프한 척 큰소리쳐도 내심에는 여리여리한 소녀 감성이 자리하고 있다. 늘 누나는 나를 친동생처럼 잘 챙겨 주었다. 그런 그녀가 곧 부산으로 돌아간다. 오늘이 대구에서 보는 마지막 날일 수도 있겠다는 생각이 들었다. 가게를 나오려는데 누나가 힘주어 말했다. "현진아. 누나 결혼하면 올 꺼제?" 그 말이 이별의 말처럼 들린다. 이제 자주 만날 수 없겠지.

12월 25일 금요일

백화점으로 출근해 판매왕으로부터 가르침을 받았다. 판매왕은 어제 술을 거하게 마신 듯했다. 오른손에는 넥타이가, 왼손에는 숙취해소제를 들고 터벅터벅 걸어오는 판매왕. 대구가 고향인 그는 서울에서 영업사원으로 활동했다. 전자기기 계통에서 판매 경험을 쌓고 지금은 뉴패러에서 개인 월 매출 4~5억을 찍는 1등 판매원이 되었다. 최고전성기 시절에는 월에 7억 실적을 올렸다고 한다. 천만 원짜리 소파를 40개 판매해야 4억인데, 이게 말이 쉽지 어마어마한 일이다.

판매왕은 노하우 전수에 들어갔다. "무슨 일을 하다 왔어요? 어디까지 배우셨어요?" 나는 호주 워킹홀리데이를 다녀왔고 이제 막 가구점 일을 시작했다고 답했다. 판매왕은 자신의 동생도 현재 시드니에 있다고 반가워했다. 그는 내게 우리 브랜드의 특장점을 아는 대로 다 이야기해 보라고 했다. 내 말을 다 듣고는 판매에 관해서도 말해보라고 했다. 내 대답이 어설펐는지 중간에 말을 끊었다. "우리의 임무는 고객의 궁금증을 풀어 주는 데 있어요. 이 소파가 얼마나 좋은지 우리만 알고 있으면 뭣해요? 고객이 몰라주는데. 그렇다고 고객에게 바로 우리 소파의 특장점만 어필해요? 아무도 안 들어요. 하나씩 풀어 나가야 합니다. 우리는 풀어 주는 사람입니다." 그가 계속 말했다. "우리 브랜드는 특징이 명확하고 국내 유일 신소재를 사용하기에 손님들에게 어필하기 좋아요. 고객이 지나가면서 우리 소파를 만져본다? 무의식적으로든 의식적으로든 관심이 있는 거예요. 그때 커피나 와인, 주스를 쏟으셔도 얼룩이 지지 않는 소파라고 하세요." 말이 참 빨랐다. "그러면 대부분의 고객들은 이게 뭐냐고 물어볼 거예요. 그때부터 시작입니다. 소파 브랜드 중에 유일하게 유럽 17개국이 인정하는 친환경 국제 인증 마크를 획득한 브랜드입니다. 이 소재는 포르쉐나 람보르기니 프리미엄 시트 옵션에 들어갑니다. 먼지나 집 진드기가 소재 내로 침투할 수 없습니다. 볼펜을 그어도 알코올로 쉽게 닦입니다. A/S 보장 기간이 3년 이상 됩니다. 변색이 없고 내구성이 최고입니다."

어느 중년여성이 우리 소파를 만지고 지나갔다. 판매왕은 고객의 걸음을 따라잡으며 함께 걷듯이 이야기를 풀어나갔다. 질문을 던지고 반응을 살피는 듯했다. 또 무조건 우리 제품이 좋다고 말하지 않았다. 다만, 기존 가죽 소파의 단점, 기존 천소파의 단점을 극복한 신소재 제품임을 어필했다.

유연한 대답과 침착한 고객 맞춤 응대가 돋보였다. 나는 그를 흉내 내며 고객을 응대했다. 나는 항상 가격적인 부분에서 막힘이 있는데 이를 어떻게 하면 되는지 물었다. 판매왕이 답했다. "본인 스스로가 이 브랜드의 가치, 이 소파의 가치를 잘 몰라서 그래요. 제가 본사 대표님한테도 제안하는 게 초보 판매원들한테 소파를 한 대씩 주자고 해요. 본인들이 써봐야 알지. 써 보면 이게 비싼 소파가 아니라 그냥 고급 퀄리티 제품이라는 것을 알 수밖에 없다 이 말이죠. 그 가치와 가격이 인정될 때 고객에게 제안할 수 있는 거예요. 고객님! 이 정도 가격은 쓰셔야죠! 근데 가치를 몰라? 나 같아도 못 팔아요."

교육시간이 재밌게 느껴졌다. 그는 뉴패러에서 일을 시작했을 때 이야기를 들려주었다. 굴러 들어온 돌로서 입사를 했는데, 본사 사장님에게 기존 직원들을 정리하라고 이야기했단다. 잘 팔지도 못하고 판매에 방해만 된다는 이유였다. 본사 사장님은 고민되었지만 전자기기와 마사지기계 영업계에서 이미 자신을 증명한 판매왕을 믿어 주었고, 실제로 기존 직원들은 해고되었다. 판매왕은 자신의 팀을 데리고 와서 설득 논리와 방어논리, 테크니컬한 영업체계를 세웠다. 팀원들끼리 매일 고객 응대 시뮬레이션을 30번 이상 하고, 위트와 유머, 자세와 태도를 연습했다고 한다.

12월 26일 토요일

빨간 넥타이를 매고 출근한 날. 판매왕은 내게 경쟁업체와의 비교에서 어떻게 고객의 선택을 받을 수 있는지 알려주었다. 갈등하는 고객의 마음을 확실하게 잡아채는 방법이었다. 어떤 사람은 가격적인 면이, 어떤 사람은 브랜드 신뢰도, 어떤 사람은 반려동물을 키워도 문제없는 소파 등 각자의 니즈가 분명 존재한다고 했다. 그렇다면 우리 제품을 공부하듯 타사 제품도 공부해 놓아야 비교할 수 있다고 했다. "내가 타사 제품을 모르면 고객은 타사 매장에 가야 해요. 근데 우리 매장에서 내가 비교를 다 해줄 수 있네? 이야기가 우리한테 좋게 흘러가지 않겠어요?"

그는 다양한 고객 응대 시뮬레이션을 연습하는 게 실력을 키우는 데 가장 좋은 방법이라며, 나의 연습 상대가 되어주었다. 구매력은 있지만 깐깐하고 의심 많은 남성부터, 타사 브랜드와 갈등하고 있는 신혼부부 케이스 등 시뮬레이션을 돌렸다. 이런 연습은 판매에 관한 기본적인 사항이 정리되고, 수많은 변칙적인 질문에 답변할 수 있게 된다고 했다. 그가 말했다. "고객이 물어보았는데 판매원이 막힌다? 답변을 못한다? 거기서 거꾸러지는 거죠. 물론 나도 아직 모르는 게 많아요. 그런데 나는 적어도 고객이 궁금해할 만한 질문들을 미리 파악해 보고 답을 찾아요." 과거 그는 고객과의 가상 대화 시뮬레이션 노트를 자신의 상사에게 들고 가서 읽어 보라고 줬다. 틀린 부분이 있으면 왜 틀렸고, 어떻게 고치면 좋을지 묻기 위해서였다. 탁월한 방법이라는 생각이 들었다.

12월 31일 목요일

날이 추웠다. 오늘은 각 매장에 1명씩만 출근해 자리를 지켰다. 나는 텍스빌 매장을 맡았는데 오후 2시쯤 외국인 손님이 방문하였다. 손님은 예전부터 우리 매장에서 자주 가구를 구매한 흑인 부부 고객이었다. 대전에 거주하는데도 불구하고 멀리 대구까지 찾아오신다. 눈이 참 맑은, 여유롭고 평화로운 부부였다.

그는 1년 전에 구매한 의자 다리가 부서져서 새 의자를 찾고 있었다. 튼튼한 호두원목의자를 판매했다. 그리고 이왕 대구까지 온 김에 쓸만한 가구가 없는지 매장을 이리저리 살폈다. 가성비 좋은 책장을 소개해서 책장 2개도 판매했다. 2015년의 마지막 날 멀리 대구까지 와서 우리 제품을 구매해 준 부부에게 고마웠다.

2장

현장에서 배우다
2016년

1월 1일에 손님이 올까 하는 의문이 들었다. 하지만 서비스직 특히 판매직은 언제 올지 모르는 고객을 위해 항시 대기해야 한다는 게 가구점 사장님들의 일반적인 상식이었다.

오늘은 이시아 매장에서 근무했다. 우리 회사는 텍스빌과 이시아폴리스, 현대백화점에서 다양한 가구를 판매한다. 3개월 근무 이후 한 매장에 고정적으로 근무할 수도 있다. 그전까지는 여러 매장에서 근무하며 경험을 쌓는 시간이었다. 이시아 매장은 또 두 군데로 나뉘는데 하나는 세련됨과 모던함이 묻어나는 곳이고, 하나는 유러피안퍼니쳐 가구를 중심으로 꾸며진 매장이었다. 디자인과 인테리어 능력이 뛰어나신 사장님 실력으로 매장은 아름다웠다. 사장님은 자신의 이야기를 들려주셨다. 젊은 시절 섬유 패턴 디자인 업계에 종사했는데 시장에 내놓은 자신의 디자인들은 대부분 성공했다. 그 비결은 집중력과 몰입. 대표님 어머니는 배움이 짧은 편이지만 엄청 영특한 두뇌의 소유자라고 한다. 자신은 그런 어머니를 많이 닮았다고 했다. 지금의 남편을 선택하게 된 계기는 절을 열심히 다니는 남자였기 때문이었다. 그러다 어느 순간 세상의 진리나 진정한 행복에 관하여 큰 의구심을 가지게 되었다고 했다. 나는 진리를 찾으셨는지 묻고 싶었지만, 갑자기 울리는 전화벨 때문에 대화가 끊겼다.

오전 내내 우리 매장을 둘러보는 고객들은 책상 한 번, 의자 한 번 쓱 만지고 갈 뿐이었다. 이사님은 오늘은 참 어려운 날이라며 인상을 쓰셨다. 신소재 소파의 새로운 기능이나 탁월한 특성에서 한 번쯤 호기심을 가지고 적극적으로 들어볼 만도 한데 그렇지 않았다. 이사님은 손님들이 높은 가격대 때문에 구경만 하고 그냥 지나가는 거라고 말씀하셨다. 오후 5시가 되어서도 아무것도 팔지 못했다. 마음속에서는 무언가라도 해야겠다는 생각으로 최선을 다했다.

오후 6시, 한 부부 고객님이 들어오셨다. 나는 새해 복 많이 받으시라고 인사를 건넨 뒤 제품을 안내했다. 부부는 침대 세트와 뉴패러 소파의 가격을 물어보며 마음에 들어했다. 고객이 호응도 좋고 가격도 부담스러워하지 않는 것 같아 긍정적인 결과를 예상했다. 하지만 끝까지 방심할 수는 없다. 구매는 그들의 선택이다. 나는 그저 주어진 직무에 충실할 뿐이다. 결국 커플은 거실에 놓을 소파와 책장 2개, 책상을 가계약하고 매장을 나섰다. 정식으로 계약하면 좋겠지만 상황상 그럴 수 없었다. 정식계약은 전체 상품가의 30퍼센트 금액을 계약금으로 받아야 하지만 가계약은 10만 원만 걸어두는 형식이다.

나에게 가계약을 가르쳐 준 사람은 없다. 매장에도 그러한 룰은 없다. 그저 주말인데 일일 매출 0원으로 끝내기가 싫어서 노력하다 보니 자연스럽게 나와 버렸다. 이사님도 그러한 나의 마음을 아는지 그냥 가만히 지켜봐 주셨다. 오늘은 가계약이지만 내일 정계약으로 바뀔지 누가 아는가? 당일 계약을 부담스러워하는 고객에게 가계약으로 희망의 끈을, 인연의 다리를 놓아두는 것이다. 잘하고 있는지는 모르겠지만 이사님과 사장님은 정계약이라도 한 듯 기뻐해 주셨다.

1월 3일 일요일

새벽 일찍 목욕탕에서 열탕을 즐기는데 어제 일이 생각났다. 고객과 내가 주고받은 이야기들이 떠오른 것이다. 나의 실수가 있었다. 상품 설명이나 구매 유도까지는 잘했다고 생각한다. 하지만 계약서 작성할 때에 괜히 상품의 단점을 들춰내서 고객을 고민하게 만들었다. 왜 그랬을까? 나는 모든 장단점을 오픈해 놓고 이야기하면 고객에게 신뢰감을 얻을 수 있다고 생각했던 것 같다. 다른 브랜드의 어느 침대를 보고 왔다고 하면 그것도 좋은 침대라고 이야기한다. 그리고는 그 침대의 장단점을 알려준다. 곧이어 우리 침대의 장단점도 똑같이 털어놓는다. 그런데 이것은 좋은 방법이 아닌 것 같다. 고객이 계약서 작성 테이블에 앉기 전에는 내가 생각하는 것처럼 많은 것을 오픈해도 괜찮을 지도 모른다. 그런데 테이블에 앉았는데 괜히 판매하고자 하는 우리 상품의 단점을 드러낼 필요는 전혀 없는 것이다. 판매 과정 즉 영업 과정 중 일정 정도를 지났을 때는 그 상품은 100% 좋은 상품이다. 이는 절대적 수치가 아니라 상대적 수치이다. 모든 고객은 자신의 집에 맞는 가구를 찾는다. 트럭이 필요하면 트럭을 보여주고, 세단이 필요하면 세단을 보여주는 식이다. 그뿐이다. 앞으로는 테이블에 앉은 고객에게 쓸데없이 객관화를 실현한답시고 단점을 드러내는 바보 같은 짓은 금물이다.

　가격 부분에서도 내 입으로 이 상품이 비싸다고 생각하시는 분들이 많다며 그들에게 고가의 소파임을 상기시켜 주었다. 여성 고객이 이야기했다. "그러고 보니 엄청 비싸네. 가구 매장들 둘러보고는 눈만 높아져서 큰일이다." 그 이야기를 듣는 순간 내가 실수했구나 싶었다. 비싼 상품이라고 내 입으로 인지시켰던 것이다. 그들은 정식계약을 할 수 있는 고객이었다. 경륜이 있는 판매원이었다면 당연히 가계약이 아니라 정계약 고객이었을 것이다.

점심시간에 전자관에 가서 노트북을 구매했다. 온라인 대학수업도 듣고, 틈틈이 일기도 쓰고 대학교 졸업논문도 써야 해서 노트북이 반드시 필요하다.

우리 매장 맞은편에 위치한 토토프로 매장에 많은 손님이 몰렸다. 토토프로는 어린이용 책상 세트를 판매하는데, 그곳 판매원의 멘트를 귀동냥했다. 책상의 기울기와 각도, 높이를 자유롭게 조절 가능해서 유년기부터 대학생 때까지 쓸 수 있는 책상이라고 했다. 또 서서 공부하고 싶다면 입식 책상으로도 쓸 수 있다. 의자는 성장기 아이들 허리에 좋고, 집중력 향상에 도움이 된다고 선전했다.

독서할 때 목의 피로도를 많이 느끼는 나로서는 책상의 기울기 조절 기능은 참 마음에 든다. 토토프로의 책상과 의자는 고가인데 의자가 50~60만 원 정도 하고, 책상은 80만 원 초반대가 제일 저렴하다. 처음 토토프로 제품을 봤을 때는 가격이 지나치다고 생각했는데, 나도 인간인지라 판매원의 말을 계속 듣다보니 가격이 이해된다. 설득이 된 것이다. 토토프로는 대단히 좋은 제품이고 그 정도의 가격이면 합당하다고 생각하게끔 되었다. 사람의 말, 판매원의 말은 대단한 힘을 가졌다.

1월 6일 수요일

오늘은 이사님이 휴무셨다. 사장님은 다른 매장에서 근무하셨다. 부득이하게 신입직원 혼자 매장을 지켜야 했다. 손님이 거의 없어 가구 공부로 시간을 보냈다. 대표님이 오후에 매장을 방문하셔서는 내게 2016년의 비전을 세워보라고 숙제를 주셨다. 퇴근 후 올해 비전을 생각해 보았다.

오늘은 하루 종일 사장님과 근무했다. 비전 세우기 과제를 제출했다. 이후 여러 가지를 물어보셔서 대답하느라 즐거웠다. 누구는 질문이 부담스러울 수 있지만 나는 대답하기를 즐긴다. 질의응답을 통해 생각이 정리되고, 또 내가 깨닫지 못했던 것들을 깨달을 수 있기 때문이다. 사장님께서는 내게 이렇게 말씀하셨다. "문 주임님은 성공 지향적인 삶이 아닌 완성 지향적인 삶을 살아온 것 같아요." 성공과 완성의 차이는 무엇일까. 여러 번의 성공이 합해지면 완성일까?

사장님은 좋은 말씀을 많이 해주셨다. 키가 줄어든 나를 걱정하시며 단전에 힘이 없고 배가 차가워서 척추가 움츠러드는 거라고 하셨다. 단전치기를 하면 식어 버린 단전을 다시 살릴 수 있다며 몸소 시범을 보이셨다. 기마자세로 서서 사장님을 따라 단전을 200회 정도 두드렸는데 아랫배가 따뜻해지는 느낌이 들었다.

가구점은 손님이 자주 드나드는 곳이 아니다. 가구는 언제 사는가? 신혼살림을 차릴 때, 이사할 때, 오래된 가구를 새것으로 교체할 때뿐이다. 종종 기존 가구에 싫증을 느낀 경우 교체하기도 한다. 또한 물건과 가격이 큼직큼직해서 천냥마트처럼 쉽게 결정할 수 없는 것이 가구쇼핑이다. 그래서 걸어다니는 고객 한 명, 한 명이 다 소중하다.

그중 신혼부부들이 가장 중요한 고객이다. 어떤 경제학자는 말했다. "일생에서 가장 큰 소비는 결혼식과 함께 시작된다." 집 장만하랴, 가구 들이랴, 결혼식 올리랴, 예물 예단 하랴, 신혼여행 가랴. 이것저것 할 게 많다. 다 돈이다. 신혼부부들이 가구를 사러 온다면 침실세트, 거실장과 소파, 식탁세트, 스탠드 조명과 인테리어 소품 등 많은 제품을 종합세트로 판매할 수 있다. 가구인테리어를 공부해서 고객의 집을 코디해 최대한 많은 가구를 사도록 유도해야겠다.

오늘 소파 테이블을 판매했다. 밝은색 소파인데 어두운 테이블이 안 맞아서 교체하려는 고객이었다. 거실에서 가장 큰 덩치를 차지하는 것은 소파가 첫 번째고 두 번째가 거실장이다. 첫째와 둘째를 잘 맞춰 주고, 나머지 가구들은 주인공들을 커버하는 식으로 가면 거실은 예쁘게 정돈된다.

1월 9일 토요일

회사의 3개 매장 모두 평일 내내 매출이 없었다. 매출 압박으로 인해 이사님의 스트레스는 극에 달했다. 자주 목덜미 통증을 호소하시는데 약봉지를 달고 사신다. 갓 입사한 내게 이사님이 해주신 말씀이 떠올랐다. "오너들은 실적으로 평가하기 때문에 일을 열심히 하는 게 아니라 잘해야만 된다. 그런 면에서 판매가 되지 않으면 관리자급의 스트레스는 심할 수밖에 없다."

이사님은 매출을 발생시킬 근본적인 변화가 필요하다고 강조하셨다. 이사님과 함께 근무하는 나로서는 이사님의 화마를 감당해 내야 했다. "손님이 부담 가지 않게 응대를 해. 손님이 매장에 들어오자마자 뛰어가서 인사하고 무엇을 찾는지 물어보면 그건 곧 나가라는 소리야.", "손님이랑 입장 바꿔서 생각해. 누구한테 물건을 사고 싶어?", "서울 판매왕한테 뭘 배운 거야?"

이사님은 혼쭐을 내시고는 본인의 노하우를 알려 주셨다. "식탁을 팔려면 걸레로 식탁 다리를 닦아라." 가구가 공장에서 출시될 때 판매원들에게 가구의 장단점이나 특징을 알려주는 가구 제작자는 아무도 없다고 한다. 가구를 받은 판매원들이 그 가구의 장점과 특성을 파악해 고객들에게 소개함으로써 가치를 완성하게 된다는 것이 요지였다. 걸레를 들고 식탁의 다리부터 하판, 상판, 이곳저곳을 닦으면서 고객에게 소개할 콘텐츠를 찾으라는 뜻이다. 가구 제조자도 몰랐던 특징을 판매원들이 조사하고 발굴함으로써 가구의 가치를 완성시켜 나가는 것이다. 이사님은, "판매에 정해진 답은 없어. 가구를 보고 만지면서 특징을 포착해 내 장점으로 설명하는 것이지. 가구를 소개하는데 정해진 것은 하나도 없다." 가구를 먼저 제대로 파악해야겠다는 생각이 들었다.

최근 사장님께서는 명상센터를 오픈하셨다. 센터에 컴퓨터 설치를 요청하셔서, 퇴근 후 명상센터에 방문했다. 사장님은 센터를 소개해 주셨는데 수련장에는 한자로 적힌 큰 천부경이 붙어있었다. 천부경이 무슨 뜻인지 여쭤보니 아무런 답이 없으셨다. 인터넷에 검색해 보니 우주의 창조와 이치, 인간 존재의 근원을 81자로 풀이한 경전이라고 한다.

1월 10일 일요일

어제 이사님이 가르쳐주신 노하우를 실천해 보았다. 테이블과 침대, 거실장과 책장, 의자와 책상을 닦으며 가구를 직접 느껴보았다. 구석구석 닦아보니 미처 몰랐던 가구의 특징들을 깨닫게 되었다. '아 이런 특징이 있었구나. 이 점을 고객님께 소개해 드리면 좋겠다.'

깨달은 바를 고객에게 설명해 두 건의 계약을 올렸다. 식탁 세트와 베드 세트였다. 매트리스도 구매하라고 말씀드렸는데 고객은 허리가 안 좋아서 시몬스나 에이스 매트리스만 써야 된다고 했다.

정말 이사님 말씀대로 하니 판매가 되었다. 내일은 매장에 있는 모든 가구를 닦을 생각이다.

1월 11일 월요일

오후 6시, 거창에 거주하시는 고객님에게 침대와 침대 테이블을 판매했다. 고객님은 자신이 구매한 소파의 사진을 보여줬는데 거대한 덩치의 검은색 가죽 소파였다. 나는, "고객님 댁은 밝은색 소파가 잘 어울리는데 왜 어두운 색깔로 선택하셨어요?"라며 물었다. "아이고 밝은색 소파 어떻게 관리해요? 하고 싶어도 못 하죠."

관리가 용이한 신소재 소파의 기능과 탁월함을 소개했다. 그녀는 진작 알았으면 이 소파를 선택했을 것이라고 했다. 그러면서 이미 계약해서 취소는 불가하다고 하셨다. 계약 후 취소는 위약금이 발생하기에 고객이 감내해야 하는 부분이다.

1월 12일 화요일

사장님께서는 어떻게 하면 사계절 내내 안정적인 매출을 달성할 수 있을지를 고민하시며 내게도 의견을 구하셨다. 나는 인터넷마케팅을 추천드렸다. "사람들은 가구를 자주 사는 것이 아니기 때문에 가구 매장에 방문하기 전에 인터넷으로 먼저 정보를 수집합니다. 그렇다면 우리는 인터넷에 우리 브랜드와 매장에 관한 정보를 제공해야 합니다." 사장님은 인터넷 홍보를 알아보았는데 비용이 많이 들어서 포기했다고 한다. 나는 답했다. "얼마나 드는가요? 만약 비용이 걱정되신다면 네이버 블로그 운영하면 좋습니다. 블로그는 돈이 안 들어요."

블로그 마케팅에 관해 꽤 긴 시간 대화를 나눴다. 내가 생각하는 블로그 마케팅 아이디어들을 제안드렸다. 블로그 작업은 돈은 안 들지만 장기간 투자가 필요하다. 하루에 포스팅을 많이 올린다고 블로그 지수가 높아지지도 않고, 홍보 효과도 금방 나오지 않는다. 그러나 일정 궤도에만 오르면 블로그만큼 우리 브랜드에 도움되는 채널은 없다고 생각한다. 고객이 먼저 블로그에서 가구를 살펴보고, 이후 오프라인 매장 방문으로 이어지길 바란다.

퇴근 후 사장님께서 저녁식사를 사 주셨다. 식사 자리에서도 사장님은 오로지 인터넷 마케팅에 꽂혀 있었다. 내일부터 당장 시도하자고 하셨다. 추진력이 엄청 좋으신 분이시다.

회사 명의로 네이버 블로그를 생성했다. 큰 틀을 짜고 1개 포스팅을 작성해서 업로드했다.

퇴근 후 '소비자 리포트'라는 TV프로그램을 보았는데 가구 관련 내용이었다. 원목 가구에 대한 진실과 불량가죽 소파에 관한 내용이었다. 영상을 통해 고객님들께 좋은 가구를 판매해야겠다는 생각이 들었다. 싼 것을 많이 팔기보다 양질의 제품을 하나라도 제대로 파는 것이 중요하다. 좋은 제품을 제공해서 부끄럽지 않았으면 한다. 그래도 우리 매장은 가격이 좀 있긴 하지만 좋은 품질의 가구들이라서 다행스럽다. 하지만 오늘 매출은 0원이었다. 사장님께 죄송하다. 내일이 월급날이라서 더욱 죄송하다.

1월 14일 목요일

오늘이 월급날인 줄 알았는데 그렇지 않았다. 이사님은 12월 14일부터 일을 시작했으니 7일이 보안금으로 묶이고 20일에 월급을 받게 된다고 하셨다.

1월 15일 금요일

휴무. 방송통신대학교 수강 신청을 했다. 신청한 수강 과목은 농학과의 숲과 삶, 가정학과의 가사 노동과 시간 관리, 생명과 환경, 무역학과의 세계의 음식-음식의 세계, 경영학과의 한국 사회문제와 노사관계론 등이다.

1월 16일 토요일

오늘 고객들이 꽤 있었음에도 불구하고 우리는 단 하나의 상품도 팔지 못했다. 이사님은 또 혈압이 올라서 얼굴이 벌겋다. 사장님은 스스로 매를 맞고 계시는 이사님을 딱히 여기며 오늘은 씨앗을 뿌린 날이라 여기고, 씨앗이 잘 크기만을 기원하라고 하셨다. 하지만 나는 왜 매출을 올리지 못했는지 이유를 알 것 같다. 우리는 계속 기다리기만 한다. 판매 물품을 늘어놓고 손님이 오기만을 기다린다. 개인적으로 이런 상황이 마음에 안 든다.

오후 7시쯤 이시아 매장으로 넘어갔다. 사장님께서 매출 0원에 대한 벌로 팔굽혀펴기 100개를 하라고 하셨다. 그리고 대형 TV를 명상센터로 옮겼고 거기서 인터넷 홍보와 관련해 의논했다. 그러다 명상센터 입회를 권유받았다. 운동은 거의 안 하고 머리만 쓰는 나를 걱정하시며, 운동한다 생각하라고 하셨다. 크게 고민하지 않고 3개월 입회원서를 작성했다. 입회료는 3개월에 12만 원, 몸과 마음을 건강하게 할 수 있다면 저렴한 금액이다.

1월 18일 월요일

이제부터 평일 나의 핵심 업무는 블로그 활성화다. 사장님의 신뢰에 보답하고자 최선을 다할 것이다.

과거 웨딩 업계에서 일하며 블로그 운영을 배운 경험이 있어, 이를 가구점 블로그에 어떻게 적용할지 고민하고 있다. 목표는 더 많은 사람들이 블로그를 찾게 만들고, 그 방문이 자연스럽게 오프라인 매장 방문으로 이어지게 하는 것이다.

요즘 사람들은 가구를 구매하기 전 먼저 인터넷에서 검색한다. 그 과정에서 우리 블로그가 잘 보여야 하고, 다른 브랜드보다 우리 매장을 방문하고 싶게 만드는 것이 중요하다. 현대사회에서 인터넷에 검색되지 않는 가구점은, 존재하지 않는 가게나 마찬가지이다.

제일 먼저 해야 할 일은 브랜드의 정체성을 확립하는 일이다. 우리는 무엇 하는 사람들인가? 가구 팔아먹고 사는 사람? 중간 유통상? 우리의 색상은? 우리의 이념은? 향기는? 우리의 행복은? 그 정체성에 맞춰 가구를 라인별로 하나씩 세팅하고, 예쁘게 꾸며진 고객들의 거실과 방을 블로그에 업로드할 것이다.

퇴근 후 명상센터에서 수련했다. 사장님이 피워준 향 속에서 명상하니 마음이 고요해지고 한결 편안해졌다.

　무언가 일을 할 때 각자의 생각이 다른 경우가 많다. 부모 자식 간에도 생각이 다른데 하물며 직장동료들과는 어떻겠는가. 다름을 잘 조율할 수 있으면 좋겠는데 쉬운 일이 아니다. 내가 맞는 경우도 있고 동료가 틀린 경우도 있다. 반대로 내가 틀린 경우도 있고 동료가 옳은 경우도 있다. 이를 해결하기 위해 대화와 소통이 필요한데, 부딪침을 피하려고 소통 자체를 회피하는 경우가 많다. 아니면 아랫사람은 무조건 윗사람의 말에 따라야 한다. 회의나 논의, 토의에 익숙하지 않은 사람들은 나이가 어린 사람이나 직급이 낮은 사람이 의견을 꺼내면 좋아하지 않는다. 특히 기성세대들은 그것을 반발과 항명으로 여기기도 한다. 안타까운 일이다. 그런데 계속 회피하거나 왜곡된 소통만 해서는 브랜드를 성장시킬 수 없다고 생각한다.

　외할머니와 외삼촌이 우리 동네로 이사 오셨다. 퇴근 후 가족들과 피자를 먹었다. 스파게티가 맛있으니 먹어보라는 등, 피자 한 쪽을 찢어서 건네는 등 서로를 챙겨주었다. 이는 우리 가족만의 애정표현법이다. 음식을 상대에게 끊임없이 건넨다. 특히 할머니가 유독 심하시다. 할머니는 마흔이 넘는 삼촌의 입에 피자쌈을 자꾸 밀어 넣으셨는데 한 번 두 번 받아먹던 삼촌은 인상을 콱 쓰며 버럭 고함을 쳤다. "아이고 어마이야. 내가 아도 아니고! 아 맹키로 만다꼬 자꾸 주노!" 꼭 고함이 나와야만 할머니는 그만두신다. 아마 삼촌은 조카인 내가 보는 앞에서 할머니 손길에 입을 벌려야 하는 것이 곤혹스러우셨을 것이다.

휴무. 운전면허시험장에 가서 면허 적성검사를 받았다. 그리고 명상센터로 이동해 단전 치기와 발끝 부딪치기, 도인체조, 명상을 했다. 차갑던 손발이 따뜻해지고 숨이 편안하게 쉬어졌다. 수련이 끝나고 도반님들과 차를 마시며 이런저런 이야기를 나눴고, 사장님은 센터에서는 원장님으로 부르라고 하셨다. 원장님은 5년 안에 지구인들의 룩스를 높이지 못하면 큰 재앙이 닥칠 것이라며 걱정하셨다. 룩스를 높이기 위해서는 어떻게 해야 되는지 질문드렸는데, 지구인들의 의식 수준을 높이는 것이 룩스를 높이는 방법이라고 하셨다. 나는 또 의식 수준을 높이는 것은 어떻게 하는지 묻고 싶었다.

의식 수준을 높이려면 어떻게 해야 할까? 지식으로만 가능할까? 지덕체(知德體) 전인교육을 생각한다면, 현대사회는 덕이 빠져있다는 생각이 든다. 원장님은 국학원 총장님이 쓰신 책 '한국인에게 고함'을 빌려주셨다.

컴퓨터 작업을 하고 있으면 다른 분들이 궂은일을 다 하시는데, 젊은 내가 노트북만 두드리고 있으려니 뻘쭘하였다. 그래서 일을 도와드리려고 일어서니, 이사님은 손사래를 치시며 말씀하셨다. "우리에게 가장 시급한 일이 인터넷 홍보고 블로그 작업이다. 나머지는 우리에게 맡기고 일에 집중해." 이 말을 들으니 기꺼이 달릴 준비를 마친 흑마가 된 기분이 들며, 의욕이 샘솟았다.

오늘도 매출은 0원이다. 가구백화점에 손님이 너무 없다.

　신소재 소파 본사 사장님이 대구매장을 방문했다. 본사 어른을 맞을 준비로 회사가 온통 바빴다. 본사 사장님은 평범한 인상에 차분한 언변을 구사하시는 서울 아재였다. 우리는 시장과 특이 동향에 대해 의논했다. 이사님은 궁금한 것들을 다 물어보라고 하셔서 여러 가지를 여쭤볼 수 있었다. 아무도 대답하지 못하던 내 질문에 속 시원히 답변해 주서서 만족스러웠다.

　본사 사장님은 타 브랜드보다 우리 브랜드에서는 판매원이 중요함을 강조했다. "가구를 잘하는 가구장이를 넘어서 브랜드를 해설하는 도슨트가 되면 좋겠어요. 소재도, 디자인도 모두 스토리가 있잖아요. 기능적인 면과 가격적인 면에만 집중하는 것을 벗어나 명품 해설사로 나아가길 바라요." 훌륭한 기술력과 좋은 기능, 예술적 디자인과 스토리가 어우러진 상품이 곧 명품이라고도 하셨다. 말씀을 들으며, 나는 그동안 고객에게 기능적인 설명만 해 왔다는 사실을 깨달았다. 예술적 디자인에 대해서는 너무 부족했다. 아마 그렇게 배워 왔고, 예술을 바라보는 눈과 개념이 없었기 때문일 것이다. 실제로 명작 앞에서도 나는 담담했다. 이제는 조형미와 색감을 공부해, 우리 가구의 아름다움까지 함께 전하고자 한다.

　오늘 모든 매장 매출이 0원이다. 이사님의 얼굴은 끓기 직전의 쇳물처럼 붉게 달아올라 있었다. 사장님 한숨 소리에 땅이 꺼질 것만 같다. 나는 옳다고 생각하는 분야에 전력을 쏟겠다. 손님을 기다리는 수동적인 브랜드가 아니라 손님을 찾아오게 만들고 싶은 것이 나의 진심이다.

　퇴근하고 명상센터에서 수련했다. 동작 하나하나가 힘들었다. 가장 힘들었던 동작은 발끝 부딪치기 동작이다. 누운 상태에서 양쪽 발끝을 부딪

치는 동작인데, 다들 쉽게 따라 하건만 나는 허벅지 안쪽이 아파 지속할
수 없었다. 원장님 말씀으로는 틀어진 척추와 약해진 다리 때문이라며,
수련을 꾸준히 하면 건강해진다고 하셨다.

평일 내내 매출이 0원. 이번 주말에도 매출이 없으면 이사님은 고혈압
으로 쓰러지실 것이다. 오후 3시를 넘겼는데도 아직 마수를 하지 못했다.
나는 급해진 마음에 몇몇 고객을 가계약으로 이끌었다. 가계약을 하게 되
면 행사가 끝나도 행사 혜택을 드리는 점을 강조했다. 또 고객들이 부담을
느끼지 않을 저렴한 가계약금을 설정해 안내했다. 제일 중요한 것은 마음
이 변하면 얼마든지 돌려드린다는 조건이다. 행사의 혜택은 오래도록 가
져가고 돈은 나중에라도 돌려받을 수 있으니 얼마나 좋은가? 우리 회사는
가계약을 별로 좋아하지 않지만 급한 나로서는 어쩔 수 없다. 그리하여 3
명의 고객을 가계약으로 이끌었다. 가계약이지만 마수는 마수다.

마수를 올린 탓일까. 합천에서 오신 고객님에게 400만 원대 초반의 뉴
패러 소파를 판매하였다. 고객님의 자제분들이 소파의 감촉과 색상을 너
무 좋아했다. 솔직히 매번 검은 소가죽 소파만 쓰다가 밝고 환한 색상의
소파를 보면 신세계 느낌이 들 것이다. 시뻘건 이사님 얼굴에서 그나마
열이 조금 내렸다. 그리고 나는, "고객님 소파가 설치된 거실을 촬영해서
저희 블로그에 공개해도 될까요? 그리고 네이버 카페에 리뷰 부탁드려도
될까요?" 고객은 흔쾌히 동의해 주었다.

퇴근 후 귀가했는데 주차할 곳이 없어 헤매었다. 마침 할머니 댁 앞에
주차할 곳이 있었다. 주차 후에 할머니 댁을 두드렸더니 자식이나 손자

밥 먹이기를 좋아하시는 할머니께서는 저녁밥을 먹고 가라시며 국을 데우시고 냉장고에서 반찬을 꺼내셨다. 냉장고와 밥상을 몇 번 왕복하시더니 어느새 과한 저녁상이 차려졌다. 할머니는 삼촌에게 그러한 것처럼 자꾸 내 입에 정구지쌈을 밀어넣으셨다.

1월 24일 일요일

오늘 나는 천삼백만 원의 매출을 올렸다. 이 커플 고객은 벌써 2주 넘게 우리 매장을 들락거리며 망설이셨다. 가격이 비싼 탓이었다. 돌이켜 보면 나의 실력 부족이다.

커플은 친정엄마까지 대동하고 나타나서는 자신들의 고민 사항을 해결하기를 바랐다. 나 또한 마찬가지였다. 우리는 해결점을 찾아야 했다. 어머님은 가구를 살펴본 뒤 가격이 비싸다며 만류를 하셨다. "아이고 야야. 좋은 물건인 건 알겠는데 혼수 살림으로는 너무 과하다는 생각이 든다. 고마 아까 그 집에서 가죽 소파 하자. 사람들이 많이 쓰는 가죽은 이유가 있는기라. 엄마 말 듣제이. 응?" 나는 어머님의 거절 논리를 넘어서기 위해 시도했다. "어머님 말씀 맞습니다. 좋은 가구는 더 많은 시간과 기술이 투입되어서 가격대가 높죠. 그런데 어머님은 가구를 들이셔서 몇 년 쓰셨어요?" 어머님은 10년 넘게 쓰셨다고 하셨다. "네, 맞습니다. 기본 8년 10년 쓰십니다. 어머님도 당시에 좋은 가구를 구매하셨나 봐요. 굳이 마음에 안 드는 상품을 구매하기보다는, 신혼부부 마음에도 딱 들고 품질도 보장된 가구로 집을 채우는 것이 훨씬 낫습니다." 어머님은 고개는 끄덕이셨지만 완전한 동의를 뜻하는 것은 아니었다.

멈추지 않고 설명을 이어 갔다. 다른 매장과 비교해서 우리 매장은 품목당 40~50만 원 차이가 날 수 있는데 그것은 마진에서 오는 가격 차이가 아니라 원재료의 차이라고 설명했다. 어느 정도 나의 주장이 설득력이 있었는지 어머니는 마음을 돌리시고는 딸에게 물었다. "진짜 딱 마음에 드나? 바로 이게 내 가구라는 생각이 드나?" 딸은 소심하게 고개를 끄덕였다. 슬쩍 이사님을 쳐다보았는데 온화한 미소가 걸리기 일보 직전이었다.

계약서 작성에 돌입했다. 이때는 최대한 분위기를 좋게 하는 것이 중요하다. 나는 어머님께, "혹시 종사하고 계시는 업종이 어떻게 되세요?" 어머님은 무역 수출입 일을 하신다고 했다. "저는 어머니가 미용실 원장님이신 줄 알았습니다. 머리하러 갈려고 했는데…" 내 말에 모두 크게 웃으며 그런 이야기를 많이 듣는다고 했다. 단정하면서도 감각적인 세련미가 멋스러운 헤어스타일이 인상적이었다.

이제 계약금을 받아야 하는데 어머님은 예산초과임에도 여기를 선택했다며 무언가 더 얻어가기를 바라셨다. 우리는 정말 많이 도와드렸다면서 거절했다. 어머님은 끈질겼다. "우리 딸 거울 하나 해 줘요. 저기 나무 거울 있네." 그녀가 지목한 것은 아카시아원목 전신거울. "어머님 저거 얼만지 아세요? 52만 원입니다." 이렇게 말은 했지만 그래도 내심 챙겨드리고 싶은 마음이 들었다. 혹시 몰라 이사님께 허락을 받으러 갔다. "이사님… 들으셨지예? 혹시 저 거울… 어떻게 안 될까예?" 이사님은 난처한 표정을 지으며 고개를 저으셨다. 이내 어머님까지 따라오셔서는 이사님을 졸랐다. "아이고 사장님 대표님. 우리 회장님. 우리 딸내미 저 거울 하나 해 주이소. 여기가 좋은 물건 파는 건 알겠는데 딸내미가 너무 비싼 가구를 해가꼬 죽겠심더. 거울 하나만예." 결국 10분 넘게 이어진 실랑이 끝에 거울을 서비스해 드리게 되었다.

고객님들이 퇴장하고 이사님이 나를 불렀다. "문 주임님. 이렇게 장사해서 되겠어요? 나한테 고객님 데리고 오지 마세요. 나한테 오지 마십시요잉?" 말은 딱딱했지만 어제 오늘 벌어진 매출로 이사님 얼굴이 그나마 밝으셨다. 사장님은 매출 카톡방에 축하 이모티콘과 파티 케이크 사진을 올리며 풍악을 올리셨다.

퇴근하고 규태 형과 만났다. 형은 유년 시절 가정환경부터 결혼을 앞둔 지금의 심정을 털어놓았다. 형은 불안해했다. 집과 미래도 걱정되고, 자신이 한 여자의 인생을 행복하게 해줄 수 있을지 스스로를 의심했다.

규태 형은 외형적으로는 삼국지의 영웅호걸 장비다. 덩치도 크고 뼈도 굵고 탄탄한 근육맨이다. 하지만 성격은 여리면서도 섬세하다. 과거 그의 집은 부유했지만 아버지가 빚보증을 잘 못 서는 바람에 쫄딱 망했다고 한다. 부모님은 술에 의지해 과거를 잊으려 노력했지만 더 큰 부작용을 가져왔을 뿐이었다. 사춘기의 형은 나쁜 친구들과 어울리기 시작하고 학창 시절에 공부보다는 후회되는 짓을 많이 했다. 그런 기억 때문에 죄책감이 든다고 했다. 나는 형을 위로하고 싶었다. "행님. 나는 잘 모르지만 행님은 그 당시에 그게 최선이었을 겁니다. 과거보다 지금에 집중해서 더 반듯하게 미래를 꾸려나가면 되는 거 아니겠습니꺼. 그래도 계속 신경 쓰이면 나중에 다 갚으면 되지예. 거기에 묶여 있으면 과거를 사는 거지 그게 현재를 사는 것입니꺼?" 나의 진심이었다. 규태 형의 환하게 웃는 미소가 참 좋다.

퇴근 후 명상센터에서 수련했다. 정성 수련을 배웠고 뇌 사용법에 관한 오디오 강의를 들었다. '내 뇌의 주인이 되는 것'이 뇌 교육의 핵심이라고 한다. 과연 나는 내 뇌의 주인일까? 내가 내 뇌의 주인이 아니라면 뇌는 누구의 오더를 받고 있을까? 보통 우리들의 뇌를 지배하는 것은 감정과 에고(ego)가 아닐까. 내 생각이 맞다면, 에고는 진정한 '나'가 아니다. 뇌 교육의 철학이 마음에 와닿았다.

사장님은 회사 직원들이 모두 명상센터에 입회하면 좋겠는데 그렇지 못하여 조금 안타깝다고 하셨다. "우리 이사님은 혈관이나 머리가 안 좋아서 수련을 하면 참 좋을 텐데…", "우리 부장님은 무릎이 안 좋은데… 과장님도 그렇고… 수련해야 되는데 다들. 아이고 갈 길이 멀다."

수련이 끝나고 집에서 책 '한국인에게 고함'을 다 읽었다. 저자는 단군 신화에 등장하는 '홍익인간' 정신이 한민족의 정체성이며, 뿌리 의식이라고 하였다. 이를 현대적으로 해석해 인류 전체가 더불어 살아가는 세상을 만들어야 한다고 주장하였다. 그러한 맥락에서 한국인은 세계평화를 이끌 사명을 지녔다고 한다.

1월 26일 화요일

앞집 매장 유유 사장님이 점심을 사주셨다. 전에 매장일을 도와드렸더니 고마우셨나 보다. 사장님은 여기서는 다들 경쟁상대라 생각하고 모른 척하는데 도와줘서 고맙다고 하셨다. 그러다 나의 대략적인 근무조건을 들으신 사장님이 깜짝 놀라시며 안타깝게 여기셨다. "아이고 주임님 말이 맞다면 그거는 노동부에 신고감인데요?"

단면적으로만 생각하면 유유 사장님 말씀이 지당하다. 그래도 나는 장점을 떠올렸다. "여기서 대학교 다니며 일을 할 수 있어서 좋아요. 또 이사님과 사장님께 배울 점이 많아요. 최근 직장에서 수련도 하게 되었는데 몸도 건강해지는걸요." 수련이라는 말을 들으시고는 오히려 더 안타까워하셨다.

이웃 사장님과 식사를 했다는 사실을 아신 이사님은 조심스레 말씀하셨다. "여기 여우며 늑대며 많으니 조심해."

가구백화점의 평일은 한가하다. 구경하는 손님만 있을 뿐 매출은 없었다. 대리님이 푸념하듯 말했다. "이래가 우짜노? 손님이 안 오니까 우리가 물건 사야 되겠데이. 문 주임님 집에 침대 안 쓴다 했지요? 침대 한 조 사가이소."

퇴근 후 명상센터. 오늘은 수련을 체험하러 오신 분들이 꽤 있었다. 젊은 아가씨들이 수련복을 입고 단전 치기를 하는데 표정이 참 재미났다. 아가씨가 기마자세로 배를 두드리는 동작을 하려니 어색할 것이다. 반면 사장님은 신이 나서서는 "한나! 두울! 세엣!" 구령에 힘이 가득했다. 단전은 배꼽 아래 5cm에 위치해 있는데 CT나 MRI를 찍어도 보이지 않는다고 한다. 서양인들에게 단전은 없는 곳이지만 동양인들은 아주 오래전부터 단전의 존재를 인정해 왔다. 그런데 실제로 단전을 두드리다 보면 배꼽 아래 따뜻한 기운이 느껴진다. 수기(水氣)는 위로 오르고 화기(火氣)는 아래로 내려가는 수승화강의 원리가 정상적으로 잘 작동하는 상태가 몸과 마음이 건강한 상태라고 한다. 수승화강에 대해 궁금하여 인터넷에 검색해 보니 더욱 자세히 알 수 있었다. 차가운 기운이 머리로 올라가 뇌를 식혀줌으로써 맑은 정신이 유지되고, 뜨거운 기운이 아랫배로 내려가 중심을 잡아 주기에 평정심이 유지되는 원리라고 했다.

퇴근 후 수련에 임했다. 반만년 전에 우리 선조들은 인간을 널리 이롭게 하고, 이치로 다스려지는 세상을 꿈꾸며 이념을 세웠다고 한다. 1,000년 전만 떠올려도 무지한 시대라고 하는데, 반만년 전이라니. 그 당시 선조들의 이념은 특정 민족만을, 특정 왕국만을 부흥시키자고 나라를 세운 타민족 이념과는 확연히 다르다. 어떻게 그럴 수 있었을까. 호기심이 드는 일이다.

귀가해서는 영화 '인생은 아름다워'를 감상했다. 감동에 벅차 흐르는 눈물을 닦느라 휴지가 아닌 수건을 썼다. 주인공 '귀도'에게서 신세 한탄이나 열등감, 비관은 전혀 찾아볼 수 없다. 작은 일이든 큰일이든 모든 곳에서 주어진 행복을 찾아낸다. 즉 현재를 살아가는 사람이다. 그는 불행한 사람은 행복하게 해주고, 행복한 사람은 더 행복하게 만들어 주는 삶을 살았다. 이런 영화는 절대 잊을 수가 없을 것이다.

휴무. 오후 8시 명상센터에 도착해 오현호 씨의 강의를 들었다. 그의 경험과 깨달음에 내 마음이 뜨거워진다. 그는 뇌 교육이 말하는 뇌의 주인이 된 사람이었다.

수능 7등급의 학생이 해병대에 입대해 국가에 대한 의무를 마쳤다. 튼튼한 몸과 정신력을 이룬 그는 자전거를 타고 전국 무전여행을 떠났다. 그리고는 영어를 배우고 싶어서 무작정 호주로 날아가 영어도 배우고 스쿠버다이빙 자격증도 취득한다. 이어서 사하라 사막 마라톤과 철인 3종 경기에도 참가했다. 또 히말라야도 등정한다. 그리고 유럽 여행을 가게 되는데, 부족한 경비 때문에 여러 기업에다 후원 제안서를 기획하여 제출했다. 경비를 받게 된 현호 씨는 유럽을 실컷 여행할 수 있었다. 정말 대단한 사람, 멋진 인생이라는 생각이 들었다. 그는 귀국하여 삼성 마케팅 중동전략부에 입사하여 전략을 구상한다. 매일 밤낮을 일하던 그는 퇴근길에 한 가지 의문이 들었다고 한다. '기업 제품에 대한 전략은 매일 생각하면서 나 자신에 대한 전략은 뭐지? 내 인생의 전략은 뭐지?' 이 의문 끝에 자신의 인생 전략을 구상하기 시작한 것이다.

전략의 기본은 물건이든 사람이든 장단점을 파악하는 일이다. 곧 그는 자신의 장단점을 적어 내려갔다. 한계를 극복하는 일을 잘하는 것이 자신의 큰 장점이었다. 그는 이 장점이 중력을 거스르는 일과 동일하다고 생각하고는 비행술을 배워 파일럿이 되기로 마음먹었다. 남들이 부러워하는 대기업 삼성에 사직서를 내고 비행사가 될 준비를 하게 된다. 하지만 역경이 있는 법이다. 그는 1년 동안 백수 생활을 하다가 30세의 나이에 비행사 학교에 입학하게 된다. 그는 이때를 떠올리며 이렇게 말했다. "죽을 것같이 힘들고 나는 해낼 수 없겠다는 생각이 들어도 끝까지 포기만 하지 않는다면 언젠가는 피니시 라인을 만날 수 있습니다." 그는 포기하지 않은 사람이었다. 그리고 자기 자신의 목소리에 귀 기울일 줄 아는 사람이었고, 진정한 자기 자신을 찾은 사람이었다. 정말 멋진 메시지를 담은 영상이었다.

그와 나를 비교해 보았다. 해병대를 전역하고 호주에 갔다는 것은 똑같았다. 하지만 그 뒤의 행보는 무척이나 달랐다. 진정한 나의 소리에 귀 기울이지 않았고, 나 자신에 대해 무지했다. 나도 자전거를 타고 전국 일주를 하고 싶었지만 그러지 않았다. 진득하게 일본을 걸어 보고 싶었지만 하지 않았다. 내가 진정 원하는 것은 미루기만 했다. 내가 원하는 바는 뒷전이었다는 것이 사실이다. 나도 그처럼 뛸 수 있었고 그처럼 자유로울 수 있었다. 이런 생각이 드니 후회가 된다. 하지만 중요한 것은 지금 여기이다. 이제부터 오현호 씨처럼 살면 된다. 내 뇌의 주인이 되면 된다.

내 나이 27세. 나에 대한 전략은 뭐지? 나는 무엇을 잘하지? 나의 장단점은 뭐지? 내 인생은 어떻게 채우면 좋을까? 어떻게 살아야 인생을 후회하지 않을까?

오늘은 토요일인데도 불구하고 매출은 0원이다. 우리 상품이 소비자들의 선택을 받지 못하는 문제는 판매원의 책임도 있겠지만, 더 근본적인 문제가 있다. 우리 가구는 일반적인 가구가 아닌 고가의 디자인가구다. 가구 하나하나를 보면 예쁘지만 그 가구가 고객의 집에 잘 들어맞는지 그림이 그려지지 않는다. 판매원인 나도 그러할진대, 고객들도 마찬가지일 것이다. 그림을 그려줘야 한다. 매치되는 모습을 보여 줘야 한다. 아파트에도, 전원주택에도, 일반주택에도 잘 어울리는 그런 그림을 보여줘야 한다.

이사님은 경기 불황이라서 더 손님이 없다고 한다. 경기 불황 속에서도 어느 매장은 항상 손님들로 북적인다. 불황의 시기라도 소비자 니즈와 효용을 파악하여 수요를 충족시킬 수 있다면, 불황에도 흔들리지 않는 사업체가 되는 것이다. 물론 저가 가구보다는 고가 가구의 판매 빈도는 낮을 수 있다.

어쨌든 정확한 타겟팅을 가지고 영업활동을 하고, 결과값이 없다면 이렇게 속상하지나 않을 것이다. 타겟팅도 없이 무작정 손님을 기다리고, 손님이 없어서 혈압을 올리고 땅을 치는 이런 구조는 답답하다. 학부에서 경영학을 배우면서 터득한 지식이 있기 때문에 상황 하나하나가 분석된다.

최근 품목별로 구매한 고객 수, 품목별 a/s 수, 매출 규모별, 지역별, 연령대별, 매장별 데이터를 찾아보았는데 아무것도 집계되고 있지 않았다. 그저 계약서와 배송 리스트 밖에 없었다. 기초데이터가 정리되지 않으니 시야가 넓지 못하다. 그저 기존의 판매 관행, 기존 관습에 의지한 감각에만 의존한 경영이 아닐까. 데이터가 정리된다면 우리가 지나온 시간과 다가올 시간을 짐작할 수 있을 것이다. 틈나는 대로 블로그를 꾸미고, 데이터를 확보해 자료를 만들었다.

1월 31일 일요일

나의 매출은 없었고 이사님만 900만 원에 가까운 매출을 올렸다. 이사님께 죄송하다고 말씀드렸더니 전혀 개의치 말라고 하셨다. 사실 오늘 구매로 유도할 수 있는 느낌 좋은 손님들이 두 팀이나 있었다. 두 분 다 뉴패러 소파를 보셨다. 고객에게 소파의 볼펜 자국이 지워지는 것을 보여드렸다. 다음에는 자신 있게 커피를 소재에 쏟았다. 원단이 오염되지 않는 것을 보여주고 싶었다. 하지만 자연스레 소재에 스며들어 버려서 당황스러웠다. 커피가 스며들지 않는다고 고객에게 설명해 왔는데 그냥 일반 천처럼 커피를 다 흡수해 버린 것이다. 고객은 의심의 눈초리를 남긴 채 매장을 떠나갔다. 이사님도 오전에 시범을 보이다가 커피가 스며들어서 고객들에게 쪽팔렸다고 하셨다. 우리는 다른 색상의 컬러들도 커피가 스며드는지 확인했다. 일일이 확인해 본 결과, 시판 중인 컬러는 스며들지 않았고, 이미 단종된 컬러의 원단은 문제가 있었다. 컬러의 색상이 부족해서 원단을 공급하지 않는 것이 아니라 그 컬러를 가진 원단에 기능적 결함이 있어서 단종시켜 버린 것으로 추측된다. 이제 고객들에게는 기능적으로 확실한 원단으로 시범을 보여야겠다.

꽤나 열심히 했지만 하나도 못 팔아서 망연자실해 있었더니 이사님이 생과일 딸기주스를 사 주셨다. 퇴근할 때까지 매장을 빙빙 돌다가 퇴근했다.

퇴근 후 친구 주병을 만났다. 현금 3,700만 원을 주고 새 차를 뽑았다. 난 진심으로 축하해 주었다. "주병아. 멋지네. 될 놈은 된다고. 대한민국 1% 재무설계사가 내 친구네. 대단하다." 실제로 친구는 대기업 계열의 보험회사에서 가장 실적이 좋은 1% 영업사원이었다. 정말 끝없이 공부하고 끝없이 노력하는 친구다. 친구의 엄청난 추동력은 마음 깊은 곳에서 피어오르는 열망에서부터 시작된다. 목표를 세우면 그것에만 집중하는 친구가 대단하게 생각된다. 주병이는 여기서 멈출 친구가 절대 아니다. 어쩌면 내 주변에 오현호 씨와 가장 가까운 인물을 찾으라면, 주병이일 것이다.

역시 친구는 여기서 만족하지 않고 더욱 노력해서 자신의 사업을 만들어 가겠다고 했다. 어떤 사업을 할 것인지, 어떤 사람들과 함께할 것인지, 언제 시작할 것인지에 관한 구상과 계획을 늘어놓았다. 그의 말은 아무도 무시할 수 없다. 친구는 꿈꾸는 것을 현실로 이루어 왔기 때문이다.

어릴 적 이 친구는 내게 2발 자전거 타는 법을 가르쳐 주었다. 그리고 음식이며, 물건이며 항상 나를 챙겨 주었다. 누군가에게 줄 수 있다는 것, 누군가에게 무엇을 가르치는 것을 좋아하는 친구다. 나는 주병이를 참 사랑한다.

2월 1일 월요일

리렌바움에서 근무했다. 젊은 세대인 과장님과 많은 대화를 나누었다. 나는 문제를 만들려고 대화하지 않는다. 문제를 해결하려고 대화를 하는 편이다. 그런데 상사들은 그런 말을 꺼내는 상황 자체를 문제로 여기기도 한다. 나는 WHY맨이다. '왜 매출이 없을까요?', '왜 소비자들은 그냥 나갈까요? 왜 선택받지 못할까요? 그렇다면 우리 생각이 틀렸을 수도 있겠네요?' why를 파고들면 해답에 가까워진다. 더 연구하면 해답에 도달할 수 있다.

과장님과 나는 이런 점에서 공감대를 형성했다. 과장님은 회사에서는 소통이 되지 않는다고 느낀 뒤로는 입을 닫고 '침묵맨'으로 지낸다고 했다. 그리고 언젠가는 나 역시 자신처럼 침묵을 택하게 될 것이라 여겼다.

2월 2일 화요일

휴무. 대학교 등록금을 납부하고 구미에서 친구와 만났다. 친구와 함께 박정희 전 대통령의 생가에 방문해 박 대통령이 학창 시절 공부한 방을 구경했다. 모두가 안 된다고 할 때, 된다고, 우리는 할 수 있다고 희망으로 이끄셨던 분이시다. 위대한 지도자셨다. 박통의 어록을 읽으며 구국(救國)의 에너지를 느꼈다. 글에서조차 에너지가 느껴지는데 실제로 보고 들은 사람들은 어땠을까.

이 글귀가 인상 깊었다. "나는 물론 인간인 이상, 나라를 다스리는데 착오가 없지 않았습니다. 그러나 나는 당대의 인기를 얻기 위해서 일하지 않았고, 어떻게 하면 우리나라도 다른 나라 부럽지 않게 떳떳이 잘 살 수 있을까 항상 염두에 두고 일해 왔습니다." 가슴에 감동이 차오르며 안압이 높아졌다. 눈물이 맺히기 전, 먼저 귀가 먹먹해지는 순간이 오늘 찾아왔다.

구미에서 돌아와 수련했다. 수련이 끝나고 차를 마시는데 원장님은 갭이어 프로그램을 소개해 주셨다. 갭이어(Gap Year)는 학생들이 학업을 잠시 중단하고 여행, 봉사활동, 인턴십, 취업 경험 등을 통해 자기 계발이나 진로 탐색을 할 수 있는 시간을 의미한다. 일반적으로 고등학교 졸업 후 대학에 진학하기 전 또는 대학을 다니다가 잠시 휴학하고 갭이어를 떠나는 것이다. 좋은 프로그램이라는 생각이 들었다. 원장님은 자신이 지원해 줄 테니 참가해 보라고 하셨다. 나는 직장 근무하며 대학교 공부 중인데 어떻게 갭이어를 갈 수 있을까. 현실적으로 불가능하다.

2월 3일 수요일

평소처럼 일하고 퇴근 후 수련했다. 원장님은 다시 갭이어 이야기를 꺼냈다. 나는 재정적인 문제와 시간적인 문제를 거론하며 거절했다. "직장에, 대학교에, 거기다 수련도 다니고 있는데 또 다른 프로그램에 참가하는 것은 불가능합니다. 참가하겠다면 그건 욕심입니다." 이런 나의 말에도 불구하고 원장님은 끈질기게 나를 설득했다. 왜 내가 갭이어 캠프에 가야 하는지를 설명했다. "참가비 60만 원도 투자하지 못하는데 600만 원이나 6,000만 원은 어떻게 벌 것이냐?", "너와 나의 관계가 어떻게 될지도 모르는데 나중에 간다는 게 말이 되느냐?" 역시 판매를 오래 하신 사장님이라 끈질긴 설득력과 추진력이 대단하셨다. 어느샌가 나는 원장님 말씀을 묵묵히 듣고만 있었다. 원장님은 얼른 내가 갭이어에 참가한다는 말을 듣고 싶어 하신다. 하지만 성급하게 결정할 수 있는 사안이 아니다.

갭이어는 현실적으로 참가하는 것이 불가능하다. 그래도 참가지원서나 훑어보자는 심정으로 지원서 양식을 살폈다. 나의 경험과 경력, 희망 진로, 참가하고 싶은 프로그램 등의 질문들이 존재했다. 읽기만 하려 했는데 어느새 나는 답변을 채우고 있었다. 답변을 채운 지원서를 이메일로 보냈다. 참가비를 내면 가는 것이고 아니면 무효이다.

오후에 반가운 전화가 걸려 왔다. 블로그를 보고 신소재 소파 가격대를 문의하는 고객이었다. 나는 무엇을 검색해서 우리 블로그를 보게 되었는지, 어느 포스팅을 보고 연락했는지를 확인했다. 그녀는 일반적으로 많이 사용되는 검은 가죽 소파를 구매하기보다는 밝은 색상에, 방석이 잘 꺼지지 않는 소파를 찾고 있었다. 적극적으로 응대했고 매장으로 안내했다. 1시간 뒤에 또 다른 전화가 걸려 왔다. 이번 문의는 블로그에는 없는 내용이었다. 앞으로 전화 문의 내용 중심으로 블로그에 올려야겠다는 생각이 들었다.

오후 늦게 처음 전화를 준 고객이 남편 될 사람과 함께 매장으로 찾아왔다. 신소재 소파를 알게 된 이상 가죽 소파에 만족할 수 없음을 알렸다. 그 외에도 여러 가지 기능과 장점들을 설명했다. 남편은 밝은색 소파가 좋지만, 쉽게 때가 타고 관리가 어려워 구매를 꺼렸다. 나는 오히려 고객님의 생각을 들을 수 있어서 좋았다. "고객님. 맞습니다. 신경 쓸 것도 많은데 소파 관리까지 해야 하면 골치 아프죠. 그런데요, 이 소재가 관리가 어려우면 람보르기니나 페라리, 포르쉐 프리미엄 시트 옵션으로 못 들어가요." 관련 영상과 소파가 설치된 여러 고객님들의 거실을 보여 주었고, 계약은 성사되었다.

전과 같이 고객 후기를 요청했는데, 고객은 다량의 쿠션을 서비스 받기를 원하셨다. 사장님과 이사님께 부탁드려서 서비스를 가능하게 만들었다. 그녀는 자신이 입주하는 아파트 입주민카페와 맘카페에 홍보해 주겠다고 약속했다.

퇴근 후 회식에 참가했다. 백화점 매니저님이 이런 이야기를 해 주셨다. 매니저님은 내 나이 또래의 아들과 올해 서른이 되는 장녀가 있다. 딸아이의 나이가 결혼 적령기에 접어들어 혼사를 신경 쓰고 있던 중에 고객으로 찾아온 남자가 사윗감으로 좋아 보였다고 한다. 매니저님은 자신의 딸과 어떻게든 인연을 지어주고 싶었다. 가구 배송일에 맞춰 고객님께 전화를 드려 남자에 관한 기본정보를 알아내었다. 그리고는 자신이 알고 있는 참한 여성이 있는데 소개받을 마음이 있냐고 물었다. 그 참한 여성은 자신의 딸이었다. 남자는 그녀의 딸인지 모른 채 소개받게 되었고, 이내 두 사람은 사귀게 되었다. 매니저님은 연애에만 그치지 말고 결혼까지 이어지기를 기원하고 있다고 했다. 이야기에 집중하고 있던 우리가 물었다. "그 남자는 이제 매니저님의 존재를 알아요?" 매니저님은 익살스러운 표정으로 목소리 톤을 낮추며 대답했다. "아니 아직 모르지. 결혼이 결정되면 알게 되겠지. 호호호." 어머니들은 초능력자시다.

사장님은 갭이어 때문에 할 말이 있으셨다. 나는 공손하게 다시 한번 말씀드렸다. "사장님. 제가 못 가더라도 이해해 주세요. 안 가는 게 아니라 못 가는 겁니다." 사장님은 선택하면 이루어진다며 나 자신이 진정으로 선택하지 않은 것이라고 말했다. 그 이야기를 듣고 대답했다. "대학교 등록금을 내서 돈도 없습니다. 그렇다고 빚을 지면서까지 가고 싶지는 않습니다. 안 가는 게 아니라 못 가는 겁니다." 사장님은 잠시 생각하시더니 나의 참가비 절반을 지원해 주겠다고 하셨다. 나머지 30만 원은 내가 알아서 채우라고 하셨다. 나는 다시 반박했다. "갭이어가 주말인데 주말 매장은 어떡하죠? 주말에 근무를 빠질 수 없습니다. 못 갑니다." 사장님이 어이가 없다는 듯 말씀하셨다. "주말에 열심인 것도 좋지만 본인이 거기서 배우고 터득해 오면 우리 브랜드가 훨씬 더 클 수 있습니다. 우리는 주임님에게 투자를 하는 것이에요." 사장님의 뚝심은 대단하였다. 하는 수 없이 승복했다. 비상금을 털어 참가비를 송금했다.

퇴근하고 수련했다. 수련 시간이 끝나자 명상센터 원장님은 귀신같이 다시 가구점 사장님으로 변모했다. 마케팅과 홍보에 대해 끝없이 질문하셨다. 나는 부자들이 애용하는 카페, 반려견 카페에 신소재 소파를 협찬해서 홍보하자고 제안했다. 고객들의 인테리어 고민을 우리가 해결해 주자며, 신혼부부용 쇼룸, 시즌별 쇼룸을 운영하자고 제안 드렸다. 그 쇼룸을 우리 블로그의 정기콘텐츠로 만들자고도 말씀드렸다. 사장님은 일을 추진해 보라고 하셨다.

2월 6일 토요일

오늘은 신입사원 면접이 예정되어 있었다. 이사님이 말끔하게 차려입고 면접 시간을 기다렸다. 그런데 면접자는 결국 나타나지 않았다. 이사님은 대수롭지 않게 시간을 확인하더니 바로 점심 식사를 가자고 하셨다. 이사님은 20년 넘게 가구시장에 근무하신 베테랑이시다. 항상 정장을 차려입고 나오시는 가구계의 멋쟁이시다. 몇몇 고객님들은 신사이신 이사님의 모습에 반하는 경우도 있다.

초밥집에서 이사님의 로맨스를 들으며 웃었다. 과거 많은 여인들과 써 내려간 로맨틱 드라마의 주인공이셨던 이사님. 그는 한 빌딩에서 근무하는 많은 여인들이 자신과 놀았고, 함께 놀지 못한 여인들은 자신을 동경하기까지 했다고 한다. 나는 그 말을 믿고 안 믿고를 떠나 그냥 생각 없이 대답했다. "이사님. 참 고생 많으셨네요." 내 말에 그는 웃음을 빵 터뜨렸다.

한 여자와의 관계에서도 다양한 드라마가 존재하는데 많은 여인들과 어울렸다니 고생 중에 고생 아닌가? 드라마는 희로애락 오욕 감정을 동반한다. 1개 드라마도 그러할진대, 다양한 드라마 속에서 희로애락이 반복되었으니 얼마나 고생하셨느냐는 뜻이었다.

손님이 없는 시간에 열심히 블로그와 인터넷 홍보에 집중하고 있는데 젊은 커플이 하늘색 소파에 앉았다. 자연스럽게 신소재 소파를 열심히 설명했다. 그들은 관심을 가지고 이것저것 물어왔다. 성실히 답변해 주었지만 바로 계약은 없었다. 고객은 생각해 보겠다며 매장을 나갔다. 한 시간 쯤 지났을까? 다시 오셔서는 계약하였다. 고객이 절대 부담을 갖지 않도록 적절한 선을 지켜 다가갔는데 그게 유효한 것 같았다.

퇴근 후 수련. 단전을 강화시키는 데 집중했다. 원장님은 인내심과 끈기는 뇌에서 나오는 것이 아니라, 단전에서 나오는 것이라고 하셨다. 나는 내 인내심에 실망한 적이 많았는데 그녀의 이야기를 들으니 귀가 쫑긋해졌다. "인내하고자 하는 뜻은 뇌에서 담당을 하지만, 실천과 실행은 단전에서 한답니다. 옛날 어른들의 '그놈 고거 배짱이 두둑하다', '그놈 뱃심이 좋다'라는 말을 들어 봤죠? 그게 단전에 관한 이야기예요." 단전에 힘이 없으면 어떠한 것도 꾸준히 실천할 수 없다는 것을 깨달았다.

곰곰이 생각해 보니, 소프트뱅크 손정의 회장과 현대 정주영 회장은 뱃심이 좋으신 분들이었구나. 손 회장은 가난한 젊은 시절 일본의 은행에 무작정 찾아가 큰 금액의 대출을 받은 일이 있었다. 뱃심이 있기에 가능한 일이었을 것이다. 또한 정주영 회장도 아무것도 없는 허허벌판에 현대식 조선소를 짓겠다고 영국 은행을 찾아가 대출을 요청했다. 단전이 뜨거운 남자다.

오늘부터 설 연휴였다. 외삼촌과 함께 동네 목욕탕에 갔다. 탕 안에는 오십여 명은 되어 보이는 다부진 경상도 사내들이 저마다 몸의 때를 벗기느라 분주했다. 어떤 아저씨는 어찌나 박박 문지르던지, 살이 화상을 입지 않을까 괜히 걱정이 될 정도였다. 때를 미는 그의 눈빛에는 묘한 정열이 서려 있었다.

아침 일찍 일어나 할아버지를 모시러 갔다. 집과 할아버지 댁은 걸어서도 금세 닿을 거리지만, 거동이 불편하신 할아버지는 쉽게 나서지 못하신다. 문을 열고 들어서면 언제나 같은 목소리가 들린다. "왔나. 우리 똥깡새이."

젊은 시절 씨름선수였고, 마라톤 대회 참가가 취미셨던 할아버지. 한때는 누구보다 강인한 기력의 소유자였지만, 시간은 할아버지를 고요하게 만들었다. 쇠약해지신 할아버지 모습을 보니 마음이 싱숭생숭했다.

스물일곱 해 동안 설날 제사를 할아버지와 함께 지냈다. 이제 할아버지는 추억을 품고 살아가신다. 올해도 어김없이 단골 이야기가 시작되었다. 달성공원에 가면 할머니들이 자신을 보고 감탄한다는 이야기다. "저 영감탱이는 아흔이 넘어서도 쌩쌩하네.", "아흔 넘어서 자전거 타고 다니는 영감이면, 젊었을 적에는 또 얼마나 대단했겠노." 할아버지는 그 말을 전하며 껄껄 웃으신다. 우리 가족은 그 이야기를 수십 번이나 들었지만, 늘 처음 듣는 사람처럼 맞장구를 친다. 그것이 할아버지를 사랑하는 우리의 방식이다.

식사하는 중에 숙모가 데리고 온 강아지가 튀어 들어왔다. 분명 1층에 가둬놓은 녀석이었는데 아버지가 잠시 풀어놓은 사이 뛰쳐나온 것이다. 할머니와 어머니는 개를 싫어하신다. 두 분은 개를 때리는 시늉을 하며 쫓아냈다. 어머니는 개가 꼭 캥거루같이 생겼다고 놀라워했고, 막내 삼촌은 개의 배가 산만 해서 걱정된다고 했다. 할머니는 "아이고. 내가 죽을 때가 다됐나 보다. 다들 개랑 난리고."라며 한탄하셨다.

할머니는 개를 무지막지하게 싫어하신다. 그런데 자식과 손주 모두 개를 키우고 있기에 종종 우스꽝스러운 장면이 연출된다. 우리 가족 모임에 개들이 항상 함께하기 때문이다. 그러면 할머니께서는 "개놈의 개새끼. 마놈의 개새끼."라며 개들과 신경전을 벌이신다.

특히 큰숙모는 계절별로 강아지 옷을 사 입히고, 밤낮으로 강아지 영양제를 챙기는 지극정성 애견인이다. 할머니는 그런 숙모가 이해되지도 않고, 이해하기도 싫어하신다. 하지만 큰숙모에게서 나오는 용돈이 제일 크고 무겁기에, 할머니는 숙모네 강아지에게는 개라고 호칭하지 않는다. 특별히 이름을 불러 주시며 안부를 묻는 것이다. "아이고 요놈 별이야. 별일 없지?"

오후 3시, 뉴패러 소파 매장에 많은 사람들로 북적였다. 다른 매장들이 문이 닫혀 있기에 우리 매장으로 사람들이 몰린 듯했다. 두 팀, 세 팀 밀려오는 것을 보고 사장님께 전화를 걸어 헬프를 요청했다. 사장님은 쏜살같이 달려오셔서 고객들을 응대했다. 그러다 몇몇 고객과 '오사마리' 타임에 도달했다. 오사마리가 무엇인가? 일본말로 마무리라는 뜻이다. 상품 설명 단계가 지나고 고객을 테이블에 앉혀 계약서를 작성하는 일인데 업계에서는 공공연하게 쓰이는 단어다. "오사마리 들어가야지?", "유능한 판매원은 오사마리를 단디하는 기다." 그런데 나는 이 뒷심이 부족하다. 당장 배워야 할 것은 이 오사마리를 신속하고 정확하게 짓는 일이다. 결국 손님 세 팀 중 한 팀만이 계약이 성사되었다.

퇴근 후 수련했다. 명상을 하면 5년 전, 10년 전, 20년 전 일들까지 다 떠오른다. 창피했던 일, 분노했던 일, 돈을 잃어버렸던 일 등. 몰랐는데 이런 잡다한 기억들이 머릿속에서 오고 가면서 나의 얼굴 표정이 위아래로 씰룩거렸나 보다. 사장님께서는 왜 이렇게 괴로워하냐고 물어보셨다. 솔직하게 말씀드렸더니, 다들 그렇다면서 정상이라고 하셨다. 그러면서, 명상할 때는 단전호흡에 집중하는 것이 좋다고 하셨다. 코로 천천히 숨을 들이마시며 아랫배 부풀리기, 내쉬며 배꼽을 척추 쪽으로 부드럽게 당김.

호흡에 집중해 명상을 하니 훨씬 수월했다.

명절 연휴에 꽤 많은 사람들이 가족 단위로 쇼핑을 한다는 사실을 깨달았다. 보통 주말보다 더 많은 인파로 북적였지만, 비극적이게도 우리 매장은 매출이 없었다.

짧은 시간 안에 손님을 파악해야 하고, 친분을 쌓아야 한다. 적절하게 상품을 설명하고 고객의 니즈를 공략해야 한다. 많은 손님이 동시에 들어오니깐 정신이 없었는데, 저 사람이 가망고객인지, 아니면 이 사람이 가망고객인지 몰라서 마음만 바빴다. 결국 열심히는 했는데 매출이 없어서 허탈했다. 사장님은 안타까워하시며 씨를 뿌린 날로 매듭지으라 하셨다.

2월 11일 목요일

오늘 처음 배송과 AS를 담당하시는 박 부장님을 만나 뵈었다. 이사님과 부장님은 즐거운 담소를 나누셨는데 내게 명상센터를 물어보셨다. 나는 수련하고 나서 건강이 많이 좋아졌다고 말씀드렸다. 두 분은 수련하지 않지만 사장님이 하시는 일이라 어느 정도 관심을 가지시는 듯했다. "운동 삼아 해. 더 깊게 들어가지는 말고." 그 말씀이 무슨 뜻인지 알아차리는 데 오랜 시간이 걸리지 않았다.

나 또한 부모님께는 퇴근 후 운동을 한다고만 할 뿐 수련을 한다고는 말씀드리지 않는다. 수련이란 말을 들으면 사람들은 이렇게 생각한다. '혹시 이상한 데 아니야?' 뭔가 사이비 단체에서 쓰는 말처럼 들려서 거리감을 가지기 때문이다. 나 또한 명상센터를 선입견과 편견으로 바라본 적도 있었다.

오늘도 매출은 없었다. 그러나 인터넷 마케팅의 영역은 나날이 확장되고 있었고, 그 안에서 희망의 실마리가 보였다. 새로 지은 아파트에 입주하는 사람들은 '입주민카페'를 만들어 정보를 공유한다. 이사업체, 입주청소, 인테리어, 가구 업체의 가격과 후기, 하자 보수와 건의 사항까지 그 안에서 오간다. 세대 수가 많은 단지는 매니저를 두고 일정 보수를 지급하기도 한다. 그런 카페일수록 운영이 체계적이다. 나는 그 공간을 유심히 들여다보고 있었다. 홍보의 틈을 찾기 위해, 눈을 번뜩이며.

일반지역보다는 혁신도시가, 광역시보다는 위성도시에서 카페는 더 활성화되어 있었다. 몇몇 아파트입주민회에 공동구매를 제안했었다. 10명 이상의 분들이 우리 브랜드를 선택하면 추가 할인 및 서비스를 제공하는 식이다. 어떤 곳은 할인율이 적다며 거절했고, 어떤 곳은 반응 자체가 없기도 했다. 마침 오늘 어느 아파트에서 10명이 채워졌다.

사장님께서 회의를 소집하셨다. 공동 구매 건이 주제였는데, 회의는 퇴근 시간을 넘겨 오후 9시에 이르렀다. 몇몇 사람은 근무시간을 넘긴 회의에 불쾌감을 드러냈다. 그 불똥은 내게 튀었다. 괜한 일을 벌여서 여러 사람 피곤하게 만드는 것으로 생각되는 것이다. 또 누구는 부정적으로만 말했다. "어차피 구매할 고객들인데 공구로 할인만 받아 가는 것은 아닌가요?", "지난번에 ○○아파트에서 8분 정도 구매를 하셨어요. 그분들도 2명 더해서 공구 혜택을 요청하면 어떡하죠?", "명품브랜드에서 웬 공동구매 이벤트를 해요?" 합리적인 의문과 지적이었다. 결론적으로는 우리 모두 공동 구매 건에 관한 기준을 합의하여 진행하기로 했다. 공구로 인한 이익도 좋지만, 사실상 나의 목표는 분명했다. '이제부터 판매되는 모든 소파를 촬영하여 블로그에 올린다. 모든 활동을 블로그에 연계시킨다.'

퇴근 후 수련장으로 향했다. 사장님은, "다른 직원들이 보기에 사장과 직원이 같이 수련하는 것을 질투할 수도 있고, 질투가 아니더라도 오해할 수 있는 부분이 있는 것 같아요. 그런 면에서 앞으로 다른 직원들에게 센터나 수련 이야기를 하지 않는 것이 좋겠어요."라고 하셨다. 그럴 수 있겠다는 생각이 들었다. 수련 중에 사장님께 전화 한 통이 걸려 왔다. 오늘 회의에 참가한 어느 직원이 퇴사 의사를 밝혔다.

고객 배송 후기 포스팅 위주로 블로그 작업을 했다. 블로그나 카페 게시글 조회수를 보면, 사람들은 식상한 가구 소개 포스팅보다 다른 고객의 집을 관찰하기 좋아했다. '아 이런 파란색 소파도 이렇게 매치하면 되구나', '우리 집이랑 똑같이 흰색 소파인데 저렇게 꾸미니 더 센스 있네', '하늘색 소파가 예쁜지 몰랐는데 저 집에 들어간 걸 보니 진짜 예쁘네' 특히나 카페에서 고객이 직접 올린 가구 설치 후기 글은 대부분 높은 조회수를 기록했다.

블로그에는 간단히 사진만 올리는 것이 아니라 고객이 이 소파를 선택하기까지의 스토리, 브랜드의 관점에서 바라본 에피소드를 추가해서 작성했다. 아이가 함께 나온 사진은 여린 피부의 아이들에게 좋은 소파로 홍보하고, 밝은색의 소파는 관리가 수월하다는 정보를 추가했다. 그리고 명품 아파트에 설치된 소파 포스팅은 제목에 아파트명을 기재했다.

우리 브랜드의 정체성을 세우고 인터넷마케팅을 시작한 지 2개월 가까이 되었다. 고객에게 널리 알릴 수 있어서 좋고, 가구와 브랜드를 연구해서 포스팅을 올려야 하기에 나 스스로에게도 좋은 공부가 된다. 무언가를 설명하기 위해서는 더 알아야 한다. 원단과 내구재, 친환경 인증의 기준, 왜 고양이나 강아지를 키우는 집도 이 소파가 가능한지 등. 내가 만약 가구점을 경영한다면 모든 직원들에게 인터넷마케팅 업무를 지시할 것이다. 마케팅도 하고 판매원 공부도 되고 일석이조 활동이다. 그리고 한 상품에서 장점 10가지를 끄집어내도록 할 것이다. 핵심적인 장점은 누구나 말할 수 있다. 10가지를 생각해 보라는 이유는 그만큼 자세히 관찰하도록 안내하는 것이다.

그런데 블로그가 자리 잡아 갈수록 숨어 있던 사공들이 생겨나기 시작했다. 말단 사원으로 한 영역을 진두지휘하지 못하게 되었다. 그렇지만 이 또한 잘 헤쳐 나가야 하는 부분이다.

오늘 매장에는 손님도 없고 매출도 없었다. 빵점을 피하고자 고급 콘솔을 저렴하게 60만 원에 판매했다. 텐글라스 시리즈는 최대 15%의 할인 폭만 가지지만 20%까지 할인해서 경북 영주에 사시는 고객님께 드렸다.

퇴근 후 수련했다. 오늘은 근처 병원에서 근무하는 간호사들과 중년 아저씨가 수련 체험을 오셨다. 아가씨들은 차분하고 침착한 인상이었다. 수련은 1시간 20분 동안 진행되었는데, 사장님이 아가씨들 마음을 너무 모른다는 생각이 들었다. 사장님은 의욕이 너무 앞선 나머지 아가씨들이 하기에는 민망한 동작들을 처음부터 막 요구하셨다. 나는 일부러 그쪽으로는 시선을 절대 두지 않았다. 만약 내가 쳐다보고 있으면 얼마나 민망해할까. 말 그대로 체험으로 끝나겠구나 싶었다.

사장님이 어느 분을 모셔다드리고 오라고 해서 댁까지 모셔다드렸다. 나중에 알게 된 사실이지만 역학과 동양철학에 밝으신 분이란다. 사장님은 간혹 자신의 사주와 운세도 궁금하지만 직원들의 사주도 궁금해서 그분께 여쭤볼 때가 있다고 했다. 눈치를 보아하니 나의 사주도 물어보신 것 같았다. 그분이 어떻게 말씀하셨을지 몹시 궁금했다. 나쁜 게 있으면 피하고, 좋은 게 있으면 더 계발시키는 것이 사주를 살피는 목적이 아니겠는가. 내가 궁금해하니 사장님은 역학 선생님께 들은 바를 대략 설명해 주셨다.

사장님은 선생님으로부터 나에 관한 이야기를 들었는데, 이미 나 자신이 스스로를 너무 잘 알고 있어서 깜짝 놀랐다고 하셨다. 나는 사장님께 가족사나 내 경험들을 진솔하게 털어놓은 적 있었다. '저는 제가 이 삶, 이 인생을 선택했다는 생각이 들 때가 있어요. 이유는 모르겠어요.', '일반적이지 않은, 어쩌면 비정상적인 가정환경에 참 많이 분노했습니다. 근데 시간이 지날수록 조상대에서 쌓은 나쁜 업을 아버지가 다 감당하셨다는 생각이 들어서 요즘엔 너무 죄송하고 감사해요.' 실제로 나는 이렇게 말씀드렸었다.

또 선생님은 사장님과 내가 전생에 함께 공부한 사이라고 하셨다. 역시 인생은 공부라는 생각이 든다. 내가 지상에 100번 태어났다면 100번 모두 공부다. 무엇을 위한 공부일까? 인생 공부는 어떤 성격일까? 지식을 쌓아 문명을 이룩하고 발전시키는 것이 공부의 목적일까? 아니면 영혼은 인간이라는 육신을 통해 여러 삶을 체험해 보고 직접 느껴보고 싶은 것은 아닐까? 궁극적으로 인간 존재는 도대체 무엇인가?

2월 13일 토요일

오늘 백화점에서 우리 매장이 매출 저조를 이유로 빠진다는 소식을 들었다. 사장님과 이사님은 충격을 받으셨다. 백화점 관련 프로젝트를 시작해 보려고 하던 찰나였기 때문이다. 거기에 더해 핵심 멤버의 퇴사가 확실해지니 회사 분위기가 뒤숭숭했다. 사장님은 왜 20%의 업무량을 소화하던 직원이 업무량이 40%로 증가하면 퇴사하는지, 왜 백화점 직원들이 따라 주지 않는지, 왜 인재가 구해지지 않는지 등의 문제로 답답해하셨다. 어찌 보면 불행의 연속이지만 나는 기회로 생각한다. 우리의 역경과 고난은 오류를 수정하고 극복하라는 자연의 신호다. 오래된 관념, 굳은 생각을 풀지 못하면 고난은 또다시 반복된다.

2월 15일 월요일

백화점 매장 철수로 인해 서울 본사에서는 보고서를 요청했다. 이사님 께서는 본사에서 백화점에 입점하기 위해 많은 투자를 했는데, 대구에서 매장이 빠지니 본사에서 속상한 것이라고 하셨다. 내게 작성하라고 하셔서 그렇게 했다. 나는 상식적인 선에서 왜 부진했고 왜 철수하게 되었는가에 대해 나름대로 의견을 밝혔다. 특히 우리 소재와 유사한 경쟁업체의 마케팅활동과 그 영향성을 강조했다. 내가 입사하기 전 본사는 오프라인 홍보만 비중 있게 투자했다. 반면 경쟁업체는 오프라인보다는 온라인에 역량을 집중했다. 이미 맘카페, 지역민카페, 입주민카페 등에서 왕성한 활동을 펼치고 있었다. 우리는 인터넷마케팅에서 그들보다 후발주자라는 점을 강조했고, 지금이라도 뛰어들어야 한다고 주장했다. 그리고 경쟁업체들의 잡다한 공격에는 대응할 필요가 없더라도 우리 브랜드의 정체성을 흔드는 일에는 확실한 대처가 필요하다고 강조했다. 실상 사실이 아닌데 사실로 치부되는 루머들이 많았다.

사실 몇몇 포인트는 이 보고서를 검토할 상사들에게 전하는 메시지이기도 했다. 회사 내 누군가는 나의 의견을 무시하며 잡다한 공격에는 대응할 필요가 없다고 소리친 적 있었다. 또한 대리점은 본사를 따라야 하므로 특이 사항만 본사에 보고해 주면 된다고 말했다. 내가 보기에 소극적인 태도 그 이상도 이하도 아니었다. 보고서는 상사들의 결재를 받아 본사로 올라갔다.

직원 한 명이 퇴사 예정이라 빈자리를 채워야 했다. 구인 공고도 작성해야 해서 근무조건을 확인했는데, 퇴직금은 없고 4대 보험은 가능하단다. 나는 의아하게 생각해서 물었다. "퇴직금 없으면 불법 아닌가요?" 이사님은 가구 업계는 원래 퇴직금이 없다는 이상한 말씀을 하셨다. 앞집도, 옆집도, 뒷집도 다 퇴직금 없이 근무한다는 것이다. 또 어느 직원들이 노동부에 신고를 한 일이 있었는데, 그 사람은 대구지역 가구업계에서 다시는 일하지 못하게 되었다고 하셨다. 왜 내게 구인 공고를 작성하라고 하셨는지 금방 깨달을 수 있었다. 나도 이러한 근무조건에 속해 있다는 것을 상세히 알려 주신 것이다.

수련장에 도착했다. 오늘은 절 수련을 배워서 200배 정도를 했다. 절을 하면서 부당함에 대한 분노, 속았다는 분노, 근무조건을 꼼꼼히 확인하지 않은 나를 자책하는 마음을 바라보았다. 우리 가구점이 위법 없이 바르게 운영되기를 바랐다.

2월 18일 목요일

오전에 손님들을 응대하며 책장과 거실장을 판매했다. 신소재 소파를 배송받은 고객이 거실 사진을 보내 주었다. 카메라 화질도 안 좋고 구도도 별로여서 내가 직접 가서 촬영하고 싶었다. 고객님께 다시 촬영을 부탁했지만 다시 온 사진도 여전히 별로였다. 사진기사가 필요하다.

퇴근 후 또 회의가 열렸다. 이사님은 근무시간 외 이루어지는 회의 때문에 화가 머리끝까지 나셨다. 난 충분히 이해할 수 있었다. 근무시간도 긴 편인데 퇴근 후에 또 회의라니. 알고 보니 이 회의는 내일 서울에서 내려오는 본사 영업팀과의 미팅을 준비하는 내용이었다. 사장님은 내일 본사에 건의할 내용을 조율하자고 하셨다.

밤 10시, 회의가 끝나고 수련했다. 오늘은 내 호흡을 관찰할 수 있었는데 들숨은 잘해도 내쉬는 숨이 어려웠다. 원장님은, "새로움을 받아들이는 것도 중요하지만 버리는 것도 잘해야 합니다. 감정이든 물건이든 어떤 생각이든 내보낼 때는 내보내야 죠. 그게 호흡으로 관찰되는 거지." 호흡을 통해 사람의 상태를 알 수 있다.

서울 본사 사장님과 경상도 지역 대리점 사장님들이 우리 매장으로 모이셨다. 내가 프레젠테이션을 했는데, 대학교에서 배운 대로 시장분석을 통해 현재 우리의 전략, 그리고 이 전략의 보완점 및 변화의 필요성을 주장했다. 또 나의 관점에서 우리 브랜드가 잘하고 있는 것은 무엇인지, 부족한 것은 무엇인지를 따졌다. "지역적 특성과 경쟁업체 유무에 따른 소비자 접근 방식을 고려한다면 자사의 장점은 살리고 약점은 보완할 수 있을 것입니다." 본사는 경쟁업체의 공격적인 마케팅에 무관심, 무대응 원칙을 고수하고 있었지만, 그 공격이 BB탄 총 수준이 아니었다. 우리를 직접적으로 위협하는 실탄 수준이었다. 난 그 점을 지적하며 적극적인 대응책의 필요성을 역설한 것이다. 15분 가까이 진행된 프레젠테이션이 끝나고 본사 사장님께서 질문하셨다. "전공이 뭐예요?" 나는 경영학을 배우는 중이라고 답했다. 사장님은 눈을 가늘게 뜨시며 말씀하셨다. "이론을 실무에 바로 적용할 수 있겠네요. 좋습니다."

작년 12월인가 우리 매장에 방문했던 흑인 부부를 오늘 다시 만났다. 대전 멀리에서 살고 있는데 가구가 필요할 때는 꼭 우리 매장을 찾아 주신다. 감사한 고객이다. 오늘은 자신의 딸 노바를 데리고 왔는데 수줍음이 많은 아이였다. 우리는 차를 마시며 가구도 구경하고 수다도 떨었다. 내가 영어로 말하면 외국인 대부분이 잘 알아듣지 못하는데, 이 부부는 잘 이해해 준다. 아마 한국에서 오래 살아서 그런 것 같다.

딸 노바에게 간식과 인형을 선물했다. 눈이 참 초롱초롱했다. 아이는 웃으며 나의 선물을 고맙게 받아 주었다. 내가 무언가를 줄 때마다 노바의 아빠는 딸을 향해 물었다. "What are you say?" 그러면 딸아이는 부끄러운 표정으로 "Thank you so much."라고 한다.

매장에 계약의 냄새가 풍겨서 그런 걸까. 다음 고객님께 침대와 매트리스, 협탁을 판매했다. 이사님이 배송 지원 업무를 마치고 돌아오셔서는 잘했다며 따봉을 주셨다. 그런데 가격적인 면에서 혼이 났다. "판매하고자 하는 마음이 앞선 것은 알겠는데, 아무리 싸게 주어도 손님들은 자기들이 싸게 샀다고 생각 안 해. 이렇게 판매한 것은 우리 이미지를 깎아 먹는 일이야."

퇴근 후 명상센터로 향했다. 수련하면서 같이 도를 닦는 사람들을 도반이라고 부른다. 도반님들과 통닭을 즐겼다.

곧 사직하는 과장님이 근무했던 뉴패러 매장은 중요한 자리였다. 경력직 판매원이 필요했지만 구인에 어려움이 있어, 임시로 내가 매장을 지키게 되었다. 알록달록하고 세련된 분위기의 매장이었다. 인수인계를 받기 위해 과장님과 붙어 있었는데, 퇴사가 아쉽다고 전하자 그는 담담히 답했다. "언젠가는 정리해야 할 자리였어요."

우리는 각각 한 조씩 판매했다. 총합 1,000만 원 정도 되었다. 나는 한 번도 팔아보지 못한 소파 모델을 판매했는데 정가만 900만 원에 달하는 상품이었다. 물론 구성을 변경해서 계약 금액은 640만 원이었다.

퇴근 후 사장님께서 선물해 주신 오디오 CD를 차에서 들었다. 이 CD는 갭이어 참가 기념으로 받은 것인데 이승헌 총장님의 목소리가 녹음되어 있었다. 사장님은 총장님을 스승님으로 칭했다. 나는 선생과 스승의 차이를 물었는데 사장님은 이렇게 답했다. "선생은 살아가는 기술을 가르치지만, 스승은 인생을 가르칩니다."

2월 28일 일요일

사장님이 선물해 주신 오디오 CD를 들으며 출근했다. 이런 내용이 있었다. '나는 내가 빗방울을 들을 때 내 귀가 듣는 줄 알았다. 달빛을 보매 내 눈이 보는 줄 알았다. 지금 내가 한 번 더 눈과 귀를 열고 듣고 보매 빗방울, 별빛, 달빛과 내가 다르지 않았다.'

오늘 황당한 일을 겪었다. 내가 오사마리를 끝낸 고객인데, 상사가 오더니 내가 만들어 놓은 탑을 우르르 무너뜨렸다. 모델과 계약 내용 자체를 변경해 버리는 것이었다. 계약금 케파를 더 키울 수 있는 고객이라는 판단이 들어서, 더 고가의 모델을 판매하려고 했을까? 아무튼 상사가 선을 넘었다는 생각이 들었다. 고객은 이사를 준비하면서 8년 넘게 사용한 덩치 큰 검은색 가죽 소파를 새것으로 교환하고자 했다. 나는 이사할 집의

도면을 찾아가며 벽면과 바닥의 색감과 질감, 카우치 방향을 확인했다. 그리고 가장 중요한 고객이 원하는 거실 컨셉에 맞춰 대부분의 것들을 디자인했다. 그런데 갑자기 다 뒤엎어버린 것이다. 내게 귀띔도 없었다. 고객은 계속 이렇게 말했다. "아까 문 주임님이랑 맞춘 건데. 이걸 바꿔야 하나요?" 길게 설명하고 합의한 시간을 생각하니 무안하기 짝이 없었다. 당황스러움에 우선 자리를 피했다.

고객은 선택 장애에 걸려 두통을 호소했다. 결국 고객은 좀 더 생각해 보겠다며 계약을 취소하고 매장을 떠났다. 만약에 모델을 꼭 바꿔야 했다면 계약 이후에 진행해도 될 일이었다. 이해할 수 없는 일이 벌어졌던 것이다. 이사님이 이 사실을 아시고는 나의 오해를 풀어 주려고 하셨다. 하지만 좀체 이해되지 않는 부분이어서 쉽사리 화가 사그라들지 않았다. 솔직한 심정으로 이 일은 오해가 아니라, 나를 향한 무시이자 공격인 셈이었다.

화가 머리끝까지 차올라 수련을 가지 않았다. 귀가해서는 일을 그만둬야 하는 것 아닌지 고민했다. 당장 극단적으로 결정하고 싶지 않아서 일단 좀 더 지켜보기로 했다.

3월 1일 화요일

공휴일에도 출근했다. 신소재 소파 매장에서 근무했는데 삼일절이라 그런지 손님이 많았다. 이 매장이야말로 직원이 두 명은 있어야 한다. 한 사람이 한 팀을 맡아 설명하고 계약하기까지 적어도 두어 시간은 족히 걸린다. 그렇기 때문에 바쁜 시간에 설명을 듣지 못하는 고객들은 이 소파 소재가 세무인지, 벨벳인지, 일반 천인지 알 길이 없다. 따라서 직원이 확

충되든가 아니면 다른 방법을 강구해야 한다. 오늘의 경우도 놓치는 손님들이 많아 아쉬움이 컸다. 나는 의욕이 앞선 채로 한 팀을 응대하면서 다른 고객들까지 챙기기 바빴다.

블로그를 보고 찾아오신 고객님들께 소파 두 조를 판매했다. '블로그를 보고 왔다'는 그 한마디가 왜 이리도 반가운지 모른다. 그 말 속에는 내가 쌓아 온 시간과 노력이 함께 담겨 있는 듯했다.

퇴근 후 수련. 센터로 이동해 수련을 준비하다가 우연히 SBS에서 방영된 '아리랑 그 특별함' 편을 보게 되었다. 총장님은 아리랑을 이렇게 해석하셨다. '나 아(我), 이치 리(理), 즐거울 랑(樂).' 이치를 깨달아 즐겁다. 아리랑은 이치(법)를 잃어버린 한 민족의 슬픔이 담긴 노래라고 하셨다. 일리가 있다고 생각한다. 왜냐하면 한 여인이 낭군님을 떠나보내며 부르는 노래라고 치부하기엔 노래 자체가 주는 울림이 특별하다. 여인은 한민족이고 떠나는 님은 '법'과 '이치'가 아닐까? 법이 왜 떠났을까? 법을 왜 잃어버리게 되었을까? 우리가 내다 버렸을까? 확인할 길이 없다.

오후 3시, 청도에 전원주택을 크게 짓고 있는 고객님께 500만 원어치의 가구를 판매했다. 아마 이번 주 안으로 침대와 입본장, 거실장 등을 더 구매하실 것 같다. 좋은 뉴스가 있는 반면에 나쁜 뉴스도 있었다. 지난번에 나와 계약한 고객이 소파를 취소하겠다고 연락을 주신 것이다. 나는 두말할 것도 없이 취소해 드렸다. 취소된 모델은 일반 가정집에서 소화하기 어려운 모델이다. 또 배송 리뷰에서도 그 모델은 찾아볼 수 없다. 다음번에는 좀 무난한 모델을 먼저 추천해야겠다. 좋은 경험이다. 사장님은 너무 쉽게 취소해 드리면 안 된다며 더 끈질기게 매달리기를 바라신다. 나는 이미 끈질기게 매달린 것처럼 보고드렸다. 솔직히 누군가에게 매달리는 것을 나는 극도로 싫어한다.

수련에 참가하지 못했다. 사장님께서 혼 구멍을 내 주셨다. 혼 구멍은 혼에 구멍을 내서 뜻과 의미가 통하게 만들어 준다는 뜻이라고 하셨다.

신소재 소파 매장으로 출근했는데 나 혼자였다. 어제 내가 응대하지 않은 계약 고객들이 매장에 와서 이것저것 물어보았다. 색상과 구성을 변경하고 싶어 했고, 금액 할인을 서비스 증정으로 변경해 달라고 요청하기도 했다. 내가 상담하지 않은 고객을 응대하는 일은 정말 어려운 일임을 깨달았다. 다른 판매원과 내 말이 모순되지 않도록 노력했다.

요즘은 책 읽는 시간보다 일기를 쓰는 시간이 훨씬 더 길어진 것 같다. 책과 일기를 바꾼 셈인데 이게 옳은 일인지 모르겠다. 책을 읽는 시간이 내게 더 좋은가, 일기를 쓰는 시간이 더 좋은가? 굳이 따져본다면 나는 일기를 택하겠다. 책 읽기는 일기를 쓰기 위한 사전 작업이다. 일기를 써야만 일상과 환경을 성찰할 수 있다고 생각한다. 그럼으로써 나는 성장할 수 있다. 통찰된 힘을 바탕으로 현재를 장식하고 미래를 꾸려 나갈 수 있는 것이다.

그 누구의 인생도 평범하지 않다. 만약 그러한 사람이 있다면 그건 보는 이의 관점일 뿐, 그 사람 나름의 오르막과 내리막이 존재한다. 절대 상승도 없고 절대 하락도 없다. 그러니 좋은 일들이 계속 나타난다면 언젠가 하락이 시작되는 시점이 있다. 긴 시간 동안 내리막만 걷고 있다면 언젠

가는 상승하는 기회를 만날 수 있다. 이러한 과정에서 일기를 쓴다는 것
은 나 자신을 알아 가는 작업이며, 내 인생의 그림을 들여다보는 일이다.
내 우주를 이해하는 일이다. 내가 택한 이 삶을 받아들이는 일이다.

3월 4일 금요일

오늘은 또 가구몰로 출근이다. 오후에는 또 다른 매장으로 이동해 근무
했다. 내가 계약한 고객은 일일이 내가 다 챙겨야 하는데, 여러 매장에서
고객이 생겨 복잡해지기 시작했다.

이런 와중에 프치스 거실장을 주문 제작한 고객에게 문제가 생겼다. 배
송일을 오늘로 알고 있던 고객은 금일 배송이 불가하다는 이야기를 듣고
흥분했다. 또한 5발 거실장으로 알고 있었는데 누구 마음대로 6발 거실장
이 되었냐는 거였다. 얼마나 성격이 급한 분이신 지 내 말은 전혀 듣질 않
으셨다. 전화상으로 흥분한 고객의 목소리가 내 귀를 때렸다. 큰일이다
싶어 이사님께 허락을 구해 공장에 오늘 중으로 출고할 수 있도록 부탁했
다. 그리고 내가 직접 배송 가기로 했다.

급하게 공장에서 거실장이 출발하고 하역장에서 검품을 진행했다. 거
대한 거실장은 아름다웠다. 완성도 높은 가구였다. 거실장 다리는 4개가
부착되어 있고 2개는 배송지에서 고정하라고 따로 포장되어 있었다. 솔
직히 5발을 원하는 고객에게는 다리를 1개만 더 부착해 주면 될 일이다.
부장님은 일정이 있어서 처음 보는 배송 기사님과 고객댁으로 향했다.

거실장과 아카시아 원목 책장 배송을 시작했다. 봄비에 정장이 다 젖었
다. 기사님은 고객의 집을 먼저 살펴봤는데 엘리베이터가 작다고 하셨다.
"이 엘리베이터에 안 실리겠는데?" 거대한 스케일의 거실장은 엘리베이터

에 들어갈 수 없었다. 억지로 집어넣다간 스크래치가 생길 수 있다. 하는 수 없이 아파트 5층까지 비상계단으로 가구를 올렸다. 3층에서 4층으로 오르는 코너를 돌다가 정장 바지 엉덩이 부분이 찢어졌다. 하필 오늘은 빨간색 팬티였다.

바지가 어떻게 되었든 숨을 헉헉 몰아쉬며 5층까지 올라왔다. 울그락불그락 화를 내던 대구 아저씨는 팔짱을 낀 채 우리를 노려보고 있었다. 눈치 빠른 기사님이 말씀하셨다. "사장님. 이거 스카이차로 와야 되는데 스카이 부르면 18만 원이에요. 고객님 돈 아껴 드리려고 이렇게까지 합니다." 나는 고객님께 인사드리며 오늘 비가 와서 위험하다고 판단해서 배송이 안 된다고 말씀드렸다고 설명했다. 그리고 뒤돌아서서는 찢어진 정장 바지와 그 속에서 민망하게 선명한 빨간 팬티를 보여 드렸다. 고객님은 그런 상황이었는지 몰랐다며 팔짱을 풀어 주셨다. 그리곤 짐을 함께 들어주셨다. 나는 능청스럽게 말을 꺼냈다. "고객님. 죽겠습니다. 진짜 힘들어 죽겠습니다." 고객님이 대답하셨다. "아이고야. 이거 진짜 무겁네. 뭐가 이래 무겁노. 허허허."

드디어 벽걸이 TV 아래로 멋진 거실장이 설치되었다. 제품을 마음에 들어한 고객은 사진을 찍어서 와이프에게 전송하기 바쁘다. 5발인지 6발인지는 이미 고객의 머릿속에 사라진 지 오래였다. 오로지 고객을 위해 고군분투하는 직원들과 유려한 자태를 뽐내는 거실장만 남았다.

고객님은 따뜻한 수육과 맛 좋은 김치를 내오셨다. 나는 농담으로 "막걸리도 주세요" 했다. 고객은 당장 막걸리를 사 오겠다며 지갑을 챙긴다. 당연히 농담이었다. 바지가 찢어졌더니 이상한 농담이 술술 나온다. 수육은 참 맛있었다. 배송 기사님에게 편하게 먹고 가자고 말씀드렸는데 시간이 없다고 하셔서 몇 개 먹지 못했다. 센스 만점 기사님은 나의 아쉬움을 보셨는지, 남은 음식을 싸 가게 해 달라고 요청했다. 결국 내 손에 따뜻한 수육과 맛 좋은 김치가 들렸다. 마지막으로 고객님은 자신이 유명 더덕밥 맛집 요리사라면서 우리를 초대해 주셨고, 추리닝 하의를 빌려주셨다. 팬티 바람으로 대구 시내를 돌아다닐 수 없으니까.

3월 5일 토요일

최근 아르바이트생으로 고용된 아가씨와 함께 근무하게 된 날이다. 근처 대학교에서 서양회화과에 다니는 20대 초반 여성이었다. 사장님은 마음에 들어하시며 큰 기대를 거셨다. 딸만 둘인 사장님은 나지막이 혼잣말을 내뱉으셨다. "내가 아들이 있었다면 며느릿감인데…"

그녀가 오기 전 나는 향수를 뿌리고 가글을 하고 있었는데 이 모습을 보고 이사님이 웃으셨다. 아무래도 내 나이 또래의 여성이 온다고 하니 내가 잘 보이려고 치장하는 것으로 생각하셨나 보다. 사실 잘 보이고 싶은 마음도 있다. 사람 일은 어찌 될지 모르는 것이다! 곧 함께 근무하며 단아한 그녀와 이런저런 이야기를 나눌 수 있었다. 조곤조곤 대화를 잘하고 똑 부러지는 스타일이다.

곧 퇴사하는 과장님이 점심을 사겠다며 따라오라고 하셨다. 도착한 곳은 대형 쇼핑몰 안에 위치한 직원 식당이었는데 과장님은 귓속말로 여기가 저렴하고 맛있다고 했다. 과장님이 결제하러 가는데 식당 직원이 따라와서는 어디서 오셨냐며 물었다. 과장님은 손가락으로 밖을 가리킬 뿐 아무 대답도 하지 못했다. 알고 보니 쇼핑몰에 근무하는 직원 전용 식당이어서 외부인은 식사가 불가했다. 과장님 반응이 재밌었다. 마치 사춘기

소년처럼 이 상황을 어떻게 해야 할지 몰라 당황하는 표정으로 오른손 검지와 중지가 힘없이 흔들거렸다. 식당 직원과 과장님 사이에 어색한 침묵이 흘렀다. 직원은 계속 과장님을 처다보며 대답을 기다릴 뿐이었다. 결국 과장님은 쇼핑몰이 아닌 저기 저 멀리 바깥 매장에서 왔다고 실토했다. 직원은 한숨을 쉬면서 외부인은 이용 불가라고 했다. 하지만 오늘만 봐주겠다며 자비를 베풀었다. 과장님은 현금으로 식비를 지불하고 빠른 걸음으로 식기를 집어 들었다. 그리고 내게 귓속말했다. "아이고야. 하필 오늘 걸렸네." 난 과장님이 너무 오랜만에 이 식당에 와서 오늘 걸린 것 같다며 자주 오시라고 답했다. 과장님의 순수함에 미소가 절로 지어졌다. 한 아이의 아버지라고 하기엔 맑은 청년의 모습이 보인다.

과장님은 두 건의 계약을 성사시켰다. 과장님 판매 스타일은 중립적이면서 차분했다. 우리 소파가 시중의 일반적인 소파보다 상대적으로 좋다는 것이지 절대적으로 좋은 것은 아니라는 그의 멘트가 인상 깊었다. 그리고 고객이 경쟁업체에 대해 물어오면 그는 항상 이렇게 답했다. "네. 좋더라고요. 그 업체도 좋은 소파를 만들어요." 고객은 과장님의 차분한 태도에서 드러나는 객관적이고 절제된 멘트를 신뢰했다. 또 과장님은 어떤 소재든 더럽게 쓰면 더러워진다며, 우리 소재도 더러워지고 쿠션감도 꺼질 수 있다고 했다. 다만, 상대적으로 덜 더러워지고 덜 꺼진다고 이야기하는 것이다. 나도 과장님처럼 차분하게 고객상담을 열어 나가겠다고 마음먹었다.

신소재 소파 매장에서 근무했다. 점심시간이면 종종 건물 옥상에 잠시 들르곤 했다. 그곳에 갇힌 채 살아가는 진돗개에게 간식을 챙겨 주기 위해서였다. 개의 주인은 이 건물의 주인이기도 하다. 지인들을 데려와 "명품 진돗개"라며 자랑하는 모습을 여러 번 보았지만, 정작 산책을 시키는 장면은 한 번도 본 적이 없다. 명견이라 불리지만, 작은 울타리 안에 갇힌 채 전시된 물건처럼 취급받고 있을 뿐이다. 언젠가 주인의 허락을 받아, 그 개를 밖으로 데리고 나가 마음껏 산책시켜 주고 싶다.

오늘은 특별히 바쁜 것도, 그렇다고 한가한 것도 아니었다. 매장을 둘러보는 손님은 많았지만, 팔린 소파는 한 조뿐이었다. 밤이 깊어진 시각, 떠나는 과장님과 작별 인사를 나눴다. 이 회사에서 침묵맨이 될 수밖에 없었던 그를 떠올리면, 가슴이 아프다. 간절히 그의 무운을 빌었다. 말은 아꼈지만 마음은 멀리까지 따라갔다.

3월 7일 월요일

경력직 판매원이 구해질 때까지 내가 신소재 소파를 담당하기로 했다. MH 양이 매장 정리를 도와주었다. 손은 야무졌지만, 시작도 전에 이건 어렵고 저건 힘들다며 불평을 늘어놓는 습관이 있었다. 나는 물었다. "우리 가구점의 좌우명이 뭔지 알아요?" 그녀는 모르는 눈치였다. "'안 되면 될 때까지.' 그러니 될 때까지 시도해 보세요." 이렇게 말해 주었다.

그녀는 손재주가 좋고 눈썰미가 좋다. 예술적 재능이 뛰어나다.

3월 8일 화요일

아침 일찍 출근. 경주에서 명상센터를 운영하시는 원장님께서 매장에 방문하셨다. 내게 밝고 정직한 인상이 있다며 칭찬해 주셨다. "어우, 우리 사장님 인복이 넘치시네요. 듬직하시겠어요.”

퇴근 후 수련. 내 몸을 점검해 주셨는데 온몸이 딱딱하게 굳어 혈이 다 막힌 상태라고 하셨다. “이 몸을 보니 이제껏 어떻게 살아왔는지 알겠습니다. 힘을 바락바락 쓰면서 긴장한 채 살아왔군요.” 무엇 때문에 그렇게 긴장하며 힘을 쓰고 살아왔을까.

낮에는 일하고 밤에는 공부하는 생활을 5년 넘게 지속해 왔다. 졸리면 커피와 에너지 드링크로 잠을 물리쳤고, 용돈을 많이 벌어보고자 투잡을 전전했다. 그럴수록 몸과 마음은 점점 굳어 갔다.

원장님께서 내 머리를 두드리고 당기시더니, 두피가 너무 물렁하다고 놀라셨다. 암 환자들이 이런 상태라며, 몸이 안 좋은 상태라고 하셨다. 그 말을 듣고 퍽 슬퍼졌다. 버티기 위해 스스로에게 자기암시를 걸었던 지난 날이 떠올랐다. 힘들고 아파도 이겨내야 한다며, 몸과 마음의 신호를 무시하고 나를 몰아붙였다. 그렇게 내 안의 목소리를 외면하고, 온종일 채찍질했다. 나 자신에게 미안한 마음이 들었다. 나는 나를 미워했다. 미움은 지금도 여전하다.

3월 12일 토요일

사장님께서는 신소재 소파 매장에서 잘해 보라며 MH 양과 아르바이트생을 배치해 주셨다. 나는 두 사람에게 일일 과업의 목표와 목적을 명확히 설명했고 각자의 재능에 맞게 업무를 분배했다. 우리는 협력하여 큰 소파 한 조와 최신 모델 한 조를 판매했고, 판매액은 천이백만 원이 넘었다.

매장을 마무리할 무렵 긴장이 풀렸는지 몸에 힘이 쭉 빠졌다. 고객을 설득하는 데 가장 많은 에너지가 소모된다는 것을 실감했다. 적절한 멘트와 판매자의 굳센 에너지가 어우러질 때 비로소 계약금이 입금된다.

좋은 성과가 있었던 반면, 슬픈 뉴스도 있었다. 근무한 지 이제 겨우 2주 된 아르바이트생이 해고된 것이다. 내심 일을 잘하고 있다고 생각했기에 마음이 불편했다. 사장님은 면접 당시 "며느릿감"이라며 마음에 들어하셨는데, 왜 이런 결정을 내리셨는지 모순적으로 느껴졌다. 아마 개인적으로는 마음에 들지만, 판매직으로는 맞지 않다고 판단하신 것 같다. 인사권은 사장님의 몫이니 따를 수밖에 없었다.

아르바이트생은 결과를 담담하게 받아들이는 듯 했으나, 조목조목 할 말은 다 했다. 자존감이 높은 여성이었다. 계속 더 같이 하고 싶은 마음이 굴뚝 같았지만 보내줄 수밖에 없다.

오늘은 어제보다 더 많은 매출을 올리고 싶었다. 하지만 한 조 정식계약과 가계약 1건으로 마무리되었다.

오늘 특이한 점이라면 경쟁업체와 우리 소파를 비교하러 오는 손님이 세 팀이나 있었다는 점이다. 그들 모두 어느 브랜드를 선택할지 고민하고 있었다. 그런데 내 짐작으로는 몇몇 고객님은 이미 경쟁업체 소파를 계약한 것 같았다. 왜냐하면 자신들의 선택이 옳았음을 확인하기 위해 우리 소파의 단점만을 들추는 것처럼 느껴졌기 때문이다. 고객 상황이 어떻게 되었든 알고 있는 바를 잘 설명 드렸다. 고객님들이 어느 정도 선을 넘을 때가 있었는데도 침착하게 응대했다.

두 번째 팀에게도 똑같이 설명했는데, 어느 정도 들어 보시고는 솔직하게 말씀하셨다. "팀장님? 아 주임님이시구나. 주임님. 사실 저희가 지난주에 다른 회사 소파를 계약했지요. 그런데 주임님이 운영하는 블로그를 보고 여기까지 왔습니더. 근데 고마 계약을 변경하고 싶네예.”

그들이 우리 브랜드로 돌아서려는 핵심은 소재의 내구성이었다. 우리 매장에는 경쟁업체 소재의 쿠션이 2개 있었는데 나는 있는 힘껏 당겨 보라고 했다. 고객은 내 말에 따라 힘껏 당겼고 쿠션은 늘어나서 주름이 생겨버렸다. “고객님. 보이시죠? 부드럽지만 잘 늘어나는 게 흠이에요. 무조건 이게 좋다 저게 좋다가 아니에요. 이런 장점이 있으면 저런 단점이 있는 거예요. 저희가 부드럽게 못 만들어서 약간 하드하게 만드는 것은 절대 아니고요…” 고객은 우리 브랜드로 변경할 테니 할인해 달라고 했다. 결심하셨기에 나도 최선을 다해 할인과 증정품을 만들어 드렸다.

퇴근 시간이 다 되었다. 사장님께서는 어제오늘 연속 매출을 올린 내게 감동을 받으신 것 같았다. “오! 우리 주임님! 대단해요! 와~~!! 역시 인성 영재! 와~~!!” 회사 카톡방에 따봉 이모티콘과 하트 이모티콘이 연속적으로 터졌다. 사장님의 표현은 오버스러운 면이 있다. 근데 기분은 좋다.

저녁 7시 50분, 퇴근 준비를 하는데 한 커플이 들어왔다. 경쟁업체의 눈으로 나를 째려보고 있었다. 오후의 고객처럼 경쟁업체와 우리 브랜드의 비교 대조표가 필요한 것 같았다. 가구몰 건물의 조명은 꺼지고 있었지만, 설명을 해드렸다. 사장님께서도 신소재 소파 매장으로 넘어오셔서는 협공을 펼쳐주셨다. “고객님. 방금 전에 계약을 변경하신 분도 고객님과 똑같은 상황이었어요. 그런데 객관적이고 합리적으로 판단하셔서는 결국 저희 브랜드를 선택해 주셨어요.” 결국 막바지에 또 하나의 계약이 탄생했다.

수습 기간이 곧 끝난다. 일을 지속할 것인가 이직할 것인가 고민을 가지고 있었는데, 그냥 하기로 했다. 왜냐하면 일 자체는 마음에 들었기 때문이다. 구조적으로 부당하고 불합리하기도 하고, 소통이 안 되어 답답한 면도 크다. 친구들에게 열악한 근무조건을 털어놓았을 때 다들 그만두라고 했다. 그런데 한 친구가 내게 일은 마음에 드는지 묻기에, "일은 재밌긴 하지."라고 답했다. 친구는, "그러면 그냥 하지 왜. 나는 조건은 좋아도 일이 재미없어 죽겠다."라고 했다.

그렇다. 직장 사람들도 좋고, 손님들도 좋고, 판매하는 아이템도 좋다. 한 번씩 여러 지방에 나들이 가듯 배송 지원을 나가는 것도 좋고, 행사를 기획하는 것도 좋다. 무엇보다 블로그와 회사가 동시에 성장하는 모습을 지켜보는 것은 참 뿌듯하다. 또 근무 후에 수련하는 것도 좋다. 대학교 공부도 할 수 있고, 갭이어도 보내 준다. 또 이사님으로부터 전해 들은 내용인데, 사장님께서 나를 인정해 주시고는, 차월부터 급여를 대폭 인상해 주신다고 한다.

최근 금테 동글이 안경을 쓰고 매장에 서 있다. 안경 하나 바꿨을 뿐인데, 손님들의 시선과 태도가 미묘하게 달라진다. 골드 컬러는 얼굴 톤과 자연스럽게 맞물리고, 동글한 프레임은 각진 인상을 누그러뜨려 차분하고 사려 깊은 사람으로 보이게 한다.

그런데 놀라운 건 MH 양이었다. 동글이 안경을 쓰게 했는데 나보다 더 잘 어울렸던 것이다. 안경을 쓰자 지적이면서도 청초한 이미지가 확 살아났다. 점심시간에 MH 양을 위해 안경점에 들러 같은 스타일의 동글이 안경을 구입했다. 매장으로 돌아와 기쁜 마음으로 안경을 선물했다. 우리 회사 유니폼은 없지만, 금테 동글이 안경이 '뉴패러매장의 상징'이 되어 줄 것이다.

오늘도 어김없이 경쟁업체와 우리를 비교하는 손님들이 많았다. 대부분 일단 우리 매장을 둘러보고 난 뒤, 다른 브랜드도 보러 가겠다는 반응이었다. 나는 차분히 설명 드렸다. "어떤 소재든 각기 장단점이 있습니다. 저희 제품은 세계 유수의 명품브랜드가 고객님보다 먼저, 고객님보다 더 까다롭게 검증해서 통과한 소재예요. 기존 고객님들은 그 점을 중요하게 여겨 주셨어요." 이 멘트는 참 효과적이었다. 고객님들은 "굳이 더 찾아볼 필요가 없겠다"며 우리 제품을 선택해 주셨다. 사장님은 단체 채팅방에 노란색 따봉 손가락과 핑크색 축하 꽃다발 이모티콘, 흥겨운 태평소 사진을 잔뜩 보내 주셨다. 이사님은 보통 카톡방에서 조용하신 편이었는데, 오늘은 예쁘고 아름다운 이모티콘 축하에 동참하셨다.

블로그에 고객 리뷰 사진이 착착 올라가고 있다. 이 속도라면 여름까지 100건은 채워질 것 같다. 오늘부터 MH 양이 고객댁을 방문해 거실 사진을 촬영하기로 했다. MH 양은 DSLR 사진 촬영에 일가견이 있다. 나는 MH 양에게 힘주어 말했다. "우리 회사는 우선 블로그에 집중해야 해요. 블로그에는 고퀄리티 사진이 필요해요. 이걸 해내지 못하면 나는 옷을 벗을 생각이에요." 그녀의 검은 눈동자에 반짝이는 빛이 번쩍거렸다. 잘 해낼 것이라는 확신이 들었다.

　그저께 우리 브랜드를 선택해 주셨던 고객님께서 다시 매장을 방문해 주셨다. 아내분은 더 할인해 주지 않으면 취소하겠다는 협박 아닌 협박을 하셨다. 고객은 본인들이 체결한 계약과 우리 브랜드를 의심하며 말끝마다 경쟁업체 이야기를 꺼냈다. 겉으로는 색상이나 모델을 고민하는 듯했지만, 사실은 아직도 우리 브랜드와 경쟁브랜드 사이에서 갈팡질팡하고 있었던 것이다. 조심스럽지만 단호하게 말씀드렸다. "제가 근무하면서 이렇게까지 타 브랜드 이야기를 자주 들은 적은 없습니다. 고객님께서 먼저 브랜드를 결정해 주셔야 모델이든 컬러든 선택하실 수 있을 거예요. 혹시 마음을 바꾸셔서 취소를 원하신다면, 위약금은 면제해 드리겠습니다. 고객님의 선택을 기다리겠습니다."

　남편분은 차분했지만, 아내분은 결정을 내리기 어려우신 듯 안절부절했다. 나는 말을 마친 후, 조용히 다른 고객을 응대하러 자리를 떴다. 그들은 한동안 매장 구석에 있다가 다소 힘이 빠진 표정으로 "전화를 드리겠다"는 말을 남기고 떠나갔다. 솔직히 기분이 썩 유쾌하진 않았다. 하지만 곧 안동에서 먼 길을 오신 또 다른 고객님께서 소파를 유쾌하게 판매했다.

　퇴근 후 센터에 들러 명상을 했다. 눈을 감고 나 자신을 돌아봤다. 주어진 일에 최선을 다하고 있는 나, 긍정적인 자세로 하루하루를 살아가고 있는 나 자신을 격려해 주었다. 과거의 아픔과 상처, 현재의 안타까운 처지에 집중해서 얼마든지 비관적으로 살아갈 수도 있다. 하지만 나는 영화 '인생은 아름다워'의 주인공 귀도처럼 긍정적으로 살기를 선택했다. 귀도는 죽음이 예정된 나치 수용소에서도 행복과 평화를 창조해 냈다. 1,000

일 뒤에 죽는다면, 999일 동안 일상의 행복과 즐거움을 누리다 죽어야지. 999일 동안 슬프고 괴로우면 안 된다.

상쾌한 봄비가 내렸다. 매장 안에서는 빗소리를 전혀 들을 수 없어 아쉽다. 사방이 온통 막힌 벽과 천장이다. 사계절을 다 눈과 귀로 확인할 수 있는 오픈된 사무실, 열린 매장에서 근무하고 싶다는 충동이 들었다.

오늘은 구미 지역에만 무려 8조의 소파가 배송되었다. 꽤 오랫동안 기다려 온 순간이라 아침부터 마음이 들떴다. 사장님과 MH 양이 구미 배송에 동행하셔서는 고객님 댁을 촬영했다. 프로젝트가 잘 진행되고 있다.

한동안 브랜드를 계속 고민하며 계약을 취소할 것처럼 보였던 부부 고객님께서 매장을 다시 찾았다. 의외로 두 분 모두 밝은 표정이었고, 나를 보자마자 "여기로 결정했어요"라며 환하게 웃으셨다. 아내분은 이렇게 말씀하셨다. "우리 남편이 여기 제품에 푹 빠져서 다른 브랜드는 거들떠도 안 보더라고요. 그리고 주임님이 얼른 장가가셔야 한다면서 여기 팔아 줘야 한다고…" 나는 종종 고객님께 "장가 좀 가게 도와달라"고 농담처럼 말하곤 한다. 그러면 남자 고객님들은 나를 응원해 주신다. 역시 경상도 남자들의 의리! 감사한 마음을 담아 남편분과 포옹을 나눴다. 남편분께서는 나의 부친이 되신 것처럼 내게 악수를 건네며 말씀하셨다. "얼른 장가가셔야지. 주임님?"

이후 일은 일사천리였다. 계약서를 깔끔하게 다시 작성하고, 입주민카페와 맘카페에 홍보해 주시기로 약속하셨다. 그리고 우리 블로그에 업로 드 할 거실 사진 촬영을 대비해 소파에 깔맞춤한 블라인드와 러그를 준비 하겠다고도 하셨다. 충성 고객님의 탄생 순간이었다.

그런데 그 순간, 옆에 함께 있던 일일 알바생이 분위기를 전혀 읽지 못 한 채 "아기 소파도 서비스로 드리면 안 되냐"는 돌발 멘트를 툭 던졌다. 갑작스러운 말에 나는 순간적으로 굳어졌지만, 애써 웃음을 지어 보이 며 손님께 "이 직원, 어쩌면 좋을까요?" 하고 상황을 넘기려 했다. 그러나 아내분은 그 말에 맞장구치며 눈을 반짝였다. "맞아요, 아기 소파도 주세 요!" 하고 오히려 기세를 더해 밀어붙였다. 이미 이것저것 더 달라고 매달 리는 고객을 상대로 방어선을 치느라 에너지를 상당히 소모한 상태였던 터라, 그 말은 내게 당황스러움을 넘어 피로감을 안겨 주었다. 나는 결국 알바생을 향해, 차라리 우리 월급을 모아 고객님께 소파 드리자는 말을 정색하고 내뱉고 말았다. 그렇게 분위기는 순식간에 어색해졌고, 이 상황 은 참으로 곤란했다. 문제는 여기서 끝이 아니었다. 그는 마치 곤경을 불 러오는 말만 골라 계속해서 상황을 더 어렵게 만드는 언행을 이어 갔다.

단둘만 남았을 때 말을 꺼냈다. 나도 고객님께 아기 소파도 주고 싶고, 소파 테이블도 주고 싶고, 침대도 주고 싶다고 했다. 그런데 현실적으로 불가하고, 회사는 이익이 있어야 운영될 수 있다고 알려 주었다. 내가 얼 마나 당황스러웠는지, 그리고 판매원으로서 그런 뉘앙스를 가진 질문이 얼마나 위험한지를 친절하게 설명했다. 그는 몇 번 말대답을 하더니, 결 국 울먹이며 죄송하다고 했다. 어린 친구이기 때문에 실수할 수 있다. 민 첩하고, 똑똑하고, 지혜롭고 감각 있는 MH 양이 그립다. MH 양과 있으면 10팀, 100팀이 두렵지 않다. 얼마나 어시스트를 잘해 주는지! MH와 나는 판매 호흡이 참 좋은 거구나 깨달은 하루였다.

3월 20일 일요일

어젯밤 친구들과 술을 과하게 마셨다. 잠도 제대로 자지 못한 채 출근한 탓에, 거울을 보지 않아도 눈이 퀭하다는 걸 스스로 알 수 있었다.

사장님은 내 얼굴을 한 번 훑어보시더니, 어제 매출이 없어서 마음이 힘들어 보인다며 나의 건강을 걱정해 주셨다. 나는 어제 놓친 고객이 자꾸 마음에 걸려 잠을 설쳤다고 능청스럽게 둘러댔다. 그러자 사장님은 더 묻지 않고 조용히 내 어깨를 토닥이시며 쌍화탕 하나를 내밀었다. 그 손길 앞에 괜히 죄송했다.

3월 25일 금요일

오늘 오전, 청도에 전원주택을 짓고 계신 고객님의 댁에 다녀왔다. 내가 가구점 일을 시작했을 무렵 만난 분으로, 아카시아 원목 브랜드 제품을 여럿 구매해 주셨던 고객님이다. 계약서를 쓰던 당시, 나는 청도에 구경 삼아 배송에 따라가겠다고 했었고, 고객님은 꼭 오라며 맛있는 식사를 준비하겠다고 하셨다.

배송 부장님과 함께 청도로 향했다. 주택에는 하얀 풍산개 두 마리가, 집 뒤편에는 부드러운 비슬산이 고요히 서 있었다. 이곳 풍경을 넋 놓고 바라보았다. 무척이나 자연에 살고 싶다.

풍산개 한 마리의 목을 안아보았는데, 두 손으로도 감싸지지 않을 만큼 굵고 단단했다. 발은 묵직했고, 어깨는 떡 벌어져 있었다. 강한 골격과 탄탄한 존재감이 느껴졌다. 이래서 호랑이를 잡는 개구나. 고객님은 개들이 나를 전혀 경계하지 않는 것을 보고 놀라워했다. "원래 모르는 사람 보면 사납게 짖기 바쁜 애들인데, 야들이 아주 희한하네. 무슨 일이고." 나는 익숙한 듯 웃으며 말했다. "개들과 통하는 사이라서 그렇습니다." 개들은 쉴 새 없이 애교를 떨었다. 나는 동물을 대할 때 늘 '오냐오냐'라는 말투를 쓴다. 마치 할아버지처럼 '오냐오냐' 하고 말을 건네면, 동물들은 잘 알아들었다는 듯 친근감을 드러낸다. 가끔 버릇없는 행동을 하면 '이노옴'이라고 말한다. 그러면 개들은 흥분을 가라앉힌다. 오냐오냐와 이노옴, 이 두 단어에는 묘한 힘이 있다.

부장님께, "이렇게 좋은 곳에 자주 방문하시니 부럽습니다."라고 말씀드렸더니 반박이 돌아왔다. "아이고 사장님. 누구 놀리십니꺼. 놀러 와야 좋지요. 일하러 오는데 뭐가예."

3월 26일 토요일

친구 결혼식에 참가하고는 재빨리 매장으로 복귀했다. 가구몰 주차장에 꽉 들어찬 고객 차량을 보며 마음이 다급해졌다.

한가할 때 매장 한 켠에서 일기를 쓰는 내 모습을 본 MH 양은 업무 시간에 무슨 짓이냐고 농담 반 진담 반으로 따져 물었다. 능청스럽게 답했다. "일기? 다 일 이야기예요. 일을 기록하는 일기. 업무일지를 업무 시간에 쓰는 건 당연한 거잖아요. 그리고 일기를 쓰면 생각이 정리되고 마음이 정돈돼서 고객 응대를 더 잘할 수 있어요. 저는 우리 매장과 관련된 많은 것들을 이 노트북에 기록 중입니다."

오늘은 큰 소파 한 조를 담백하게 팔았다. 배송일에 거실 사진을 찍어도 되겠느냐 묻자, 고객님은 사진 한 장에 5만 원이라며 웃으며 답하셨다. 나

역시 웃음을 얹어 "그럼요, 공짜가 어딨습니까. 세금계산서 발행되나요?"
라고 하자, 매장에 웃음소리가 크게 울렸다.

3월 27일 일요일

오후에 월간 회의가 진행되었다. 주말에 회의가 열렸다는 것은 손님이
없었다는 뜻이다. 슬프고 답답한 상황이다.

회의를 하며 우리가 가장 많이 판매한 모델이 무엇인지, 블로그로 유입
된 고객들이 어떤 키워드를 통해 들어왔는지를 확인해야겠다는 생각이
들었다. 데이터를 하나씩 정리하다 보면, 우리가 나아갈 길이 보일 것이
다. 경영학도로서 지금의 내가 할 수 있는 최선의 일이다.

4월 1일 금요일

현재 상황에 맞는 최적의 매출 시나리오를 세웠다. 얼마의 기간 안에 몇
개의 상품이 팔려야 하는지, 손익분기점을 넘기기 위해 필요한 판매 수량
은 얼마인지 계산했다. 목표가 한층 명확해진다. 이번 달 목표는 월 매출
1억 원 달성이다.

내일은 천안에서 열리는 갭이어 프로그램에 참가한다.

4월 2일 토요일

갭이어 참가. 오전 11시, 국학원에 도착했다. 갭이어는 고등학교 졸업
후 곧바로 대학에 진학하지 않고 다양한 삶의 경험을 통해 자기 자신을
발견하는 1년을 의미한다. 교감 선생님의 환영 인사를 시작으로, 지역별
로 조를 나누고 친목을 다지는 레크리에이션 시간을 가졌다. 낯선 사람들

과 손을 맞잡고 어깨를 부딪치며 웃음을 나눴다.

회사 카톡방을 열어 보니 매출은 없었다. 황금 같은 주말 시간, 귀한 시간을 내게 투자해 주신 사장님과 동료들을 생각해서라도 잘 배워 가야겠다는 생각이 들었다. 저녁 식사 후에는 HSP 12단 체험 프로그램을 진행했다. 내 몸과 마음의 주인이 되기 위해선 수련이 필요하다는 말에 공감이 되었다. 선생님은 말씀하셨다. "나의 뇌는 세상에서 가장 위대하다고 말해 주세요. 여러분은 소중합니다. 자기 자신을 사랑하는 일이 인생에서 가장 중요한 일입니다."

나 자신을 사랑하는 일은 인생에서 가장 중요하다. 나를 사랑하지 못하면 그 무엇도 온전히 사랑할 수 없기 때문이다. 부처님이 자비로울 수 있었던 것도, 예수님이 모든 일을 사랑으로 대했던 것도 스스로를 사랑했기 때문일 것이다. 나는 아직 나를 사랑하지 못하고 미움과 원망에 익숙하다. 나 역시 나를 사랑하고 싶다.

4월 3일 일요일

갭이어 2일차. 프로그램에 참가해 강연을 들었다. 첫 번째 강연자는 '천문대장'으로 불리는 천문학 박석재 박사였다. 그는 반만년 전 단군조선을 천문학으로 증명해 낸 학자로 소개되었다. 박사는 말했다. "우리나라 사람들은 우리 역사를 너무 쉽게 비하합니다. 반만년 전이면 사람들이 동굴에서 날고기를 먹던 시기인데 무슨 나라가 있었냐고 하지만, 반만년 전 단군조선의 천문 기록이 존재합니다. 그 기록이 실제 천문 현상과 부합하는지를 연구했는데, 정확하게 맞았습니다. 천문 기록이 있다는 것은 천문대를 갖춘 국가가 존재했다는 증거입니다."

그는 특히 '환단고기'에 기록된 오성취루 현상—수성, 금성, 화성, 목성, 토성이 태양과 나란히 정렬되는 희귀 천문 현상—은 임의로 조작할 수 없는 것이라고 강조했다. 천문 시뮬레이션 프로그램에 해당 날짜의 별자리를 입력한 결과, 약 2년의 오차만 존재했다. 당시 사용되던 달력 차이를 고려하면 이는 '사실'로 인정할 수 있는 수준이라는 것이다. "고조선이라고 부르지 마세요. 그건 잘못된 표현입니다. '단군조선'이라고 해야 맞습니다."

박사는 젊은이들이 국가와 역사를 제대로 모르고 '헬조선'이라 비하하는 현실이 안타깝다며 호소했다. "국가관이 바로 서야 나라가 보이고, 그 안에 있는 내가 보이는 법입니다. 내 나라를 아는 것이 곧 나 자신을 아는 길입니다."

다음 강연은 세계적인 석학 임마누엘 페스트라이쉬 교수, 한국 이름은 '이만열'. 그는 부족함 없는 한국어 실력으로 유창하게 강연을 이어 나갔다. 주제는 '지구시민, 지구경영'이었다. 그는 한국의 성공은 기적이 아니라 문화적 토대 덕분이라며, 한국인의 공동체 정신과 창의성, 높은 교육 수준, 제국주의적 전통이 없는 점을 강점으로 꼽았다. 그리고 이 모든 바탕에는 홍익 정신이 있다고 설명했다.

그러나 동시에 한국인 스스로가 자민족의 역사와 문화를 낮게 평가하고, 교양과 정체성에 대한 무관심이 문제로 불거졌다고 지적했다. 강의를 들으며 질문이 생겨났다. '서구권에도 박애정신이 있고, 사랑의 문화가 있는데 왜 유독 한민족의 홍익사상인가?', '홍익이 실현된 사회란 도대체 어떤 모습인가?', '홍익인간은 무엇인가?'

질의응답 시간에 용기를 내어 질문했다. 그는 한국의 홍익사상과의 인연이 특별했다고 말했고, 앞으로 다가올 큰 사회적 전환기에 이 사상이 더욱 필요해질 것이라고 말했다. 각 문명권마다 다른 표현으로 '홍익'을 구현할 수 있다고도 덧붙였다. "중국의 인의가 홍익이고, 일본의 풍류가 홍익이고, 기독교 문화권이 말하는 사랑과 빛이 홍익입니다."

강연시간이 끝나고 교장선생님은 아직 대화해보지 않은 사람의 눈을 마주 보며 앉으라 하셨다. "상대의 눈을 보며 대화 없이 교감해 보세요. 우리는 인공지능이 되어가고 있습니다. 점수로, 성적으로 자신을 정의하며 살아왔습니다. 지금 이 순간, 우리는 자연 지능으로 돌아가야 합니다."

어린 여자 스태프가 다가와 자신과 함께하자고 말했다. 내게는 꽤 어색하고 민망한 시간이었다. 지긋하게 말없이 상대방의 눈을 마주한 적 있었던가. 우리 동네에서는 눈을 마주치는 것이 시비의 시작이었다. "뭘 보노? 뭐 야리노?" 이 한마디로 주먹이 날아왔다.

여자아이는 망설임 없이 나를 바라보았다. 당황스러웠지만 나도 용기 내어 마주 보았다. 미간을 응시하며 웃음을 참으려 애썼다. 그녀는 작고 여렸지만, 자존감이 높았고 따뜻한 사랑으로 가득 차 있었다. 자기 자신을 사랑하는 마음이 느껴졌다.

교장선생님은 여기서 멈추지 않고 상대방의 장점을 말해 보라고 했다. 솔직히 어색함과 부끄러움에 도망치고 싶었다. 얼굴과 머리에 피가 몰려서 엄청 뜨거워졌다. 아마 내 얼굴은 완전 빨간 꽃게가 되어 있었을 것이다. 그런데 그 아이가 먼저 말했다. "강함과 부드러움을 동시에 가진 분이에요. 사랑을 주고받을 수 있는 분이고요. 눈이 정말 아름다워요." 나도 용기를 내 상대방의 장점을 말해 주었다.

MH 양은 사진을 참 잘 찍는다. 눈이 좋고, 그림도 배웠다고 한다. 타고난 예술가적 감각을 지닌 사람이다. 그녀가 소파 설치 현장에 방문해 찍어온 사진을 보면, 사진의 퀄리티가 남다르다. 최근 우리 가구점 블로그의 일일 방문자 수가 100명을 넘기 시작했다. 사진의 힘이 크다.

사장님은 종종 나에게 "정신없이 일하지 마라"고 하신다. 속으로는 웃음이 나온다. 실제로 정신없이 일하기의 대표주자는 사장님 본인이기 때문이다. 사장님이 매장에 계신 날은 늘 분실물이 넘쳐난다. 계산기, 가위, 스카치테이프, 휴대폰 충전기, 태블릿까지… 하나둘씩 사라진다. "어… 그거? 그 근처에 있을 건데?"라는 사장님의 대답을 들은 후, 우리는 보물찾기를 시작한다. 책상 밑에서 가위가 발견되기도 하고, 책장 위에서 스카치테이프가 발견된다. 가장 황당했던 날은 화장실 세면대에서 계산기를 발견했을 때였다.

이사님은 농담처럼 말씀하신다. "아이고, 여자다 여자. 문 주임아, 계산기랑 가위는 줄을 달아서 책상에 붙여 놔뿌라." 고객 응대도 사장님은 언제나 바쁘고 분주하다.

사장님은 열정이 넘치시는 분이시다. 손님이 없을 때면 매장 디스플레이가 문제가 있다면서 매장의 가구 배치를 온통 뒤집어 놓으신다. 한창 가구를 옮기다 보면 "이제 매장에 기운이 좀 돌아가네."라고 말씀하신다. 누군가는 사장님의 이런 운기(運氣) 활동을 그저 푸닥거리로 치부하기도 한다. 그런데 신기하게도 이렇게 하고 나면 정말 손님이 오기는 온다.

오늘도 많은 소파가 배송되었는데 MH 양이 휴무여서 사진들을 놓쳤다. 배송 기사님이 찍어 온 사진이나, 고객님이 촬영한 사진은 마음에 들지 않았다. 다음부터는 신소재 소파 배송일을 한 곳으로 몰아 MH 양이 사진을 놓치지 않도록 해야겠다.

4월 6일 수요일

오늘은 구미 옥계로 출장을 다녀왔다. 가는 길은 팔공산을 가로지르는 아름다운 봄길이었다. 산의 푸르름과 수많은 벚꽃잎이 바람에 흩날려 핑크빛이 내 차 안으로 스며들었다. 나는 속도를 줄이고, 이 길을 천천히 음미했다. 자연은 언제나 충만한 위로가 된다. 잠깐이라도 마음을 놓을 수 있는 순간이었다.

오늘 출장은 공동구매 프로젝트의 성과를 확인하는 자리였다. 결과는 대성공이었다. 이 아파트에서 20조, 저 아파트에서 30조가 연달아 계약되었다. 블로그 포스팅 제목을 'ㅇㅇ아파트 고객님 신소재 소파 배송 후기'로 구성해 올렸더니, 해당 아파트를 검색할 때마다 우리 블로그가 네이버 상단에 노출되었다. 예쁜 사진과 따뜻한 구매 스토리가 어우러진 덕에 사람들은 블로그에 오래 머물렀고, 덕분에 신뢰와 관심도 함께 가져왔다. 이 모두 MH 양의 성과다. 우리 회사의 보물이다.

회사 회식이 있었다. 퇴사했던 직원들까지 함께한 자리였다. 불로전통시장의 문라이트 식당에서 산낙지와 아귀찜, 낙지볶음이 상을 채웠고, 여기저기서 웃음이 터졌다. 하지만 사장님과 MH 양 사이에는 미묘한 어색함이 느껴졌다. 나는 분위기를 풀고 싶어 조심스럽게 말했다. "MH 양은 회사 얘기를 하면 늘 사장님 편을 듭니다. 오히려 저를 혼내더라고요." 사장님은 잠시 놀란 듯하더니 MH 양을 믿음직한 눈빛으로 바라보셨고, 자리는 한결 부드러워졌다.

밖에는 봄비가 내리고 있었다. 비는 때로, 마음의 먼지를 씻어내는 가장 자연스러운 방식인지도 모른다.

4월 7일 목요일

퇴근 후 단산저수지를 산책하며 벚꽃과 하나가 되었다. 벚꽃나무는 참으로 신비롭다. 대부분의 나무가 봄의 기운을 받아 여름에 꽃을 피운다면, 벚꽃은 가을과 겨울의 차가운 시간을 견디며 에너지를 응축한다. 그리고 이듬해 이른 봄, 누구보다 먼저 꽃을 터뜨린다. 가장 먼저 피어나고, 또한 가장 먼저 스러진다. 그 순환을 바라보며 나는 생명의 한 장면을 배운다.

4월 8일 금요일

오늘은 박 부장님과 함께 대전의 외국인 고객 댁으로 가구 배송을 다녀왔다. 고객은 원목 대형 수납장을 주문 제작했는데, 사이즈가 커서 걱정이었다. 거실에는 무리 없이 설치할 수 있을 듯했지만, 일반 아파트 구조라면 진입이 쉽지 않을 터였다. 혹시 모를 의사소통 문제를 대비해 외국물을 먹은 내가 동행했다.

오랜만의 장거리 배송이 반가웠다. 차 안에서 창밖 풍경을 즐기다 운전 중이신 박 부장님을 바라보았다. 정직하고 성실한 분이다. 우리 부모님과 비슷한 연배에도 무거운 소파를 혼자 척척 옮기신다. 나는 주로 힘으로 가구를 들고, 부장님은 기술로 해결한다. 어디를 가자고 하면 "가입시다, 예예. 가입시다."라는 특유의 말투가 있다. 가끔 사장님의 지시를 전하면 "안 됩니다. 안 합니다."라며 단호하게 말씀하시지만, 몇 시간이 지나면 어김없이 배송 완료 사진이 도착한다. "안 된다고 하셨잖아요?" 하고 묻자, 부장님은 "안 된다고 했지예. 오늘이 마지막입니데이. 이런 식으로 하지 마이소."라고 하셨고, 나는 웃음을 터뜨렸다.

장거리 운전으로 피곤해 보이셔서 내가 대신 운전하겠다고 하면, 부장님은 늘 허락지 않으신다. "대형 운전면허 있어요? 탱크 몰아 봤어요?" "아니요. 저는 1종 스틱으로 포터는 몰 수 있는데요. 대형 운전면허까지는…" 그러면 부장님은 껄껄 웃으시며 말씀하신다. "탱크 조종 안 했으면 핸들 못 줍니다." 우리는 차 안에서 회사 이야기, 진상 고객 이야기, 판매 에피소드까지 다양한 주제로 대화를 나눴다. 부장님과의 대화는 참 즐겁다.

도착한 현장에서는 예상대로 현관과 방문을 통과시키는 데 애를 먹었다. 가구의 모서리가 살짝 긁혀 당황스러웠지만, 외국인 부부는 "들어온 것만도 다행"이라며 안심했다. 수납장을 둘러보던 두 사람은 만족한 듯 서로에게 축하의 뽀뽀를 건넸다. 나는 장난스럽게 박 부장님께도 뽀뽀를 해 주라고 사인을 보냈다. 흑인 아주머니가 두 팔을 벌려 다가가자, 부장님은 급히 손사래를 치셨다. "아이고, 아입니더! Oh NO! 그럼 잘 쓰십쇼! 먼저 갑니데이." 이내 빠르게 현관으로 이동하셨고, 당황한 부장님의 모습이 묘하게 웃겼다. 나는 참 장난꾸러기다.

아주머니가 조금 어색해하시는 것 같아 내가 그 뽀뽀를 받았다. 서양 사람들은 참 뽀뽀와 키스를 좋아한다. 표현이 솔직하고 자유롭다. 그에 반해 우리는 감추고 숨기기 바쁘다.

대구로 돌아오니 어느덧 퇴근 시간. 사실 바로 퇴근해도 될 만한 일정이었는데, 굳이 매장에 들러야 한다는 게 조금 아쉬웠다.

토요일이다. 여느 주말과 다름없이, 카카오톡 단체방은 사장님의 열정으로 뜨겁다. 올해 우리 가구점의 목표는 '10배 성장'이라고 하셨다. 당연히 매출액 기준일 것이다. 오늘 같은 날은 카카오톡을 잠시 손에서 놓아야 한다. 그렇지 않으면 폰은 사장님의 열정으로 과열되기 시작할 것이다.

점심시간, 직원들과 다 같이 단산 저수지로 향했다. 종일 건물 안에 갇혀 있으니 이렇게라도 햇빛을 받아야 한다. 사장님은 두 팔을 벌리며 외치셨다. "자, 모두 솔라 에너지 흡수!!" 우스꽝스럽지만 정겨운 모습이었다. 나는 가끔 생각한다. 우리 가구점을 코믹 드라마로 만들면 대성공할 것이라고. 순풍산부인과 저리 가라다.

오늘은 꽤 의미 있는 계약이 두 건 있었다. 먼저, 12월에 신혼 아파트 입주 예정인 커플에게 800만 원 상당의 소파를 판매했다. 곧이어, 내년 2월 입주 예정인 또 다른 신혼부부에게 700만 원 상당의 소파를 계약 받았다. 이제는 여러 유형의 고객을 만나면서 점점 자신감이 붙는다. 마지막 고객은 입주일이 많이 남았다는 이유로 망설였지만, 내가 공동구매에 추가로 넣어드리겠다고 설득한 끝에 계약이 이루어졌다. "공동구매는 입주민 여러분과 저희의 약속입니다. 공구는 끝났지만, 오늘 결정해 주신다면 그 혜택 그대로 드리고 싶어요." 고객은 "입주일이 많이 남아서요…"라며 거절했다. 난 차분히 이어 갔다. "맞습니다. 입주하실 아파트는 한창 짓고 있습니다. 그런데 왜 벌써 스무 조 넘는 소파가 계약되었을까요? 입주 2개월 남기고 구매하면 되는데 말이죠. 며칠 차이로 공구 혜택을 못 받는 건 아쉬운 일이에요. 그 혜택은 말이죠…" 계약서를 확인한 사장님은 잘했다며 따봉 이모티콘과 꽃다발 사진을 잔뜩 보내 주셨다.

요즘 우리 매장과 경쟁업체를 비교하며 고민하는 고객이 대폭 늘어났다. 본격적인 전면전이다.

오전에는 특별한 손님을 맞이했다. 3월 초부터 우리와 경쟁업체를 수차례 오가며 선택 장애를 겪던 부부였다. 아내분은 경쟁업체를 선호했고, 남편분은 묘하게 우리 소파에 끌리는 듯했다. 고객에 따르면, 경쟁업체에서 이렇게 말했다고 한다. "거기 가서 앉아 보세요. 소파가 부드럽지 않고 억센 느낌이어요." 그 말을 듣는 순간, 마치 도발을 당한 듯한 기분이 들었다. 고객에게 자신 있게 말했다. "고객님, 앉아 보세요. 저희 원단은 명품 차량 브랜드 프리미엄 시트 옵션에 적용되는 소재입니다. 왜일까요? 미끄럽지 않고, 사용자의 앉은 자세를 정확히 잡아 주기 때문입니다. 저쪽은 부드러운 게 아니라 미끄러운 겁니다." 아내분은 고개를 끄덕이셨지만, 그 이상의 반응은 없었다. 우리 원단을 있는 힘껏 당겼다. 당연히 늘어나지 않았다. 이번에는 남편분이 직접 원단을 잡고 위아래로 당기셨다. 나는 조심스럽게 덧붙였다. "상도 차원에서 이런 말씀까지는 드리지 않으려 했는데요… 그 매장에 다시 가신다면, 원단을 직접 한번 당겨 보세요. 늘어나서 주름이 잡힐 겁니다." 남편은 확신에 차서 발끈하듯 말했다. "어여! 이것 좀 보래도. 어?! 이래도? 이래도?!" 아내분은 살짜쿵 미소를 띠면서 말했다. "아하! 늘어나면 안 되지. 그럼 안 되지. 호호."

결국 두 분은 계약금을 입금해 주셨고, 우리에게 바닐라 프라푸치노까지 사 주셨다. 평소보다 더 달콤하다.

MH 양과는 평소에 많은 대화를 나누는 편이다. 오늘은 특히 내가 한 시간 넘게 쉴 새 없이 떠들었다. "주구장창 수다 떠는 여자들을 예전엔 안 좋게만 봤는데… 꼭 나쁜 일만은 아니네요. 속이 다 시원합니다." MH 양은 웃으며 말했다. "이제 수다의 의미를 알겠죠?"

퇴근 후에는 곧장 집으로 향해 대학교 공부를 하다 잠들었다.

휴무. 대학교 과제 작성을 위해 단산 저수지 앞 카페의 구석 테이블에 자리를 잡았다. 왼쪽으로 고개를 돌리면 광합성 중인 키 큰 나무들의 초록이 눈에 들어왔다. 벌들이 분주히 오가고, 새들도 날아다녔다. 자리를 참 잘 잡았다. 저렴한 등록금으로 대학에 다닐 수 있다는 사실에 감사했다.

쉬는 시간, 카페에 흐르던 무드 있는 팝송이 진정한 사랑이 무엇인가에 대해 말하고 있었다. 사랑이라는 이름으로 상대를 내 기준과 욕망 안에 가두려는 속박의 사랑이 있다. 자식이나 연인이 내 뜻대로 움직이길 바라는 마음, 이는 상대를 그 자체로 인정하지 못하고 소유와 집착의 관념일 뿐 진정한 사랑은 아니다.

반면, 상대를 있는 그대로 존중하고 그의 시간과 경험을 이해하며 삶의 방향을 응원하는 사랑은 진정한 사랑이라 할 수 있다. 이 사랑은 가두지 않고 오히려 상대의 새장을 걷어 낸다. 소유하지 않고 놓아준다. 서로가 평온과 자유에 가까워진다. 진정한 사랑의 관계는 서로를 하늘처럼 빛처럼 존재하게 한다.

오늘, 퇴사했던 직원이 다시 복귀한다는 소식이 전해졌다. 참 반가운 일이다. 그는 실력 있고 연륜도 깊은 베테랑이다. 나는 그가 비운 자리를 잠시나마 대신하며 많은 것을 배울 수 있었다. 그러나 어김없이 부정적으로 해석하는 이들도 있었다. 복귀 소식을 듣고 온 어느 동료는 마치 내가 대단한 기회를 잃은 것처럼 대했다. 하지만 나는 신경 쓰지 않는다. 주어진 일에 충실하면 그만이다. 다른 무엇이 필요한가. 오히려 다른 면에서 아쉬울 뿐이다. 매장을 이동하게 되면, 호흡이 잘 맞고 말도 잘 통하는 MH 양과 떨어져 근무해야 한다는 것이다.

퇴근 후 친구에게 전화가 왔다. 부모와의 갈등에 대한 하소연이었다. 생각이 다를 때마다 충돌한다는 말에 나는 "그럼 맞춰 드리는 건 어떻노. 그것도 하나의 합심일 수 있지 않겠나"고 조심스럽게 말했다. 친구는 웃으며 "너는 그러고 사냐"고 되물었다.

부모와의 갈등이 큰 스트레스가 된다는 말이 낯설지 않았다. 나 역시 "헛소리하지 마라"는 말을 들으며 자랐기 때문이다. 나는 친구에게 독립을 권했다. 성인이 되었다면 계속 부딪히며 살 필요는 없지 않겠느냐고. 그는 돈을 모으는 동안은 어쩔 수 없다고 했다.

어릴 때 부모는 보호막이다. 그러나 성장 이후에도 같은 방식으로 머무르면 보호는 속박으로 바뀌기도 한다. 결국 그 껍질은 스스로 깨야 한다는 생각이 들었다. 법륜 스님은 이렇게 말했다. "부모에게 바라면 따라야 하고, 따르기 싫으면 바라지 마라." 그 말은 단순하지만 오래 남는다.

어두컴컴하고 칙칙한 아재들의 가구백화점으로 출근했다. 이전까지는 화사하고 발랄한 분위기의 매장에서 일했기에, 흑백 톤의 매장이 마음에 들지 않는다.

요즘 대학 공부 때문에 수련을 못 하고 있다. 사장님께서는 내게 "수련하지 않으면 잡념과 감정에 휘둘리게 됩니다."라고 하셨다. 사장님 말씀처럼, 수련을 하면 몸과 마음을 다스릴 수 있다. 보이면 알게 되고, 알아차리는 것만으로도 충분하다. 수련은 알아차리기 위해 하는 것.

오전, 칙칙한 매장에 사장님이 방문하셨다. 아침부터 여러 이야기를 나누었는데, 유독 한 문장이 또렷하게 남아 있다. "저는 말을 할 때, 제 말을 하늘이 다 듣는다고 생각합니다. 그래서 함부로 말하지 않으려 하고, 한번 내뱉은 말은 지키려 합니다." 어떤 맥락에서 나온 말인지는 선명하지 않다. 그러나 그 문장만은 잊히지 않는다. 나 역시 한때 '내 말과 행동이 우주에 기록된다'고 믿었던 적이 있다. 모든 것이 기록된다고 생각하면, 삶은 조금 더 신중해진다.

같이 근무했던 해병 대위가 대구에 왔다. 퇴근하자마자 황급히 차를 몰아 전우들이 있는 곳으로 향했다. 최 대위는 여전히 멋지고 강한 해병이었다. 현재 해병대 제1사단에서 중대장을 맡고 있다고 한다. 반가움에 포옹이 오갔고, 우리는 밤늦게까지 술을 마셨다. 그런데 참 놀라운 일이다. 군대 이야기는 끝이 없다. 그 1년 10개월 동안 쌓인 이야기가 어찌 그리 많은지, 마치 30년어치의 인생을 품고 나온 것만 같았다. 그 기억들이 쉴 새 없이 쏟아져 나왔다.

밤늦게 찜질방에 들어가 전우들과 함께 잠들었다. 내 몸을 바라보니 부끄러움이 밀려왔다. 형들은 꾸준히 운동을 해서 탄탄하고 멋진 육체로 살아가고 있는 데 반해 나는 펑퍼짐했다.

4월 17일 일요일

출근하자마자 커피 한 잔을 들고 친구 김훈의 블로그를 구경했다. 친구의 글을 읽고 스스로 질문해 보았다. 나는 심쿵을 잘하는 사람일까?

"갑작스럽게 찾아온 포근함. 시 읽기 좋은 날이다. 시를 읽을 땐 다양한 이미지들이 머릿속에 떠오른다. 이를 '심상'이라 한다. 글을 쓰고자 하는 그 무언가, 그 이미지가 뚜렷하게 남아 있으면 좋은 글을 쓰는 데 큰 힘이 된다. 그 뚜렷함을 흔히 '심쿵'이라 한다. 무언가에 심쿵을 잘하는 사람은 그만큼 쓸 것도 많다. 소중한 장면을 마음속에 잘 간직해 둔다."

예전의 나는 좋은 노래를 들어도 감흥이 없었고, 예쁜 꽃을 봐도 그저 스쳐 지나갔다. 하지만 지금은 조금씩 달라지고 있다. 세상이 비로소 보이기 시작한 느낌이다. 기쁨과 아름다움을 모르고, 좋은 일을 좋은 줄 모르며 사는 삶은 얼마나 슬픈가. 특히 감사한 일을 감사한 줄 모른다면, 그것이야말로 진짜 불행일 것이다.

일기를 쓰며 사건과 감정을 부정으로만 보지 않으려 애써 왔다. 예전 같으면 전부 나쁘게 보였을 일에서도 이제는 긍정을 발견할 수 있는 관점을 가지게 되었다. 물론 부정적 사고의 습관은 여전히 남아 있고, 옛 일기를 읽다 보면 왜 그렇게까지 부정적이었는지 스스로에게 묻게 된다. 부정에 머무는 삶은 결국 부정만 강화시킨다. 부정이 부정을 낳는다. 모든 위인은 각자의 언어로, 결국 긍정을 선택하라고 말했다.

4월 18일 월요일

아침에 출근하자마자 배송 업무에 따라나섰다. 장롱 교체 작업이었는데, 난이도가 높은 편이었다.

좋은 소식이다. 3월에 제안서를 넣었던 여러 아파트 공동구매건이 추가로 성사됐다. 감사한 일이다. 하지만 동시에 걱정도 든다. 경쟁업체와 같은 단지에서 공구를 진행하게 된 것이다. 이런 상황의 전개는 뻔하다. 고객들은 노골적으로 두 업체를 저울질하며 맞붙여서 공급자들의 출혈 경쟁을 통한 소비자 이득을 유도할 것이다.

4월 19일 화요일

오전 회의. 회의는 언제나 서로의 생각을 진솔하게 교환하는 시간이다. 각자의 의견은 교차되고, 중복되기도 하며, 그 과정에서 우리가 놓치고 있던 지점을 명쾌하게 드러내기도 한다. 때로는 가능성을 '현실화'할 수 있는 루트가 하나씩 열리기도 한다.

회의를 준비하며 내가 작성한 보고서와 기획서를 출력해 자료로 활용했다. 소파는 많이 팔렸지만, 전체 매출은 소폭 상승에 그쳤다. 이유는 매장이 멀티샵 구조이기 때문이다.

한 공간에 원목·유럽풍 가구, 신소재 소파 전문존, 혼합 코너와 기타 디자인 가구들이 뒤섞여 있다. 소파 판매에 집중한 결과, 다른 브랜드의 매출이 상대적으로 줄었다. 이 구조를 바꾸기 위해 나는 가구 세트 모델링 전략을 제안했고, 그 내용을 기획서에 담았다.

일반적으로 신혼부부는 침대, 소파, 거실장, 책장, 수납장, 화장대, 베드 테이블, 소파 테이블, 식탁과 의자, 티 테이블, 협탁 등 다양한 가구를 필요로 한다. 그런데 우리 고객들의 구매 패턴을 보면, 대부분 소파면 소파, 침대면 침대, 식탁이면 식탁. 단일 품목만 구매하는 경향이 강하다. 우리는 고객의 집을 조화롭게 채울 수 있는 가구 세트 구성을 선보여야 한다. 특히, 우리의 주력상품인 신소재 소파에 맞춰 다른 가구들을 진열하면 효과적일 것이다. 객단가가 높은 상품을 중심으로 공간을 세분화하고, 세트 제안을 통해 구매 고객이 세트 전체를 구매할 수 있도록 안내하면 좋겠다.

사장님은 잘 검토해서 추진해 보자고 하셨다. 반면 다른 이들의 표정은 밝지 않았다. 왜냐하면 이게 다 일을 만드는 꼴이기 때문이다. 지금도 업무가 많은데 무슨 새로운 일을 벌이나 싶은 것이다.

4월 20일 수요일

휴무, 청도 운문사로 향했다. 다시 찾은 이곳은 여전히 풍경이 고요하고 단정했다. 수행자들도, 동식물들도, 산과 강도 각자의 자리에 머문 채 소리를 낮추고 있었고, 그 고요 속에서 나 또한 쓸데없는 생각을 내려놓게 되었다.

군 입대 전, 친구들과 함께 들렀던 식당도 그대로였다. 사찰 입구에 자리한 그 식당에서, 가난했던 우리는 산채비빔밥 세 그릇을 여섯이 나눠 먹었다. 사정을 헤아리신 아주머니는 큼직한 산채나물전 한 판과 라면 세 봉지를 더 끓여 내어 주셨다. 그 따뜻한 마음과 배려를 나는 한 번도 잊은 적이 없다.

그때, 다른 식당은 가 보지도 않았으면서 혼자 속으로 '여기가 운문사에서 제일 좋은 식당이다'라고 단정하던 내 모습이 문득 떠올라, 나도 모르게 웃음이 났다. 다시 찾은 이곳에서 산채비빔밥과 냉콩국수, 도토리묵을 실컷 먹었다. 추억 속의 아주머니는 보이지 않아 아쉬웠다.

사찰에는 기도하는 사람들이 많았다. 누군가는 간절히 소원을 빌고, 또 누군가는 명상 중이다. 소원을 간절히 빈다고 그 결과가 바로 주어지는 건 아니다. 간절한 소원은, 그 소원을 이룰 수 있는 인연과 기회를 불러온다. '저 벽을 뛰어넘게 해 주세요'라고 기도하면, 벽이 스르륵 사라지는 것이 아니라 벽을 넘어설 수 있는 기회를 맞는 것이다. 이것이 우주가 일하는 방식이다. 회사 동료들을 위해 큰 매출을 올리겠다는 기도를 올렸다. 사람들이 행복했으면 좋겠다.

4월 21일 목요일

오늘은 깐깐하시기로 유명한 고객님의 자택으로 소파가 배송되는 날. 혹시라도 예기치 못한 문제가 생기지 않을까 염려되어 아침 일찍 출근해, 본사에서 도착한 제품을 먼저 점검했다. 다행히 하자나 누락도 없고 사양도 정확했다.

과거 주문 제작 요소가 누락되어 곤란했던 적도 있었기에, 그 이후로는 매일같이 본사 출고 담당자에게 중요 내용을 반복 확인하고 있다. 그렇게 습관처럼 챙기다 보니 실수는 거의 사라졌다. 그럼에도 불구하고 예감이 좋지 않은 날에는 오늘처럼 직접 확인해야 마음이 놓인다. 오늘 배송되는 제품은 딥그레이 컬러. 차분하면서도 세련된 분위기가 돋보이는 색이다.

부장님과 함께 고객 아파트로 출발했다. 이 고객은 지금까지 응대한 고객 중 가장 많은 전화 통화를 진행했던 분이다. 기억에 남는 건 고객님의 날카로운 질문과 끊임없는 비교였다. "천 소파는 저렴해서 2년 쓰고 바꾸면 되죠. 굳이 5년이나 써야 하나요?", "결국엔 다 가죽으로 돌아가요. 신소재라고 해도 가죽 감성을 따라오긴 어렵죠.", "여긴 좀 비싸요. 비슷한 소재는 다른 데도 있잖아요?"

이런 말은 한두 번이 아니었다. 물론 다른 고객님들도 비슷한 말씀을 하시지만, 이분은 유난히 '반복'이 잦았다. 정중한 태도로 응대했지만 당시엔 꽤 피곤했다. 하지만 이 고객님께서 우리 소파에 높은 점수를 준 이유는 따로 있었다. 바로 아이의 피부에 닿아도 안전한 친환경 인증 때문이었다. 두 아이 모두 피부가 예민해, 소재의 안전성을 가장 중요하게 여긴 것이다.

내가 직접 목격한 몇몇 가구 공장에서는 방수 처리나 염색을 위해 화학약품과 독한 접착제를 사용하고 있었다. 심지어 제품이 도착했을 때 지독한 냄새가 날 정도였다. 일부에서는 "30일만 지나면 괜찮다"고 말하지만, 나는 그렇게 생각하지 않는다. 그런 면에서 우리 브랜드의 친환경인증마크는 자랑스럽다.

드디어 고객님 댁 거실에 소파가 들어섰다. 예전에 조언드린 대로 소파 색상에 어울리는 러그와 커튼도 설치되어 있었다. 소파가 자리 잡자, 거실은 곧 북유럽 스타일의 인테리어로 완성되었다. 마치 인테리어 매거진 화보처럼 아름답게 변모한 거실이었다. 늘 날카로운 말투와 눈빛을 보이시던 고객님께서, 어느새 꿀 떨어지는 눈으로 소파를 바라보며 말씀하셨다. "어머, 이거 진짜 잘 어울리네요."

오늘도 한 고객이 소파를 손으로 꼬집으며 말했다. "소파가 왜 이렇게 비싸요?" 비싼 소파를 미워하는 고객님이었다. 500만 원이 비싸다는 말에 나는 고개를 끄덕였다. "고객님, 맞습니다. 비쌉니다." 순순히 인정하자 고객의 눈빛이 달라졌다. 더 따져 묻고 싶은 표정이었다. "아니, 왜 비싸요? 도대체 왜!" 나는 차분히 설명했다. 밝은 색이어도 관리가 쉬운 소재라는 점, 오래 앉아도 자세가 흐트러지지 않는 착석감에 대해 예를 들었다. 고객은 직접 앉아 보더니 천천히 고개를 끄덕였다.

결혼을 앞둔 동생의 가구를 보러 왔다는 언니였다. 곧 일행이 하나둘 매장으로 들어왔다. 자연스럽게 분위기를 주도하는 사람은 언니였다. 나는 그녀에게 집중했다. 블로그 후기와 공동구매 실적을 보여주며 신뢰를 쌓았다. 가장 걱정하던 관리 문제도 실제 사례를 설명하자 부드럽게 풀렸다.

한 시간의 응대 끝에 동생의 신혼 소파가 결정되었다. 그런데 언니가 새삼 또다른 힌트를 주었다. "참 우리집도 이렇게 밝은색소파면 좋겠는데…" 나는 눈을 반짝이며 다가갔다. "아니! 고객님! 지금 소파 얼마나 쓰셨어요?" 결국 언니도, 동서도 우리 소파를 계약했다. 감사의 뜻으로 언니 분께 대형 스툴을 증정했다. 결과적으로 소파 세 조, 총 1,350만 원의 매출. 사장님은 매출 톡방에 환희의 이모티콘을 쏟아냈다.

계약을 마치고 손님들과 차를 마시고 있었다. 그때 언니가 동생을 향해 말했다. "가시나야, 가서 잘 살아야 된다이. 다시 빠꾸하지 말고." 장난기 섞인 말이었지만, 그 안에는 진심이 담겨 있었다. 동생을 바라보는 언니의 눈빛은 따뜻했다. 그 눈빛을 보고 있자니 내 마음까지 포근해졌다.

오늘 다시 깨달았다. 판매원에게 중요한 것은 멘트만이 아니다. 여러 사람 가운데 누가 분위기를 쥐고 있는지 읽어내는 감각이다.

퇴근길, 차 뒷좌석에 쌓여 있는 대학교재들이 눈에 들어왔다. 기말고사는 다가오고 있는데 공부는 더디기만 하다. 일과 학업을 동시에 붙들고 가야 하는 지금의 상황이 문득 버겁게 느껴졌다.

오늘은 예비군 훈련이 있는 날이었다. 오전 9시까지 팔공산에 도착해야 해 이른 시간부터 서둘러 움직였다. 수많은 예비군들 사이에서 붉은 명찰을 단 사람은 나뿐이었다. 녹색 군복의 물결 속에서 유독 선명하게 드러난 그 붉음이 묘한 자부심을 안겨 주었다.

오후 3시, 훈련이 끝났다. 돌아오는 길, 팔공산 산길을 천천히 걸었다. 나무 사이로 스며드는 햇살과 흙냄새, 부드럽게 스치는 바람의 온기까지 온몸으로 받아들였다. 오랜만에 자연 속에서 깊이 숨 쉬는 기분이었다. 이상하게도 예비군 훈련은 언제나 내게 휴식처럼 다가온다.

저녁, 해병대 동기 HS를 시내에서 만났다. 그는 여전히 특유의 말투로 말했다. "될 놈은 된다, 그라지. 못하는 게 아니라 안 하는 거라카이." 우리는 맥주잔을 부딪치며 각자의 일상을 풀어놓았다. 내가 수련을 한다고 하자, 그는 눈을 가늘게 뜨며 농담 반 진담 반으로 말했다. "사이비 아인교? 조심해라." 나는 웃으며 답했다. 그 정도로 순진하지는 않다고. 맥주 거품처럼 가벼운 웃음이 잠시 테이블 위를 맴돌았다.

곧 MH 양의 생일이다. 선글라스와 책을 선물로 준비해 두었다. 최고의 어시스트 MH 양 덕분에 회사 생활이 즐겁다.

한 고객님과 1시간 넘게 통화했다. A/S 문제로 고객님의 분노는 칼날 폭풍과 같았다. 역지사지로 생각해 보면 그 분노는 합당한 것이다. 코너형 소파에 크게 주름이 잡혀 있고, 소파 다리엔 그을림이, 쿠션 문제까지… 왜 유독 이분께만 이런 일이 겹쳤을까. 나는 죄송한 마음과 부끄러운 마음에 구미까지 직접 찾아가 달래 드리기로 했다.

사장님은 특유의 유머로 한 마디를 건네주셨다. "우리 회사의 수호천사 문 주임님, 살신성인 등신불이십니다. 우리 회사의 등신불이 되어 주셔서 가문의 업이 탕감되었습니다. 좋은 일이 생길 겁니다. 감사합니다." 참 재밌는 분이시다. 사장님도, 이사님도, 부장님도, 과장님도, 대리님도 모두 내게 즐거움을 주신다. 어른들을 귀엽다고 표현하면 안 되지만, 내 눈에는 다들 귀여우시다.

어제 전화를 주신 고객님 댁에 방문했다. 두려움 따위는 없다. 고객님이 얼마나 화가 나셨던지 내가 도와드릴 수 있는 부분을 확인해서 적극적으로 도와드리고 싶은 마음뿐이다.

고객님이 계신 자리에서 본사 직원과 통화하였고, A/S팀과도 소통했다. 본사에다 화를 내는 나의 모습에 고객님 마음이 잔치국수 가락처럼 풀어지셨다. 고객님께서는 먼 길 오느라 고생했다며, 망개떡과 감자떡, 무지개떡과 백설기를 챙겨 주셨다. 떡집을 운영하시나 보다. 사랑합니다 고객님.

고등학교 친구 SL의 결혼식에 참가해 축의금만 내고는 바로 출근했다.

매장에 도착하니 MH 양이 엉거주춤한 자세로 손님을 응대하고 있었다. '자신감을 좀 가지라'며 어깨를 쳐 주고 싶었지만 손님 앞이라 그럴 수 없었다. 바통을 이어받아 신혼부부를 응대했다. 남편은 고가의 소파라 망설임이 컸고, 아내는 우리 소파를 귀여운 강아지 쓰다듬듯이 만족스러워했다. 나는 남편분께 조심스럽게 말씀드렸다. "사장님, 소파 하나 사면 기본 5~6년입니다. 지금 집 소파도 그렇게 쓰셨겠지요? 이왕 사시는 거 아내분이 최고로 좋아하는 소파로 들여놓으세요." 남편은 턱을 어루만지며 말했다. "그렇게 하면 좋겠지요. 근데 가격이 좀⋯" 나도 그 말에 동의했다. "네, 작은 금액 아닙니다. 저 같아도 고민될 거예요. 그런데 사장님, 덩치가 큰 침대나 소파, 식탁은 제대로 구매하시고, 사이즈가 작은 것들은 소규모로 구매하시는 게 좋아요. 각 공간의 주인공이 되는 가구들이 딱 보기 좋게 자리 잡고 있으면 뽐새가 살아나는데, 다 고만고만한 것들이 섞여 있으면 공간은 조잡해 보입니다." 설득은 통했고 화기애애하게 계약 완료!

매출톡방에 사장님의 새로운 이모티콘이 등장했다. 새로 하나 장만하셨나 보다. 텔레토비들이 춤을 추고 노래를 불렀다.

MH 양에게 생일 선물을 전달했다. "MH 양, 일을 많이 도와줘서 고마워요. 별거 아닌데 한번 보세요." MH 양은 얼굴을 붉히며 기뻐했다. "아이고, 뭐 이런 걸 다⋯."

점심시간, 근처 공원에 다 같이 모여 막내의 생일을 축하했다. 모두 생일축하 노래를 부르고 선물을 건네며 웃었다. 이미 선물을 전한 나는 빈손으로 그 자리에 서 있었다. 누구보다 먼저 MH 양의 생일을 준비했지만, 정작 아무것도 준비하지 않은 사람처럼 보였다.

사장님은 또다시 꽃과 나무들 앞에 서더니 두 팔을 하늘로 활짝 벌렸다. 그리고 힘차게 외쳤다. "자, 모두 이리 오세요! 솔라 에너지 흡수!" MH 양은 옆에서 킥킥 웃으며 그 모습을 동영상으로 찍고 있었다. 나는 그녀에게 영상을 꼭 공유해 달라고 부탁했다. 우울하거나 스트레스가 많을 때 한 번씩 꺼내 보면 좋을 것 같아서였다.

오늘 모든 매장에서 전 직원이 좋은 매출을 올렸다. 2016년 5월 1일. 참 행복한 하루다. 하늘님, 하루하루 감사합니다. 좋은 사람들과 좋은 시간, 좋은 공간에서 참 행복합니다. 이 드넓은 우주에서 우리가 이렇게 모였다는 것, 참 소중한 인연입니다.

5월 3일 화요일

사장님께서는 자율지능의 중요성에 대해 열변을 토하셨다. '사람 본연의 잠재력이 깨어난 자율지능인 사회는 과연 어떤 모습일까?'

오늘 누군가 내게 대뜸 이런 말을 했다. "모 과장이 묻더라. '새로 들어올 직원 잘하는 사람이야?' 그래서 내가 대답했지. '잘해야지. 못하면 짤라야지.' 그러니까 앞서가던 모 대리가 슬쩍 내 눈치를 보더라고. 아마 자기가 짤릴까 봐 겁이 났겠지?"

그는 웃으며 말했지만, 그 웃음에는 묘하게 힘이 들어가 있었다. 농담인 척 던진 말 속에서 위계를 확인하려는 그의 조급함을 느꼈다. 누군가의 불안을 들춰내어 자신의 위치를 단단히 고정시키려는, 그런 종류의 말이었다.

받아칠까 말까 잠시 고민했다. 이럴 때 가장 쉬운 선택은 웃고 넘기는 것이다. 그러나 웃어 버리면, 그 말의 방향이 사실처럼 굳어질 것 같았다. 결국 나는 고개를 들어 말을 이었다. "그 친구는 젊고 잠재력도 크고 능력도 좋은데, 겁이 나겠습니까? 문제는 그 잠재력을 발현시키지 못하게 하는 꼰대들이지요."

말을 꺼낸 사람은 순간 눈살을 찌푸리는 듯하더니, 곧 고개를 돌려 허허허 웃었다. 그 웃음은 대답을 미루는 방식처럼 들렸다. 어떤 말도 더 이상 오가지 않았다. 대신 공기가 조금 달라졌다. 방금 전까지 당연하던 농담이, 웃을 수 없는 것이 되어 버린 듯했다. 어떤 말은 그저 흘려보내는 게 지혜이나, 오늘의 경우는 그대로 통과시킬 수 없었다.

5월 4일 수요일

아름다운 여성과 커피를 마셨다. 채도 높은 베이지 바지와 흰 컨버스, 인디핑크 면 티셔츠. 그 단정한 색감이 이상하리만큼 그녀와 잘 어울렸다. 함께 공부하자고 만났지만 자꾸 그녀의 얼굴에 시선이 가고, 괜히 장난을 치고 싶어졌다. 그녀는 공부를 방해하지 말라며 눈을 흘겼다. 그마저도 매력적이었다.

집에 돌아와 영화 '굿 윌 헌팅'을 다시 보았다. 처음 보았을 때의 전율이 다시 밀려왔다. 주인공 윌은 나와 닮아 있었다. 사랑하는 여인에게 버림받을까 두려워 먼저 떠나 버린다. 가난과 상처를 들킬까 봐, 사랑에서 도피해 버린다. 어쩌면 나도 그 장면 어딘가에 머물러 있는지도 모르겠다.

점심시간, 친구 필립의 생일 선물을 사러 백화점에 들렀다. 우연하게도 계산대 앞에서 아르바이트 중인 초등학교 동창 JH를 마주쳤다. 잠깐의 인사뿐이었지만, 여전히 미소가 고운 친구였다.

정장도 하나 사고 싶어 클래식 브랜드 매장을 찾았다. 한 직원은 내게, "거긴 아저씨들 브랜드잖아요?"라고 의아하게 생각했다. 시선이 잠시 쏠렸지만 개의치 않았다. 나는 슬림핏은 싫어하고 품이 넉넉한 재킷과 통 넓은 바지를 좋아한다. 노부부가 운영하는 그 매장에서 옷을 고르자, 그들은 젊은 손님이 반갑다며 수선비와 양말을 챙겨 주었다. 마음이 좋았다.

퇴근 후 JH의 연락으로 CDH까지 합류해 맥주를 마셨다. 삼총사였던 우리는 금세 어린 시절로 돌아갔다. 눈만 마주쳐도 웃음이 났다. 그냥 헤어지기 아쉬워서 친구들을 집으로 초대했다. 여러 종류의 맥주를 마시며 새벽까지 이야기를 이어갔다. JH는 일본에서 정착하기 위한 계획을, DH는 의성에서 농사를 지을 계획을 밝혔다. 모두 각자의 길을 향해 가고 있었다.

그런데 나는 아직 뚜렷한 계획이 없었다. 지금 여기에 집중해서 살다보면, 길이 보이겠지. 길이 열리겠지. 나는 무엇을 원하는가. 후회없는 삶을 원한다. 어떻게 하면 후회하지 않을 수 있을까.

아침이 밝았다. 눈을 뜨니 내 곁에 친구들이 있었다. 그 사실만으로도 웃음이 났다. 출근 준비를 하고 있는데, 옆에서 DH의 잠꼬대가 들려왔다. "아… 비싸노… 깎아도… 아니면 저가 헐타… 헐테서 사야지…" 꿈속 어딘가에서 흥정을 벌이고 있는 모양이었다.

퇴근 후 친구 김훈과 달성공원 근처 굴구이집에서 맥주를 마셨다. 대리운전을 불러 귀가하던 중, 기사님에게서 묘한 낌새를 느꼈다. 말이 많았고 운전은 지나치게 느렸다. 창밖으로 가래침을 뱉더니 성공한 친구 이야기, 아들내미 이야기를 꺼냈다. "우리 아들은 웬수야. 웬수."

조수석에 앉은 김훈은 불편해 보였다. 나는 기사님의 말을 들어 보기로 했다. 기사님의 산만한 이야기 속에서 외로움과 불안이 전해졌다. 친구가 먼저 내린 뒤 나는 조수석으로 옮겨 앉았다. 고객을 대하듯 그의 말을 경청했다. 기분이 좋아지신 기사님은 자신의 과거를 털어놓았다. 한문학과를 나왔고, 월급쟁이로 10년 사업가로 10년을 살았다고 했다. 까사미아 광고를 기획했다는 말도 덧붙였다. 나는 물었다. "한자를 배우면 뭐가 좋습니까?" 기사님은 대답했다. "사고력이 깊어지지. 경서와 사서오경을 읽으면 통찰이 생겨." "번역본으로 읽으면요?" "그냥 눈으로 지나가."

목적지에 도착하자 그는 헤어짐을 아쉬워했다. 나는 허리를 굽혀 인사했다. "좋은 말씀 감사합니다." 그는 잠시 나를 보더니 말했다. "내가 더 고맙지. 젊은이, 힘내게."

5월 8일 일요일

어버이날. 꽃집에 들러 꽃과 나무를 구매했다. 패션백화점에서는 부모님을 위한 옷을 샀다. 귀가해서 선물을 전해 드렸다. 기분이 좋으셨는지 선물 상자를 사진 찍으시고 꽃바구니도 이리저리 둘러보신다. 그런데 어머니의 마지막 말씀이 웃기다. "혹시나 다음 어버이날에는 꽃 이런 거 사지 마래이. 엄마는 관리 못 해서 다 죽인다. 살려면 작은 거 하나만 사 오고. 아니면 그냥 현금이 낫데이."

휴무. 대학교 공부를 하고 있는데 갑자기 아주 긴급한 회의가 있다며, 오후 6시까지 회사로 오라고 한다. 나는 매장에 도둑놈이라도 들었나 싶어 황급히 차를 몰았다. 도착해 보니 매출 부진으로 인한 경영 위기 대책 회의였다. 휴무 날에도 이런 소환을 당하는 걸 보면 나는 전생의 업보가 꽤 두터운 모양이다. 나는 오늘도 이렇게, 전생의 빚을 현생에서 조금씩 갚고 있다.

침대 한 조를 판매했다. 협탁과 매트리스까지 함께 제안했지만, 고객님 예산이 여의치 않았다.

저녁에는 친하게 지내는 동생들과 찜닭을 먹었다. 늘 얻어먹어 미안하다며 오늘은 자기가 사겠다는 말에, 나는 웃으며 말했다. "됐다. 그 돈 모아서 대학 갈 생각이나 해라."

동생은 대학엔 관심 없다며, 안 가도 잘 살 수 있다고 큰소리를 쳤다. 그 말에 나 역시 어느 정도는 고개가 끄덕여졌다. 다만 동생이 정말 원하는 일을 하려면, 대학에서의 배움이 도움이 될 것 같아 조심스레 말을 보탰다. "세상에서 제일 행복한 사람이 누군지 아나. 자기가 좋아하는 일을 잘하는 사람이야. 좋아하고 잘하는 일로 돈까지 잘 벌 수 있다면, 그보다 더한 행복은 없을걸?" 물론 좋아하는 일이 의무가 되면 싫어질 수도 있다. 하지만 그 고민은 그때 가서 해도 늦지 않다.

글쓰기를 좋아하는 동생이 릴레이 소설을 쓰자고 했다. 내가 한 문장을 쓰면 동생이 이어서 다음 문장을 쓰는 방식이다. 나는 이렇게 시작했다. "어느 날이었던가? 그녀는 오리고기 굽는 냄새가 진동하는 부엌을 뛰어다니며 깡총깡총 기쁨의 점프를 했다."

5월 12일 목요일

윤택한 동네에 사는 한 고객님의 이야기다. ㄱ자형 풀세트 소파를 구매하셨는데, 거실에 설치해 보니 공간이 복잡해 보인다며 일자형 소파로의 교체를 원하셨다. 고객님 댁에 직접 찾아가 거실을 살폈다. 내 눈에는 소파의 크기나 구조가 문제가 아니었다. 거실은 충분히 넓고 쾌적했다. 다만 소비자의 체감은 다를 수 있다. 우리가 보기엔 널널한 공간도, 당사자에겐 답답하게 느껴질 수 있으니까.

나는 지금의 거실 분위기가 얼마나 좋은지, 이 소파가 공간과 잘 어울린다는 점을 조심스럽게 설명했다. 만약 교체를 하게 되면 낭비되는 비용이 적지 않다는 걱정도 함께 전했다. 그러나 설득이 이어질수록, 그녀는 다른 불만을 하나씩 덧붙였다. 해결하려 하면 또 다른 문제가 생겼고, 만족은 멀어져만 갔다.

그때 이런 생각이 들었다. 그녀는 돈을 언어처럼 사용하는 사람일지도 모른다고. "나와 이야기해 달라", "나를 중요하게 봐 달라"는 말을, 소비와 변경 요청으로 대신하는 것처럼 보였다. 과도한 업그레이드, 잦은 변경, 반복되는 서비스 요청. 말로 표현되지 못한 감정이 돈을 통해 드러나는 순간들이었다. 이미 충분한 상태에서도 "어딘가 불편하다"고 말하는 태도 속에서, 나는 관심을 갈구하는 한 사람의 마음을 보았다.

이렇다고 하여 그녀가 나쁘다거나 진상이라고 말하는 것은 아니다. 오히려 솔직한 사람이다. 본심이 행동으로 드러났을 뿐이다.

소파를 취소하고 다른 제품으로 교체하는 데는 적지 않은 비용이 든다고 설명하자, 그녀는 괜찮으니 바꿔 달라고 했다. 나는 최대한 비용 부담을 줄여 교체해 드리겠다고 약속했다. 그것이 내가 할 수 있는 최선이었다.

세상에는 이런 유형의 고객을 선호하는 사람들도 있다. 돈을 벌기 위해 타인의 결핍이나 불안한 정서를 적극적으로 자극하기도 한다. 하지만 나는 그러고 싶지 않다. 그녀가 어떤 이유로든 마음이 불편하다면, 언젠가는 그 마음이 보살핌을 받아 치유되기를 바랄 뿐이다.

나는 매일 일기를 쓴다. 일상과 생각, 인연과 현상을 문장으로 옮기는 일은 여전히 쉽지 않다. 표현하고 싶은 바는 분명한데, 작문 실력이 따라 주지 않아 끝까지 밀어붙이지 못하고 중간에서 타협해 버릴 때가 많다. 오늘의 기록도 마찬가지다. 고객과의 에피소드를 적어 내려가다 보니 분명 내가 놓친 결이 있다는 걸 느낀다. 그러나 그것이 무엇인지 선명하게 붙잡히지 않는다. 문장으로는 아직 닿지 않는다. 그래서 더 공부해야겠다는 생각이 든다. 어떤 날은 눈앞의 상황조차 온전히 담아내지 못해 답답함이 목 끝까지 차오르기도 한다.

윤택한 동네의 고객님 댁을 다시 찾아 거실 길이를 측정했다. 치수는 금방 나왔고, 무거운 가구들도 함께 옮겨 드렸다. 일을 마치려는데 고객님이 점심을 먹고 가라며 식탁으로 나를 이끄셨다. 근무 중이라 시간이 없다며 사양했지만, 간식이라도 먹고 가라며 끝내 붙잡으셨다.

그녀는 믹서기를 꺼내 생딸기주스를 만들고, 빵을 구워 내왔다. 지리산 벌꿀에 찍어 먹으니 맛이 깊고 달았다. 나는 이렇게 좋은 집에서 풍족한 음식을 누리는 고객님이 부럽다고 말했다. 그때 그녀의 눈빛이 잠시 가라앉았다. "여긴 저쪽 산자락이랑 맞닿아 있어요. 산바람이 시원해서 마음도 맑아지죠. 이곳으로 올 땐, 이제 걱정 없이 살 수 있겠구나 싶었는데… 인생이 참, 생각처럼 안 되네요." 나는 뒷말을 기다렸지만 그녀는 곧 말을 접었다. "아이고, 총각한테 별 이야길 다 하네. 빵 더 줄까요? 딸기주스 더 줄까요?" 왠지 모르게 실연의 느낌이 남았다.

용무를 마치고 나오니 바람이 솔솔 불었다. 기분이 좋아 발길 닿는 대로 걷다 보니 수녀 교육원이 눈에 들어왔다. 문득 기도하는 수녀님의 모습을 보고 싶다는 생각이 들었다. 기도하는 사람의 뒷모습은 언제 보아도 고요하고 단정하다.

그 순간, 프랑스 파리에서의 한 장면이 떠올랐다. 한 백인이 조용히 기도하고 있었는데, 이상하게도 그의 모습이 점점 밝아 보였다. 처음에는 착각인가 싶어 눈을 비볐다. 다시 바라보았지만 느낌은 더 또렷해졌다. 빛이 난다고 말하기엔 과장일지 모르겠다. 점차 환해지던 그 장면은 절대 잊을 수 없을 것이다.

매장으로 복귀했다. 경산에 사는 고객님께 가구를 판매했다. 전신 거울과 장식장, 책장, 책상, 의자까지 모두 합해 200만 원어치였다. '매장 진열 판매가'라는 문구에 마음이 움직이신 듯했다. 오랜만에 제대로 된 판매가 이루어져 기분이 들떴다. 나는 이사님께 농담을 건넸다. "이사님, 매장 진열품으로 다 팔면 저희는 뭘 팔죠?" 이사님은 웃으며 답했다. "일단 팔아

라. 물건 없어서 못 판다는 걱정은 하지 말고. 내 차도 팔고, 내 시계도 팔아라. 그냥 다 팔아라."

지각해 버렸다. 이사님과 부장님의 놀림을 받았다. "아이고, 우리 문 사장님 오셨네. 왜 이리 일찍 오셨는교. 천천히 나오시지예.", "참말로, 문 회장님. 문 대표님. 일찍 안 나오셔도 되는데예. 우리 아랫것들이 다 알아서 하겠심더예."

거제도와 밀양에서 전화 문의가 들어왔다. 경로를 묻자 블로그를 보고 연락했다고 했다. 오후에 거제 고객님은 아내와 자식을 데리고 먼 길을 마다하지 않고 대구 매장까지 찾아오셨다. 그 마음이 고마웠다. 결국 붙박이장과 거실장, 책장을 판매했다.

고객님이 매장을 나서자 이사님은 함박웃음을 지으셨다. 잘 나가지 않던 붙박이장과 거실장이 팔린 점이 기쁘셨던 것이다. 이사님은 곧바로 제품을 올릴 수 있는 곳에는 모두 올리라고 지시하셨다. "인스다그램이랑 페이스 그 머고. 페이즈북이가? 아무튼 마 싹 다 올리뿌라." 기뻐하는 이사님을 보니 잘했다는 생각이 든다.

이사님과 부장님의 유머 코드는 확연히 다르다. 같은 이야기를 해도 웃음이 터지는 지점이 다르다. 오늘 나는 두 분 사이의 연결고리가 되어, 웃음이 자연스럽게 이어지게 했다. 때로는 일부러 놀림감이 되기도 한다. 탱커가 되어 주는 것이다. 두 분은 놀리기를 좋아한다는 걸 알기에 빈틈을 보이거나 멍청한 척을 하면, 무뚝뚝한 경상도 아재들의 미소에 시동이 걸리고 그 미소는 이내 함박웃음으로 번진다.

점심으로 돼지뼈해장국을 먹었다. 부장님은 살코기가 덕지덕지 붙은 뼈를 그냥 버리셨다. 나는 농을 던졌다. "부장님, 이제 뼈 버리실 때 저한테 검사받고 버리십시오. 이 아까운 살코기, 이거 뭡니꺼?" 부장님이 웃으며 답하셨다. "아이고 사장님, 죄송합니다. 나이 먹으니 뼈 바르는 게 여간 귀찮은 게 아니라서요."

이사님은 블로그에 일상을 기록하고 있었는데, 화면 가득 딸과 관련된 사진과 글뿐이었다. 그 안에는 딸을 향한 아버지의 무한한 사랑과 정성이 고스란히 담겨 있었다. 훗날 딸이 그 블로그에 접속한다면 어떤 마음이 들까. 아마도 자신을 향해 쏟아졌던 아버지의 사랑을 마주하게 될 것이다.

퇴근하니 어머니가 부르셨다. "겔로그 줄까? 겔로그~ 먹어라~ 겔로그~" 겔로그? 새로운 과자가 출시되었나 싶어 내려가 보니 겔로그가 아니라 켈로그 시리얼이었다. MH 양이 시리얼을 '인간 사료'라고 부르던 게 떠올랐다.

5월 21일 토요일

갭이어어 참가일, 대구역 앞에서 일행을 만나 함께 출발했다. 천안에 도착하자 "한민족의 새로운 탄생과 지구 경영을 위하여"라는 문구가 새겨진 비석이 가장 먼저 눈에 들어왔다. 한민족역사공원을 둘러보니 소크라테스와 예수, 부처와 공자, 인디언 추장과 성모 마리아가 지구를 둘러싸고 서 있었다. '위대한 스승'이라 불리는 이들은 결국 한마음이라는 생각이 들었다. 차이를 이유로 벽을 세우는 것은 성인(聖人)이 아니라, 언제나 그들을 따르는 후학들이다. 제자들은 성인의 뜻을, 스승의 가르침을 왜곡시키기도 한다. 어디서든 제자를 조심해야 한다.

현대백화점으로 출근했다. 서울 본사에서 내려온 영업팀 에이스 쌤으로부터 다양한 조언을 들었다. "문 주임님, 본사 영업 교육을 받지 않고 이 정도 매출을 올렸는데 교육을 받으면 얼마나 더 많이 팔겠어요? 다른 지역으로 이동할 생각은 없어요?" 기분 좋은 말이었다.

판매왕 라인인 에이스 쌤에게 다양한 에피소드를 들을 수 있어 즐거웠다. 그는 충청도 고객이 가장 어렵다며 충청도인의 특징을 말해주었다. 직접적으로 "싫다", "안 된다"를 잘 말하지 않는다. 단정 대신 여지를 둔다. 표정 변화가 크지 않다. 농담과 진담의 경계가 흐릿하다. 그러면서 뉴패러 충청점으로 발령받는 본사 직원들에게는 근조 리본을 달아 준다는 농담을 덧붙였다. 그 과장된 비유에 나도 모르게 웃음이 터졌다.

친한 친구의 생일이었다. 신발 선물을 해달라는 친구에게 벤자민 프랭클린의 자서전을 선물했다. "친구에게. 신발은 앞으로 10켤레, 100켤레를 줄 수 있지만, 책은 읽어야 할 시기가 있다고 생각한다. 이 책은 네가 인생을 계획할 때 많은 도움이 될 것 같다. 프랭클린으로부터 큰 도움을 받을 거라고 믿는다."

친구 HS의 결혼식에 참가했다. 식장은 오산골 펜션이었다. 늘 자신만의 특별한 결혼식을 꿈꿔 왔던 HS의 바람이 오늘 마침내 현실이 되었다.

친구는 말했었다. "나는 다 같이 함께 즐기는 결혼식을 하고 싶어. 하객 모두 춤추고 노래 부르고."

신랑 행진에는 고향 친구들이 호위무사가 되어 함께 입장했고, 화창한 날씨 속에 축가와 축무가 이어지며 웃음소리가 결혼식을 가득 채웠다.

예식을 마친 뒤 이케아 광명점을 찾았다. 가구점에서 일하는 나로서는 배울 점이 많았다. 압도적인 규모 위에 다양한 콘셉트의 퍼니처 부스가 겹겹이 펼쳐져 있었고, 각 부스는 소비자의 상상을 정확히 겨냥하고 있었다. 이 정도라면, 취향이 아무리 까다로운 사람이라 해도 마음에 드는 장면 하나쯤은 반드시 발견할 수 있을 것이다. 그렇게 본다면, 이케아가 놓칠 소비자는 거의 없어 보였다.

5월 31일 화요일

부모님이 부산으로 여행을 떠나신다기에 대구역에 모셔다 드리고 출근했다. 오늘은 휴무를 원했지만 결재가 나지 않았다. 5월 매출이 이처럼 저조한 상황에서 쉬겠다는 건 사장에 대한 예의가 아니라는 이유였다.

한편 어제 본사 직원이 사장님께 나를 백화점 근무에 투입하면 좋겠다고 말한 모양이다. 사장님은 곧바로 현대백화점 근무 준비를 지시했다.

오후에는 사장님과 이사님 사이에 큰소리가 오갔다. 사장님은 직원 관리의 부실함을 지적했고, 이사님은 자신이 맡은 매장이 매출 꼴찌인 상황에서 다른 직원들을 통솔하기는 어렵다고 답했다. 매출이 곧 권위가 되는 구조였다. 사장님은 이사님의 매출을 전 직원에게 공개해 왔다. 그 결과 매출 부진은 단순한 숫자가 아니라 공개된 평가가 되었고, 평가는 곧 갈등으로 번졌다.

휴무, 할아버지를 병원에 모셔다 드렸다. 발이 심하게 부어 계셨는데도 오랜만의 외출이라며 굳이 차려입으려 하셨다. 퉁퉁 부은 발로 구두를 신으려다 몇 번이나 실패하셨다. 보다 못한 어머니가 "아버님, 고집 그만 부리시고 슬리퍼 신고 갑시더"라고 했지만, 할아버지는 다시 구두와 구둣주걱을 찾으셨다. 그 모습을 보며 어머니는 "사람이 늙으면 고집이 세면 안 돼"라고 혼잣말처럼 내뱉었다. 기다리던 아버지는 결국 "구두 이리 내놓으소. 슬리퍼 신꼬예."라며 역정을 냈다. 그제야 할아버지는 슬리퍼를 신고, 나는 할아버지를 등에 업고 병원으로 향했다.

등 뒤에서 할아버지의 거친 호흡이 들려왔다. 그 숨소리는 세월의 무게처럼 묵직했다.

이전에 제안한 매장 교체 건이 확정되었다. 작은 신소재 소파 매장과 비교적 넓은 평수의 리렌바움 매장이 자리를 바꾸게 된다. 환영할 만한 일이다.

회의가 끝날 즈음 손님들이 몰려왔고, 나는 이금희 아나운서를 닮은 차분하고 고상한 분위기의 고객을 응대했다. 나이를 떠나서 단정하고 아담한 매력이 물씬 풍겼다. 침대와 매트리스, 화장대, 거실장, 식탁 세트까지 판매했다. 진열되지 않은 가구까지 성심껏 설명하자 "진열되면 꼭 연락 달라"고 했다. 계약서 작성 중 고객은 "이런 친절한 직원 때문에 다시 왔다"며 사장님의 인복을 칭찬했다. 나는 감사의 뜻으로 파우치백을 증정해 드렸다. "둘째 결혼할 때도 총각한테 올게요"라는 말이 마음에 오래 남았다. 돈도 돈이지만, 친절한 사람으로 기억된 하루였다.

계약금과 서류를 제출하자 이사님이 시계를 보며 말했다. "몇 시고? 문주임, 그냥 지금 퇴근해라." 그것이 이사님 방식의 칭찬이었다. 진짜 퇴근하고 싶었지만 거리에 손님들이 많아 끝까지 근무했다.

오늘의 성과는 뉴패러 본사 에이스님께 들은 조언 덕분이었다. 주옥같은 판매 노하우가 제대로 힘을 발휘했다. 정체되어 있던 나의 판매 실력을 끌어올려 주셨다.

6월 4일 토요일

한동안 현대백화점에서 근무하게 되었다. 백화점의 계산 방법은 로드매장과 많이 달랐다. 사은행사도 챙겨야 하고 멤버십 관련 사항으로도 금액이 달라졌다. 익숙하지 않아 옆 매장 매니저의 도움을 많이 받았다.

6월 7일 화요일

퇴근 시간이 가까워질 무렵, 앞 매장 직원이 컴플레인 고객을 응대하느라 몹시 지쳐 보였다. 성질 급한 부부가 큰소리를 내며 매장을 빠져나가고, 나는 레몬생강차를 타서 직원에게 위로를 전했다. 그녀와 이런저런 이야길 나누었는데, 자신의 판매 스킬들을 자세히 알려 주었다.

핵심은 이러했다. 고객은 설명을 길게 듣지 않으니 최대한 상대방이 움직일만한 부분을 먼저 이야기하기. 고객의 계약 시점을 가려낼 것. 오늘 살 사람은 잡고, 나중에 살 사람은 여지를 남겨 보내기.

퇴근 후 친구들과 맥주를 만끽했다. 한 친구가 우리 모두를 향해 입을 열었다. "우리는 자아가 확립되었나? 우리 자아정체성 이상 없나?" 뜬금없는 말에 누구도 쉽게 대답하는 사람은 없었다.

김훈이 시선을 내게 고정했다. "너한테 인풋은 많잖아. 책도 읽고 직장 다니며 대학공부도 하고, 다양한 경험도 했고. 많은 것들을 챙겨왔잖아. 그런데 너의 아웃풋은 무엇이지?" 나는 잠시 막막했다. 솔직히 아웃풋과 자아정체성의 관계에 대해서도 아리송했다. "그러게. 내 아웃풋은 뭐지? 고민해 본 적 없는데. 굳이 찾아보자면… 그냥 일기로 남기는 것밖에 없네. 아니면 내가 소소한 깨달음을 친구나 지인들에게 꺼내서 의논하는 정도?" 김훈은 눈을 가늘게 뜨며 말했다. "그럼 지금의 넌 말하고 글 쓰는 사람이네. 기록하고 깨달음을 추구하는 사람이네."

자아정체성이란 결국, 내가 무엇을 받아들이고 무엇을 내놓는 사람인가의 문제일지도 모른다. 누군가는 받아들인 것을 그림으로 표현하고, 누군가는 노래로 풀어내며, 또 누군가는 강의로 드러낸다. 사람들의 아웃풋을 관찰해 그들의 정체성을 가늠할 수 있겠다.

자연스레 스스로에게 묻게 된다. 나는 어떤 아웃풋으로 이 인생을 채울까.

오늘 규태 형이 매장에 방문하기로 한 날. 곧 결혼을 앞두고도 아직 신혼가구를 정하지 못한 형이었다. 그런데 갑자기 교통사고가 나서 약속은 취소되었다. 큰 사고가 아니라 천만다행이다. 한편으로는, 형이 동생이 일하는 매장에서 가구를 사야 한다는 마음의 부담을 느끼고 있었던 건 아닐까 하는 생각도 스쳤다.

오늘은 매장 페인트칠 작업을 했다. 동쪽 매장은 신소재 소파와 잘 어울리는 컬러를 칠했고, 남쪽 매장은 유러피안 스타일 퍼니쳐들을 잘 받쳐 주는 색상을 칠했다. 시작할 때는 늘 귀찮다. 하지만 몸이 풀리고 나면 땀 흘리는 일은 오히려 즐거워진다.

가구관의 정기 휴무일. 매장 교체 작업이 이루어졌다. 오늘은 꽤 피곤하여 쉬는 시간만 되면 어디 눕기 일쑤다. 점장님은 이렇게 말했다. "문 주임님. 어제 페인트칠할 때는 가구장이더니만, 오늘은 어디 시간만 나면 누워버리는 게 노가다꾼이 다 되뿟노." 밤 10시에나 노가다 일이 끝났다. 무릎이 아프다. 사장님께서 고생했다며 자인면건강대추즙 한 박스를 선물해 주셨다.

사장님은 요즘 배꼽힐링기 전파에 몰두하고 계셨다. 국학 총장님이 직접 디자인했다는 9만 원짜리 옐로우 힐링기를 들고 다니며, 어디서든 배꼽 지압의 중요성을 알리신다. 그 모습을 보고 있으면 사람을 낫게 할 수 있다는 믿음 하나로 움직이는 순수한 열정이 느껴져 절로 웃음이 난다. MH 양은 사장님의 힐링기 전파 활동을 사진 촬영해 내게 보여 주었다. 손님으로 방문한 할머니를 소파에 눕혀서는 배꼽힐링기로 힐링해 주고 있는 모습, 밥 먹으러 들어간 식당에서 서빙 보시는 분들 어깨를 힐링기로 두드리고 있는 모습. 혼자 낄낄거리며 웃다가 이사님과 눈을 마주쳤다. 훗날 가구점 이야기를 각본으로 쓰겠다. 웬만한 시트콤 저리 가라다.

고객을 대하는 내 태도에도 여유와 자신감이 생겼다. 이제는 손님 한 사람 한 사람의 방문이 반갑고, 각자의 이야기를 듣는 일이 즐겁다. 예전에는 특정한 고객 유형 앞에서 긴장하곤 했지만, 지금은 그런 두려움도 사라졌다.

6월 19일 일요일

대학교 시험이 있었다. 6개 과목의 시험을 치렀다. 직장 일을 하면서 틈틈이 대학교 공부를 해 왔다. 간절함이 통했던 걸까. 헷갈리는 부분으로 머리가 아팠는데, 교재의 한 페이지가 카메라 앨범처럼 머릿속에 선명히 떠올랐다. 그 장면 덕분에 문제를 풀 수 있었다. 참 신기한 경험이었다.

6월 22일 수요일

손님들과 즐겁게 이야기를 나누며 소파를 판매했다. 여유로운 태도로 임하니 판매가 더 잘 된다.

퇴근 후 카페에서 사장님으로부터 선물 받은 책을 읽었다. 이 책은 '인간은 어떻게 행복해질 수 있는가? 이념과 종교의 갈등, 경쟁과 성공에 대한 집착을 넘어 상생과 평화, 완성의 문화로 나아갈 수 있는가? 그리하여 지구의 미래는 지속 가능한가?'를 주제로 한 이승헌 씨와 이만열 교수의 대담을 담아냈다. 전쟁, 환경오염, 에너지 고갈, 식량난 등 인류가 당면한 문제라는 것을 모르는 사람은 없다.

저자는 인류 정신의 왜소화와 자연 정복주의로 이루어진 현대문명이 문제라고 지적하였다. "자본주의가 만들어둔 이런 성공 중심의 가치관으로는 끊임없이 스트레스를 생산할 수밖에 없고 환경 문제도 해결할 수 없습니다. 돈, 명예, 권력도 필요하지만 그보다 먼저 인격에 대한 것, 이기적인 것보다 공(公)적인 것, 전체를 위하는 정신이 필요해요. 바로 홍익정신이죠.", "정신이 과학과 물질의 발달 속도를 못 따라가다 보니 지금처럼 환경도 망가지고 사람도 망가지는 딱한 지경이 됐어요."

저자의 말에 공감이 된다. 나는 오래전부터 자연의 피해가 인간의 이익이 되는 문명 동력을 의심해 왔기 때문이다. 인류에게 지구는 무한한 자원지로 정복해야 할 대상이다. 무한한 자원을 정복한다는데 무엇이 문제될까? 누가 더 빨리 잘 파헤치는가 경기가 시작되었다. 합리성과 효율을 앞세운 경제 시스템으로 지구는 병들었다.

두 사람은 옛 한민족이 자연과 인간의 조화로운 삶을 살아왔다고 했다. 가장 대표적인 것이 풍류도와 천지인 사상, 포용과 융합, 조화와 균형의 정신세계라고 했는데, 뜻이 궁금하여 찾아보았다. 천지인(天地人) 사상은 하늘(天), 땅(地), 인간(人)의 조화를 강조하는 동아시아 철학 개념으로, 자연과 인간이 조화를 이루며 살아가는 모습을 선(善)으로 본다. 훈민정음도 천지인 사상을 바탕으로 창제되었다고 한다.

천(天, 하늘): 자연의 법칙, 우주의 섭리, 대자연의 이치

지(地, 땅): 인간이 살아가는 터전, 생명을 키우는 대지

인(人, 인간): 하늘과 땅의 조화를 이루는 존재

인간(人間)이라는 뜻이 하늘과 땅 사이에 있다고 하여 間(사이 간)을 써서 '인간'이라고 부르지 않았을까? 아무튼 책에서는 조화로운 사상을 지닌 한민족이 현재 인류가 당면한 문제의 해결책이 될 수 있다고 했다. 조화와 공존의 장을 열 수 있는 열쇠가 한민족에게 있다고 하니 가슴에서 기쁨이 샘솟았다.

이만열 교수는 미국 중학교 교과서에 실린 한민족에 대한 서술을 소개했다. 그 내용은 적잖이 충격적이었다. "한국에는 전통문화가 없다. 있다면 중국과 일본 문화의 아류이고, 그마저도 샤머니즘에 불과하다."

6월 23일 목요일

백화점으로 출근했다. 이런저런 물건들을 구경하시다 매장 소파에 앉으신 고객님이 계셨다. 피곤하신 것 같아 포도주스를 대접해 드렸다. 소파에 대해 질문하시더니, 1시간 넘게 본인 집안사 이야기를 털어놓고 가셨다. 쇼핑보다는 자기 이야기를 들어줄 사람이 필요했던 것이다. "아들 놈은 한 트럭 갖다 줘도 쓸모없고, 딸년은 너무 잘난 척해서 문제"라며 가슴을 치셨다. 할머니 이야기를 엿듣던 옆 매장 매니저는 난감한 표정으로 나를 바라보았다.

퇴근 후 '자본주의 이후의 사회'를 읽었다. 현대 사회의 질서는 경쟁과 분쟁을 기본 규칙처럼 삼고 있는 듯하다. 자유시장에서 효율적이라는 이유로 선택된 이 '쟁(爭)'의 논리는, 결국 전쟁으로 귀결될 수밖에 없다. 이상 기후와 핵 위기, 환경오염과 인간성 상실 같은 문제 앞에서, 인류는 어떻게 문제를 해결할 것인지 몹시 궁금하다.

백화점에서 모녀 고객을 응대하였다. 주변에서 신소재 소파에 대한 이야기를 들었다고 한다. 차근차근 소파의 가치와 제품력을 설명했다. 따님은 가죽 소파의 칙칙한 색상을 싫어했다. 어머님은 여름에 땀이 차고 주름지는 가죽 소파의 단점에 스트레스를 지니고 계셨다. 그 부분을 집중공략하였다. "이게 저희 블로그인데요. 이렇게 가죽 소파 쓰시던 고객님들이 다 이렇게 저희 소파로 바꿔주셨어요. 소파 색상만 바뀌어도 이렇게나 거실 분위기가 달라져요. 또 저희는 여름에 땀 차고 겨울에 차갑고, 1, 2년 쓰다 보면 주름지는 그런 소파가 아니에요. 이 정도 원단으로 만들어진 소파면 이 가격이 저렴한 겁니다. 안 그렇습니까?" 집중력과 자신감을 통해 계약을 완성해 냈다.

대학교 시험에 임했다. 오전 시험은 무난히 마쳤지만, 다음 시험이 오후 3시라는 걸 확인하고 빈 강의실에서 잠시 쉬다 깜빡 잠이 들었다. 눈을 떠 보니 이미 오후 4시였다. 급히 시험장으로 달려갔지만, 시작 20분이 지나 입실이 불가하다는 말에 결국 '한국사회문제' 시험을 보지 못했다. 열심히 준비한 과목이어서 더 아쉬웠다. 한 과목을 응시하지 못해 국가장학금도 물 건너가게 생겼다. 마지막 시험인 '노사관계론'을 마치고 집으로 돌아왔다. 유난히 맥주가 당기는 하루였다.

원칙상 시험에는 응시하지 못했지만, 감독관님들께서도 자기 일처럼 함께 속상해해 주셨다. 죄송한 마음과 감사한 마음이 함께 남았다.

주말에 백화점 매니저님이 가매출을 잡아달라고 해서 사장님이 무척 화가 나셨다. "아니, 매니저는 자존심도 없나요. 어디서 주말 오후에 가매출을 잡아 달라고 전화를 다 하지?"

나는 매니저님의 입장을 충분히 이해한다. 팝업 매장으로 입점해 있는 이상, 매출이 부진하면 언제든 퇴점 압박을 받을 수 있기 때문이다. 백화점에서 간부들의 칼바람 같은 시선을 한 번이라도 겪어 본 사람이라면, 가매출 이야기까지 나올 수 있다는 것도 안다. 나 역시 그 과정을 겪어 보았기에 더 그렇다. 사장님은 내게 백화점 근무가 어떠냐고 물으셨는데, 하고 싶은 말이 있었음에도 조심스러워 끝내 삼켰다.

퇴근 후 수련장. 혼자 대자로 누워 호흡을 가다듬었다. 처음에는 콧구멍으로 깊이 숨을 들이마시면 윗배가 불룩 올라온다. 그런데 점점 더 몸과 마음에 힘을 빼면 숨이 아랫배까지 닿는다. 분명 공기가 들어가는 폐는 가슴에 위치해 있는데 숨이 배꼽 아래까지 닿는 느낌은 참 신기하다. 이게 단전호흡일까. 그 상태로 쭉 호흡에 집중하다 보면 손끝과 발끝이 찌릿찌릿하기도 하고, 막혀있던 뇌의 어느 부분이 뻥 뚫리는 느낌이 든다.

발끝부딪치기 1,000개를 했다. 발끝에 온 신경을 집중하니 이런저런 잡다한 생각이 정리되는 듯했다. 원장님께서 알려주었다. "발끝치기는 하체의 냉기를 상승시키고, 상체의 열기를 하강시키는 수승화강 작용을 통해 허약한 체질을 건강하게 만들어 줍니다."

사장으로서의 일, 어머니와 아내의 역할에 더해 수련센터까지 책임지고 계시니, 감당해야 할 몫이 얼마나 많을까 싶었다. 그 삶이 참 대단하게 느껴지면서도, 한편으로는 너무 욕심을 부리시는 것은 아닐까 하는 생각이 들었다.

기존 고객들에게 매장 이전 할인 행사 안내 문자를 보낸 지 3일. 손님들 반응이 있었다. 매장 진열 가구를 저렴하게 판매하는데 빨리 오시는 분일수록 좋은 제품 저렴하게 가져가신다고 말씀드렸다. 매장에 진열된 6인용 소파와 1인 소파가 가장 먼저 판매되었다. 외근을 마치고 돌아온 이사님은 너무 싸게 판매했다며 질책하셨다. 죄송했지만 후회되지는 않았다. 너무 팔고 싶었기 때문에.

스님 두 분이 매장에 들어오셔서는 사장님을 찾으셨다. 사장님은 어디 들렀다가 오시느라 조금 늦으신다고 답하였다. 기다리시는 동안 드실 차를 내드리기 위해 스님께 여쭈었다. "스님. 무엇을 좀 드려볼까요?" 스님이 되물으셨다. "요즘 손님들은 뭐를 많이 마시나요?" 난 농담을 만들어냈다. "요즘 사람들은 맹물 많이 드십디더." 이사님과 스님은 한바탕 크게 웃으셨다. 요즘 입이 풀려서 그런지 자꾸 사람들을 웃기고 싶다.

사장님이 오셔서는 스님에게 가구 설명을 시작하셨다. 무슨 정황인지는 모르겠으나 스님은 누군가의 신혼가구를 고르시는 것이다. 사장님 특유의 밀어붙이기 기술이 시전되었다. "아이고 스님. 하고 가세요. 오늘이 마지막이에요. 네. 월말에 제 실적 좀 올리게 계약하고 가세요. 행사가 마지막이에요." 스님은 어느새 계약서를 쓰고 계셨다. 주문 제작 식탁 세트와 저상형 침대를 구매하셨다. 그런데 사장님은 가구 판매에만 그치지 않으셨다. 가방에서 배꼽힐링기를 꺼내서는 스님의 등과 배를 마사지해 주시며 이것도 구매하시라고 종용했다. 스님은 얼떨떨한 채로 눈을 끔뻑이

섰다. 이사님과 나는 그 모습이 너무 재밌어서 구석에 박혀 낄낄거렸다. "이사님, 스님이 배꼽힐링기 사실까요?" 이사님은 스님이 구매한다에 커피와 디저트를 거셨다.

사장님은 집요했다. "건강을 위해서. 좋은 사업을 위해서 구매하세요. 수행자도 건강을 잘 챙겨야 수행을 잘하시지요. 명명스님도 이리 와 보세요." 사장님이 대단하게 느껴졌다. 남들의 시선은 아랑곳하지 않고 본인이 맞다고 생각하는 일에 헌신적으로 에너지를 쏟는 모습. 작은 체구의 여인이지만 그 안에는 큰 산과 같은 영혼이 깃들어 있다. 결국 스님은 배꼽힐링기를 2개나 구매하셨다. 참 너무 재밌는 하루하루다.

매장 진열 할인 행사로 제품이 많이 빠졌다. 이제 곧 썸머 매장도 빠이빠이다. 남직원 모두가 매달려 매장과 창고를 정리하였다. 점심시간에는 부장님과 함께 개그우먼 김민경 부모님이 운영하는 추어탕 집에서 식사했다.

백화점으로 출근했다. 백화점 간부 대장님이 묘하게 눈치를 주고 가셨다. 마치 나는 죄인이고, 그분은 교도관처럼 느껴졌다. 이러니깐 매니저님이 가매출 이야기까지 꺼내셨을 것이다. 매니저님 말로는 백화점 매장 매출이 저조한 이유를 바깥 대리점이 백화점 매출을 잠식하고 있기 때문으로 보는 기류가 있다고 한다.

대장님이 계실 때 뭔가 퍼포먼스를 내고 싶다는 욕망이 들었다. 때마침

순박한 표정의 30대 후반 부부가 찾아왔다. 그들은 다른 신소재 소파 제품을 보러 가기 전에 우리 매장에 들른 것이라 했다. 응대를 시작하였다. 정확한 정보를 전달할 때는 침착하게, 고객의 저항을 다룰 때는 쿠션 화법으로. 이야기를 들을 때는 제스처와 환한 리액션으로. 고객은 좀 더 생각해 보겠다고 해서 보내드리려고 했는데, 멀리서 나를 지켜보는 교도관님이 눈에 들어왔다.

다시 한 번 마음을 가다듬고 계약을 해내자 싶어서 조금 더 추진해 보았다. 비장의 무기 노트북을 꺼냈다. "아차차! 아참! 고객님. 이사하실 아파트가 이쪽이라고 하셨지요? 저희 블로그 리뷰에 이미 그 아파트가 있네요. 또 고객님이 보신 하늘색 계열 소파가 설치된 집이에요. A타입인가요? 이 집은 B타입인데 보고 가서요." 고객님은 파우치백을 내려놓으시고 다시 앉으셨다.

"고객님 저는 여기서 시간도 아껴 드리고 비용도 아껴 드릴 수 있는데 혹시 저희 브랜드를 믿어주실 수 있나요? 지금 선택해 주신다면 저도 최선을 다해 고객님만의 혜택을 창조하려고 합니다. 오늘이 평일이라서 오히려 잘된 일입니다." 고객은 그래도 다른 매장도 보고 싶어 했다. 하지만 나는 집요하게 물고 늘어졌고, 결국 도력의 힘으로 계약을 만들었다. 교도관님이 우리 매장에 오셨을 때 고객님이 오신 점은 행운이다. 부부가 이사할 아파트에 이미 우리 소파가 설치되어 있는 것도 큰 행운이다. 짝짜꿍이 맞은 것이다. 계약서를 작성하는 동안 교도관님의 시선을 느꼈다. 여길 직접 보지 않는 듯했지만, 모든 과정을 지켜보고 있었다.

대장님, 보셨지요. 우리 매장을 빼지 마세요.

팔공산의 대형 카페에 우리 소파 두 조가 깔끔하게 설치되었다. 2층 규모에 넓은 주차장, 세련된 공간에 어울리게 자리 잡은 모습이 제법 뿌듯했다. 소파 옆에 스탠딩 안내문 하나만 세워 둬도 충분한 홍보가 되겠다는 생각이 들었다.

누군가는 소파 두 조가 들어간 일로 내가 호들갑을 떤다 하겠지만, 인터넷 마케팅의 관점에서 보면 이는 분명 큰 호재다. 우리 블로그는 무궁화 열차에서 SRT로 변신하는 것이다.

최근 참가한 독후감 대회에서 최우수상을 받아 상금으로 백화점 상품권을 받았다. 참 감사한 일이다.

사람은 누구나 죽고, 누구나 언제 어떻게 죽을지 모른다. 나 또한 마찬가지다. 교통사고를 당하든, 내일 당장 시한부 판정을 받게 되든 한 치 앞도 알 수 없다. 하지만 죽음은 확실히 예정되어 있다. 그 생각을 하면 순간순간이, 하루하루가 얼마나 소중한지 모른다.

무엇보다 나 자신이 누군지 분명히 깨닫고 싶다. 역시 나는 아직 나를 잘 모른다. 앞으로 나 자신을 자세히 알아 갈 것이다.

오늘 놀라운 사실을 알게 되었다. 회사가 다른 직원의 급여를 낮추는 과정에서 나를 명분처럼 이용했다는 것이다. 그 직원은 자신의 인센티브를 줄이는 대신 내가 그 몫을 가져간다고 들었다고 했다. 하지만 나는 애초에 인센티브 없이 일하기로 약속한 사람이기에 사실무근이었다. 상사에게 사실을 확인하자 몹시 당황스러워 했다. 참 비겁한 방식이었다. 회사는 내가 그 직원과 직접 소통하지 않을 거라 예상했을 것이다. 우리 두 사람 사이를 의도적으로 갈라놓았기 때문이다. 오늘에서야, 우리가 사이가 좋지 않다고 말해오던 경영진의 본모습을 분명히 보았다. 급여가 낮아진 그 직원 역시 분노했고, 곧 회사를 떠날 예정이라며 내게도 스스로를 위해 잘 선택하라는 말을 남겼다.

8월 1일 월요일

여름휴가. 가족들과 팔공산 생수 식당에서 콩국수, 도토리묵, 촌두부, 파전, 오리백숙, 닭백숙, 산채비빔밥을 먹으며 즐거운 시간을 보냈다. 큰삼촌은 뒤늦게 도착하셨는데 그제야 외할머니 표정이 밝아지신다. 할머니는 큰삼촌에게 밥 먹이시는 일을 가장 즐거워하시기 때문이다.

저녁 늦게 친구들에게 회사에서 있었던 일을 털어놓았다. 그랬더니 친구들은 회사라고 부르지도 말라면서, 선을 넘어도 한참 넘은 짓이라고 했다. 그러면서 그만두라고 조언했다. 잠자리에 들어 곰곰이 생각해 보았다. 심정적으로는 당장 그만두고 싶다. 하지만 대학교 졸업이 코앞이니깐 그때까지만 참아보자는 결론에 도달했다. 왜냐하면 가구점 자체의 매력도 좋고, 다양한 고객을 응대하고 계약서를 쓰는 것도 좋다. 조금 더 근무하다가 이직하면 되겠다는 생각이 들었다.

8월 2일 화요일

대학교 등록금 납부일. 대학교에서 날아온 문자 메시지를 보니 등록금이 0원으로 안내되었다. 혹시나 하는 마음에 한국장학재단과 방송통신대학교 홈페이지에 들어가서 확인해 보았다. 한국장학재단에서는 아직 지원금 심사 중으로 표시되었는데 대학교 홈페이지에는 국가장학금 수령자로 되어 있었다. 2016년 1학기 여섯 개 과목 중 한 과목을 어이없는 이유로 시험에 응시하지 못했었다. 그런데도 응시한 과목의 성적이 높았기 때문에 이렇게 나라에서 장학금을 지원해 주신 것이다. 장학 금액이 얼마이든 간에 참 감사한 마음이 들었다. 대한민국은 참 훌륭한 나라이다. 사람을 성장시키고 발전시키기 위해 나라의 어른들이 정성을 많이 쏟으신다. 나도 그러한 어른이 되고 싶다.

8월 3일 수요일

여름휴가 마지막 날. 선하고 어여쁜 동생이 고등검정고시 시험을 치른 날이다. 힘들고 어려운 시간을 이겨낸 동생에게 밥을 사주기 위해 집을 나섰다. 어디서 식사할지 생각을 못 해서 무작정 차를 몰았다. 우연히 경북대학교 근처를 지나는데 동생이 소리 질렀다. "오! 나 여기 꼭 가 보고 싶었는데! 여기 가는 거예요?" 마치 여기가 나의 목적지였다는 듯이 능청스레 너스레를 떨었다. 동생은 눈이 커져서 감탄했다. "우와! 여기 오려고 했던 거였어? 대박. 완전 짱이다!" 잘된 일이다. 특별한 날에 함께해 주는 것은 참 좋은 일이다. 나도 과거를 돌아보면 기념일이나 특별한 날에 함께했던 지인들의 얼굴이 생생히 그려진다.

8월 6일 토요일

아침 일찍 월초 회의가 있었다. 회의 주제는 역시 매출 부진을 극복하는 방법을 찾아보자였다. 사장님께서는 전략과 전술은 필요 없고 무대뽀 정신으로 그냥 열심히 하는 것이 방법이라고 하셨다. 우리는 이제 군인이다.

하루 종일 매장은 조용했다. 그러던 중에 매장 전화벨이 울렸다. 매장 위치를 묻는 고객이었다. 직원들은 모두 눈이 번쩍 뜨였다. 점장님은 헐레벌떡 고객을 맞이하러 에스컬레이터 쪽으로 뛰었다. 울산 고객이었는데 브랜드를 비교하고 있던 중이었다. 나는 썰렁한 매장 분위기를 감추기 위해 가상의 고객과 전화 통화를 하는 열연을 펼쳤고, 사장님은 인쇄지를 살피며 바쁜 척하셨다. 한 직원은 사다리를 가져와 매장의 조명 각도를 바꾸는 짓을 했다. 얼마나 반가운 손님이려나.

울산 고객님의 남편이 뒤늦게 등장하였다. 점장님은 남편분이 정보를 못 들었기 때문에 다시 멘트를 재생했다. 남편은 말했다. "저는 몰라도 됩니더. 우리 와이프에게만 하시면 되예." 여성분은 팔짱을 끼고 높은 콧대로 우리 소파를 내려다보고 있었다. 직원 모두 점장님이 계약을 따내도록 기도하고 있었다.

사장님은 여성 고객의 말에 몸이 움찔움찔하셨다. 그 모습은 바로 고객과의 대화에 끼고 싶을 때 나오는 반응이다. 재미난 모습에 미소가 지어졌다. 점장님이 어련히 잘하실 거라 믿고 계시지만 매출을 위해서 계약을 위해서 몸이 가만있질 못하다.

여성 고객의 날카로운 질문이 우리들의 귓가에 들어왔다. 나도 생전 처음 들어 보는 질문이었다. '거의 이 정도면 업계 사람 같은데?'라고 의심될 정도였다. 판매원을 시험하는 수준이었다. "이건 왜 이래요? 다른 데서는 이렇게 말하던데요? 그럼 이건 단점 아닌가요?"

사장님은 눈치를 살피시더니 드디어 바쁜 척을 그만두고 웃으며 고객에게 다가갔다. "아이고 우리 사모님. 공부 많이 하셨네요. 그 부분은 저도 궁금했어요. 무엇보다 고가의 소파일수록 그렇게 따져 물으셔야죠. 정말 잘하셨어요." 사장님이 여성 고객님을 밀착마크했고, 점장님은 고객님께 보여 드릴 리뷰포스팅을 찾으셨다. 나는 가짜로 전화받는 척을 하다가 진짜 전화가 걸려 와서 당황했지만 바로 응대했다. 결국 어마어마한 집중력이 한 점으로 모여 고객님께 소파와 식탁 세트, 거실장과 조명등을 판매했다. 모두 고객님께 90도 배꼽인사를 드리고는 간만에 생긴 반짝이는 계약서는 깃발처럼 펄럭거렸다. 사장님이 외치셨다. "와 신난다! 와 행복하다! 와~~~"

점장님은 내일 휴가를 떠나신다. 그래서 오늘 꼭 팔고 싶어 했다. 매출을 만들어 놓고 가야 놀러 가서도 마음이 편한 법이다. 그가 내 어깨를 두드리며 힘주어 말했다. "우리 그레이트 스마트 문 주임님. 우리 오늘 꼭 팔아야 해요. 문 주임 천만 원, 내가 천만 원. 이렇게 꼭 이천만 원 찍읍시다."

경남에 거주하시는 고객님이 들어오셨다. 덩치 큰 남자들이 일제히 솔톤의 목소리로 손님을 맞이했다. "고객님~ 어서 오세요~!" 여름은 가구시장의 비수기. 고객 한 사람 한 사람이 다 귀하다. 그런데 이런 때를 즐기는 고객님도 계신다. 이미 구매 마음은 없지만, 끝까지 이런저런 설명을 요구하시는 고객 유형이 있다. 구매할 것처럼 계약서를 쓰지만 끝없는 옵션 변경으로 나중에 다시 방문해서 확실히 계약하겠다는 유형도 있다. 그런데 오늘 방문하신 분은 감정 상태가 불안정한 분이셨다. 작은 흠에도 과도한 반응을 보이시거나 말투에 짜증과 불신이 섞여 있었다. 힘든 유형이었다. 나는 속으로 묻고 싶었다. '고객님. 오늘 부부싸움 하셨어요?' 하지만 사람 일은 알 수 없는 법이기에 최선을 다해 응대하였다.

마감 시간이 다가오는데 큰 매출이 없었다. 다 합해서 300만 원도 안 되었다. 그것도 내가 정계약이 아닌 가계약으로 소파를 픽스한 것뿐이다. 점장님은 사기가 떨어져 허탈한 표정을 짓고 있었다. 힘없는 점장님은, "스마트 문 주임님. 이래가꼬 제가 내일 휴가 갈 수 있겠어요? 아 살기 싫다." 내가 대답했다. "점장님. 작년에도 그렇고 재작년도 그렇고 8월은 원래 이렇더라고요. 우리 잘못이 아니에요. 우린 정말 최선을 다했어요. 아까 빨간 조끼 아주머니도 구매 의사 없이 그냥 놀러 오신 분이시잖아요. 우리가 얼마나 최선을 다했는지. 그분에게 없던 구매 의사를 우리가 창조해 냈습니다. 마지막에 진짜 이거 살까? 이거 사야 하나? 그런 표정 보셨지예?" 점장님은 잠시 생각하더니 답했다. "의사만 창조했지 계약은 아니잖아." 맞는 말이었다.

퇴근하는데 굵은 빗방울이 후루루 떨어져 내렸다. 사장님과 몇몇 여직원들이 건물 안에서 발을 동동 구른다. 차를 몰아 사장님과 직원들을 본인 차량까지 에스코트해 주었다. 오늘 한 일 중에 가장 생산적인 일이었다.

빗방울이 한없이 쏟아지는데 기분은 산뜻했다. 단산 저수지로 가서 추리닝으로 환복했다. 우산도 없이 빗속으로 뛰어 들어갔다. 우중산책. 진정한 자유였다.

8월 8일 월요일

파리한 주말이 끝났다. 8월을 어떻게 버텨야 하나. 우리뿐만 아니라 다른 가구 매장 직원들도 혈색이 없기는 마찬가지다. 여기도 한숨 저기도 한숨 일색이었다.

청소를 마치고 커피를 마시려는데 생뚱맞은 시각에 젊은 신혼부부님 고객님이 오셨다. 우리 블로그를 다 보고 왔다면서 정말 밝은색 소파를 사용해도 무방하냐고 물으시기에 답했다. "때 안 타는 소재는 아니고요. 관리가 되는 소재예요. 우리 고객님들 중 밝은색 쓰시는 분들 공통점이 있어요. 처음엔 걱정하시는데, 한 달만 지나면 '왜 진작 안 했을까' 하세요. 관리가 수월합니다." 월요일 오전 행운이 찾아온 듯 수월하게 계약이 나왔다. 마침 사장님이 등장하셔서는 계약의 기쁨을 배가시켜 주셨다. "오! 우리 문 주임님 훌륭해요! 시작도 훌륭해요! 이리 모여요. 다 같이 하이파이브!"

사장님은 기리빨이 중요하다며, 내일도 오늘처럼 계약서를 쓰기를 바라셨다. 기리빨이란 기세·상황의 흐름(모멘텀)을 이어 간다는 의미다. 한 번 계약이 터지면, 그 흐름을 타고 다음 계약이 나올 확률이 높아진다는 의미일 것이다.

기리빨을 이어 가 보자!

8월 9일 화요일

테이블과 벤치를 보고 간 손님이 다시 오셨다. 여자 고객님이셨는데 남편과 딸을 대동하고 나타난 것이다. 남편은 깐깐했는데 자신이 영업직에 종사한다며 작정하고 가격 할인을 시도했다. 나는 저렴하게 구매하고자 하는 고객의 입장에 공감을 해 주면서도 왜 우리 상품이 이 가격인지를 설명했다. "고객님이 다른 브랜드 테이블 보셨다고 했는데, 저희 제품이 그 제품이랑 같다면 제가 훨씬 더 저렴하게 해 드리고 싶습니다. 하지만 제품 자체가 다릅니다. 고객님. 이 제품은 저희가 제일 추천하는 확장형 테이블입니다. 완성도가 뛰어난 제품이죠. 가져가는 대로 만족을 드리는 제품입니다." 남편은 좋은 제품인 것은 알지만 저렴하게 가져가고 싶어 했다. 그러나 마진 없는 판매는 할 수 없는 노릇이었다. "고객님. 비교하신 제품이 많이 없다고 하셨는데 와이프분은 가구를 많이 보셨더라고요. 가성비가 좋고 브랜드 인지도가 높아서 다시 오셨어요. 고객님은 좋은 제품을 저렴하게 구입할 수 있는 찬스예요." 고객은 포기하지 않았다. 그가 원하는 가격이 된다고 해도 문제다. 다른 고객님들이 알면 형평성을 따질 것이다. 누구는 비싸게 사고, 누구는 싸게 사는 게 어떻게 정직한 브랜드인가. 실랑이가 이어지는데 남편은 사장을 불러달라며 소리 높였다. 순간 나는 가족을 위하는 가장의 모습을 보았다. 가족 앞에서 자신의 역할을 증명하고자 하는 남편의 모습. 그의 체면과 효능감을 살려 주고 싶은 마음이 들었다. 큰돈을 들여 가구를 사야 하는 가장의 마음을 충분히 이해하기 때문이다.

웬만하면 사장님께 전화를 드리지 않지만, 남편의 모습을 보니 조금이라도 더 해 드리고 싶었다. 사장님은 통화 내내 이 가격은 불가하다며 나를 나무라셨지만, 이는 내게 협상력을 키워 주기 위한 큰 그림임을 나는 알고 있었다. 통화를 마치고 남편을 바라보며 말했다. "고객님, 들으셨지요. 그래도 이 제품이 정말 마음에 드신다면 제가 사장님을 설득해 보겠습니다. 이 가격으로 결정해 주세요. 제가 할 수 있는 최선을 다했습니다." 결국 계약서는 작성되었다. 서류를 쓰는 동안 남편은 아내에게 "이 테이블이랑 어린이 소파 사고 나서 또 바꾸지 마래이"라고 당부했다. 지금 쓰고 있는 대리석 식탁도 2년밖에 안 되었다고 했다. 남편은 아내가 못마땅한 눈치다.

부부의 평화를 위해 아내의 편도 들었다. "고객님. 대리석 식탁 신혼가구로 장만하신 거죠? 우리나라 사람들 아마 80% 이상이 결혼할 때 가구를 처음 사봐요. 그 때는 자신의 취향이 무엇인지도 모르고 아무것도 모를 때 그냥 사는 거예요. 변덕의 문제가 아니라 잘 모르셨던 거예요. 그런데 이제는 부드럽고 따뜻한 원목 느낌의 식탁이 본인 취향이라는 것을 아시게 되신 거죠. 그래서 아내분은 아무런 문제가 없어요. 오히려 정상이에요." 남편은 팔짱을 풀고 고개를 끄덕이셨다. 그리고 아내에게 말했다. "고객님. 남편분 정말 대단하신데요. 이 금액은 나올 수가 없는 상상불가 영역의 금액입니다. 정말로예. 남편분이니깐 이런 결과가 나왔어요." 아내는 남편을 웃으며 쳐다보았고, 남편은 가장으로서 제 몫을 다했다는 얼굴을 하고 있었다. 이제는 헤어져야 할 시간, 미소가 예쁜 부부의 딸에게 식탁보와 파스텔톤 머그컵을 선물했다. 사장님과 이사님께 혼날 준비가 되었다.

8월 10일 수요일

오늘은 회사의 양대산맥인 두 분이 여름휴가를 떠나셨다. 매출 걱정 없이 편히 쉬시도록 계약을 하나라도 더 올리고 싶었다. 사장님은 이 조용한 가구백화점에서 월요일과 화요일 모두 계약이 나왔다며, 그 기리빨을 이어가 보자고 기대 섞인 말을 건네셨다.

점심 무렵 사장님이 식탁과 거실장을 판매하셨고, 나는 빅토리 소파 계약 고객을 설득해 추가 고이스까지 이끌어 냈다. 어떤 이는 협상을 고객과의 싸움이라 말하지만, 정작 이겨야 할 대상은 고객이 아니라 선입견과 잘못된 정보다. 고객은 문제의 대상이 아니다. 그래서 협상은 승패의 문제가 아니라, 상대가 스스로 납득하도록 돕는 과정이라고 생각한다.

8월 12일 금요일

퇴근 후 우리는 팔공산 야간산행에 올랐다. 사장님은 출발도 전부터 팔공산 찹쌀 수제비를 찬양하셨다. "모두 저녁 드셔야죠. 찹쌀 수제비 먹고 가요. 산 밑에 찹쌀 수제비 잘하는 식당이 있어요. 얼마나 맛있는데 찹쌀 수제비. 얼른 찹쌀 수제비 주문하세요." 찹쌀 수제비를 몇 번이나 들었는지 이미 내가 수제비를 먹고 있는 기시감마저 들었다.

사장님의 권유로 맨발 산행에 돌입했다. "맨발로 땅을 밟아 몸 안에 쌓인 정전기를 풀어내야 됩니다." 맨발로 걸으니 자연과 하나 된 느낌이 들었다. 저 지구 깊은 곳에서부터 저 멀리 하늘까지 포함한 하나. 맨발로 걷는 이는 사장님과 나뿐이었다.

여직원들이 팔짱을 끼고 난간 손잡이 옆에 섰다. 표정을 보니 힘들어서 짜증이 난 것 같았다. 나는 직원들에게 그저 저기만 지나면 된다고 말했다. 또 멈춰설 때면 여기만 지나면 된다고 했다.

문득 옛날 해병대훈련병 시절이 떠올랐다. 해병대 교육소의 마지막 훈련인 천자봉 등정. 나는 체력이 약해 행렬에서 뒤처졌었다. 최선을 다해 걸어 올라가도 동기들을 따라잡을 수 없었다. 어느새 동기들은 보이지 않을 정도로 멀어졌다. 도저히 시간 내에 정상에 오를 수 없을 것 같아 주저앉아 버렸다. 그때 이종태 교관님이 내 손을 잡아 주셨다. 실컷 혼도 내시고 달래기도 하시면서 나를 이끄셨다. "해병이 힘들면 힘들다고 하면 되나? 그런 자세였으면 해병대의 빛나는 역사는 없었지.", "훈련병. 다 왔다. 여기만 지나면 된다. 저기만 오르면 된다." 작은 목표들을 따라가다 보니 어느새 정상이었다.

당시에는 교관에게 화가 나기도 했다. 왜냐하면 자꾸 저기만 지나면 된다고 했는데 길은 끝없이 이어졌기 때문이다. 그래도 교관님 따라 여기만 지나자. 저기만 지나가고 생각하며 걸었더니 결국 천자봉 정상에 오를 수 있었다. 무작정 정상만 생각했으면 나는 실패했을 것이다. 오늘 팔공산에 오르니 그날이 떠오른다. 작은 목표를 이룩하다 보면 큰 목표를 성취할 수 있다고 말할 수 있다. 눈에 보이지 않고 너무 멀리 있는 목표를 새겨가며 헤쳐 나가는 것은 참 어려운 일이다.

하산하는 길에 별똥별을 보았다. 우리 뒤에 있던 어느 아저씨가 "오 뭐꼬! 별똥별 아이가?"라고 소리쳐 준 덕분에 볼 수 있었다. 짧은 순간이지만 하늘이 잠깐 열렸다가 닫히는 것 같았다.

아침부터 전체 회의. 이사님은 심각한 표정으로 우리 가구점의 위기 상황을 알렸다. 지금 매출액으로는 유지 자체도 어렵다. 모두의 얼굴에 수심이 찼다. 아무리 여름 비수기라고 하더라도 이렇게 어려운 여름은 처음이라면서, 사장님은 내일 산에 정성 기도를 드리러 간다고 하셨다. 전 직원이 의기투합해서 고객을 응대하기 시작했다.

오후 7시. 모든 매장에 패색이 짙어졌다. 매출 0원. 매장에 첫 방문한 고객은 바로 계약이 이루기 어렵다 하더라도 이렇게 계약서 한 장 없다는 것에 모두 좌절했다. 고객이 인터넷이나 입소문에 의해 어느 정도 제품을 인지하고 오는 경우 당일 계약서는 발생될 수 있다. 하지만 제품이나 신소재 소파를 처음 접한 고객은 상당히 어렵다. 육체노동은 퇴근하면 기분이나 상쾌하지, 이 일은 퇴근해도 찝찝하다.

오늘도 매출 0원. 사직서를 작성했다. 대학교 졸업할 때까지만 근무하겠다고 생각했지만 매출이 없어 너무 힘들다. 여름에 가구가 잘 팔리지 않는다는 사실을 익히 잘 알고 있었다면 왜 어떠한 대비책도 준비하지 않았을까. 이런 생각으로 경영자가 원망스럽다. 매년 여름 매출 부진으로 힘들었다면 온몸으로 스트레스를 온전히 감내할 것이 아니라, 뭔가 대비해야 하는데 그렇지 못한 것이다. 차가운 겨울이 닥칠 것을 안다면, 미리 장작도 구하고 먹을 것도 쟁여놓아야 하는 것이 아닌가.

내가 사장이라면 무급휴가로라도 많은 직원을 쉬게 하고 싶다. 이렇게 스트레스를 받을 바에는 그냥 비수기 자체를 인정하고 쉬거나 아니면 매출을 목표로 하기보다는 고객정보 수집에 목표를 둬서 성수기를 준비하는 것이 차라리 좋겠다. 아니면 진열 품목 자체를 여름용 쿨링퍼니쳐로 바꿔 보는 것 등. 아무튼 기다리는 영업은 무척이나 힘들다. 실력 여부를 떠나서 고객이 방문하지 않으면 답이 없다.

오늘은 인터넷 마케팅에 집중했다. 블로그와 포털 카페 홍보가 기다리는 영업을 극복하는 가장 현실적인 방법이라 생각했다.

광복절. 어김없이 출근. 토요일, 일요일 매출이 없으니 오늘은 꼭 팔고 싶었다. 오늘 매출이 없으면 사직서를 제출하겠다고 다짐했다. 빌빌 꼬는 스타일의 구두쇠 아주머니 두 분이 오셨다. 나름대로 합의점을 도출해서 400만 원 정도의 매출을 올렸다. 아 사직서는 내지 말라는 뜻이구나 싶었다.

퇴근 후 사장님께서 파스타를 먹으러 가자고 하셨다. 까르보나라 스파게티를 연신 말씀하셨는데 마치 팔공산에 오를 때의 찹쌀수제비 느낌이다. "찹쌀수제비. 찹쌀수제비. 맛있고 맛있는 찹쌀수제비~!", "까르보나라. 까르보나라~!" 사장님은 현대백화점에서 직접 매출을 많이 올리셔서 기분이 상당히 업되어 있으셨다.

사장님을 바라보는 내 시선에는 늘 '귀엽다'는 감정이 먼저 따라온다. 직함이나 나이, 책임의 무게와는 어울리지 않게, 사람과 일 앞에서 드러나는 태도가 참 순수하기 때문이다. 나는 오늘도 이런 사장님을 보며 미소 짓는다.

8월 16일 화요일

오늘은 슬픈 하루. 어제 응대한 유별난 고객이 계약을 취소하겠다고 한다. 온갖 변덕으로 계약서를 이리 썼다가 저리 썼다가 고쳤다가 발주했다가, 퇴근 후에도 응대해 드렸는데 별짓을 다 했는데 오늘 와서 취소하겠다는 것이다. "더운데 죄송한데~~ 취소해야겠어요. 괜찮나요?" 마치 나를 약 올리는 듯한 뉘앙스였다. 이것도 하늘의 뜻이라 생각한다.

점장님이 퇴사하신다고 했다. "문 주임만 알아요. 나는 이번 달 말까지만 합니다." 청천벽력 같은 소식. 매출 부진으로 인한 압박감은 점장님이 제일 심했을 것이다.

대학교 졸업 논문 주제가 공지되었다. 생산물류는 물류 및 유통의 한 부분 또는 기업 사례를 선정하여 그 운영 현황을 정리하고 개선 방안을 제시하는 것. 마케팅과 재무, 경영전략, e-비즈니스는 자유주제. 인사 조직은 기업문화의 개념과 필요성 및 정립 방법에 대해 논하는 것. 회계는 우리나라 기업회계기준의 발달이었다. 나는 우리 가구점에 들이닥친 위기 해결법을 연구하고 싶어서, 가구시장과 가구산업을 주제로 논문을 작성할 계획이다.

예전에 응대했던 고객님이 다시 매장을 찾아 주셨다. 깔끔하게 천만 원의 매출을 기록했다. 기쁜 일이다.

점장님이 곧 떠나신다고 생각하니 마음이 서글펐다. 점장님은 그런 내 기색을 눈치채셨는지, 분위기를 풀어 주려 옛날이야기를 들려주셨다. 젊은 시절 자본금을 마련하려 원양어선을 탔고, 그곳에서 베트남 선원들과 다투기도 했다고 했다. 특전사 시절에는 훈련 중 동기를 잃는 사고를 겪으며 깊은 우울에 빠졌지만, 미친 듯이 운동에 매달리며 스스로를 건져 올렸다고 한다. 거의 삼십 년이 지난 이야기지만, 그때 다진 체력이 지금까지 자신을 단단하게 유지해 주고 있다고 담담히 말했다.

오랫동안 근무했던 특전사를 전역하려고 하는데, 상사들이 계속 전역서를 수리해 주지 않아서 1년이나 더 근무했다고도 했다. 마침내 전역서는 수리되었는데 상관들은 아까운 인재를 놓치게 되었다며 슬퍼했다. 상관들은, "자네 전역하면 청와대 경호 부대나 경찰특공대 일을 해 볼 텐가?

추천서를 써주겠네." 특전사 최고의 실력자였던 점장님을 전역시키기에는 진심 아까웠던 것이다. 점장님은 그 제안을 거절하고 사업을 했다가 쫄딱 망했다. 나는 물었다. "점장님. 혹시 후회하십니까?" 점장님은 조금 뜸을 들이더니 이내 후회된다고 했다. "문 주임님이 지금 20대 중반이죠? 후회가 아무짝에도 쓸모없다는 것을 알지만, 후회되는 것이 사실입니다. 군대에서 계속 근무하거나 아니면 경호부대나 특공대 일을 했다면 더 좋지 않았을까 하고요. 그런데 문 주임님. 후회할까 봐 실패할까 봐 겁먹고 시도조차 안 하는 것은 내 스타일은 아니오."

8월 21일 일요일

매장 책장에 꽂혀 있던 브라이언 트레이시의 '판매의 원리'라는 책을 발견했다. 책을 집어 들고는 몇 장 읽어 보았다. "당신의 생각과 태도가 당신의 성과를 결정해 낸 것이다. 누구를 탓할 것은 아무것도 없다." 이 책을 읽기로 마음먹었다.

사장님과 이사님께서 내게 매장 디스플레이를 기획해 보라고 하셨다. 젊은 느낌으로 기획하면 그대로 따라 주겠다고 하셨다. 최근 회사에 원칙과 계획도 없이 디스플레이 작업하는 것을 불만 사항으로 털어놓은 적 있었다. 그 일 때문에 사장님께서 이런 기회를 마련해주신 것이다. 나는 본래 창의적인 사람이다. 잠들어 있던 창의성이 깨어나는 기분이 들었다. 우선 디스플레이 원칙을 세웠다. 1. 아직은 여름이니깐 시원한 컬러감의 소파를 메인 주인공으로 한다. 2. 산만한 매장을 색깔별로 분류하여 차분함을 가미시킨다. 3. 밀라노 컬렉션의 소파 부스를 만든다. 4. 물건은 많고 매장은 적으니 매장 벽을 최대한 활용하여 동선을 다시 짠다. 5. A브랜드와 B브랜드를 믹스한다. 이 다섯 가지 원칙을 토대로 디스플레이 계획을 세웠다. 내일부터 나의 생각이 매장에 적용된다.

전 직원 모두 편한 복장으로 모였다. 나는 간단하게 디스플레이 프리젠테이션을 발표했다. 대부분 머리에 그려지지 않는 모양이었다. 상관없다. 내 오더에 따라 가구들을 배치하다 보면 선연히 보일 것이다.

오후 두 시쯤 되자 윤곽이 또렷해졌다. 사람들은 "생각보다 괜찮다", "매장이 훨씬 넓어 보인다"며 연달아 감탄했다. 우리가 가장 잘 판매할 수 있는 몇몇 브랜드를 세트 상품처럼 만들었다. 그리고 입구부터 매장 중앙까지 고객 동선을 널찍하게 확보하여 들어가고 싶은 매장으로 만들었다. 또한 다양한 컬러의 진열 소파들을 알맞게 배치하여 섹터별로 컬러 본연의 매력이 잘 드러나게 만들었다. 무엇보다 사장님의 인정을 받은 부분은 매장을 차갑게 나누던 인테리어파티션을 사선으로 돌려놓은 것이다. 삼팔선처럼 단절된 느낌을 풍기던 파티션을 없애고, 사선으로 배치하여 두 매장이 하나라는 것을 나타내었다. 그 사선 파티션에 맞추어 고급 테이블과 엘로우 소파도 사선으로 배치했다. 그랬더니 훨씬 더 세련되고 어여쁜 매장이 되었다. 무뚝뚝한 이사님도 매장이 좋아졌다고 인정해 주셨다.

창원 고객님이 매장에 오셨다. 그녀는 다른 지역 대리점에서 이상한 가격을 듣고 오셔서는 왜 대구만 비싸냐며 다그치셨다. 사장님은 특유의 친화력으로 그녀에게 밀착 마크를 가동했다. 나의 여러 가지 멘트보다 사장님의 고객을 걱정하는 마음, 고객의 입장에 서서 우리 브랜드를 바라보는 마음이 효과가 있었다. 사장님은, "고객님. 다른 대리점에서 그만한 가격을 들었다는데 우리는 그렇게 안 돼요. 우아노. 그리고 그만한 가격의 소파라면 분명히 무언가 하자가 있을 거예요. 백화점 행사장을 나뒹굴던 소파 저희도 많이 봤어요." 50대 초반으로 보이는 여성 고객은 눈을 사장님에게 고정시켜 놓고 들었다. 고객은 생각했던 것보다 가격이 오버가 되어서 구매를 망설였다. 그렇지만 믿고 써보기로 결심하셨다. 사장님은 고객님 카드를 주시면서 11개월 할부로 결제를 하라고 하셨다. 나는 정확하게 결제하기 위해서 "전체 금액을 11개월 할부로 결제하겠습니다"라고 큰소리로 복창했다. 이것은 군대에서부터 복명복창하던 습관 때문이다. 그랬더니 사장님은 고객님 사정을 생각해서 그렇게 긴 할부는 말하지 말고 결제하라고 하셨다. "주임님. 어쩌면 고객님이 무리해서 구매하시는 건데 그렇게 모든 사람들이 듣도록 11개월 할부를 외치면 어떻게 해요. 고객님 불편하실 수도 있어요." 내가 너무 생각 없이 행동한 것이다. 다음부터 조심해야겠다. 나는 11개월 할부가 부끄러운 일이라고 생각지 않아서 정말 아무 생각도 없었다.

지난 주말 매장에 방문하신 고객님들로부터 다시 전화를 받았다. 소파는 이미 살폈으니 전화로 계약을 원했다. 일자형 소파와 매장 진열 콘솔 테이블을 팔았다. 감사한 일이다.

그리곤 몇몇 고객님들의 컴플레인 전화를 받았다. "여기가 시장통 브랜드냐"고 따지시는 분도 있었다. 사정을 들어 보니 이러했다. 고객은 소프트 타입 방석을 주문했는데 그 때문에 주름이 조금 생겼다. 주름이 마음에 들지 않았던 고객은 방석을 빼 공장으로 보냈다. 문제는 새 방석이 내려오는 데 시간이 오래 걸린 것이다.

새 방석이 내려오기 전까지 기존 방석을 그대로 사용했으면 될 일인데, 내가 생각이 짧았다. 지금 고객의 집 거실에는 방석 없는 소파만 덩그러니 놓여 있는 상태인 것이다. 이번 일을 교훈 삼아 다음부터는 조심해야겠다.

8월 24일 수요일

오늘은 현대백화점 직원 교육일이었다. 교육 내용 중 존 구드만의 법칙이 특히 인상 깊었다. 이 법칙은 고객 불만과 고객 충성도의 상관관계를 설명하는 이론이다. 일반적으로 고객은 이용 중인 서비스에 별다른 문제가 없을 경우, 재방문율이 약 10% 정도에 그친다고 한다. 그러나 서비스에 대한 불만을 제기한 고객에게 직원이 진심을 담아 성실하게 대응할 경우, 무려 65%가 다시 찾아온다는 것이다.

강사는 이 법칙을 통해, 불만을 표현하는 고객을 문제 고객으로 볼 것이 아니라 오히려 충성 고객이 될 가능성이 높은 대상으로 인식해야 한다고 설명했다. 불만은 관계를 끊기 위한 신호가 아니라, 아직 관계를 이어 가고 싶다는 표시일지도 모른다.

8월 26일 금요일

아침부터 점장님이 식탁과 침대를 판매했다. 평일에 상담한 고객인데 매장에 들어오자마자 점장님을 찾았다. 제품도 제품이지만, 점장님이라는 판매원이 마음에 쏙 드셨나 보다. 곧 여기를 떠나는 그는 마지막까지 최선을 다했다. 아름다운 모습이다.

점장님과 함께 식사하며 더 많은 이야기를 들을 수 있었다. 그러다가 브라이언 트레이시의 책에서 읽었던 피드백 부분이 생각났다. 트레이시는 동료들에게 나의 부족한 점이나 단점을 질문하라고 했다. "점장님. 제가 판매에 있어서 부족한 것이 무엇일까요?" 점장님은 잠시 생각하더니, "문 주임은 설명도 좋고 친절하고 좋은데 사람 관찰이 부족해. 사람을 관찰해서 고객에 맞게 응대하는 게 가장 좋아. 사실 그건 나도 어려워."

저녁 7시가 되어서 회의가 있었다. 이사님의 피드백이 있었다. 이사님은 "내가 회의 안 하려고 했는데 문 주임이 숙제한 것을 보니깐 해야겠더라." 이사님은 2주 전에 우리 제품의 특성과 장점을 파악해서 말일까지 제출하라고 하셨다. 그래서 숙제를 오늘 오전에 제출했는데 그게 어떤 문제가 있었나 보다. 이사님은 내게 포커스를 잘못 맞추었다고 지적해 주셨다. "문 주임. 되게 잘 했는데 이건 내가 원한 것이 아니야. 물건과 브랜드의 전체적인 소감 위주의 내용이잖아. 내가 원한 것은 제품 각각이 가진 포인트야. 이 테이블은 요 자그마한 모서리가 둥글어서 이쁘다든지, 이 원목 의자는 부드러운 곡선 등받이가 이쁘다든지. 고객과 공감할 수 있는 핫 버튼을 찾기 위한 숙제인데 이건 아니야." 이사님의 말씀을 메모하며 경청했다. 그리고 이사님은 예를 더 들어주셨다. "고객에게 이야기해 봐. 제가 보기엔 말입니다. 이런저런 점이 저 제품보다 훨씬 좋습니다. 제가 보기에는 이 부분이 정말 마음에 드는데요. 그렇지 않나요?"

이사님은, "손님에게 답이 있어. 끝까지 들어. 귀 명창." 잘 말하는 것도 중요하지만, 우선 잘 '듣는' 사람이 결국 잘 판다는 뜻으로 이해되었다. 귀갓길에서 오늘 들은 피드백을 복기했다.

새벽 일찍 목욕탕에 방문했다. 가방에 있던 브라이언 트레이시의 책 '판매의 원리'를 꺼내 탈의실 마루에서 다 읽었다.

브라이언 선생과 상사들의 피드백을 통해 나의 문제를 보완할 수 있었다. 자신감이 붙는다. 출근해 다양한 고객님들께 옷장과 월플렉스, 수납장과 매트리스, 파티션과 책상을 판매했다.

친한 형이 가구를 보러 오기로 했다. 형은 6월에 우리 매장에 오려고 했는데 급한 일이 생겨서 못 왔었다. 결혼식은 내년 2월 20일인데 신혼집을 9월에 들어가게 되어서 급히 가구가 필요했다. 우리 가구점은 가격대가 높지만, 형에게 구경이라도 해보라고 권했었다.

곧 형과 형수가 도착했고 나는 형수님께 말했다. "아이고 형수님. 결혼 준비에 고민이 많으시지예?" 둘은 머리를 절레절레 흔들며 결혼이 이렇게나 힘든 건지 몰랐다며 혀를 내둘렀다. 가구를 두리번두리번 만져보기 시작하는 형수님의 제스처를 시작으로 제품 소개를 시전했다. "형수님. 고민이 많으실 텐데 원칙만 잘 세워두시면 좋아요. 가구는 자주 구입하는 게 아니라서 어려울 수 있어요. 가구는 무조건 주인공이 먼저 들어가야 해요. 침실의 주인공 침대, 부엌의 주인공 식탁, 거실의 주인공 소파. 덩치 큰 이 세 가지들이 먼저 자리를 잡아야 다른 것들도 쏙쏙 들어오게 됩니다." 형수님은 고개를 끄덕이셨다.

부부는 어느 침대를 눈여겨보았다. "디자인도 와이드감이 좋고 무엇보다 100kg이 넘는 형의 체중을 커버할 수 있는 좋은 내구성의 침대에요. 이 침대에는 아주 무거운 돌 매트도 깔고 사용합니다. 한 번 매트리스를 들어 볼까요? 침대의 하부구조를 전부 확인하실 수가 있어요." 이런 식으로 식탁과 의자, 벤치, 침대, 협탁, 거실장, 매트리스, 화장대와 수납장, 거울, 5단 서랍장 등을 판매했다. 소파만 가격대가 비싸서 계약하지 않았다. 그리고 사장님과 이사님의 허락을 받아 나왕 나무 재질의 소파 테이블을 선물했다. 의기양양하게 이사님께 계약서를 제출했다. 이사님은 기분 좋음을 감추느라 바빠 보이셨다. 특유의 붉어진 얼굴과 그리고 무언가 열심히 하는 듯한 행동은 이사님이 계약서를 받기 전에 보이는 행동 패턴이다.

그 후로 나는 신소재 소파 2조를 더 팔았다. 우리 브랜드와 타업체 소파 중에서 고민 중인 고객이었다. 필사적으로 설득했다. "고객님. 제가 웬만하면 이렇게까지 강권해 드리지는 않습니다. 다만, 이미 타업체도, 백화점도 다 다녀오셨기 때문에 비교할 수 있는 정보가 충분한 고객님이라서 제가 더 설명해 드리는 거예요." 고객은 모델과 색상을 고민하는 것처럼 말해 보였지만 실상은 브랜드를 비교하느라 머리가 복잡해 보였다. 그래서 난 브랜드 파워로 타사를 눌러 보겠다고 마음먹었다. "고객님. 그 업체도 원단이 좋지요. 그런데 우리는 더 좋지요! 그 소재는 세계에서 유일하게 그 회사만 사용해요. 저희는 세계 명품 업체에 쓰이죠. 이 사실은 모르셨죠?" 이 멘트만으로는 부족하다. "고객님 직접적으로 차이를 한마디로 표현해 드릴게요. 우리가 한글이라면, 거기는 한자예요. 한글은 세계에서 수입하지요. 한자는 중국만 씁니다."

또 다른 고객님은 제품은 마음에 드는데 가격이 불편한 모양이었다. 주옥같은 멘트를 날렸다. "고객님. 다른 매장의 제품과 이 제품이 똑같다면 제가 더 할인해 드릴게요. 하지만 다른 제품입니다." 고객은 구매를 결심했다는 듯 지갑을 찾았다. 오늘 하루의 마지막 피날레를 장식하는 계약서를 작성했다. 기쁜 마음으로 부랴부랴 회사 매출톡방에 계약서 사진을 올렸다. 사장님과 이사님, 점장님은 온통 축하 메시지를 보내주셨다.

이제야 제대로 감을 잡았나 보다. 깨달음의 결과로 어제오늘 개인 매출 3,200만 원을 넘겼다. 브라이언 트레이시 선생님 사랑합니다.

8월 29일 월요일

점장님의 마지막 근무일. 나는 점장님께 감사함과 아쉬움을 담아 근사한 초밥집에서 점심 식사를 대접해 드렸다. 이렇게라도 해야 마음이 편할 것 같았다.

점장님은 본인의 짐을 챙겼다. 그리고 모두와 작별 인사를 나눴다. 내 차례가 되었을 때 나는 자리에서 일어나 그에게 걸어갔다. 그리고 뜨거운 포옹을 나눴다. 나의 포옹을 항상 밀쳐 내던 점장님은 오늘만큼은 나를 꼬옥 안아 주셨다. 또 최근에 작성한 점장님께 드리는 편지를 전달해 드렸다. 눈시울이 뜨거워짐을 느꼈다.

8월 30일 화요일

오전에 꽤 시끌벅적한 손님 조합이 들어왔다. 4명이었는데 난 브라이언 선생의 말대로 행동했다. 브라이언 트레이시는 모든 것이 축적되어서 판매의 성공과 실패가 판가름 난다고 했다. 침착하고 차분한 태도로 응대했다. 고객과 눈이 마주쳤을 때는 열정을 보였다. 그리고 침묵을 적절히 사용했다. 손님은 우리 매장의 소파와 침대, 테이블 등을 눈에 넣고는 다른 곳도 한 번 들러 보겠다고 나갔다. 난 나가는 입구까지 마중하며 정중히 인사했다. 왠지 그들이 다시 돌아올 것 같은 느낌이 들었다. 아니나 다를까 삼십 분이 지나서 그들이 돌아왔다. 한 번 돌고 온 손님을 놓치지는 않으리라. 옆에 앉아 있는 MH 양에게 윙크를 보내고는 일어섰다. 그리고 친절하고 정중하며 전문적인 판매원의 태도로써 고객에게 다가갔다. 고객은 이전보다 더욱 자세히 상품에 대해 질문했다. 가망고객의 의문을 해소하기 위해 노력했다. 그들은 루체 시리즈를 마음에 들어 했다. 사실 나는 1001베드를 추천했는데 고객은 계속 루비 베드를 언급했다. 바로 내가 추천한 베드를 접고 루비 베드를 밀었다. 나의 푸쉬에 힘입어 고객은 침대를 쓰다듬기도 하고 베드에 누워 보기도 했다. 구매할 수 있는 충분한 정보를 전달했다는 생각에 구매를 제안했다. "고객님. 이러이러한 혜택과 이익을 가져가시죠. 결정해 주세요." 계약서를 회사 카톡방에 올렸다. 부채춤 추는 토끼 이모티콘과 귀여운 천사들의 팡파레 이모티콘으로 축하를 받았다.

또 지난 주말에 이사님이 응대해 드린 고객이 재방문하셨다. 경산 거주 3명의 고객이었는데 조금은 특이한 케이스였다. 한 명은 제품의 흠을 찾았고, 한 명은 내게 맞장구쳐 주었다. 한 명은 가격 할인 담당이었다. 꽤 멋진 방법으로 좋은 제품 저렴하게 구매하기 전술 행동을 보이는 팀플레이 고객님! 이사님이 주말에 불씨를 지펴놓은 음식 재료에 내가 조미료와 양념장을 첨가하여 우리 고객으로 만들었다. 그리고 네일 아트샵을 운영하시는 고객님께, 무역업에 종사하시는 고객님께 여러 상품을 판매했다. 평일에 이렇게나 많은 매출을 올렸다는 것이 믿기지 않았다.

예비군 훈련에 참가했다. 단독 무장과 병기를 지급받고 올라오는데 누 군가가 손을 내민다. 중학교 동창 친구 KTH였다. 놀랍고 반가운 마음이 컸는데, 그의 왼쪽 가슴에 달린 빨간 명찰이 더 놀라웠다. 친구도 나와 같 은 해병대 출신이었다. 몹시 반가운 마음으로 친구와 인사를 나눴다.

중학교 1학년 때, 김훈과 TH 그리고 나는 쉬는 시간만 되면 운동장과 복도를 뛰어다녔다. 인생에서 가장 행복했던 시절을 떠올려보면 그 순간 이 떠오른다. 나와 TH는 김훈을 프랑켄슈타인이라고 놀리고 도망갔다. 체격이 컸던 김훈은 우리를 잡으려고 달렸다. 잡히는 순간 깨물림과 간지 럽힘, 헤드 암바를 당한다. TH는 달리기가 빨라서 내가 많이 잡혔는데 그 억울함에 몸부림치던 나는 하나의 수를 생각해 냈다. 내가 잡힐 것 같으 면 앞서가던 TH를 잡아 함께 넘어지는 것이다. 그러면 TH는 난리를 피운 다. "놔라고 이 미친놈아!! 나는 왜 잡는데!!" 프랑켄슈타인은 번번이 잡히 지 않는 TH에게 분통을 터뜨리고 있었는데, 나로 인해 TH를 잡을 수 있 게 되자 그를 더욱 집요하게 공격했다. 격렬한 몸부림 속에서 빠져나와 TH가 괴롭힘당하고 있는 모습을 지켜보며 정말 많이 웃었다. 언제 생각 해도 그 기억은 행복이었다. 행복한 추억의 주인공인 친구를 14년 만에 마주한 것이다. 역시나 예비군 훈련은 기쁨이다. 우리는 하루 종일 수다 를 떨었다.

때마침 서울에 사는 김훈이 휴가를 맞아 대구로 내려온다고 한다. 참 이 런 찰떡같은 타이밍이 생기다니! 다 함께 모여 마라도 굴구이 집으로 향 했다. 이번 년도 들어 가장 많이 웃은 하루였다.

퇴근 시간이 얼마 남지 않았을 무렵, 사장님이 구미로 전단지 작업을 하러 가자고 하셨다. 당연히 거절하려 했지만, 이사님과 부장님 사이에 흐르는 냉기가 불편해 그냥 따라가겠다고 했다. 오늘의 목표는 아파트 세 곳에 전단지를 부착하는 것. 우리는 첫 번째 아파트에 도착했다. 늦은 시간에 그렇게 큰 아파트 단지를 돌며 전단지를 붙일 생각을 하니 마음이 막막해졌다. 관리소장님은 전단지를 두고 가면 대신 부착해 주겠다고 했지만, 사장님은 우리가 직접 좋은 자리를 골라 붙여야 한다고 고집하셨다. 하는 수 없이 사장님을 따라 게시판에 전단지를 붙이고 있는데, 관리소장님이 오셔서 큰소리를 내셨다. 덕분에 전단지를 하나하나 붙이지 않아도 되었다. 뜻밖의 소동이었지만, 결과적으로는 감사한 일이었다.

사장님과 돼지구이집에서 늦은 저녁 식사 하고 대구로 돌아왔다. 군위에서 초등학교 교사 생활을 하고 있는 형을 만났다. 형이 말했다. "선생님들이 왜 그렇게 바쁜지 이제야 알겠더라. 학교에 업무가 너무 많아서 선생님들이 학생들 신경 쓸 틈이 없어." 나는 초코보스와 뽀기, 종종이와 수들여 이야기로 수다를 떨었다.

"오늘 누가 매출을 많이 올리는지 바움 대 뉴패러로 내기하자." 사장님의 내기 제안에 내가 응수했다. "뭐를 걸까요?" 사장님은 코스트코 피자로 하자고 하셨고 직원들은 승부욕에 불타올랐다. 넓은 평수의 매장에다가 상품이 다양하고 객 단가가 높은 뉴패러 매장이 질 수 없는 게임이다. 또 나는 1일부터 3일까지 기리빨이 쭉 이어져 오고 있는 상태였다.

　다양한 손님들이 우리 매장을 구경했다. 브라이언 트레이시의 책 내용을 떠올렸다. '멋진 말을 할 수 없을 때는 오히려 침묵하라.' 그러다 한 아주머니가 소파에 앉아보기도 하고 플랜 테이블을 만져 보기도 하시더니, 이 소파로 견적을 내 달라고 요청하셨다. 난 신소재를 알고 계시는지 물었는데, 고객은 "소재와 브랜드는 이미 잘 알고 있어요. 마음에 드는 모델만 선택하면 될 것 같아요."라고 말했다.

　고객은 인터넷에서 공부를 마쳤고, 백화점과 대리점 견적을 비교해서 자신에게 유리한 쪽으로 계약을 할 작정이었다. 그녀에게는 백화점 상품권도 있고, 멤버십 포인트 적립도 중요했기에 백화점에서 구매할 가능성이 높았다. 난 백화점보다 더 잘 해 드릴 수 있도록 최선을 다하겠다며, 부담을 내려놓으시고 살펴달라고 부탁드렸다. 예전에 서울 판매 왕이 가르쳐 줬었다. "매장에 들어온 고객이 만지는 제품은 자기도 모르게 무의식적으로 관심 있는 제품이라는 뜻이에요. 고객이 무엇을 만지는지 잘 살펴봐요." 그녀가 테이블도 만졌으니 테이블을 적극 활용해야겠다고 생각했다. 플랜 테이블은 대리점에서 30%나 할인되기 때문에 그 점을 적극 어필했다. "고객님 백화점에서는 테이블 세트 할인이 안 됩니다." 고객은 그제야 허심탄회하게 백화점에서 받은 견적을 털어놓았다. 나는 저기 앉아 계시는 사장님을 손으로 가리키며, "저분이 현대백화점 및 뉴패러 대구점 매장의 대표님"이라고 소개해 드렸다. 물론 일부러 그런 것이다. 총사령인 결정권자 대표가 이 자리에 있는 것을 어필하기 위함이었다.

　고객에게 최선을 다하고 있는 퍼포먼스에 해당하는 사장님과 고객 사이를 오고 가며 조율하고 또 조율했다. 결국 그녀는 910만 원이라는 계약서를 작성했다.

사장님과 과장님은 뉴패러 매장에서 큰 매출을 올렸다며, 내기에서 지면 안 된다고 총력전을 펼치셨다. 토요일에 매장을 다녀간 고객들에게 전화까지 하신다. 특히 사장님은 매장에 진열도 되지 않은 가죽 소파를 카탈로그만으로 판매하시는 저력을 보여 주셨다. 실로 엄청났다. 눈으로 직접 볼 수 없고, 만져 볼 수 없는 물건을 팔다니! 사장님은 고객에게 다슈 가죽 소파를 써 보니깐 만족하셔서 다시 오지 않으셨냐고, 다슈 신상 가죽 소파를 사진으로만 설명 드린 것이다. 도력이 높다. 열정적인 모습의 도인(道人)이다.

하지만 결국 내기는 나의 승리였다. 이겨서 먹는 코스트코 피자는 꿀맛이었다.

9월 5일 월요일

행복한 휴무. 논문 계획서를 작성하는 데 많은 시간을 할애했다. 다가오는 겨울, 학위논문 계획서를 제출해야 하고 논문을 준비하고, 2학기 기말고사를 대비해야 한다. 또 대학 과제물도 준비해야 한다. 매출도 올리고 논문도 준비하려니 할 일이 태산 같다.

최근 여러모로 일에 집중하느라 수련을 못한 지 오래되었다. 퇴근 후 오랜만에 원장님을 따라 수련했다. 나의 호흡이 얼마나 짧고 얕은지 알게 되었다. 자세는 또 어떤가? 우측으로 쏠리는 느낌이다. 나의 의식은 산만했다. 수련을 하면 내가 어떤 상태에 처했는지 알 수 있다.

9월 6일 화요일

이사님이 디스플레이 작업을 하실 것처럼 말씀하셨다. "사장님이 테이론 소파와 플랜 베드의 디피가 안 이쁘다고 하시는데 어떻게 바꿔야 할지 생각 좀 해봐." 난 그 말을 듣자마자 작업복으로 환복하고 오겠다며 뛰어 갔다. 이사님은 침대랑 소파 하나 바꾸는데 무슨 옷을 바꿔 입느냐고 역 정을 내셨다. 그거 하나 바꾸면 다른 것도 다 바꾸게 될 거라고 예상되기 때문에 작업복이 필요했다. 침대를 옮기다 정장 바지가 찢어지고 셔츠가 늘어나는 것이 한두 번이 아니다. 나는 분명 디스플레이 작업이 있는 날 을 미리 알려달라고 부탁드렸었지만, 여전히 디스플레이 작업은 급작스 레, 갑자기 벌어진다.

　가망고객 등장. 아이라크 아파트에 거주하는 고객이었는데, 우리 신패 러매장에서 아이라크 고객님들만 40명이 넘는다며 아이라크님들만의 혜 택을 챙기시라고 어필했다. 여자는 신소재에 관심이 많아서 백화점도 가 고 인터넷으로 공부도 했다. 여자는 지금 당장이라고 구매할 수 있었지 만, 남자가 500만 원씩이나 주고 소파를 구매한다는 것을 용납하지 않았 다. 어떤 식으로도 해결해 보려고 설득했지만 함락되지 않았다. 남자는 여자에게 말했다. "이거 550만 소파를 400만에 해주면 사자. 근데 그게 되 나?" 사실 여자를 향해 말했지만, 내게 묻는 것이나 다름없었다. 그런 가 격은 불가능했기에 꼭 오늘이 아니더라도 나중에 다시 방문해달라고 부 탁드리며 웃으며 보내드렸다.

　개인별/점별매출 통계 작업이 끝나고 잠시 매장에 침묵이 찾아왔다. 이 침묵은 흡사 태풍이 오기 전의 고요함과 같았다. 이윽고 태풍이 들이 닥쳤다.

평범한 아주머니 두 분이 매장을 기웃거린다. 그리고 그들과 일행인 남성 두 분도 들어오셨다. 그들은 코너형 소파를 마음에 들어 했다. 소파에 앉아 다리도 펴보고 쓰다듬는 고객들. "이 소파 가격은 어떻게 돼요?" 가격을 묻는 질문이다. 브라이언 트레이시의 말이 섬광같이 떠올랐다. '초반부터 가격 흥정은 안 좋습니다. 가격은 되도록 판매 과정 마무리 부분에서만 다루어 주세요.' 난 그 말을 따라 대답을 피하고 상품의 장점과 신소재에 대해 어필했다. 그들은 관리가 수월하다는 나의 설명에 소재를 확인하고 싶어 했다. 빠른 걸음으로 테스트용 소재와 볼펜, 소독용 알코올, 행주, 물이 든 컵을 가져왔다. 방수에 가까운 기능, 방오기능, 세정 작용을 시연했다.

"고객님. 가장 마음에 드시는 품목을 골라보세요. 저는 점장으로서 고객님을 맞이할 준비가 되었습니다." 나는 이런 낯간지러운 멘트를 날렸다. 이 멘트를 들은 고객은 크게 웃었다. 남자 고객이 말했다. "소장님. 준비가 되었다 안캅니꺼. 얼른 골라보이세."

고객은 집에 있는 헌 소파를 새 소파로 바꾸기 위해 여러 가구를 살피는 중이었다. 그녀에게는 확신이 필요했다. 지금 여기서 계약할 당위가 필요했다. 이미 다양한 브랜드 소파를 충분히 많이 구경했고, 앞으로도 더 찾아볼 수 있는 시간적/재정적 여유가 있는 고객이다. 나는 그들 중 1수를 찾았다. 해병대로 말하면 최고선임, 사회로 보면 권력 서열 1위인 사람. 남자들 중 한 명으로 보였다. 그에게 최소 3년, 최장 6~7년 동안 우리 집 거실을 만족시킬 만한 소파로 지금 보고 계시는 신소재 소파면 어떻겠냐고 물었다. 그는 자신이 가진 궁금증을 털어놓았고, 나는 그 궁금증을 속시원히 해결해 주었다. 결국 그는 이렇게 말했다. "우리가 작년에 소파를 바꿨는데 여기를 알았으면 이걸로 구매했을 텐데요." 그 1수의 대답 이후 판매 과정은 일사천리로 진행되었다.

두 장의 계약서가 나왔다. 토탈 1,620만 원 매출을 회사 단톡방에 올리고 모든 이들의 축하를 받았다. "고생 많았다"는 말 한 마디에 그동안 쌓였던 피로가 스르르 풀렸다. 사장님은 과정도 결과도 모두 좋았다며 노란색 배꼽힐링기로 등을 두드려 주셨고, 이사님은 말없이 웃으며 엄지를 들어 보였다. 또 이사님이 햄버거와 피자를 쏘셨다!

부장님과 안동으로 배송을 갔다. 바움에서 이태리풍 식탁을 구입한 고객이다. 부부는 대구에서 거주하다가 안동으로 이사 갔는데 외로움을 좀 탔던 것인지 우리를 반겨 주었다. 특히 부장님과 대구 사투리로 대화하는 것을 즐겨하셨다. 난 딱히 끼일 만한 자리가 아니어서 입을 닫고 있었다. 집에 있던 헌 의자와 식탁을 재활용장으로 옮기고 새 식탁을 집어넣었다. 그리고 잘 쓰시라는 말을 남기고 빠져나오는데 여자분이 뛰쳐나오셔서 3만 원을 쥐어 주신다. "아이고. 힘들게 배송 오셨는데 물 한잔 못 드리고 죄송합니다." 배송팁 앞에서 항상 무뚝뚝하고 단단한 표정의 부장님은 화사한 미소를 지어 보이셨다.

본사 직원인 심슨 님에게 KFC치킨 기프티콘을 선물했다. 나는 그에게 고객 발주 건이나 AS 건으로 여러모로 부탁을 많이 하는데, 잘 처리해 주는 것에 대한 고마운 마음을 표현하고 싶었기 때문이다. 사장님은 이 사실을 아시고는 내게 돈을 주시기로 약속하셨다. "주임님. 잘했어요. 심슨 님에게 우리가 진작 했어야 할 일인데 주임님이 챙겨 주셨군요."

퇴근 후 명상센터에서 절하고 명상을 했다. 처음 20배, 30배 할 때까지는 몸이 참 무겁다. 내가 여기서 절을 왜 하고 있나 싶은 생각도 든다. 그런데 절을 다 마치고 나면 몸과 마음이 그렇게 가벼울 수가 없다. 스님들이 수련의 방법으로 절을 많이 하시는데, 그 이유를 알 것만 같다.

9월 21일 수요일

평일 손님이 없고 매출이 없을 때면 이사님은 스트레스를 받으신다. 이사님은 침대라도 옮기자며 저상형 침대와 일반형 사이즈의 침대를 분해했다. 지난 주말에도 매출이 바닥이어서 대청소를 했었다. 우리는 손님이 없을 때, 매출이 바닥일 때 분주하게 청소를 하면서 손님을 기다린다. 일을 만들어서라도 무슨 작업을 하고 있으면 손님들이 찾아온다고 믿는 것이다. 절박함의 한 단면이다.

9월 22일 목요일

심각한 매출 부진으로 회사에 위기감이 들이닥쳤다. 이사님은 극도의 스트레스로 인해 얼굴이 용암처럼 붉었다 검었다 하신다. 매출 부진의 원인을 분석하고 그 대안을 제시할 리포트를 만들어야겠다는 생각이 들었다. 그리고 조직원들과 소통하며 문제를 풀어나갈까 한다. 내가 다 옳을 수는 없다. 하지만 이러한 노력이라도 기울여서 침체를 극복하고 싶다.

오후 3시. 사장님이 동구 본부로 넘어오라는 지시를 하셔서 가구백화점 3층 주차장에 도착했다. 옥상 주차장 구석 작은 울타리에 살고 있는 진돗개에게로 달려갔다. 여기 올 때마다 혼자 외롭게 웅크리고 있는 개를 보면 항상 안쓰러운 마음이 든다. 다가가니 어슬렁어슬렁 걸어 나와 내게 반가움을 표했다. 항상 우리 집 강아지 시월이만 쓰다듬어 주다가 큰 개를 쓰다듬으려니 덜컥 겁이 났다. 난 "오냐. 오냐." 하며 머리와 목덜미를 쓰다듬어 주었다. 개는 옷소매에 새겨진 시월이 냄새에 코를 킁킁대며 한참을 냄새 맡았다. 철창을 열어 개를 안아 주고 싶었다. 옥상 구석 철창에서 주차된 차들만 바라보고 있는 모습이 유난히 마음에 걸린다. 이 개를 전시된 물건과 같이 취급하는 것은 아닐까.

9월 23일 금요일

원래 오늘 휴무였으나 직원들 배송 지원 스케줄로 인해 출근하였다. 어제 수련을 해서 그런지 몸은 훨씬 가벼웠다. 에너지의 순환이 이렇게나 중요하다. 사람이 살면서 어떻게 스트레스를 안 받으랴. 일상 수련을 통해 그런 스트레스를 알아차리고 풀어내면 될 일이다. 만약 풀지 않고 일생을 살아가면 병에 걸릴 것이다. 잠 많이 자고 좋은 밥 먹는 것에 더해 나 자신의 상태를 세심하게 알아차릴 수 있는 수련은 충분히 권할 만하다.

9월 24일 토요일

갭이어에 가는 날. 법륜 스님의 즉문즉설을 들으며 천안으로 올라갔다. 스님은 말씀하셨다. "나는 세상의 한 포기 풀일 뿐입니다. 겸손하세요. 상대의 강압에 숙이는 것을 비굴하다고 하고 나 스스로 숙이는 것을 겸손하다고 합니다. 수행자는 겸손할 줄 알아야 합니다. 지금 질문자가 괴로운 것은 자기 자신을 스스로 특별하다고 생각하기 때문이에요. 자연을 보세요. 토끼도 노루도, 풀도 나무도 다 살아가고 있어요. 그런데 인간만이 어렵다고, 살기 싫다고 토로합니다."

갭이어에 가는 날이면 회사에 고마운 마음이 든다. 우리 회사에 주말이 얼마나 중요한 날인가. 그런 황금 같은 주말에 나를 갭이어에 보내주신다. 갭이어에서 막힌 몸을 풀고, 명상을 했다. 산과 들에서 자연의 기운을 즐겼다. 그러다 교육생 모두 오솔길을 따라 산책했다. 나는 슬리퍼를 신고 있었는데 아무래도 맨발로 걷고 싶은 마음에 슬리퍼를 벗었다. 걷다 보니 밤나무가 많아져서 땅에 떨어진 밤송이를 피하느라 온통 내 눈은 땅으로만 향했다. 앞에 가던 친구 본준은 "여기 밤이 어디 있냐?"고 궁금해했다. 나는 밤송이도 모르냐면서 가시로 뒤덮인 동그란 건 다 밤송이라고 알려 주었다. 그랬더니 본준이는 나보다 앞서 걷기 시작했다. 나를 위해 눈에 보이는 밤송이를 발로 멀리 차 주었다.

오전 7시, 새들의 노래에 눈을 떴다. 기숙사 차창 밖으로 보이는 푸른 산세에 행복했다. 나는 언제쯤 이런 자연에 살 수 있을까. 도시는 너무 시끄럽고 숨막힌다. 자연은 널널하고 여유롭고 편안하다.

조식을 먹고 들판에 설치된 벤치에 앉아 있는데 바짝 마른 나무들이 눈에 들어왔다. 나무들에게 물을 주고 싶은 마음이 들었는데 마침 식수대 옆에 설치되어 있는 물 호스가 보였다. 풀과 나무들에 물을 뿌리자 자연의 향기가 그윽해졌다. 나무에 물을 주니 자연스레 명상이 된다.

살아 숨 쉬는 것, 걸어 다니는 것, 먹고 잘 수 있는 것, 사람을 만나고 살아가는 것. 대자연의 사랑이 있어서 가능한 일이다. 하늘과 땅의 은혜에 감사함이 들었다.

　본사에서 블루스카이 컬러 재고가 없어서 소파제작이 밀려 있다고 했다. 하필 우리는 고객님들에게 소파 색상을 블루스카이 컬러로 추천했기에, 소파 배송을 기다리는 많은 고객님들에게 불편을 초래할 수 있는 상황이다. 성격 급한 대구 사람들이 얼마나 난리를 치실까 덥석 겁이 났다. 고객님들에게 일일이 전화해서 양해를 구했다.

　오후 4시를 넘겨서 중년 부부가 우리 소파를 잘 아는 듯이 들어와 모나코 소파에 앉았다. 나는 차분하게 원단과 브랜드를 설명했다. 여자는 얼굴빛이 어둡고 어딘가 아파 보였다. 그녀는 뉴패러 브랜드를 많이 공부해 온 것 같았다. 오전에 부장님과 오늘 소파를 판매하는지 안 하는지 탕수육을 걸고 내기를 했음이 떠오르면서 내가 이겼다는 생각에 김칫국을 마셨다. 그런데 아니나 다를까, 이 여자는 집 거실에 잘 어울리는지 확인해 봐야겠다며 전화를 주겠다고 했다. 당일 계약이 되도록 추진력을 넣었다. 하지만 적극적 권유가 고객 입장에서는 부담스러웠는지 그림이 이상하게 흘러가기 시작했다. 고객은 전화를 주겠다며 매장을 급하게 나갔다.

　시간이 지나며 내가 너무 의욕이 앞섰구나 하는 생각에 부끄러워졌다. 그래서 고객에게 카카오톡으로 의욕이 너무 앞서서 불편하게 해드려 죄송하다는 메시지를 남겼다.

　몇 시간이 지나도 고객의 답장은 오지 않았다. 퇴근 때가 되어 답장이 도착했다. "네 그리 죄송하게 생각하실 건 없으십니다. 제 나름으로는 회사에 휴가까지 내고 큰 맘 먹고 간 거라서요… 가격 말씀하신 거 듣고… 남편하고 최종적으로 의논 한 번 더 하고 전화드리면 되겠다 싶었는데… 계속 더 저렴하게 해주겠다고 하시고… 뭐 하시는 건가 싶기도 하고… 사

장님하고 제 앞에서 이러쿵저러쿵 말씀하시는 것도… 제가 구매자가 아
니라 거저 얻으러 온 사람의 느낌을 받았었습니다. 생각해 보니 매장에서
설명 듣고 구경하고 다른 곳에서 구매 결정 하는 사람이 많았었나 보다
하는 생각이 들더군요… 그렇다면 이해할 수 있는 부분이고요… 하지만
저는 그런 생각을 전혀 하지 않았었기에 많이 불쾌하다는 생각을 했었던
겁니다. 여튼 색상 결정해서 전화하겠습니다."

오늘은 AS 고객들을 응대하느라 진을 다 뺐다. 고객님들 입장에서는 비
싼 소파를 큰마음 먹고 구매했는데 약간의 흠이라도 있으면 노발대발하
실 수 있다. 특히 소파와 브랜드에 대한 기대치가 클수록 고객의 분노는
더 거세진다. 하지만 원목 테이블의 생활 기스나 소파의 생활 오염은 AS
접수건에 해당하지 않는다. 그런데 어느 판매원이 판매한 건수에서 AS가
많이 들어왔다. 그의 안내나 설명에 문제가 있는 것이다.

월넛 식탁에 난 생활 기스를 두고 교환과 환불을 요구한 고객이 있었다.
나는 충분히 공감하면서도, 그것은 하자가 아니라 원목의 자연스러운 특
성임을 분명히 설명했다. "속상하신 마음은 이해하지만, 이건 결함이 아
니라 원목이라는 증거입니다." 그러나 고객은 설명을 듣지 못했다며 격앙
되었고, 결국 본사 고객센터로까지 내용이 들어가져서 일이 커졌다. 한참
뒤 남편분에게서 전화가 왔다. 화를 낼 줄 알았는데, 오히려 사과였다. 아
내가 예민했다며, 내 설명이 틀리지 않았다고 말했다. 그 한마디에 안도
감이 들었다.

AS 응대로 마음까지 소진된 하루였는데, MH 양이 달달한 딸기밀크쉐

이크와 초코밀크쉐이크를 내밀며 잠깐 쉬라고 했다. 달달함이 혀에 닿으니 스트레스가 감해졌다.

퇴근 후 센터에서 수련을 하고, 카페에 들러 마케팅 특강 책을 읽었다.

9월 30일 금요일

요즘 배송 지원을 많이 하고 있다. 최고참이신 이사님이 배송 지원을 나가시는 것보다는 훨씬 마음이 편하다. 펄그레이 컬러의 데이브 소파를 고객님 거실에 딱 설치했는데, 고객이 미리 준비해 둔 커튼과 너무 잘 어울려서 만족스러웠다. MH 양도 기분 좋게 사진 촬영했다. 우리는 이 거실을 블로그에 올리면 대박이겠다고 입을 모았다.

KH 고객님은 소중한 분이시다. 고객님 댁에 소파와 식탁을 올려드리고 철수하려는데, 고객님은 팥떡과 쿠키, 음료수를 한가득 챙겨주셨다. 많은 이삿짐으로 소란스러운데 이렇게 챙겨주시는 모습에 "고객님. 많이 바쁘신데 괜찮습니다." 하고 정중히 사양했다. 고객님은 나누고 함께해야 우리 모두 잘 된다며 꼭 받아 가라고 하셨다. 챙겨 주시는 그 모습에 진정 감사했다. 고객님이 더욱 건강하고 행복한 삶을 사시길 기원한다.

10월 2일 일요일

대학교 출석 수업에 나갔다. 수업에 앞서서 자기소개를 했다. "안녕하세요. 경영학과 4학년입니다. 저는 현재 가구 판매원입니다. 직장의 바쁜 시기와 졸업 논문 시기가 맞물려 꽤 어려운 상태입니다. 그리고 오늘 대구의 날씨는 유독 희뿌연 상태인데 미세먼지 때문인지 비구름 때문인지 모르겠습니다." 교수님은 내게 더 이야기를 해 보라고 하셨다. "현진 학생

개인 이야기를 더 해 보세요." 나는 직장에서 있었던 에피소드를 꺼냈는데 다들 박장대소했다. 그리고 소파를 구매하실 일이 있으면 꼭 제게 연락 달라고 너스레를 떨었다.

오늘 엄 고객과 계약서를 작성할 마음을 먹고 진지하게 통화에 임했다. 최근에 그녀는 나의 친절을 믿고 매장에 방문하지도 않은 채 계약금을 송금했다. 조금 말이 많고 특이한 성격의 사람이긴 하지만 오래도록 들어주지 못할 정도는 아니었다. 오래 끌 수는 없어서 오늘 계약 및 발주를 확정해야 했는데, 고객은 여전히 고민에 고민을 거듭하고 있었다. 그 고민을 끝내 주는 게 나의 역할이었다. 나는 차분히 안내했다. 그녀는 하루만 기회를 달라며 내일까지 결정하겠다고 한다.

회사를 퇴사하고 창업한 과장님의 가게에 방문했다. 이사님을 통해 과장님 매장이 계속 적자를 보고 있다는 사실을 전해 들었었다. 그 소식을 들은 이상 매장을 찾는 발걸음이 가볍지는 않았다.

과장님은 나를 반갑게 맞아주셨다. 우리는 함께 음료수를 마시며 이런저런 이야기를 나눴다. 나는 신소재 소파 매출은 꽤 잘 나오는데, 서브로 받쳐줘야 하는 아카시아가 죽어서 전체 매출은 안 늘어나는 상황이라고 말을 꺼냈다. 과장님은 왜 우리의 아카시아가 요즘 기를 펴지 못하고 있는지 이유를 설명해 주었다. 그것은 바로 우리 매장 바로 위층의 가구점 때문이라고 설명했다. "거기는 판매원도 프로고 가격과 상품도 좋아서 문주임네 아카시아 브랜드가 그저 길을 터주는 역할을 할 뿐이에요. 가격은 못 따라갈 거예요. 거긴 공장 직영이라." 대책을 세워야 했다. 우리보다 더 양질의 제품에다, 가격도 저렴하다면 우리는 어떻게 해야 할까?

요즘 MH 양과 퀄리티 좋은 배송 후기 사진을 많이 확보해 두어서 일할 맛이 났다. 블로그 운영 초반기에는 거의 무난한 색상들 위주의 소파였는데, 고객들이 다양한 색상을 시도하기 시작했다. 또 러그와 카펫트를 소파 컬러에 맞춰 센스 있게 인테리어 하니 사랑스러운 리빙룸이 완성됐다. 고객들은 자신의 가구를 인터넷카페에 자랑하기 시작했고, 덩달아 우리 브랜드와 매장이 홍보되었다. 그중에는 고객과 내가 함께 촬영한 사진이 인터넷에 돌아다녔는데 꽤 부끄러웠다. 댓글에는 친절하시고 귀여운 주임님이라고 적혀 있어서 더 화끈거렸다. 내가 귀엽다니.

원했던 그림이 블로그를 통해 완성되었다. 블로그 방문자 수와 게시물 조회수가 폭증했다. 배송 후기 촬영 사진을 올리는 이유는 여러 가지가 있다.

첫 번째, 가구는 매장에 진열되어 있을 때와 실제 고객 거주지에 설치되었을 때를 비교해 보면 고객 댁에 설치된 가구가 더 예뻐 보일 때가 많다. 잠재고객은 기존 구매자들이 어떤 가구를 구입했는지, 그 가구를 활용해 어떻게 공간을 꾸몄는지 궁금해하는데 우리 블로그가 그 궁금증을 해소시켜 준다.

두 번째는 배송 후기 촬영 포스팅을 올리면서 사진만 올리지는 않는다. 고객이 우리 브랜드를 선택한 이유와 고객이 연출한 인테리어 느낌 등을 설명하는 것이다. 그렇게 되면 방문자들은 그 인테리어를 참고하기도 하고 매장에 방문해서 조언을 구하기도 한다. 그러면 우리는 잠재고객을 실제 고객으로 유치한다.

세 번째는 우리 브랜드가 고객을 대하는 태도에 관련된 것이다. 한 집한 집 배송 후기 포스팅을 올림으로써 방문자들은 '물건만 팔면 끝이 아니구나'라고 생각하게 된다. 우리 브랜드에 대한 믿음이 커지는 것은 분명한 일이다.

네 번째는 우리 브랜드의 데이터 카탈로그에 해당된다. 우리는 여러 가지 컬러로 소파를 제작할 수 있는데 매장에 모든 색상의 가구를 진열할 수는 없다. 하나의 모델에 하나의 색상만 보여줄 수 있을 뿐이다. 나머지는 상상에 맡겨야 한다. 하지만 고객 배송 후기 카테고리에 들어가면 형형색색의 다양한 소파를 확인할 수 있는 자료가 준비되어 있다.

마지막으로 키워드홍보이다. 나는 배송 후기 포스팅에 꼭 아파트 이름을 먼저 넣는데 그 이유는 아파트에 거주하는 사람들이거나 아니면 곧 입주할 아파트를 검색하는 사람들에게 우리 브랜드의 가구를 만날 수 있는 끈을 연결하는 것이다. 다들 한 번쯤 자신이 살고 있는 아파트를 검색해 보지 않는가? 그렇게 자신의 아파트를 검색하면서 같은 아파트에 사는 사람들이 꾸민 인테리어나 소파들을 눈여겨보지 않겠는가? 실제로 '**한신휴플러스 태**고객님/뉴패러_오라클' 배송 후기 글은 ** 한신휴플러스를 검색하면 이미지 카테고리에서 제일 첫 번째로 보인다. 나는 이러한 이유들로 배송 후기 촬영에 에너지를 쏟는 것이다.

10월 9일 일요일

아침부터 전화 문의를 받았다. 고객은 여러 대리점 간/백화점 간의 가격과 혜택을 비교하고 있는 중이라는 느낌을 받았다. 나는 슬쩍 물어보았다. "고객님. 여기저기 알아보시느라 힘드시지요?" 내 말 한마디에 울상을 지으며 속상함을 토로했다. "저 너무 속상한 게 뭐냐면요. 가격을 알아야 방문하든지 말든지 할 텐데 모든 곳에서 가격을 비밀로 하니깐 답답했어요. 그리고 제라 소파는 아기 소파 증정에서 제외된다고 하는데 저는 아기 소파를 꼭 받고 싶거든요.” 옳거니! “네. 고객님. 시원하게 말씀해 주시니깐 저도 시원하게 말씀드릴게요. 가격은 정찰제라서 어디든지 다 동일해요. 다만, 증정품에서 조금씩 차이가 있어요. 그 부분에서 저는 고객님께 필요한 혜택을 최대한 챙겨드리려고 노력해요.” 고객님은 남편을 대동하고 내일 매장에 방문하겠다고 한다! 오예스!

오후 6시, 나를 괴롭히는 엄 고객과 끝장을 볼 생각으로 계약서와 펜을 들고 전화기 앞에 앉았다. 고객과 설전을 벌이며 끝내 블러소파와 플랜식탁 세트를 계약했다. 이제 색상과 배송일을 정하면 된다.

퇴근했는데 엄 고객의 메시지가 도착했다. “주임님~ 소파는 어려울 것 같아요. 식탁만 주문해 주세요.” 화가 나지만 마음을 비운다. 식탁이라도 구매해 주시는 감사한 고객님이시다.

어제 아기 소파를 받고 싶다고 하셨던 고객님이 안 오셔서 신경이 쓰였다. 고객님께 안부 문자를 드리니 남편 일이 생겨서 내일 오겠다고 하신다.

오늘 까뜨린밀러 플라워 아카데미를 수료한 고객을 만났다. 그녀는 꽃집 창업을 준비 중인데 가구를 구매하기 위해 아는 언니와 함께 우리 매장에 방문했다. 무슨 이야기를 하다가 나도 까뜨린밀러 플라워 아카데미에 다녀왔다고 하니 고객은 눈이 엄청 커져서는 완전 놀라워했다. 남자가 꽃꽂이 수업 받으러 프랑스 파리까지 다녀왔다고 생각도 못 했을 것이다.

우리는 가구보다 꽃 이야기를 더 많이 했다. 그녀는 여러 가구를 합쳐 400만 원가량의 금액이 적힌 견적서를 받아 갔다. 당일 계약하고 싶은 욕심이 났지만, 남편의 결재가 반드시 필수여서 당일 계약은 포기했다.

오전 일찍 AS 방문으로 대구를 돌았다. 전화 너머에서는 불같이 화를 내던 고객님들이, 막상 집에 도착하면 언제 그랬냐는 듯 화사한 미소와 우아한 태도로 나를 맞아준다. 방금 전 그 마녀 같은 목소리, 야수의 목소리 주인공이 맞나 싶어 혼란스러워진다.

이런 생각이 들었다. '고객은 A/S를 못 받을까 봐 불안해서 처음에는 강경하게 이야기하는 거구나. 직접 방문하여 정성을 보여 드리면 고객님들은 다 안심을 하시구나.' 고객님께서 나를 믿고 구매해 주셨기 때문에 최선을 다하고 싶다.

퇴근 후 센터에서 수련을 했다. 어느 도반의 수련나눔이 기억에 남는다. "저는 죽으려고 한 적도 있고 세상 그 누구보다 힘들게 살아왔어요. 항상 분노에 찬 마음으로 세상을 바라봤어요. 이제는 수련을 통해 많이 나아졌어요. 감정이 내가 아니라 내 것이라는 것을 알게 된 거죠. 여기 계신 도반님들 모두 잘하고 계시니 채우려고만 하지 말고 비우려고 노력하시면 더욱 좋을 거예요. 또 현진 님도 지금 많은 것을 진행하고 있는데 비울 건 미련없이 비우고 목표한 것은 이루어 내세요."

오후 4시쯤 되었을까? 할머니 고객 두 분이 아카시아 가구 제품을 두고 가격을 이리저리 깎아내렸다. 거침없었다. 너무 어려운 고객분들이라 사장님께 부탁드렸다. 사장님은 억세고 무지막지한 고객으로 파악하셨는지 오히려 더 언성을 높이셨다. "저희 그런 매장 아닙니다. 저희 제품 하찮게 보시면 안 돼요!" 터프한 걸크러쉬 사장님. 이윽고 사장님은 나를 혼내기 시작했다. "문 주임. 옷 벗을려고 그래요? 이런 가격이 어떻게 나왔죠? 이게 무슨 가격이죠? 네?" 이는 고객에 대한 충격요법이었다. 즉 연출된 상황이다.

사장님을 바라보니 내게 윙크하고 계셨다. 눈치껏 시무룩한 표정으로 두 손을 모아 서 있었다. 여기서 진짜 구매할 고객이라면 정가에 구매해 가실 것이고, 그냥 마실 나오신 거라면 발걸음을 옮기실 것이다. 할머니들은 내가 혼나는 모습에 미안한 마음이 들었는지 내 손을 움켜잡았다. 그리고 사장님에게 역정을 냈다. "우리 미남 미스타 문은 아무 잘못이 없데이. 그만하이소. 총각은 이 가격에 안 된다고 했다니깐 참말로. 여사장님이 오니깐 일이 더 안 되네." 고객은 빠른 걸음으로 매장을 빠져나갔다. 사장님과 나는 서로 회심의 미소를 지었다.

10월 15일 토요일

대학교 출석시험일. 대학교 시험에 응시하고 황급히 회사로 이동했다. 손님들이 북적였다. 출근하자마자 숨돌릴 틈도 없이 고객을 응대했다. 두 장의 계약서가 생산됐다.

퇴근 후 집으로 돌아왔는데 어머니께서 할아버지 고집 때문에 힘들어하셨다. 어머니는 할아버지를 '영감쟁이'라 부른다. "그놈의 영감쟁이 노치원 가라는데 안 간다. 고집이 대단하다. 하여튼 니랑 똑같아." 나는 노치원이 무엇이냐고 물었다. 아기들은 유치원에 가지만 노인들은 노치원에 가서 노래도 부르고 춤도 추고 친구도 사귄다고 했다. 어머니는 할아버지와 내가 똑같은 독종이라며 혼잣말을 하셨다. 나도 거기에 응수했다. "내가 할아버지 안 닮았으면 일하고 공부하고 해외여행하고 할 수 있었겠나?" 어머니는 잠시 생각하더니, "맞다. 그건 맞다. 엄마 같으면 그렇게 못한다." 우리 할아버지는 젊은 시절부터 육체적으로나 정신적으로 백두산과 같으셨다.

10월 16일 일요일

아침부터 창녕에서 오신 고객님께 소파와 베드를 판매했다. 남자 둘, 여자 둘이었는데 이미 블로그를 통해 공부를 많이 하신 분들이어서 수월했다. 앞전에 로로브랜드에서 샤** 소파를 보고 뉴패러로 착각했다는 고객의 말이 귀에 박혔다. 새로운 라이벌업체의 등장이었다.

점심시간이 지났을까? 최근 소파와 거실장을 구매하신 고객님이 계약을 취소하셨다. 속은 쓰리지만 어쩔 수 없다. 사실 고객은 근처 가구점 이야기를 꺼낸 적 있었다. 우리와 디자인이나 아이템이 중복되는 곳이다. 가격은 그 매장이 더 저렴하다. 아마 그 가구점에서 구매하신 것 같다.

10월 20일 목요일

오늘도 대학교 수업이 있어서 오전 9시까지 학교로 향했다. 몸이 천근만근이었다. 수업을 끝내고 오후 1시 출근했다. 학교와 직장을 병행하는데 피로도가 보통이 아니다.

최근 소파를 구매한 고객님께서 흥분한 목소리로 전화를 주셨다. "사촌 언니가 뉴패러 소파 구매했는데 저희보다 훨씬 싸게 샀는데요?" 사촌 언니는 현대백화점 대구점에서 완전 좋은 프로모션을 진행할 때 구매한 고객이었다. 고객님께 프로모션 기간에 발생한 계약 건이라 차이가 날 수밖에 없다고 설명 드렸지만, 고객님은 사촌 언니보다 비싸게 샀다는 생각에 울화통이 터지는 듯했다. 결국 사장을 바꾸라는 고객님의 요청에 이사님께 수화기를 넘겨드렸다.

이사님도 친절하게 잘 설명 드렸지만 끝내 합의를 볼 수 없었다. 합의가 되지 않는다고 판단하신 이사님은 칼을 빼어 들었다. "고객님. 정말 죄송합니다. 그러면 계약을 취소해 드리겠습니다. 다만 지금 현대백화점에 가서 그 금액으로 구매해 보세요. 불가능합니다. 더 좋은 금액으로 계약할 수 있다면 그렇게 하십시오." 그랬더니 고객은 다시 시간 내서 갈 수도 없고, 또 몇 시간에 걸쳐 대리점에서 상담하고 계약했으니 뭐라도 더 챙겨달라고 하셨다. 이사님께서 그러면 절대 비밀을 지켜 주신다는 조건하에 예쁜 소파쿠션을 더 챙겨드리기로 하셨다.

10월 21일 금요일

회사 회식. 이사님은 현 직장에서 세대 차이라는 것을 실감한다고 하셨다. "내가 우리 젊은 친구들이랑 일하면서 느낀 게 세대 차이야. 우리 때는 선배나 상사 말이 진리였는데. 요즘은 자기 의견이 확실해요. 근데 최근에 김미경 강사가 쓴 책을 읽으면서 요즘 세대를 조금이나마 이해하게 되었어. 구닥다리인 나도 노력하고 있으니깐 혹시 실수하거나 하더라도 이해해 줘." 이사님의 진심이 느껴졌다. 이사님은 참 좋은 분이시다.

출근 후 AS도 챙기고 택배 보낼 사은품도 챙기고 고객 문의 전화도 받았다. 고객의 압인전표 승인을 처리했고 고객의 제품 발주 리스트를 확정지었다. 그리고 백화점 고객의 주문 제작 건을 세심하게 챙겼다. 주문 제작 건은 다른 건들보다 2배 3배 집중해서 처리해야 한다. 블로그 포스팅에도 힘썼다. 바쁘게 할 일을 하니 시간은 금방 잘 간다.

10월 말. 말일은 우리의 활동 결과가 보여지는 시기다. 사장님도 아주 예민하시지만 이사님은 엄청 예민해지신다. 부하직원들은 한 걸음 한 걸음이 조심스럽다.

모자 관계로 보이는 고객 두 분이 신소재 소파에 대한 설명을 듣고 나갔다. 그런데 다시 사장님과 들어오셔서는 여러 소파에 앉으셨다. 손님은 우리 소파를 마음에 들어했으나 오늘은 구경만 나온 것이지 선뜻 결정할 생각은 없었다. 그런데 사장님은 1시간 넘게 손님을 끈질기게 물고 늘어지더니 매장 진열 제품 판매계약서를 쓰셨다. 손님의 예산에 맞게 매장 진열가로 판매한 것이다. 사장님은 고객이 구매를 하지 말아야 하는 이유들을 하나씩 무너뜨리셨다.

사장님이 알려준 노하우를 일기에 옮겨본다. 우선 손님이 예상하는 소파 가격에 휘둘리지 마라. 만약 손님이 소파 구매예산으로 3~4백만 원이라고 말했다면 거기에 맞춤한 소파를 먼저 보여주되 최종적으로는 고객이 마음에 들어 하는 소파로 이동해야 한다. 만약 소파 예산을 백만 원으로 말하는 손님은 그냥 이케아로 보내는 것이 낫다. 고객의 예산과 가장 근접한 소파를 보고 마음에 들어 하면 제일 좋지만, 돈은 적게 쓰려고 하면서 눈과 마음은 고가의 소파에 맞춰진 경우가 있다. 그럴 때는 자연스레 고객이 마음에 들어 하는 소파로 이동해야 한다. 고객이 구입하는 것은 마음에 들어 하는 소파이지 딱 가격에 맞춘 소파가 아니다.

사장님은 추가로 포인트를 짚어주셨다. "반대로 마음에 들어하는 소파가 너무 비싸서 고민한다면 손님을 끌고 매장을 한 바퀴 돌아요. 그래서 '저렴한 가격의 소파는 당신 마음에 들지 않죠?'라는 것을 확인시켜 드리세요." 유용한 팁이었다.

두 번째는 고객에게 끈질기게 붙으라는 것이다. 사장님이 말했다. "내가 잘 파는 사람들 보니깐 끈질기게 물어지더라고. 한국 사람은 정에 약하니깐 그런 것도 영향이 있겠지."

10월 29일 토요일

오늘 뉴패러 매장에서만 매출 1억을 돌파했다. 어제까지 8천만 원을 기록하고 있었는데, 오늘 하루에 2천만 원을 올리며 마침내 1억의 선을 넘었다. 우리의 전략은 명확했다. 여직원 두 명이 적극적으로 고객을 맞이하며 기본적인 소재 설명을 맡고, 가망 고객이라 판단되면 문 주임에게 자연스럽게 바통을 넘긴다. 내가 다른 상담 중일 때는 리뷰 사진을 보여주며 시간을 벌고, 피곤해 보이는 고객에게는 커피나 대추차를 내어 휴식 시간을 드린다.

가격 협상이나 세부 디자인, 립 서비스와 재치 있는 응대에 아직 익숙하지 않은 어시스트들이 계약을 끝까지 마무리하기엔 한계가 있다. 그래서 반응이 분명한 고객만 내가 집중 상담을 맡으니, 득점 확률이 눈에 띄게 높아졌다. 팀워크를 살린 역할 분담이 제대로 맞아떨어진 셈이다. 특히 까다로운 AS 건들은 이사님이 중앙수비수처럼 모두 커버해 주셨고, 사장님은 공격수이자 골키퍼 역할을 오가며 중심을 잡아 주셨다.

오후 7시, 사장님은 너털웃음을 지으며 피자 두 판을 쏘셨다. 사람 입이 몇 개인데 두 판만 쏘시나 하는 생각이 들었지만, 이것도 감사한 일이다. 사장님과 직원들의 얼굴에 번진 기쁨을 보니 나도 덩달아 흐뭇해졌다. 1억을 넘겼으니, 이제 다음 목표는 2억이다.

10월 30일 일요일

오늘도 우리는 골을 넣었다. 전 직원 매출을 합하니 1,500만 원이 넘었다. 인터넷 홍보와 블로그 성장이 우리 매출 증진의 주된 요인이라고 본다.

월매출 1억 달성으로 회사 분위기가 화기애애했다. 많은 고객님들은 가구 매장에 들어가기 부담스러워하신다. 들어가면 사야 할 것 같고, 가구 판매원의 끈질긴 밀착 마크가 불편하신 것이다. 그런데 이미 매장에 여러 고객님들이 구경하고 계시면 부담 없이 들어오신다. 오늘도 매장에 3팀 4팀이 가구를 구경하고 있으니 바깥에서 많은 분들이 쉽게 들어오셨다. 앞으로 이런 고객심리를 적극 활용해 보고자 한다.

10월 31일 월요일

부장님과 점심 식사를 함께 했다. 식당 TV에서 최순실 국정논란 사태가 연일 보도되고 있었다. 부장님은 혀를 차며 난리다 난리라고 말씀하셨다. 나는 인터넷상에서 떠도는 세월호 이야기를 꺼냈다. "부장님. 세월

호도 저 사람이 인신 공양으로 일부러 침몰시킨 것 같다는 이야기도 있어요. 참 어처구니없는 이야기입니다." 부장님은 박장대소를 하시며 답하셨다. "아이고 그렇습니까? 그러면 625도 최순실이 일으켰고 임진왜란도 박정희가 일으켰다고 하지? 끼워 맞추면 못 맞추는 것이 없다."

오늘 전화로 11월 첫 판매를 했다. 트라제 4인용 식탁 세트 제품이었는데 다른 매장에서 물건을 보고 가격을 비교하는 것 같았다. 나는 매장에 방문하여야 정확한 가격을 알려 줄 수 있다고 했다. 손님은 방문할 여유가 없다며 정확한 가격을 알려달라고 했다. 난 손님의 심리를 어느 정도 파악하고는 미끼를 던졌다. "지금 보통 나오는 견적인 120 밑으로는 저희도 안 돼요. 다 똑같은 제품이거든요. 그런데 오늘 11월 1일, 저희 매장에서 계약하게 되면 첫 고객님이시니깐 금액은 그것보다 더 저렴하게 드릴게요. 시원하게 110." 손님은 연신 고맙다며 바로 돈을 보내겠다고 한다. 그 길로 계약서를 작성하고 손님에게 계약서 사진과 계좌번호를 전송했다. 곧 30만 원이 입금되고 사장님의 축하 메시지가 왔다. "무엇을 파셨나요? 기뻐서 놀랐습니다. 축하드립니다."

휴무 날이었다. 난 이번 여름부터 대구 지역 가구 시장을 주제로 졸업 논문을 써 왔다. 쉽지 않은 과정이었지만, 교수님들께서 논문을 통과시켜 주셨다. 조용히 안도의 숨이 나왔다. 참 감사한 일이다.

가구 판매원이라는 내 직업은 연구의 현장이 되었고, 연구과정은 다시 현장에서 힘을 발휘했다. 고객을 응대할 때 정확한 데이터와 근거 있는 통계를 제시하면, 말의 무게가 달라진다. 사람들은 단순한 설명보다 '연구자'의 말을 신뢰한다. 가구에 대한 지식이 쌓일수록 설명은 단단해지고, 그만큼 나의 태도에도 여유와 자신감이 붙는다.

매장 디스플레이 작업의 날. 정장을 챙기고 편한 바지와 티셔츠 차림으로 출근했다. 소파 위치를 바꾸고 매장 벽면을 옅은 노랑색으로 다시 페인트칠했다. 그리고 대형 파티션도 창고에서 가져와 진한 노란색으로 페인트칠했다.

사람들에게 선물하는 일은 참 즐겁다. 과장님께는 프랑스 파리에서 구매했던 고급 스카프를, 사장님께는 내가 작성한 논문을 선물해 드렸다. 사장님이 말씀하셨다. "나는 왜 이렇게 어려운 걸 주노~ 아이 참." 이사님은 웃으며 내게 핀잔을 주셨다. "그래도 그렇지. 니는 어떻게 논문을 선물로 드리노?" 그러자 사장님이 웃으며 말을 이었다. "왜~ 난 좋은데. 이게 일억 원짜리야."

아침 회의. 이사님께서 이번 달 25~27일 가족여행을 떠나신다며, 마음 편하게 다녀올 수 있도록 힘 좀 써달라고 하셨다. 매출이 있어야 판매원의 휴가는 평화롭다. 이사님을 위해 매출을 팍팍 올리겠다고 마음먹었다.

손님이 오고 있다는 전화가 왔단다. 거울로 얼굴을 보니 입술에 생기가 빠져 있었다. 생기 있는 얼굴이면 좋겠다 싶어서 MH 양 립스틱을 빌려서 발랐다. 그 모습을 본 이사님이 말씀하셨다. "어우. 니는 사내새끼가 입에 화장을 하노?" 나는 답했다. "이사님 가족여행 편하게 가고 싶지 않으세요? 제가 이사님 때문에 지금 이렇게까지 합니데이!" 이사님은 허허허 웃으셨다. 온몸에 향수도 뿌리고 매장 BGM도 생기발랄하게 바꿨다. 응대 준비 완료.

곧 도착한 고객에게 한 시간가량 설명을 드렸다. 공동구매 혜택을 귀담아들으시고는 델루 소파 일자형으로 계약하셨다. 감사한 일이다.

최근 들어 전화 울렁증이 생겼다. 구매한 고객님이 다시 전화가 오면 취소하지는 않을까 하는 두려움이 먼저 드는 것이다. '왜 전화가 왔을까? 계약을 취소하실까?' 오늘도 전화가 와서는 계약 축소를 말씀하셨다. 축소는 괜찮다. 취소만 아니하면 좋겠다. 또는 구매한 가구에 문제가 생겼을 경우 아주머니 아저씨들이 얼마나 화를 내는지 모른다. 그런 전화를 많이 받으면 전화가 두려워진다. 계약고객이 늘어날수록 관리건수도 늘어나 하루에 전화가 10통 넘게 올 때도 있다.

창원에서 소파를 보러 대구까지 오신 부부 고객님이 우리와 인연을 맺었다. 부부는 내년 여름에 신혼집에 입주한다. 남자가 물었다. "내년 6월 입주인데 너무 빨리 가구를 정하는 거 아닌가 몰라요." 내가 답했다. "아이고 고객님. 결혼 준비로 머리 아프지 않으세요?" 남자는 머리 아파 죽겠다고 했다. 기다렸다는 듯이 대답했다. "고객님. 결정할 것은 빨리빨리 정하고 구매할 것은 서둘러 구매해 두어야 마음 편히 잠자리에 드세요. 저희 고객님들 중 80% 이상이 신혼부부님들이세요." 남자는, "안 그래도 우리 와이프가 빨리 가구 보러 가자고 해서 따라온 거거든요." 부부는 깔깔 웃으며 그래 머리 아픈 거 빨리 해치우자며 손을 맞잡고 의기투합했다.

시간이 조금 지나서 여자가 말했다. "소파는 마음에 드는데 그래도 다른 브랜드도 둘러보고 싶어요. 여기 처음 방문한 거거든요." "고객님. 거실의 주인공은 소파입니다. 소파가 딱 중심을 잡아줘야 다른 가구들이 속속 따라 들어와요. 주인공이 안 잡히면 이것저것 잡다하게 묶어 넣게 되거든요? 그러면 눈이 불편한 거실이 되어요. 그렇다고 그 가구들을 다시 교체하지도 못해요. 제가 오늘 말씀드린 이 혜택을 챙겨가세요. 가계약이라도 해 드릴테니깐요. 지금 신혼부부님들 도와드리려고 공동구매 혜택 묶어 드리는데요. 이 공구 때문에 내년 8월 입주인데도 계약하시는 분도 계시는데요. 뭘."

여자는 마지막 단계인 계약금 송금 과정에서 용기를 내었다. "그래도 우리가 아직 입주일도 많이 남았고 선뜻 계약하기가 좀 그러네요." 난 그 말이 이렇게 들렸다. '조금 더 챙겨 주세요!' 내가 말했다. "고객님. 원래는 안 되지만 입주일도 많이 남았고 제 설명도 잘 들어주셨고, 또 멀리서 이렇게 내방해 주셨으니 저도 너무 감사하고 성의를 보이고 싶어요. 쿠션이라도 더 챙겨 드리겠습니다." 참 감사한 일이다. 매출도 크게 올리고 행복했다.

어시스트들은 매장 곳곳을 오가며 손님 응대로 분주했다. 창원 고객 오사마리가 끝나자마자 다음 팀 상담을 이어받았고, 한 계약이 마무리되면 곧바로 또 다른 오사마리에 들어갔다. 가장 까다로운 오사마리 구간에서 정확히 슛을 날려 골을 넣는 흐름이었다. 예전에는 홀로 하프라인 아래에서부터 장애물을 하나하나 제치며 전력 질주해야 했지만, 이제는 팀원들이 정확한 패스와 날카로운 코너킥으로 내 발에 공을 붙여 주었다. 역할이 맞물리자 시너지가 되고 성과로 이어졌다.

그 와중에 한 여성 고객이 막내 직원과 긴 대화를 나누고 있었다. 베드 앞에서 계산기를 두드리던 막내가 다가와 물었다. "침대는 20% 할인 맞죠? 매트리스는 얼마나 할인되나요?" 이쯤이면 고객의 구매 의사가 분명했다. 나는 조금 더 맡겨 보기로 하고 자리에 앉아 있었다. 하지만 가격 흥정에서 막힌 듯, 막내의 헬프 사인이 계속 날아왔다. 결국 내가 나섰다.

이야기를 들어보니 직원 실수가 있었다. 카드 결제 시 30% 할인이 불가한 스타 침대를 30%로 안내했고, 킹사이즈 매트리스를 퀸사이즈 가격으로 계산한 상태였다. 손님 앞에서 막내를 나무랄까 잠시 고민했지만, 사실만 차분히 짚어주었다.

"달사랑님, 이 매트리스 사이즈가 1500인데 가격이 왜 85만 원일까요? 그리고 카드 결제면 침대 30% 할인이 안 되죠." 막내는 얼굴이 굳었고, 나는 손님을 바라보며 말을 이었다. "그래도 이미 그렇게 안내드린 가격이니 그 조건으로 가져가시면 고객님의 복이고 행운입니다. 매장진열가 제품을 가져가시는 게 32% 할인률인데 새 제품을 카드가로 30%에, 매트리스는 퀸 가격으로 킹을 받으시는 셈이에요. 물론 우리 직원은 이사님께 아주 많이 혼날 거예요." 손님은 잠시 망설였다. 나는 한 발 더 밀었다. "제품의 장점은 충분히 들으셨죠? 침대와 매트리스 모두 만족도가 높은 제품입니다. 믿고 선택하셔도 됩니다." 잠시 침묵 끝에 손님이 말했다. "그럼 그렇게 해 주세요." 막내에게 계약서 작성을 맡기고 옆에서 도왔다. 막내의 첫 계약이 완성되는 순간이었다. 우리 모두 박수로 그녀를 축하했다. 기쁨이 매장에 번졌다.

이틀 연속 높은 매출 덕분에 이사님의 얼굴도 한결 밝아졌다. 하지만 이사님의 마음 편한 가족여행을 위해서는 아직 더 달려야 한다. 매장은 지금, 그 흐름 위에 있다.

하루 종일 손님들이 많은 편이었다. 신혼부부, 중년 부부, 황혼 부부, 1인 가구, 다세대 가구, 산골 사람, 바닷사람 등. 다양한 고객님이 찾아 주신 감사한 하루였다.

휴무. 새벽 사우나로 몸을 깨운 뒤 대학교로 향했다. 오늘은 통합마케팅커뮤니케이션 출석 수업 시험이 있는 날이었다. 회사 직원들은 내가 무사히 대학을 졸업할 수 있도록 늘 휴무 스케줄을 양보해 준다. 그 배려가 새삼 고맙게 느껴졌다.

통합마케팅커뮤니케이션 교재는 내 마케팅 감각을 한층 끌어올려 주었다. 페이지를 넘길수록 우리 가구점에 바로 적용할 수 있는 지점들이 눈에 들어왔고, 머릿속에서는 아이디어가 연달아 불꽃처럼 튀었다. 공부가 이렇게 즐거울 수 있다는 사실이 신기했다. 특히 인상 깊었던 것은 감성적 소구와 이성적 소구를 어떻게 조화롭게 결합할 것인가에 대한 부분이었다. 돌아보니 내가 운영하는 가구 블로그는 이성적 설명에 치우쳐 있었다. 이제는 여성의 감성을 건드릴 줄도 알아야겠다는 생각이 들었다. 감성적인 글에 강한 MH 양이 떠올랐고, 조만간 글쓰기를 부탁해 봐야겠다고 마음먹었다.

요즘 매출이 좋아서 모두 기분이 좋다. 청소를 하는데 콧노래가 절로 나온다. 하지만 한 가지 고민거리가 떠올랐다. 그것은 백화점 철수 문제였다. 우리는 정식매장으로 입점하지 못한 채 팝업 매장으로 철수와 입점을 반복하고 있다. 이번에도 철수 이야기가 나오고 있는 실정이다. 무엇이 문제일까? 단순히 백화점 매출 때문일까? 매출도 매출이 문제겠지만 다른 문제가 있다. 내가 예상하건대 백화점 고객과 대리점 고객을 나누지 않는 우리 시스템 문제 때문일 것이다. 마진만 생각하면 대리점에서 판매하는 것이 낫다. 그래서 백화점에서 구매할 수 있는 고객도 대리점으로 유도하는 경우가 많은 것이 사실이다. 백화점에서도 이 사실을 어느 정도 파악하고 있을 것이다.

최근 우리 소파를 계약한 창녕 고객님이 다시 오셨다. 여성분이 말했다. "우리 또 왔어요~ 뭐 때문에 왔는지 겁 안 나요? 호호호" 매장에 들어오자마자 눈도 마주치지 않고 내뱉는 말씀이었다. 내심 계약을 취소하려고 하시나 걱정이 들었지만, 난 애써 태연하게 답했다. "아이고~ 우리 고객님 겁이 나긴 왜나요? 반갑고 또 반가운 고객님이시지요." 부부는 침대 옆에 둘 협탁을 찾고 있었다. 전화로 이미 랄로 협탁을 좀 싸게 해 달라고 운을 떼셨었는데, 오늘은 매장에서 확실히 승부를 보겠다는 기세였다. 35만 원짜리를 25만 원으로 만들겠다는, 그들만의 마법을 부릴 참이었다.

역시나 고객님은 멀리서 직접 여기까지 왔는데 조금 더 할인해 달라고 했다. 웃으며 응대했다. "고객님. 30만 원 이하로는 안 됩니다. 지난번에 백화점이랑 이렇고 저렇고 해서 제가 참 곤란한 상황에 처했었어요. 마진율 못 지키는 판매원이라고 소문 다 났습니다. 이번만큼은 해 드리고 싶어도 안 돼요." 결국 협탁은 정가에 구매하셨다.

11월 15일 화요일

문득 달력을 확인하는데 대학교 기말고사가 코앞이라는 것을 확인했다. 등골이 서늘하다.

오늘은 매장 진열로 판매된 가구를 빼는 데 많은 힘을 쏟았다. 큰 자리를 차지하고 있던 장롱이 빠지니 여유 공간이 생겼다. 뉴패러브랜드 신상 모델 2종을 여기에다가 설치하면 좋겠다. 그런데 사장님은 계속 유러피안 가구나 가죽 소파를 들이려고 하신다. 이럴 때는 내가 사장이고 싶다.

11월 16일 수요일

MH 양이 휴무인데도 불구하고 두산 위브아파트 배송 후기 촬영을 갔다. 그전부터 내가 수성구의 배송 후기 촬영을 안 간다는 것은 어리석은 짓이라고 호들갑을 떨었기 때문이다.

신입직원 교육과 고객응대 시뮬레이션 프로그램을 진행했다. 나는 깐깐한 고객이 되어 직원들의 응대를 받았다. 접객, 고객탐색, 라이프스타일 제안, 오사마리, 최종발주까지 교육은 순조롭게 이루어졌다.

집으로 돌아와 대학교 공부를 하는데 코피가 쏟아졌다. 체력적으로 한계에 봉착했다.

11월 17일 목요일

MH 양이 프렌치가구 관련 프리젠테이션을 잘 해냈다. 중간중간 실제 고객 응대 사례를 곁들여 이야기를 풀어내니 듣는 사람들의 고개가 자연스레 끄덕여졌다. 똑 부러지게 잘 해내어 사장님이 흡족해하셨다.

프렌치가구는 기능보다 태도의 차원을 다뤄야 한다. 오래 쓰는 물건이 아니라, 오래 바라보게 되는 가구라는 점을 강조하며 고객과 소통하면 좋겠다.

갭이어에 참가해 재밌는 게임을 했다. 팀 페인팅 게임을 했는데 참신한 재미가 있었다. 게임 방식은 한 조에 여섯 명이다. 여섯 명에게는 각자의 역할이 있다. 화가 한 명, 조율자 한 명, 정보원 네 명.

정보원들은 30초 동안 그림을 보고 와서, 자신이 본 내용을 조율자에게 설명한다. 조율자는 그 말을 정리해 화가에게 전해 주고, 화가는 그 설명만 듣고 그림을 그린다. 즉, 조율자는 정보원과 화가를 이어 주는 다리 역할을 한다. 정보 전달이 얼마나 정확하냐에 따라, 화가가 원래 그림과 얼마나 비슷하게 그리느냐가 결정되는 게임이었다.

나는 핵심적인 역할인 조율자가 되었고, 정보원들에게 목표를 주었다. "1번님은 상단부 위주, 2번님은 중단부, 3번님은 하단부. 4번님은 전체적인 구도를 봐주세요." 드디어 게임이 시작되고 정보원들이 그림을 보러 달려 나갔다. 그림을 확인한 이들이 돌아와서 내게 자신들이 본 것을 설명해 주었다. 그림에 문자가 쓰여 있기도 했고, 또 그림마다 방향이나 구도가 특이했다. 상단부에는 숫자가 적힌 비행기와 초승달이, 중단부에는 영어가 적힌 기차와 자동차, 하단부에는 다양한 동식물들이 있었다. 몇몇 그림이 머릿속에 그려지지 않았으나, 차근차근 내용을 파악하였다. 가구점에서 터득한 기술을 활용했다. 정보원에게 물었다. "그림을 정면으로

봤을 때 비행기의 꼬리가 왼쪽에 있어요? 오른쪽에 있어요?", "그림에 다른 힌트는 없고요?"

정보원들에게 전해들은 정보를 화가에게 설명했다. "총 9개의 그림이 있는데 네 명이서 각각 상단부, 중단부, 하단부, 전체구도로 그림을 살폈어요." 화가는 20대 초반의 침착한 전남 여인이었다. 손재주가 뛰어나다. 느낌이 좋았다.

제출 시간이 다가오자 화가의 손놀림이 빨라졌다. 우리는 완성된 그림을 칠판에 붙였다. 결과 발표 순간, 모든 팀이 같은 원본 그림을 보고 그렸다는 사실이 드러났다. 사회자는 채점 방식을 설명하고는 채점에 들어갔다. 결국 우리 팀이 1등이 되었다. 상품은 후레시베리 한 박스와 빅파이.

사회자는 우리팀을 무대로 불러 승리 요인을 물었다. 내가 답했다. "4명의 정보원에게 역할을 분배해 주었습니다. 그리고 부족한 부분은 과감하게 생략하고 화가에게 정확한 정보에 바탕 한 부분을 우선 그려달라고 요청했습니다. 구체적인 그림 윤곽이 나오니 나머지 부분은 화가가 상상해서 그림을 그려 넣을 수 있었쭙니다." 사회자는 내게 리더 기질이 다분하다고 했다. 기분 좋은 말이었다. 내심 명상이나 강의는 하지 말고 하루 종일 이런 게임만 했으면 좋겠다는 생각이 들었다.

다음 프로그램이 진행되는데 나는 혼자 강당을 빠져나왔다. 빈혈이 온 것처럼 어지러웠다. 숙소로 올라가 깊은 잠에 들었다.

11월 20일 일요일

갭이어 2일차. 사회적 기업 대표의 강의를 들을 수 있었다. 그는 21세에 국토 대장정을 하고 사회적 기업을 창업해 경영하고 있었다. 강의가 끝난

후 질의응답 시간에 질문했다. "일반 기업은 소비자들에게 물건을 판매하고, 사회적 기업은 시민에게 물건을 판매한다는 말이 있습니다. 이 말은 소비자들이 사회적 기업의 취지 때문에 물건을 구매할 뿐 필요에 의해서 물건을 구매하지 않는다는, 즉 진정한 수요가 아니라는 것을 의미하기도 합니다. 이렇게 볼 때 이것이 곧 사회적 기업의 한계일 수도 있다고 생각하는데 대표님의 의견이 궁금합니다."

대표는 잠시 생각하더니 이렇게 말했다. "저도 그 지적에 동의합니다. 사회적 기업이 '의미'만으로 소비를 기대한다면, 그건 오래가기 어렵습니다. 동정이나 취지에 기대는 구매는 일시적이니까요. 그래서 저는 사회적 기업일수록 더 치열하게 시장을 봐야 한다고 생각합니다." 그는 사회적 기업의 물건도 결국 필요해서 사게 만들어야 한다고 했다. "제품의 품질이나 가격, 사용성에서 일반 기업과 경쟁하지 못한다면 그건 기업이 아니라 캠페인에 가깝습니다. 사회적 가치는 구매의 이유가 아니라, 구매를 지속하게 만드는 보너스여야 합니다." 이어 이렇게 덧붙였다. "시민이든 소비자든, 사람은 결국 자기 삶에 도움이 되는 선택을 합니다. 우리가 해야 할 일은 '착한 물건'을 파는 게 아니라, 좋은 물건을 팔되 그 과정이 사회를 이롭게 만드는 구조를 만드는 것입니다. 그때 사회적 기업은 한계를 넘을 수 있습니다."

11월 22일 화요일

오늘 소파 두 조를 판매했다. 한 분은 예전에 응대해 드렸던 고객님이시고, 한 분은 지난 주말에 사장님이 설명을 드렸던 고객이었다. 참 감사하다.

본사 행사에 참가하기 위해 직원 몇몇과 함께 서울 강남에 다녀왔다. 한창 잘 가고 있는데 부장님께서 문자를 주셨다. "경북 촌놈 촌년 서울 구경 갔네. 큰일이다. 가서 촌놈 티 내지 마라. 대구 욕 먹이면 죽는데이."

점심 식사를 위해 다 같이 삼계탕 가게에 들어갔는데, 어떤 노숙자가 들어오더니 소주병을 들고 사람들을 위협했다. 그런데 뭐라고 중얼거리는 것 같아서 귀 기울여 들었다. "라이터… 라이터 불…" 가게 주인 할머니는 지팡이를 들고 나와서는 때리는 시늉을 하며 쫓아내려 했다. 그런데도 나가지 않고 있으니 달래기도 하셨다. 노숙자는 할머니를 무시하고 다른 손님에게 다가갔다. 할머니가 다시 한 번 소리쳤다. "이놈!! 얼른 나가! 장사하는데 왜 행패야! 나가! 나가!" 옆 테이블에 계신 할아버지 세 분도 언성을 높이셨다. "이놈이! 여기가 어디라고!!" 노숙자가 소주병을 깨서 큰일이 나지는 않을까 걱정이 되어서 그에게 다가갔다. 노숙자 손목을 잡고는 말했다. "라이터 불 찾으십니까? 불 여기 있습니더. 나가시지예." 노숙자는 순순히 내가 이끄는 대로 따라왔다. 노숙자가 입에 물고 있는 담배꽁초에 불을 붙였다. 그러자 그는 갑자기 소리 없는 울음을 터뜨렸다. "너무 힘들어. 너무 힘들어." 참 슬픈 일이다. 그도 누군가의 자식이고 누군가의 아버지일 텐데.

강남에 오니 긴장이 된다. 촌놈과 촌년은 서로 외모를 확인해 주며 매무새를 고치기를 여러 번이었다. 사장님은 양말이 마음에 안 드신다며 편의점으로 가서 스타킹을 새로 사 신으셨다. 아마 부장님이 이 모습을 보신다면 대구 경북 촌놈 촌년들 서울 가서 신났다고 껄껄껄 웃으셨을 것이다.

드디어 매장에 들어섰고 행사를 구경할 수 있었다. 사람들은 파티 분위기처럼 즐거워하고 있었다. 판매왕과 에이스가 우리를 반갑게 맞아 주었다. 유명 이탈리아 디자이너 두 명이 무대에 서있었다. 그들은 신상 소파와 베드를 여러 개 디자인했다. 혹시 디자이너들을 만나면 무슨 말이라도 건네고 싶어서 여러 멘트를 떠올려 두었다.

MH 양에게는 우리 대구점 블로그에 올릴 사진들을 많이 찍어두라고 했다. 그러다 판매왕이 말했다. "호주 워킹홀리데이 다녀왔다고 했지요? 디자이너들이랑 대화 좀 해 봐요. 우리는 영어 울렁증이 있어서." 영어로 말한 지 오래되었더니 나 또한 울렁증이 다시 도지는 느낌이다. 단어도 가물가물했다. 나는 안부 인사를 건네고는 어떤 철학으로 디자인을 했는지 물었다. 그런데 두 명의 디자이너들은 서로 인상을 찌푸리며 내 말을 못 알아들었다. 발음 문제인가 싶어서 다시 천천히 이야기했다. 이번에도 마찬가지였다. 얼굴이 화끈거리는 게 느껴진다. 나의 영어 발음은 정말 부끄럽다. 이걸 어떻게 넘어갈까 하다가 농담 반 진담 반으로 내뱉었다. "I feel more stylish just standing next to this sofa." 디자이너는 이 말은 알아들었는지 눈을 크게 뜨며 그것이 바로 자신이 추구한 바였다고 답했다. 그리고 뒤에 뭐라고 했는데 이번에는 내가 이해하지 못했다. 아 정말 영어를 잘하고 싶다. 영어는 왜이렇게 어려울까?

이사님은 오늘부터 27일까지 가족여행이시다. 매출을 든든히 올려 둔 터라, 마음 편히 다녀오시리라 믿는다.

11월 26일 토요일

오늘 천이백만 원 매출을 올렸다. 기리빨이다. 최근 계약이 있으면 다음 계약도 수월하게 나온다. 이사님 마음이 더욱 편안하실 것이다. 다행스럽다.

　퇴근 후 집으로 돌아와서는 내 방을 둘러보았다. 고급 가구들 속에 있다가 플라스틱 서랍장이 가득한 방을 보니 숨이 막혔다. 괴리감이 엄청난 것이다. 좋은 집으로 이사해서 좋은 가구들을 쓰고 싶다.

11월 27일 일요일

　오늘도 천오백만 원 매출을 올렸다. 블로그를 보시고 방문하시는 고객님들이 대부분이었다. 어제 오후 본사 행사 포스팅을 올렸는데, 포스팅의 썸네일은 이태리 디자이너 사진이었다. 일요일 오전에 조회수를 확인해 보니 500명이 넘었다. 이사님께 제일 먼저 말씀드리니 카드를 주셨다. "문 주임아. 얼른 가서 먹고 싶은 주스랑 커피 사 오니라." 감사한 일이다. 우리는 손님들이 갑자기 몰릴 때를 대비해서 역할 분담을 재점검했다.

　두 번째 계약 고객이 기억에 남는다. 남편이 아내에게 막 대하는 듯한 말투와 행동이 마음 아팠다. 남편의 언행 때문에 아내가 위축되는 것 같아 어색했다. 중간중간 아내의 입장을 헤아려 남편을 설득했다. "아내분은 이러한 생각 때문에 그렇게 말씀하셨을 거예요. 현명하신데요.", "아내라는 말뜻이 집안의 밝은 태양이랍니다." 계약서를 쓸 때는 남편분을 치켜세워 드렸다. "우리 남편분 스타일이 시원시원한 마초 스타일이지요. 그래도 저런 분이 제일 정직해요." 부부는 서로를 바라보는 눈빛이 꽤 상냥해졌다.

　나날이 판매 역량이 늘어가는 것 같아서 기분이 참 좋다. 다만 다른 매장에서 우리를 노골적으로 시기 질투하는 것이 늘어났다. 그런 점은 신경 쓰고 싶지 않다. 주어진 일에 최선을 다하는 것이 제일 옳은 길이다.

판매가 많아질수록 하역 작업도 늘어난다. 이사님과 함께 뉴패러브랜드와 아카시아브랜드의 여러 제품을 받아 창고에 배송순서대로 정렬했다.

계약금은 걸어놓고 소파 모델은 확정 짓지 않은 고객이 오늘 매장에 방문하고자 했다. 하역 작업 하느라 폰을 확인하지 못해서 고객 전화를 받지 못했다. 고객은 매장에 왔는데 아무도 없어서 그냥 돌아갔다. 1시간가량 직원을 기다렸다고 한다. 너무 죄송했다. 나중에 회사가 커지면 나는 판매와 매장 관리에만 집중할 수 있도록 사장님께 요청 드리고 싶다. 판매에, 배송에, AS에, 창고정리에, 신입교육에, 온갖 심부름에, 여러 매장 근무까지 다 하니 억수로 산만하다.

퇴근 후 친구가 직장은 어떠냐고 물어왔다. 나는 나름 재밌게 일하고 있다고 했다. 친구는 사주에 불이 많은 내가 나무가 많은 곳에서 일을 하니깐 좋은 것 같다고 했다. 친구는 자기도 가구점 일을 해 볼까 묻기에 실상을 말했다. "365일 중에 320일 근무할 수 있나? 공휴일도 없고 주 6일에 주 60시간 이상 일해야 하는데? 연차도 없다." 친구는 자기가 말실수를 크게 했다며 얼른 쉬라고 했다.

오늘 상사들은 다 출장을 가고, 직원들은 휴무가 많았다. 혼자서 근무한 날이었다. 나는 옆 매장 사장님께 오늘 근무 만족도가 높다며 우스갯소리를 전했다. 한 번씩 고요하게 혼자 근무하면 굉장히 기분이 좋다.

퇴근 후 카페에서 대중 영화의 이해 대학 교재를 읽었다. 대중 영화의 이해라는 교재에서 영화제작 과정을 공부했는데 흥미로웠다. 책을 읽으며 시놉시스와 시나리오를 쓰고 있는 내 모습을 상상했다. 상상 속 나는 책에 관련된 영화, 동양의 전설에 관련된 영화를 제작하고 있었다.

금일 새벽녘, 서문시장에 대형 화재가 발생했다. 도로가 꽉 막혀 아침 출근길은 평소보다 50분이나 더 걸렸다. 4지구 건물이 불에 타 무너져 내렸다고 한다. 그곳은 한복 가게들이 밀집한 지역이라 불길이 더 빠르게 번졌을 것이라는 생각이 들었다. 상인들은 피땀 흘려 일군 상가가 한순간에 무너져 내린 현실 앞에서 슬픔과 분노를 감추지 못했다. 특히 화재보험에 가입하지 못한 상인들은 평생의 노력이 수포로 돌아갔다며 울부짖었다.

오전에 수납장과 책장, 거실장을 판매했다. 판매가 있으면 컴플레인도 있는 법. 백화점에서 소파를 구매한 고객이 흥분한 목소리로 전화가 왔다. 내가 응대해 드렸던 고객님이셨다. "무빙 테이블 가격이 다른 것 같다. 내가 엄청 비싸게 구입한 것 같다"고 따지셨다. 나는 사정을 파악하기 위해 고객의 계약서와 백화점 전산을 확인했다. 백화점 매니저가 매출을 올리기 위해 소파를 구매하면 무빙 테이블을 저렴하게 주기로 어느 사람에게 말했는 모양이다. 아마 오늘 컴플레인 전화를 주신 분이 매니저에게 물어봤을 것이다. 매니저는 본인이 응대하지 않았기 때문에 그녀가 기존 고객이라는 것을 몰라서 혼선이 생긴 것 같다. 물론 진실은 특정 고객이 비싸게 구매한 것이 아니다. 앞서 말했듯이, 소파를 구매하면 저렴하게 준다는 것이지 정가가 달라진 적은 없기 때문이다. 오해를 풀어드리고자 노력했지만, 고객은 백화점과 본사에 문제 제기를 하겠다고 하셨다.

이사님께서는 고객님께 매니저의 규정에 어긋난 언행으로 오해가 촉발된 것 같다면서, 매니저에게 본사 징계가 있을 수 있다고 말씀드렸다. 고객은 곰곰이 생각하시더니 그렇게까지는 바라지 않는다며, 좀 더 생각해 보겠다며 전화를 끊으셨다. 아무튼 고객님께 불편을 드려서 죄송하다.

매니저의 심정도 이해가 된다. 매니저는 홀로 백화점 매장을 지키고 있다. 로드샵에는 대표님, 이사님, 부장님 등 다양한 직원이 함께해서 시너지가 난다. 그런데 백화점은 혈혈단신으로 역경을 이겨 내야 한다. 백화점 대장님과 간수들의 눈초리도 느껴지실 것이고, 다른 매장에서 들어오는 견제도 강할 것이다. 거기에 더해 매출이 적어서 언제 매장이 빠질지 모르는 사면초가 상황이다.

꽤나 가격 비교나 매장 간 비교 전화 문의가 많다. 일전에 일자형 소파 전화 문의 고객이 있었다. 울산 고객이었는데 서울 어느 백화점에서 거의 계약하다시피 했다. 나는 본격적인 가격 이야기보다는 좋은 브랜드를 잘 선택하셨다고 했다. 그리고 가격 차이는 없다면서 백화점 포인트가 중요하면 백화점에서 구매하시고, 포인트보다는 증정품을 원하시면 대리점에서 구매하는 것도 좋은 방법이라고 말씀드렸다. 즉 가격 차이는 없지만, 고객에게 맞춤한 혜택을 제공한다는 것이 요지이다. 이제껏 전화 문의 응대를 하면서 터득한 방법이다.

이때 중요한 것은 너무 친절해도 안 되고 너무 냉정해도 안 된다. 판매원이 원하고자 하는 방향으로 고객이 경로를 설정하면 칭찬해 준다. 고객이 괜히 고집을 피우거나, 억지를 부리면 냉철한 태도로 응대하는 것이

옳다. 크게 보면 밀당인 것이다. 고객님은 조금 더 생각해 보겠다고 하시다가, 저녁즈음에 전화를 주셔서는 우리 매장에서 구매하겠다고 하셨다.

기쁜 마음을 숨기고 한 번 더 밀었다. "고객님. 저희는 매장 내방 계약이 원칙입니다. 내방 가능하실까요?" 고객이 답했다. "그러면 대구에 갈 수 있는 날이 다음 주는 되어야 하는데… 그리고 제작 기간도 2주나 걸린다면서요? 저흰 이달 17일에 받아야 해요." 나는 고객의 상황을 파악하고는 아주 짧은 침묵을 지켰다. 그리곤 하나의 방법을 제시했다. "고객님 상황은 정확히 이해했습니다. 그렇다면 바로 소파를 제작할 수 있게 오늘 계약금을 보내주시고 더 자세한 것은 매장에 오셔서 결정하시죠?" 고객은 그게 좋겠다며 냉큼 구매금 전액을 송금했다. 12월의 첫 번째 계약이 탄생한 순간이다. 가만 생각해 보니 지난달 첫 번째 고객도 이런 식으로 나와 계약했었다. 기분 좋은 징크스임에 틀림없다. 매월 이런 식으로 첫 번째 고객이 수월하게 탄생하기를 바라는 마음이다.

MH 양은 사진이나 디자인에 재능이 특출나다. 다들 사진 관련 학과에 입학해 보기를 추천하였다. 그녀는 우선 사진학원에 다녀보겠다고 한다. 내가 보기에는 사진을 정말 잘 찍는 편인데 정작 그녀 자신은 만족하지 못했다. 사진 촬영 전문교육도 안 받고 이 정도인데, 교육을 받으면 얼마나 더 성장할 것인가 기대되었다.

협탁과 베드를 판매했다. 막내에게 작성해 보라고 요청했다. 왜냐하면 계약서는 자꾸 써봐야 느는 것이기 때문이다. 그렇게 쓰다 보면 실제 고객을 맞아 판매로 이어질 것이다. 쓰면 이루어진다. 쓰면 꿈을 더 빨리 이룰 수 있다. 인간은 말할 수 있고, 쓸 수 있다. 하늘이 주신 재능이다. 매일 일기를 쓰면 성장은 멈추지 않는다.

시험이 코앞이다. 이제껏 직장을 다니며 열심히 대학 공부를 했었다. 방송통신대학교 우리 학우들도 마찬가지이다. 우리는 불평불만 하지 않는다. 주어진 일을 해내며 더 큰 배움을 학습한다. 이게 국립 방통인의 힘이다.

12월 3일 토요일

내일 시험일이라서 오늘 매출을 올리고 마음 편히 시험을 보려고 했는데 손님이 없었다. 오후 5시를 넘어서도 손님이 없기에 마음을 비웠다.

퇴근 후 내일 시험을 준비했다. 대학교 경영학과에 입학하면서 특이한 강박이 생겼다. 그것은 임하는 과목의 교재를 무조건 다 읽고 시험을 치는 것이다. 다른 사람들은 시험 범위에 들어가지 않는 부분은 읽지 않거나, 기출문제나 워크북에 더 집중한다. 나는 교재의 시작부터 끝까지 읽어야 성미가 풀린다.

12월 4일 일요일

시험장인 경북대학교로 차를 몰았다. 오전 9시부터 기말시험이 시작되었다. 나는 긴장하지 않았고 또 걱정하지 않았다. 책을 읽지 않았다면 모를까 책을 읽었다면 결코 두려움이 설 자리는 없다. 책은 빛이고 사랑이고 에너지다. 인류사를 일으킨 원동력이고 미래를 밝힐 등불이다. 시험은 오후 5시에 끝났다(통합 마케팅 커뮤니케이션 과목이 오후 4시부터 시작되어서 나는 오후 1시부터 줄곧 기다려야 했다). 과거에 쉬는 시간에 잠을 자느라 시험에 응시하지 못했던 기억이 있어서 절대 잠들지 않았다.

대체로 조용한 근무를 끝내고 퇴근했다. 어머니가 사회복지사 2급 자격증 이야기를 꺼내셨다. 그러고 보니 까마득히 잊고 있었다. 나는 10과목 수강을 마쳤고 이제 실습만 남은 상태였다. 어머니 말씀으로는 내년 5월까지 120시간의 실습을 해야 한다는 것이다. 아무래도 직장을 다니면서 실습하기는 참 힘들 것 같았다.

사장님께서 바움 매출이 적어서 걱정이 된다며 내게 조언을 구하셨다. 나는 답했다. "바움에 방문한 사람들은 이렇게 이야기합니다. '프렌치 가구는 이쁘기는 한데 우리 집에 안 어울릴 거야.' 대다수 사람들이 아파트에 거주하는데 프렌치 가구가 아파트에도 잘 어울린다는 것을 보여 줘야 합니다. 또 현대식 가구에도 프렌치 가구가 잘 매치된다는 것을 보여줘야 해요." 사장님은 그걸 실현할 방법을 기획해 보라고 하셨다. 간단했다. 뉴패러 블로그처럼 프렌치 가구 배송후기리뷰를 시작하면 된다.

퇴근 후 어머니를 모시러 한국불교대학으로 향했다. 어머니를 모시고 청송약수 삼계탕 가게에서 저녁 식사를 했다. 아버지 이야기를 꺼내셨다. "요즘 아빠가 돈독이 올랐는지 일을 찾아다닌다. 참 어느 무당이 말했었는데, 아빠는 나이 50만 넘으면 평화로워진다더니. 그 말이 딱 맞아. 용하다 용해. 엄마도 마찬가지고. 늙어서 큰 복이 온다고 하더라." 그 말이 반가웠다. 이젠 나만 잘하면 되겠다는 생각이 절로 들었다.

아침에 일어나 보니 미간에 붉은 선이 생겼다. 긁힌 것도 아니고 눌린 것도 아니고 맞은 것도 아니다. 이유 없이 붉은 선이 드러나 있다. 이 선은 무슨 의미일까? 어떤 감정이 마음 물줄기를 막아서 미간에 생긴 걸까. 막힌 혈이 얼굴에 드러난 것은 아닐까. 혹시나 하는 마음에 네이버에 검색해 보니 관상학적 해석이 내 눈을 사로잡았다. '미간에 갑자기 붉은 색조가 나타나면 가문에 초상이 나고 자신에게도 사고가 빈발해진다.' 겁나는 마음에 어머니에게 문자로 할아버지 잘 계시냐고 물어보았다. 어머니가 왜 묻냐기에 얼굴 미간에 붉은 선이 생겼다고 답했다. 그 뒤로 어머니는 답이 없으셨다.

대학 2차 기말시험에 임했다. 인간과 교육, 마케팅특강 시험이다. 마케팅특강 과목의 효용은 이론을 아는 데서 끝나지 않고, 현장에서 바로 써먹을 수 있는 사고 틀을 만들어 준다는 데 있다. 이 과목을 통해 시장을 어떻게 읽고, 고객을 어떻게 이해하며, 메시지를 어떤 구조로 설계해야 하는지를 알게 되었다. 덕분에 '어떻게 팔 것인가'보다 '왜 사게 되는가'를 먼저 생각하게 된다. 판매원들이나 영업인들에게 꼭 추천하고 싶은 교재다.

친구가 하이마트에서 일하는데 실적이 부족해서 우리 어머니에게 김치냉장고를 싸게 사 달라고 부탁했다. 어머니가 말씀하셨다. "다들 어려운데 그래도 아는 사람끼리 도와야지. 80만 원짜리를 40만 원에 준다고 한단다." 아마 다음 주 중에 김치냉장고가 설치된 모습을 보게 될 것이다.

요즘 매출이 또 저조해졌다. 최근 함께 담배를 태우며 친해진 다른 회사 직원과 이야기를 나눴다. 그도 나처럼 젊은 직원이었는데 이런 말을 했다. "저희 사장님은 매출도 좋고 분위기 좋은 곳에서 근무해 본 적이 없으신가 봐요. 그러니깐 매출이 저조할 때의 모습이 더 자연스러우셔요. 마치 결핍이 일상인 것처럼." 그의 말에 공감이 갔다. 어디든지 일이 잘 풀리면 불안해하는 사람이 있다. 매출이 오르면 '일시적인 현상일 뿐이야'라고 걱정하는 사람도 있다. 관계가 편안해지면 스스로 균열을 내기도 한다. 의식과 무의식의 대치, 의도와 습관의 대립이 화두로 다가온다.

사람의 무의식은 흥미롭다. 행복과 여유, 평화를 원하면서도 밀어낸다. 어떤 책에서 보았는데, 사람 심리가 '원하는 상태'보다 '익숙한 상태'를 더 안전하다고 느껴서 그렇다고 한다. 불행과 불안에 익숙한 사람은 행복과 평화의 환경에서, 불행을 끌어들일 수 있는 것이다. 예측 가능한 환경이 무의식에는 안전지대라는 점이다. 나를 업그레이드 시키고, 환경을 유익하게 변화시키려면 무의식의 변화는 필수적이라고 할 수 있다. 그래서 나는 사장님이 말씀하시는 뇌 교육에 계속 눈길이 간다.

부장님과 함께 배송 및 AS를 떠났다. 배송이 2건, AS가 2건이었다. 방문지는 구미, 칠곡, 창원, 합천인데 경상도를 한 바퀴 도는 모양새의 스케줄이다. 다양한 지역에 방문한다는 것은 즐거운 일이다.

AS 고객 댁에 도착했다. 전화상으로는 소파를 빼서 본사에 올리기로 했는데 실제로 소파에 앉아보고 만져보니 밀림의 경도가 너무나 미미하여 본사에 올릴 필요가 없다는 생각이 들었다. 그 자리에서 고객을 설득하기 시작했다. "고객님. 제가 전화상으로는 몰랐습니다. 이 정도는 하자라고 볼 수가 없고, 또 저희가 지금 소파를 뺀다고 하더라도 이 정도 현상은 또다시 발생할 거예요. 저희가 소파를 빼기 싫어서 그런 것은 전혀 아닙니다." 고객은 인상을 쓰며 따졌다. "원래는 안 이랬는데 이렇게 되었어요. 앉았다가 일어나면 자국이 너무 많이 남아서 신경 쓰여요." 원래 이러지 않았다는 말에 생각할 시간이 필요했다. 다시 이야기했다. "고객님이 원하시면 지금 소파를 빼서 본사로 올릴 수 있습니다. 어려운 일이 아닙니다. 그렇지만 이 현상을 방지하려면 본드를 써야 해요. 본드를 쓰면 친환경 소파를 비싸게 구매한 이유가 사라지는데 괜찮으시겠어요?" 고객은 품에 있는 갓난아기를 슬쩍 바라보았다. 아내 혼자 있었는데 결정을 못하는 것 같았다. 나는 나긋한 목소리로 다시 말했다. "고객님. 그러지 마시고 증상이 조금 더 심해진다면 제가 골드폼을 바꾸든지 아니면 원단을 땡겨 드리든지 해서 수리 약속해 드릴게요. 지금 이 정도로 소파 빼서 본사로 올리면 분명히 말이 나와요. 아기를 생각해서라도 친환경으로 쓰세요." 고객은 고개를 끄덕이며 알겠다고 했다. 고객댁을 빠져나오는데 부장님이 회심의 미소를 지으셨다. 부장님은 소파를 빼지 않아서 흡족해하시는 것이 분명했다.

대구로 돌아와 텍스빌 근처 청나라 중국집에 들렀다. 부장님은 짬뽕, 나는 야끼우동을 먹었다. 그런데 이 가게는 사람이 미어터질 정도로 맛집이었는데 언제부터인가 맛을 잃어가고 있었다. 부장님도 말씀하시는 게 맛있게 매운 게 아니라 맛없는 것을 매운맛으로 가리는 듯한 느낌이라고 하셨다. 부장님은 아마도 주방장이 바뀌었을 거라는 말도 덧붙이셨다. 예전엔 참 맛있었는데 아쉽다.

창원으로 출발했다. 고속도로 위에서 책 '책을 읽는 사람만이 손에 얻는 것'을 읽었다. 나는 이미 책의 중요성을 잘 아는데 읽을 필요가 있겠나 싶었다. 하지만 심금을 울리는 문장들이 많았다. 책은 힘이다.

고령을 지나는 길에 부장님께서 우범곤 총기 난사 사건을 알려 주셨다. 처음 듣는 이야기였는데 우 순경이 마을 주민 40여 명을 총으로 쏴 죽이고 자폭한 사건이란다. 강한 호기심에 바로 인터넷 검색을 통해 알아볼 수 있었다. 우범곤의 얼굴이 가장 먼저 눈에 들어왔다. 아주 강직하게 생겼고 황소와 같은 인상이었다. 그는 해병대를 전역하고 청와대에서 근무하다가 인사고과에 밀려 고령으로 좌천되었다고 한다. 그리고 동거녀와 말다툼을 벌이다 끔찍한 사건을 저질렀다. 무시무시한 사건이었다.

경남 합천은 사장님, 이사님, 부장님의 고향이다. 다들 모이고 보니 고향이 같아서 놀라웠다며 부장님께서 말씀하셨다. 어떻게 약속이라도 한 듯 합천 사람들이 모였을까. 참 특이하다.

합천 고객님은 며칠 전 소파가 꺼진다며 연락이 왔는데, 아마 장난기 많은 사내아이들이 신나게 뛰어다닌 탓일 것이다. 우리가 도착하자 고객님은 비싼 소파를 선택하길 잘했다며, AS를 빠르게 처리해 주고 친절하게 응대해 줘 고맙다고 말씀하셨다. 소파 상태를 확인해 보니 엄청 더러워져 있었다. 솔직히 소독용 에탄올과 헝겊만 있었다면 내가 전부 닦아주고 싶을 정도였다. 나는 아이들이 소파 위에서 뛰면 반드시 꺼지게 되어있다고 말했다. 고객은 거짓말하지 않고 애기들이 조금 뛰었다고 시인했다. "고객님. 제가 많은 소파를 다루고 있어요. 그래서 아이들이 뛴 소파는 바로 알아봐요. 우선은 여기까지 왔으니 특별히 제가 방석을 교환해 드릴게요.

다음에는 안 돼요."

오늘은 엄청난 고객을 응대했다. 여성 고객 혼자 오후 2시경에 매장에 들어오셔서는 오후 6시가 되어서야 겨우 계약서를 작성하셨다. 상담하는 내내 너무 힘들었다. 가격이 맞으면 사이즈가 안 맞고, 사이즈가 맞으면 가격이 안 맞다며 만족에 이르지 못했다. 어쩜 그렇게 안 맞는 소파만 고르시는지. 욕심이 많은 분이시거나, 정서불안형 고객이다. 그래도 옆에 있던 사장님 얼굴을 봐서 인내했다. 어찌 되었든 600만 원의 평일 매출을 올렸으니 다행이다.

오전 회의. 빅 세일 행사를 맞이하여 준비할 것은 없는지 의논했다.

어머니는 보험회사에서 전화가 오면 사무실에서 사인했다고 말해 달라고 하셨다. 그 말을 듣는 순간 화가 치밀었다. 어머니는 늘 여러 가지 보험을 드신다. 보험영업을 하는 지인을 도와주고 싶다는 마음에서이기도 하고, 불안한 미래를 대비해야 한다는 걱정 때문이기도 하다. 문제는 그 선택이 어머니 혼자에 그치지 않고, 온 가족 명의의 보험을 독단적으로 가입한다는 점이다. 마음은 이해하지만, 소득에 비해 보험료 부담이 지나치게 큰 것도 사실이다. 언제 무슨 일이 생길지 모른다는 감각을 몸으로 겪으며 살아온 어머니이시기에 이해하려고 노력했다.

하지만 이제는 단호히 거절할 때가 도래했다. 나는 보험에 가입할 수 없다고 했다. "사인했다고 말하려면 내용을 알아야지. 그리고 보험은 이제 그만해야 한다." 어머니는 설명하자면 길다고 집에 가서 해 주겠다며, 그냥 자신을 믿고 하란다. 골치가 아프다. 전화기가 울렸다. 사인을 직접 했냐고 묻기에 그냥 했다고 했다. 전화를 받으니 밥맛이 뚝 떨어졌다. 점심시간에 밥은 안 먹고 어제 읽던 책을 마저 읽었다.

12월 16일 금요일

오늘부터 뉴패러 매장 진열 소파 할인 행사가 시작됐다. 전화 문의도 잦았고, 방문 고객도 눈에 띄게 많았다. 특히 기존 고객들의 반응이 좋았는데, 우리 브랜드가 고가라는 인식이 강하다 보니 이런 할인 기간을 더 반기는 듯했다.

점심시간 무렵에는 손님이 한꺼번에 세 팀이나 몰려 급히 다른 매장에 헬프를 요청했다. 이런 순간이야말로 신참 직원들을 키워야 할 타이밍이다. 그들에게 응대를 맡겼고, 모두 계약이 나왔다.

어느 직원이 출퇴근 버스가 너무 느려서 답답하다고 하소연했다. 무슨 일인가 싶어 물어보니, 버스가 자전거보다도 느리게 간다는 것이다. 왜 그렇게 느리냐고 다시 묻자, 그는 이렇게 말했다.

"제가 타는 버스가 난폭운전으로 시민 신고를 많이 받았대요. 그래서 기사가 요즘 아주 천천히 가요. 신고 먹은 걸 불쾌하게 생각해서, 일부러 더 느리게 운전하는 것 같아요."

12월 17일 토요일

충남 태안에 거주하는 신혼부부 고객이 대구점 블로그를 보고 전화 왔다. 우리 고객으로 만들기 위해 공을 들였다. 그러나 결정 단계에서는 계속 주저하였다. 책 '영업의 기술'에서 읽은 지식을 적용해 풀어나갔다. "저희 소파가 마음에 드신 건 맞는 것 같아요. 하지만 결정은 조금 더 생각해 보고 싶으신 거죠? 급하게 결정 안 하셔도 돼요. 다만, 제가 말씀드릴 수 있는 것은 저희 블로그에 올라간 리뷰들 보시면 아시겠지만, 저희가 거실 인테리어까지 책임져드려요." 고객의 멘트 속에서 인테리어라는 키워드가 자주 나왔기 때문에 그 부분을 공략한 것이다. 고객은 입주할 아파트의 거실 사진을 여러 장 보내 주었고, 그에 맞게 안내해 드렸다. 곧 계약금을 송금받았다.

또 부부가 두 명의 어린 딸과 함께 매장을 방문했다. 그들은 뉴패러와 비슷한 소파에 꽂혀있었다. 신소재 소파로 홍보되고 있는 타사 업체의 매장을 다 다녀오셨다. 나는 차라리 잘되었다는 생각이 들었다. 설명 다 들으시고 다른 매장에 가서 확인해야 하는 경우보다, 다른 브랜드를 다 둘러보고 오시는 게 현장 계약 확률이 높기 때문이다. 우리 브랜드의 강점을 어필하는 데 심혈을 기울였다. 그들은 가격 때문에 고민했는데, 기리빨을 받고 싶은 마음에 욕심이 생겼다. 즉 무리해서라도 팔고 싶었다. 1시간가량 실랑이를 벌여 많은 할인이 들어간 계약이 완성되었다. 이사님은 거래 취소를 각오하라고 하셨다. 난 겉으로는 심각한 척했지만 속으로는 겁나지 않았다. 사장님은 취소하지 않으실 것이기 때문에. 기리빨의 효과 때문인지 저녁이 되어 확장형 식탁 세트를 판매했다. 다른 팀에게는 베드와 스툴을 판매했다.

12월 19일 월요일

블로그가 활성화되니 전국의 고객님들께 판매할 수 있게 되었다. 오늘 고객은 최근 전화 상담을 하고 연락이 없었던 고객이었는데, 오늘에서야 정식 계약이 되었다. 감사한 일이다.

퇴근 후 해병대 동기 HS을 만나 맥주를 마셨다. 해병대출신은 어디서든 서로를 알아본다. 길을 가다가, 식당에서, 심지어 병원 대기실에서도 자세나 말투, 눈빛이 느껴진다. 오늘 술집에서도 처음 만나는 전우들을 여럿 만났다.

12월 20일 화요일

저녁 회식. 우리는 30분 정도 일찍 퇴근해서 돼지갈비찜 가게로 향했다. 동촌 지구대 옆에 있는 가게였는데 사람들이 북적였다. 이 가게가 왜 장사가 잘 되는지 맛을 보고 알았다. 신선한 고기가 매콤달콤한 양념과 어우러져 있었다.

경영진은 이 회사의 인재상을 경영자에게 맞출 수 있는 사람이라고 했다. "우리에게 채널을 맞춰 나가는 사람이 인재지. 능력이 뛰어난 것도 필요 없고 또 판매만 잘해서도 안 되고. 사장님이 제시하는 방향으로 맞춰 가는 사람이지."

12월 23일 금요일

연말이라 술약속이 많아진다. 오늘은 초등학교 동창친구들과 술자리를 가졌다. DH는 내년에 아버지의 투자를 받아 사과즙 사업을 시작한다고 한다.

12월 24일 토요일

크리스마스이브. 준비해 둔 선물을 직원들에게 나눠 주었다. 선물을 건네는 순간만큼은 늘 기쁘다.

12월 25일 일요일

동네에 주차하기가 참 어렵다. 어젯밤 마땅히 주차할 곳이 없어 어쩔 수 없이 주차금지라고 쓰인 곳 집 앞에 주차했는데 오늘 새벽부터 전화 와서 차를 빼달라고 한다. 이왕 이렇게 된 김에 일찍 목욕탕으로 향했다. 1시간가량 목욕을 끝내고 매장에 제일 먼저 도착했다.

12월 27일 화요일

여직원이 블로그 포스팅에 글을 올리는데 사장님은 글이 마음에 들지 않은 모양새였다. "다 빼라. 다 빼."라고 말했는데 직원 표정이 안 좋았다. 사장님은 "이것도 빼고 저것도 고치고."라고 했다. 사장님은 직원 표정을 살피시고는 왜 그러냐고 물으셨다. "사장님. 그게 아니라 이것도 빼라, 저것도 빼라는 말에 기분이 나쁘다고요." 참으로 힘들다.

12월 28일 수요일

휴무. 카페에 가서 책 '자존감 수업'을 읽었다. 자존감은 '높이려는 대상'이 아니라 '회복해야 할 상태'라는 메시지가 인상 깊었다. '더 잘해야 한다'가 아니라, 이미 충분한 나 자신을 인정하는 법을 단계적으로 설명하고 있었다.

해병대 동기 김상과 그의 여자 친구가 대구에 왔다. 너무 반가운 친구이다. 김상은 몸도 좋고 마음도 좋고 인성도 좋고 다 좋은 친구다. 마라도 굴구이 가게에서 신나게 수다를 떨고 맥주를 마셨다. 2차로 안지랑 곱창 골목으로 향했다. 대구곱창을 맛보고 싶다는 동기에게 곱창과 막창, 불막창, 염통구이를 사주었다. 3차로 인형뽑기 가게로 향했다. 김상은 재주가 좋다. 게임으로 인형을 4개나 건졌다.

점심 먹을 시간도 없는 바쁜 하루였다. 중년 여성 두 분이 가구를 마음에 들어하셨는데, 그들은 가격 할인만을 줄기차게 요구했다. 불가능한 금액이라고 말씀드렸더니, "요즘 젊은 사람이 더 매정하다니깐." 하면서 나를 쏘아보셨다. 가능하다면 나는 50% 할인, 60% 할인해 드리고 싶다. 그런데 불가능한데 어찌하겠는가. 결국 적정가로 서랍장과 베드를 판매했다.

갭이어 독후감 대회에서 우수상을 받았다. 감사한 일이다. 하루 종일 부장님 배송을 도와드렸다. 실수로 차 안에서 깜빡 졸아 버렸는데 그것 때문에 부장님은 나를 냉정하게 대하셨다.

퇴근 후 명상센터에서 수련하고 명상했다. 참 감사한 일이 많은 한 해였다는 생각이 들었다. 감사한 마음이 절로 든다. 물론 힘든 것도 있고 어려운 일도 있었다. 그러나 나는 감사함에 초점을 맞추는 사람이다.

　2016년의 마지막 밤. 풍요롭고 여유롭다. 시월이라는 건강하고 영리한 강아지를 보내 주신 하늘님. 집 없이 평생을 떠돌던 우리 가족에게 2층짜리 주택을 선물해 주신 하늘님. 내 적성에 잘 맞는 직업을 찾아주신 하늘님. 건강한 가족들, 좋은 자동차, 다양한 친구들, 흥미로운 일상사. 이 모든 것들을 생각하면 감사함이 지극하다. 모든 것이 갖춰진 한 해였다. 내 인생은 아무 문제가 없다.

대학 졸업과 수행
2017년

365일 불이 꺼지지 않는 가구점처럼 나의 출근도 계속된다. 오후 2시, 위브 아파트로 이사하는 부부를 맞아 2017년 첫 계약을 성사시켰다. 첫 고객임을 강조해 혜택을 챙겼고, 사장님과 이사님은 좋은 출발이라며 기뻐하셨다.

부장님을 따라 범어동으로 프렌치 가구 2조를, 팔공산으로 유로수납장 1조를 배송했다.

팔공산 고객님 댁은 큰 전원주택으로, 따뜻하고 평화로운 기운이 가득해 감탄이 나왔다. 고객님은 집구경을 시켜주며 3층 다락까지 안내해 주셨고, 그곳에서는 팔공산 봉우리가 시원하게 보였다. 내가 "그림 같은 집"이라 말하자, 고객은 처음엔 너무 조용해 우울할 뻔했지만 살아 보니 고요함이 좋다고 웃으며 답했다.

언젠가 나도 산과 계곡이 있는 집에서 살고 싶다. 잔디 마당에 진돗개를 키우고, 다락에서 책을 읽으며 편안히 살 것이다. 잠자는 방과 운동·독서·옷·기념품·명상 방처럼 여러 공간을 갖고 싶고, 거실에 설치된 큰 창으로 사계절 계절의 변화를 온전히 다 관찰하며 살고 싶다.

배송을 마치고 맑은 공기를 마셨다. 평소 사진을 찍지 않던 부장님도 몰래 집을 촬영하셨는데, 그만큼 마음에 드신 듯하다. 이후 홍천 해장국집에서 점심을 먹었다. 늘 맛있는 단골집이다. 부장님은 AS 출장비를 벌었다며 밥을 사주셨다. 다만 요즘 배송이 줄어 급여가 적다며 걱정하셨다. 더 많이 팔아 그 걱정을 덜어드리고 싶다. 사실 배송건수는 꽤 있는데, 다

3월이나 4월에 몰려있어서 1, 2월 부장님 급여는 적을 수밖에 없다.

1월 3일 화요일

대리로 진급했다. 대리 달자마자 어려운 미션이 주어졌다. 9일부터 15일까지 백화점 뉴패러 소파 행사가 있는데 매출을 많이 일으키라는 것이다. 이번에 매출이 적으면 우리는 아웃될 가능성이 높았다. 하긴 다른 지역 백화점 뉴패러매장은 평균 월매출이 5~6천씩 나오는 반면, 대구점은 대부분 2~3천이 전부였다.

작년 여름, 백화점 대빵님은 우리에게 7층 가구관 중앙에 뉴패러매장을 넣어 주셨다. 우리도 이에 부응하고자 인테리어와 디스플레이에 투자했다. 그런데 백화점 매출보다는 대리점 매출에 집중해 백화점은 저조했다. 그나마 일으킨 매출도 내가 백화점으로 보내준 9명의 고객이 주된 매출이었다. 근본적인 대책이 필요해, 오늘부터 응대 고객에게 백화점 행사를 적극 알리고 구매를 유도하기로 했다.

사장님과 점심 식사를 함께했다. 사장님은 국학원에 많은 기부를 하고 계셨다. "시대가 복잡하고 어려워질수록 국민 인성교육·시민의식·공동체 가치 교육이 반드시 필요해요. 그런 일을 할 수 있도록 지원해 주어야 해요."

1월 4일 수요일

아침 회의에서 나는 인테리어 서적을 공부하자는 의견을 냈다. 다들 그건 쓸데없는 짓이라며 의견을 묵살시켰다. 가구에 집중해야 할 사람이 인테리어 공부는 필요 없는 시간 낭비일 뿐이라는 것이다. 꽉 막힌 생각에 답답함이 들어 반박했다. "가구를 더 많이 팔기 위해 인테리어를 공부하자는 것이 쓸데없는 일인가요?" 결국 난 50%의 의견만을 내고 입을 닫아버렸다.

소파 2조를 판매했다. 역시 블로그의 힘이 컸다. 퇴근 후 환원형으로부터 교직 생활 이야기를 들을 수 있었다. 무능력하고 비도덕적인 동료 교사가 있는데 교감, 교장도 모두 심각한 문제로 받아들이고 있단다. 그런데 퇴사를 시킬 수 없는 공무원 사회라서 아무런 조치가 취해지고 있지 않다고 답답해했다. 또 형은 교육대학원 상담심리학과에 진학할 마음이 있다고 했다. 그런데 교사 근무 경력이 최소 3년 이상인데 형은 4일이 부족하다며 아쉬워했다. 그래서 형은 1년 기다렸다가 상담심리학과를 갈지 아니면 특수교육학과를 바로 들어갈지를 고민했다.

석형도 합류했다. 오자마자 나를 꼬집고 때리며 발로 찼다. 그리곤 하는 말이 너는 왜 연락 한 통 없냐며 다그쳤다. 형이 서운한 마음을 표현하는 방식이었다. 바빴다며 변명을 해 보았지만, 형은 우리 중에 안 바쁜 사람이 누구냐면서 전화 한 통 하는 게 어렵냐며 서운해했다. 사실이기에 미안한 마음이 들었다.

맥줏집으로 이동해 술을 마셨다. 친구 환과 석형은 공통점이 많다. 둘 다 사람이 좋고, 사람을 좋아한다. 그리도 둘 다 말을 아주 잘한다. 하지만 대화 주제가 90% 이상이 과거 추억이다. 과거를 추억하는 것은 좋은 일이다. 하지만 정도가 너무 지나치면 노인처럼 느껴진다.

그러다 직장 생활 중 꽉 막힌 부분을 답답하게 여기는 내게 형들은 이렇게 조언했다. "그럴 때는 눈 꼭 감아라. 한 귀로 듣고 한 귀로 흘려버리고. 다른 직장도 다 그렇다. 내가 다니는 회사는 안 그럴 것 같나? 니 꽃집 그만둘 때, 예식장 일할 때, 또 어디고 빠에서 일할 때는 그런 거 없더냐? 다 똑같다. 직장동료들한테는 정을 나눌 필요가 없다"고 조언해 주었다. 한 귀로 듣고 한 귀로 흘려버리는 능력을 갖고 싶다. 가장 절실한 능력이다. 그리고 수련도 한다고 하니 사이비 냄새가 난다며 조심하라고 했다. 다 나를 위해서 마음을 써 주는 말들이다. 새벽까지 놀 생각은 없었는데 어느새 육회 가게로 이동해 2차를 즐겼다. 막역지우인 우리는 서로의 이야기를 들어주었다.

포항 고객님을 응대했다. 신소재 소파는 구매할 예정인데 어느 회사의 소파를 구매해야 할지 너무 고민된다고 했다. 처음부터 너무 제품 이야기만 하는 것보다는 친분을 쌓는 게 좋겠다는 생각이 들었다. 나는 포항 오천읍에 살았던 적이 있다고 했다. "하루에 하늘이, 날씨가 다섯 번 바뀐다고 오천읍이라고 하더군요. 믿지 않았었는데 가 보니깐 진짜 다섯 번 바뀌더라고요." 남편분은 "오! 대리님 해병대 출신이시군요." 하고 호응해 주셨다. 우리는 고객의 자녀 이야기도 나누고 기존 고객님들과의 에피소드를 들려드렸다. 고객님은 연년생 남매의 교육에 애를 먹고 계셨는데, 나는 어떤 분의 교육철학을 전해드렸다. "어르신이 그러더라고요. 아기들이 어릴 때는 100% 부모가 결정하지만, 아이들이 커가면 그 %를 낮춰야 한다고요. 부모와 자식이 의논하며 결정하는 것이 최고의 자식 교육이라고 하시더라고요. 그런데 아이가 컸는데도 부모가 뭐든지 결정하려고 하면 아이의 반발심이나 부작용이 크다고 하셨어요." 시간 가는 줄 모르고 이야기를 나누었다. 좋은 계약이 나왔다.

오늘 새로운 직원이 들어왔다. 백화점을 맡아주실 써니 주임님이시다. 그녀는 보험 회사에 꽤 오래 근무했는데 백화점 매니저라는 일이 중년 여성에게 좋다는 지인들의 추천을 받고, 가구시장에 발을 담그게 되었다고 했다.

원래 오늘 갭이어에 가는 날이지만, 사장님의 부재로 매장에 근무해야 했다. 사장님은 모악산으로 명상 수련을 떠나셨다.

사장님을 제외한 모든 직원이 근무에 임했는데 꽤나 한가했다. 오후 늦게서야 한 부부가 유모차를 끌고 매장에 들어왔다. 젊은 부부였는데 플랜 식탁을 마음에 들어 했다. 한참 설명을 드리고 있는데, 여성은 고향이 포항이었다. 또 그녀의 아버지는 해병대 준위 전역하셨다는 것이다! 나는 어제처럼 오천읍 에피소드를 꺼냈다. 그리고 훌륭하신 아버지를 두셨다며, 해병대 준위면 그야말로 진짜 군인. 진짜 상남자라고 따봉을 날리고 박수를 드렸다. 동시에 남편에게는, "오우… 장인어른 무서우신 분이시니깐 매사 조심하세요! 큰일 나요."라고 주의를 드렸다. 경북 영주가 고향인 남편은 구미와 대구에서 헬스장 사업을 크게 하고 있다며, 헬스장을 찾을 때 꼭 연락을 달라고 했다.

남편은 내 말투와 스타일을 유심히 관찰하며 대화 내내 눈을 맞췄고, 나도 시선을 피하지 않았다. 말보다 눈으로 나누는 대화가 더 강렬했다. 부부는 이미 가죽 소파를 구매한 상태라 식탁 세트와 아기 소파 두 개, 1인용 안락 체어를 계약했다. 가죽 소파 의견을 묻자, 나 역시 사용 중이라며 잘 선택하셨다고 말했다.

갭이어에 참가해 2016년부터 각자 프로젝트를 해온 학생들에게 격려와 축하의 표창이 주어졌다. 자전거 종주와 국토대장정, 무전여행을 끝마친 한 청년, 강한 육체와 눈이 빛나는 그가 수상소감을 밝혔다. "갭이어에서는 스스로 프로젝트를 계획하고 실행하기 때문에 스스로 성장할 기회가 많이 있었습니다. 저에게 주어진 시간이 많아 내가 어떤 사람이고 내가 누군지 알아볼 수 있었어요. 무엇보다 저와 친해질 수 있는 기회라고 생각합니다. 제 자신에게 큰 선물입니다."

단무도 축하 공연도 관람 후 지하 1층 총장 기념실에서 그의 책과 사진을 보던 중 "삶의 의미를 모른 채 살아가는 고통"이라는 문구가 마음에 와닿았다. 인간 존재와 인생의 의미에 대해 나 역시 답을 찾고 싶었다. 분명한 것은 인간 존재와 인생의 의미가 이미 완성된 답으로 어딘가에 놓여 있는 것은 아니라는 사실이다.

어쩌면 그것은 한 번 답하면 끝나는 질문이 아니라, 살아가는 동안 계속 바뀌는 질문일지도 모른다. 여러 사상가들은 의미는 발견하는 것이 아니라 살아 내는 과정에서 생겨나는 것이라고도 했다.

오늘부터 17일까지 백화점 팝업스토어 행사가 진행된다. 오늘은 사장님과 내가 행사장을 지켰다.

오후 6시쯤 되었을까? 작년에 소파를 구매한 별님 고객이 남편 될 사람과 함께 우리 행사장으로 찾아왔다. 그녀는 흥분해 있었다. 우리 브랜드가 고객을 만족시키기는커녕 화나게 해드렸다는 점이 가슴 아팠다. 최대한 그녀의 말에 귀 기울이며 그녀의 편이 되어주었다. "고객님. 고객님이 정말 부처님 관세음보살님이세요. 저 같으면 정말 난리를 쳤을 거예요. 저는 일개 직원이지만 그래도 고객님을 위해 우리 브랜드를 대신해서 사과의 말씀을 드려요. 얼마나 많이 신경 쓰셨어요? 안 그래도 결혼 준비에 신경 쓰실 게 많으셨을 텐데!" 고객의 화가 진정되는 것이 보였다. 그녀에게 제안했다. 우리 소파 품질에 대해 확신이 있다면 오늘 이 자리에서 많은 혜택과 동시에 깨끗하게 재계약 할 수 있도록 반드시 도와드리겠다고. 만약 소파 품질에 의심이 있으시다면 이 자리에서 위약금 없이 바로 취소 처리 하겠다고 약속드렸다.

고객은 잠시 뜸을 들이시더니 뉴패러브랜드 소파의 품질은 의심할 바가 없으며 주위에서도 만족도가 높다고 했다. 특별히 고객님께 재계약의 기회를 드리기로 했다. 소파 모델을 변경하고 과거의 혜택에 더해 지금의 혜택을 중복시켜 드렸다. "고객님 많이 힘드셨겠지만 지금 이 순간부터는 절대 스트레스 받지 않으시길 바라요. 이제 본사도 설득하고 백화점에도 협조받아야 하는 사항이 있는데, 그건 제 몫입니다. 약속드릴게요." 고객님은 그제야 안도의 미소를 지으셨다.

그런데 고객은 본사의 전화를 받으시고 다시 또 방방 뛰기 시작했다. 취소나 재계약은 어렵다는 말을 들은 모양이었다. 그녀는 친절하고 자상한 문 대리님을 보면서 기어이 화를 참았는데 다시 폭탄을 터뜨리냐며 분통을 터뜨리셨다. 나는 다시 고객님을 설득했다. "고객님 저희가 방금 재계약을 진행했잖아요? 현재 상황을 저희 둘을 제외하고는 몰라요. 당연히 본사도 모르고요. 저를 믿고 노여움 푸세요."

사장님과 나는 오늘 일을 해결하기 위해 실컷 뛰어다녔다. 상품권과 현금을 빌리러 돌아다녔고, 고객을 진정시키며 포스기를 오고 갔다. 나름 백화점에서 시크한 차도남 이미지로 자리매김하고 있었는데, 오늘 꼬리 말린 강아지처럼 저자세를 취하고 있었더니 어깨가 움츠러든다.

1월 13일 금요일

최근 대리점에서 응대했던 고객님들이 속속 백화점으로 들어오고 계신다. 고객님께 말씀드렸었다. "고객님. 지금 여기서 구매하시는 것보다 곧 있을 백화점 행사에서 계약하세요. 그때 엄청 챙겨 드릴 수 있어요. 백화점에서 고객님 챙겨드리죠. 본사에서 고객님 챙겨드리죠. 대리점도 고객님 챙겨드리죠. 오만상 다 챙겨 주는 날입니다." 몇몇 고객은 대리점 계약을 취소까지 하고 백화점으로 계약을 넣었다. 우리 입장에서는 백화점 매출이 급했고, 고객 입장에서는 혜택을 더 많이 챙길 수 있어 서로 좋은 일이다. 다만, 백화점은 이리저리 결제 방식이 복잡해서 머리 아팠다.

1월 14일 토요일

한 고객님은 작년 11월 즈음 나와 오랜 시간 상담을 했었다. 그때 남편과 와이프가 서로 의견 차이로 거의 감정이 상하다시피 해서 매장을 떠났었다. 오늘만큼은 주도권자의 편에 서서 확실한 구매 결정을 유도했다. 둘의 의견 모두를 충족시킬 수 없을 때는 주도권자에게 힘을 실은 것이다. 부부의 주도권은 꼼꼼하게 생긴 남자에게 있었다.

현재까지 총 2,100만 원 매출을 올렸다. 7,000만 원 매출 달성이 우리의 목표다.

예전에 깊게 상담했던 고객에게 소파를 판매했다. 가격 때문에 미뤄두었던 분으로, 혜택이 생기면 연락드리기로 했었다. "소파 없이 바닥에 앉아 있어요"라는 답장을 받고, 백화점 행사로 기존보다 100만 원 이상 저렴하게 구매 가능하다고 안내했다. 잊지 않고 연락해 줘서 고맙다며 기뻐하셨다.

행사 마감일. 목표한 금액에서 딱 5백만 원이 부족하다. 그래도 백화점에 우리의 저력을 드러냈다. 행사장 철수 작업으로 밤 11시에야 퇴근할 수 있었다. 철수 작업을 배송팀과 함께했는데, 부장님께서 계속 한숨을 쉬셨다. 무슨 일인가 여쭤보니 앞으로 배송 일정이 없어 수입이 없다고 하셨다. 부장님은 곧 고등학교를 졸업하는 큰딸의 대학 등록금 마련을 위해 마음이 급하시다. 부장님을 어떻게 도와드릴 방법을 찾고 싶다.

지혜로우신 여성 고객님. 중년 부부는 새로 이사 갈 집에 배치할 가구를 둘러보고 있었는데, 6인 확장형 원목식탁에 멈춰계시기에 이때다 싶어 다가가 식탁을 확장시켰다. 고객의 눈이 휘둥그레졌다. 이어 사이즈, 가격, 원목 수종을 알려드렸고, 고객은 모두 괜찮다는 반응이었다. 고객과 함께 식탁에 앉아 티타임을 가졌다. 남편은, "가격도 괜찮고. 아까 전에 본 것보다 사이즈도 더 크게 늘릴 수도 있네. 집에서 모임 하면 8명은 거뜬히 앉겠다"고 했다. 이후 아내는 다른 가구들을 살펴보기 시작했고, 화장대와 수납장을 보는 모습에 말을 건넸다. 여자분은 나지막한 목소리로 말했다. "저는요… 화장대 없이 그냥 서랍장에다 거울 두고 쓰고 있어요." 나는 흥분하는 척하며, "여성분께서 화장대가 없으시다고요? 이건 진짜 남편분이 선물해 주셔야 해요!" 여자는 화색을 띠는 듯했다. 그 외에도 아내분께서 주시는 힌트를 받아먹었다. "그 매트리스를 8년째 쓰고 계신다고요? 허리 괜찮으세요?", "그걸로 결정하셨다고요? 가구는 집안을 관장하는 아내분이 결정하셔야 하는데요!" 아내분은 나를 활용하여 남편분께 본인의 진심과 생각을 전하셨다. 지혜로우신 분이시다. 남편분은 허허 웃으며, "어쭈구리. 말을 하지. 몰랐네 그려. 그럼 화장대랑 매트리스도 한번 보자."라고 했다.

계약서를 들고 나가시는 길, 아내분께서 내게 회심의 미소를 지어 주셨다.

오늘은 내 생일. 하늘로부터 큰 선물을 받았다. 하늘이 주시는 선물 감사히 받기만 한 하루였다. 어젯밤 꿈에, 내가 계약서를 쓰고 있고 고객들이 줄을 서는 장면을 보았다. 마치 팬 사인회 같았는데 꿈속 내 표정은 평온함 그 자체였다. 꿈은 오늘 현실이 되었다.

김해 고객님께 여러 소파를 판매했고, 매장 진열 4인용 소파도 양산의 고객님 댁으로 향하게 되었다. 이후에도 매장 전화기가 울리고 방문 손님들이 몰렸다. 블로그에도 문의 댓글이 실시간으로 달렸다. 우리 모두 매장에 가득 찬 손님을 신나게 응대했다. 사장님도 이사님도 바쁘고, MH 양은 커피 타고 다과 꺼내 오기 바쁘다. 그러다 내게 계약하고자 기다리시는 손님들이 차례를 기다렸다. 꿈속에서만 존재하던 풍경이 한 치의 어긋남도 없이 현실로 나타나, 나는 잠시 숨을 잊었다.

많은 계약서가 동시다발적으로 쏟아지고 나니 벌써 퇴근 시간 무렵이 되었다. 제일 먼저 사장님과 직원들 표정을 살폈는데, 행복해 보였다. 사람들이 행복하면 나도 비로소 행복하다. 퇴근 준비를 하는데 어제 응대한 예천 고객님께서 다시 매장을 찾아주셨다. 오늘은 신부의 언니 되는 사람이 함께 왔는데, 마치 제대로 가구를 살폈는지 점검하는 것 같았다. 동생 챙기시느라 힘들지 않냐며 커피 한 잔을 드리며 차분하게 응대했다. 언니는, "이것도 괜찮네. 저것도 괜찮네."라고 말하며 후한 점수를 주셨다. 하지만 매트리스만큼은 TV 광고에 나오는 유명브랜드만을 고집했다. "야야. 매트리스는 제일 좋은 거 써야 돼. 박 제부 허리를 생각해서 그러는 거지. 니 허리는 신경도 안 쓴다." 나는 들어나 보시라며, 우리 매트리스의 특장점을 설명하며 산을 올랐다. 한 걸음, 한 걸음 나아가면서 선입견과 편견의 벽을 넘었다. 결국 우리 가구가, 신혼집 전반을 채워가기 시작했다. 소파, 책장, 책상, 침대, 협탁, 매트리스, 식탁 세트, 원목 벤치, 거실장, 수납장, 전신거울 등.

어떻게 꿈을 통해 미래를 보았을까. 이미 정해진 미래를 내 무의식이 잠시 들여다본 것이었을까. 아니면 아무것도 정해지지 않은 상태에서, 내 무의식이 하나의 현실을 먼저 그려 낸 것이었을까.

나는 인간이 단순히 이성으로만 살아가는 존재가 아니라고 생각한다. 인간은 의식과 무의식이 함께 작동하는 영적인 존재다. 이성과 감정, 경험과 성장을 통과하며, 점차로 통합되어 가는 존재이기도 하다.

1월 23일 월요일

가구점에서 일하며 '우리'라는 말을 자주 쓰게 됐다. 사장님이 늘 '우리 이사님, 우리 고객님, 우리 대리님'이라 부르신 영향인지 나도 우리 매장, 우리 시월이, 우리 이사님, 우리 사장님이라고 한다. 우리라는 말이 참 좋다. 우리나라, 우리 시간, 우리 공간, 우리 인연, 우리 경험, 우리 부모님.

퇴근 후 만난 동네 후배는 진로 고민으로 불안해했다. 나는 각자의 속도와 길이 다르다며 비교하지 말라고 말했다. 그 말은 결국 나 자신에게 하는 말이기도 했다. 남들과 달라도 틀린 것은 아니다. 나는 나의 길을, 모든 경험을 받아들이며 계속 걸어갈 것이다.

매일 대학교 공부와 직장 업무로 바쁘다. 오늘은 대학교 수강신청일. 수강 신청 기간은 30일까지 넉넉하지만, 내가 원하는 과목을 공부하기 위해서는 신속함이 필요했다. 일이 바빠 점심시간에 들어갔는데, 내가 원하는 과목들은 이미 만석이었다. 하는 수 없이, 한국 현대 문학의 이해와 감상, 글과 생각, 중국 문화 산책. 경영학과의 마케팅론과 한국 사회 문제, 미디어 학과의 영상 제작 입문과 미디어와 스토리텔링을 2017년도 1학기 수강 과목으로 신청했다.

오후에는 직원들과 함께 네이버스마트스토어 입점 업무를 진행했다. 소품을 판매하고자 벌인 일인데, 추후에는 다른 업체들처럼 소파나 침대도 인터넷으로 판매할 것이다. 고객에게 필요한 모든 정보를 상세페이지에 넣을 수 있다면, 인터넷에서 판매하지 못할 물건은 없다. 오히려 온라인시장이 오프라인을 주도할 것이므로, 온라인에 투자해야 한다.

빌 게이츠는 책 '생각의 속도'에서 집요하게 강조했다. 정보가 흐르는 속도가 곧 조직과 기업의 경쟁력이라는 점이다. 그의 관점에서 보면, 온라인마켓의 등장은 자연스러운 결과다. 상품이 아니라 정보가 먼저 움직이기 시작했기 때문이다. 가격, 후기, 비교, 추천, 검색 결과까지 정보를 습득한 소비자는 매장에 가기 전에 이미 구매를 결심한다. 오프라인에서의 선택은 그저 마지막 확인 절차에 가깝다.

퇴근 후 교보문고에 들러 대학 교재와 여러 책을 구매했다. 교재만 사야지 하고 방문했지만, 항상 다른 책들도 사게 된다. 친구 김훈이 선물한 문화상품권을 요긴하게 사용했다.

오전 회의에서 사장님이 이번 달 매출 목표를 물으셨다. 내가 가장 먼저 입을 열었다. "이번 달 뉴패러는 매출 1억을 넘기겠습니다." 이번 달은 오늘과 내일이 전부였다. 다들 어떻게 가능하겠느냐는 눈빛으로 나를 바라봤다. 하지만 나는 말이 먼저 놓이면 그 말이 현실화 된다고 믿는다. 그래서 일단 1억을 뱉어 두는 것이다. 사장님은 기뻐하셨다. 다만 목표를 채우려면 아직 이천만 원이 더 필요했다. 결코 가벼운 숫자는 아니었다.

오후 늦게 한 부부가 매장에 방문해 주셨다. 이사를 준비하면서 소파를 찾고 있었는데 우리 브랜드는 관심도 없으셨다. 소파는 무조건 가죽이라는 프레임이 강한 부부였다. 나는 도전했다. "고객님. 가죽 소파 좋아요. 인류가 가장 많이 쓴 소파 소재가 가죽이에요. 그런데 더 좋은 소재가 세상에 개발된 거죠." 나의 멘트에 흥미가 들었는지, 나의 말에 귀 기울였다. 부부가 마음에 들어 하는 모델을 블로그 배송 후기에서 찾아 보여 주며 설명을 이어 나갔다. 그리곤 아파트를 읊어 주었다. "여기는 두산위브 고객님이신데 참 예쁘게 잘 가져가셨죠. 여기는 수성 트럼프월드 고객님이신데 거실이 참 세련되죠?" 여성분의 모친 되시는 분이 이사 가야 할 곳이 두산위브라고 하셨다. 나는 제 1의 정보를 획득했다. 그리고 또 이어나갔다. "두산위브에도 소파 10조가 들어갔는데 그중 절반이 의사선생님 댁이에요." 이번에는 부친 되시는 분이 자녀들이 의사 부부라고 하셨다. 나는 제 2의 정보를 획득하였다. 우연의 일치라고 하기엔 놀라운 일이었다. 일이 여기까지 오니 마음을 열지 않던 분도 주의 깊게 우리 가구를 살펴보셨다.

여성 고객님은 소재에 대한 의심을 지우고 디자인과 컬러를 고민하기 시작했다. 소재와 브랜드에 대한 의심이 지워지면, 자연스레 디자인과 컬러감으로 넘어간다. 그들은 가죽 소파만 생각하다가 갑자기 방문하게 된 것이라며, 조금 더 시간이 필요하다며 매장을 빠져나가려 했다. 나는 1월 프로모션이 너무 좋은데 지금 구매하면 추가 증정도 있다며 그들을 붙잡았다. 결국 그들은 나와 계약서를 작성했다. 내일까지 판매하면 1억 매출이 달성될 것으로 보인다! 야호!

1월 31일 화요일

야호! 야호! 말하는 대로 된다! 생각이 말이 되고 행동이 되고 현실이 된다. 1억 월매출을 달성했다. 오후 3시까지는 전화 문의나 방문객 모두 찌르기만 할 뿐 계약 가능성이 전혀 없었다. 1월 목표는 실패인가 생각이 들었는데, 나는 항상 오후 늦은 시간에 잘 판매하기 때문에 마음을 비우고 좀 더 기다려 보기로 했다.

손님 전화 받고, 매장 방문 고객 응대하고 택배 정리하고, 쿠션 색상 및 배송일 변경하고. AS 접수, 백화점스토어 관리, 상품 상하차 확인 업무에 집중하고 있었다. 마침 고객님이 들어오셔서는 타사브랜드 소파 이야기를 늘어놓으셨다. 이 말인즉, 정확한 비교 정보가 필요한 고객님이라는 말씀. 열심히 설명했고 고객의 구매 불안과 걱정들을 해소시키기 위해 최선을 다했다. 그렇게 두 시간 가까이 지났을까? 이제 고객의 최종 사인과 계약금을 받는 일만 남았다. 하지만 최종 결정하지 못하는 아내를 위해 남편이 나섰다. "와이프가 결정하지 못하는 것 같은데 마지막으로 다른 곳 한 군데만 보고 올게요. 저는 여기가 좋은데 와이프가 아직 어려운 것 같아요. 와이프에 대한 배려니깐 이해해 주세요."

고객은 다시 오겠다는 뉘앙스를 풍기며 걸어 나갔지만 세상일은 알 수가 없다. 다른 직원들이 물었다. "또 계약하셨어요?" 둘러보신다며 나가셨다고 계약은 아니라고 답했다. 그랬더니 한 성깔 하시는 과장님이 손님이 빠져나간 곳을 바라보며 투덜거리셨다. "계약도 안 할 거면서 우리 대리님 시간을 이렇게 뺏어 가 뿐노." 아마 그 고객을 응대하면서 다른 가망고객이 많았던 모양이다.

퇴근 시간이 코앞에 닥쳐 매장을 정리하고 있는데, 다시 돌아오겠다던 고객님이 오셨다. "여기서 할게요." 나의 눈은 빛났고, 소중히 간직하고 있던 계약서를 다시 꺼내 들었다. 목표를 달성했다는 기쁨이 샘솟았다. 사장님과 이사님께서 물개박수를 쳐주셨다. 감사한 일이다.

2월 1일 수요일

평일임에도 불구하고 큰 매출을 올렸다. 그전에 모모소파를 보고 가신 고객님이 계약금을 송금해 주셨다. 그리고 오후에는 식탁 세트와 베드 세트를 판매했다. 나는 그녀가 매장에 들어오면서부터 익숙한 얼굴이라서 아는 척을 했다. 그런데 도무지 어디서 봤는지 기억이 나질 않았다. 이런 저런 이야기를 나누어보아도 좀처럼 감이 잡히지 않았다. 고객도 나를 어디선가 많이 봤다며 맞장구쳤지만, 그녀도 나를 못 알아보기는 마찬가지였다. 일단 그전은 모르겠고 판매에 집중하기로 했다. "고객님. 전에 이 확장형 식탁 구경하고 가셨잖아요!" 고객은 얼렁뚱땅 그런 것 같다며 내 설명에 귀 기울여 주셨다.

사장님께서 구두를 선물해 주셨다. 수제화 구두인데 결제는 해 두었으니 매장에 가서 치수를 재라고 하셨다. 고가의 구두였다. 너무 비싸다며 정중히 거절했지만, 사장님께서는 이미 지불했으니 반드시 가야 한다고 하셨다. 감사한 일이다. 과장님도 내게 명품셔츠를 선물해 주셨다. 참 감사하다.

매장에서 문득 떠올랐다. 최근에 사장님이 내게 구두를 선물해 주실 것 같다고 막연한 생각이 들었는데 실제로 구두 선물을 받게 되다니! 우연의 일치라고 하기엔 참 놀라운 일이다.

퇴근 시간이 가까워졌다. 어제오늘 의자 2개 판매한 것 외에는 매출이 없었다. 상사들은 시뻘게진 얼굴인 채로 중얼거렸다. "참패네. 참패", "아이고 와이래 힘 빠지노." 주말에 손님이 없었던 것은 아니지만 뉴패러를 알고 있는 사람이 없었다. 우리 소재를 처음 접하고서 현장에서 바로 구매할 확률은 지극히 낮다.

매출도 문제지만, 다른 문제도 컸다. 많은 고객님이 소파 배송을 기다리고 계신데, 배송이 지연된 고객이 10팀이 넘어섰다. 다음 주부터는 지연 건수가 급격히 늘어날 예정이다. 고객은 빨리 배송해 달라고 아우성이고 본사는 본사대로 선박 일정을 탓하며 기다릴 수밖에 없다고만 했다. 나는 본사와 고객 사이의 새우로 등이 터지고 있다.

2월 7일 화요일

최근 매장을 다녀가신 고객님이 어머니를 모시고 오셨다. 따님은 어머니에게 우리 브랜드를 설명해달라고 하셨다. 차근차근 설명했다. 설명이 끝나갈 즈음에는 아버님이 나타나셨다. 어머니는 아버님에게도 브랜드를 아주 상세하게 설명해 주라고 하셨다. 아이고. 세 분이서 같이 오셨으면 좋았을 텐데 등장하는 사람에게 일일이 다 설명하자니 여간 힘든 일이 아니다. 아버님은 소파에 대해 질문을 쏟아낼 것이고, 사공이 많은 팀이라 계약까지 험난할 것으로 예상되었다. 그런데 이는 기우였다. 아버님은 필요한 질문 몇 가지만 하셨다. "우리 딸과 와이프가 다 알아보고 결정했으니 더 이상 설명은 필요없습니데이." 아! 멋진 아버지셨다. 나도 저런 남편, 저런 아빠가 되고 싶다. 그 말이 참 반갑고, 판매원에 대한 배려가 느껴졌다. 소소한 감동을 품은 채 계약서를 작성했다. 아버님을 생각하여 요구하지도 않은 할인과 증정품을 챙겨드렸다.

2월 8일 수요일

향촌동에 위치한 수제 구둣가게를 찾았다. 수제화를 위한 발사이즈를 재는데 못난 내 발이 신경 쓰였다. 사장님은 A4용지를 바닥에 깔고는 꼼꼼히 치수를 재기 시작했다. 나는 발이 못나서 부끄러워했는데 사장님께서는, "결코 못난 발이 아닙니다. 예쁘다고까지 할 수 있는 발입니다." 치수를 재고는 이사님께 드릴 생신 선물을 준비했다.

신기한 일이 있었다. 주차장에서 폐지를 가득 실은 리어카를 붙잡고 휘청이는 할아버지를 도와 짐을 다시 고정해 드렸다. 인사를 나누고 차를 출발하려던 순간, 내가 가려던 방향에서 큰 교통사고가 났다. 리어카를 그냥 지나쳤다면 사고를 당했을지도 모를 일이었다.

2월 9일 목요일

이사님 생신. 작년 이사님 생신일은 되게 우울한 하루였던 것으로 기억한다. 함께 근무한 날이었는데 퇴근 10분 전에 이렇게 말씀하셨다. "오늘 내 생일인데 매출도 없고 AS나 먹고. 에휴." 그 말과 이사님의 표정을 잊을 수가 없었다. 다음 생신에는 꼭 잘 챙겨드려야지 하고 마음먹었었다. 그렇게 시간이 흘러 오늘이었다. 아침부터 전 직원들이 깜짝 파티를 준비하느라 분주하다.

회의가 끝난 오전 11시, 매장 스피커를 통해 생일 축하 노래 반주가 흘러나왔다. 우리 모두 이사님의 생신을 축하드렸고 생신 선물을 한 아름 안겨 드렸다. 이사님이 그렇게 기뻐하시는 얼굴은 처음이다. 이사님은 얼마 동안 우리들 얼굴에서 눈을 떼지 못하셨고, 직원들도 모두 밝게 웃고 있었다.

그런데 신기하게도 이사님 생신에는 매출이 없다. 오늘도 모든 매장이 0원이었다. 안타까운 일이다.

지난 주말에는 매출이 거의 없었기에 이번 주말에는 팔고자 작정을 했다. 이미지 트레이닝으로 계약서를 작성하고 있는 내 자신을 생생하게 꿈꿨다. '나는 판다. 나는 팔았다. 아주 고마 다 팔아 삐따.', '고객님 구매해 주셔서 감사합니다. 완전 감사합니데이.'

이미지 트레이닝이 효과가 있었나. 평일에 전화로 상품을 문의해 주신 신혼부부가 오전 일찍 매장을 찾았다. 인터넷상에서 떠들썩하니깐 구경하러 왔다고 했다. 적극적으로 응대해 드렸고, 다가올 3월 프로모션을 미끼로 계약으로 끌어당겼다. "아직 열리지 않는 혜택을 적용시켜 드리니 참 좋아요. 나중에 오시면 지금 말씀드린 증정품이나 할인을 못 해 드리는데, 그때 불쾌해하지 마시고 저를 믿고 결정하세요."

이후 허리가 불편한 노부부에게도 미끄러지지 않는 소재의 특장점을 강조하며 매출을 올렸다. 고객에게 좋은 소파를 알려드리고 제대로 제공하는 것만큼 기쁜 일은 없다.

어느 노부부 고객님께서 집에 방문해 거실을 확인해달라고 하셨다. 고객님 댁은 팔공산 유명 전원주택 단지였다. 맑은 공기와 건강한 햇살이 가득 비치는 주택에서 고객님과 마주했다. "고객님. 덕분에 좋은 공기 마시고 있습니다. 제가 호주에 있었는데 여길 둘러보니 그 시절이 생각나네요."

스와치북과 계산기, 줄자, 카탈로그를 챙겨가 거실에서 충분히 설명하며 계약을 성사시켰다. 최종 금액은 800만 원, 기쁨이 컸다. 할머니는

1,100만 원짜리 커피머신으로 원두커피를 내려 주셨고, 허리에 좋다는 소파를 구매하셨기에 배꼽을 눌러 자연치유력을 돕는 운동법도 소개했다. 힐링기로 시연하자 부부가 따라했다. 할머니는 아파하셨고 할아버지는 시원하다 하셨다. 할머니는 굳이 힐링기로 해야 되냐고 물으셨는데, 막대기나 손가락으로도 충분하다고 답했다.

이후 한국전쟁부터 산업화 시기 애국심으로 건설된 고속도로공사 이야기와 민주화·정보화 시대를 거쳐 팔공산 자락에서 노후를 보내는 할아버지의 무용담을 들었다. 정말 확확 바뀌는 시대를 살아오신 분이셨다. 근무만 아니었다면 할아버지 이야기도 더 듣고, 할머니가 차려주시는 산채비빔밥 식사를 하고 싶었다.

근처 카페에 들러 더치커피 1리터를 구매했다. 나는 요즘 고객들에게 ‘구매하시겠어요?’라고 묻지 않고 ‘커피 한 잔 드릴까요?’라고 묻는다. 내게 고객용 커피는 아주 요긴한 것이다.

어제와 오늘 판매가 잘돼 기분이 좋았다. 판매 소식에 이모티콘으로 축하하고 춤추며, 생명전자 박수를 치는 사장님 모습이 떠오른다. 누군가에겐 유치해 보일지 몰라도, 내게 그 모습은 큰 동기부여로 작용한다.

요즘 영화 보는 재미에 들려 큰일이다. 퇴근하고 나면 영화를 한 편씩 보면서 늦게 잠든다. 오늘 영화에서 재미난 부분이 기억에 남는다. 주인공은, “영국인 제임스 쿡 선장의 함선이 호주에 처음 닻을 내렸죠. 거기서 새끼를 배에 품고 껑충껑충 뛰어다니는 동물을 발견했고 원주민들에게 저것이 무엇이냐고 물었어요. 원주민들은 캥거루라고 답했어요. 그건 ‘네가 무슨 말을 하는지 모른다.’라는 뜻이었는데 영국인들은 그 동물의 이름이라고 생각했고 그 후부터 그 동물의 이름은 캥거루가 되었죠.” 상대의 말을 제대로 확인하지 않고, 자기 해석으로 의미를 고정해 버린 것의 문제를 말하는 것이다.

매장을 찾은 고객님들은, "그냥 한번 보는 거예요", "생각 좀 해 볼게요", "가격이 좀 세네요", "괜찮긴 한데…"라고 말한다. 고객은 늘 말하고 있지만, 판매원의 자의적 해석이 틀릴 수 있다. 고객 말의 의미를 확인하는 일이 판매원에게 가장 중요할지도 모른다.

2월 13일 월요일

오늘 회사에 1시간가량 지각했다. 너무 죄송스러웠다. 대학교 공부하고 영화 보고 휴대폰 만지느라 늦게 잠든 탓이다.

하루 종일 바빴다. 문의 전화와 블로그 문의가 줄을 이었고, 물건 상하차 문제로 본사와의 소통도 많았다. 고객님들은 배송일 지연에 대해 민감하게 반응했고, 본사는 본사대로 이유가 있었다. 늦어지는 부분을 참고자 하는 고객님들은 할인이나 추가 증정품을 말씀하시는 경우가 많았다. "소파 없이 땅바닥에 앉아 있으라는 거예요? 이럴 줄 알았으면 거기서 계약 안 했죠. 그날 맞춰 주시던가, 아니면 우리가 참아드리는 만큼 무언가 혜택이라도 주세요." 종일 사람과 일, 여러 요구들에 치여 정신없이 버티다 보니 저녁이 되었을 때는 이미 기운이 바닥나 있었다. 불쑥 복잡한 문제가 해결되기 전까지는 판매건수를 좀 조절해야 되겠다는 생각이 들었다. 이러다간 문제가 생긴 고객님들이 전부 계약 취소를 요청하는 사태에까지 이를 것이다.

새벽부터 예천으로 배송을 다녀왔다. 우리 가구가 신혼집을 채운 모습에 감개무량하다. 고객님의 앞날에 건강과 행복이 가득하시기를.

소파 색상 결정으로 오래 고민하던 고객님을 응대했다. 색상을 확정했다가 다시 바꾸기를 다섯 번이 넘게 반복한 끝에, 결국 처음 우리가 함께 골랐던 색상으로 결론이 났다. 나는 남자와 여자의 얼굴을 번갈아 바라보았다. 여자는 이미 체념한 기색이었고, 남자는 최초의 색상으로 돌아왔다는 사실에 묘한 분노를 품고 있는 듯했다. 오랜 시간 고민한 결과가 다시 출발점으로 되돌아왔다는 허탈감 때문이었을까.

남자가 잠시 자리를 비운 사이, 여자가 낮은 목소리로 내게 말을 건넸다. "저 양반은 고집이 세고 별나요. 자기 마음대로 해야 직성이 풀리는 사람이에요. 어차피 다 자기 마음대로 하면서, 나한테는 왜 묻는지 모르겠어요." 어떻게 답해야 할지 잠시 망설였다. 부부 사이를 더 어색하게 만들고 싶지는 않았다. 잠시 생각한 뒤 이렇게 말했다. "그래도 장점이 참 많으신 분인 것 같아요. 사람을 많이 만나보면요, 줏대 없고 우유부단한 분들보다 저렇게 자기 기준이 분명한 분이 훨씬 낫더라고요." 여자는 고개를 끄덕이며 내 말에 공감했다. "맞아요. 장점이 더 크니까 같이 사는 거죠. 아니었으면 진작 못 살았을 거예요. 어휴, 내 팔자야." 이미 결론은 난 상태였다. 나는 남은 시간 동안 부부 사이의 공기를 조금이라도 부드럽게 만들고자 애썼다. 소파의 색상만큼은 다시 바뀌지 않기를 바라면서, 그날의 상담을 조용히 마무리했다.

오후 8시 30분, 급히 고객 댁에 방문했다. 오늘 아침 배송 받은 소파였는데 불 냄새 때문에 머리 아프다며 확인해 달라는 것이다. 도착한 거실은 역시 나무 탄내가 났다. 빨리 진상조사단을 꾸려 해결해 드리기로 약속하였다.

유튜브에서 우연히 중국 사형수의 유서를 알게 되었다. 죽음 앞에서 깨달은 진정한 인생 성찰이 느껴졌다. "다시 인생을 살 수 있다면 노점이나 작은 가게를 차리고 가족을 돌보면서 살고 싶다. 내 야망, 인생, 모든 게 잠깐인 것을… 그리 모질게 살지 않아도 되는 것을… 바람의 말에 귀 기울이며 물처럼 그냥 흐르며 살아도 되는 것을. 악쓰고 소리 지르며 악착같이 살지 않아도 되는 것을. 나는 그렇게 못 살았다."

"말 한마디 참고, 물 한 모금 먼저 건네주며, 잘난 것만 재지 말고, 못난 것도 보듬으면서 살았더라면 이렇게 되지는 않았을 것을 이제야 알았다. 세월의 흐름이 모든 게 잠깐인 것을, 흐르는 물은 늘 그 자리에 있지 않다는 것을 왜 나만 모르고 살았을까? 무엇을 얼마나 더 부귀영화를 누리겠다고, 그동안 아등바등 살아왔는지 모르겠다."

짜잔. 사장님께서 선물해 주신 수제 구두가 완성되었다. 또 이사님께서도 고급 운동화를 선물해 주셨다. 선물하는 것도 기쁨이요, 선물 받는 것도 행복이요. 하루하루가 감사하다.

벤자민 갭이어 마지막 날. 한 명, 한 명 갭이어 소감을 이야기하는 친구들을 보며, '쟤네들은 하고 싶은 것이 참 많네'라는 생각이 들었다. 젊음, 그것은 곧 하고 싶은 일이 많다는 것 아닐까? 나도 하고 싶은 것들이 참 많다. 두 발로 일본 전역을 걸어보기, 아와오도리 축제 참가하기, 몽골 나담 축제 즐기기, 크루즈쉽을 타고 세계를 돌아다니기, 영화 시나리오와 연극 대본 쓰기, 책 쓰기, 나만의 서점 열기 등.

갭이어에서 만난 친구와 나이 듦에 대해 이야기를 나누다 문득 배운 것이 있었다. 친구는 말했다. "우리 할머니 이름이 김민아야. 예쁜 이름을 불러줄 사람이 없어지는 게, 늙는 거 아니겠나." 그 말이 오래 남았다. 맞다. 할머니는 민아라는 이름으로 불렸다. 누군가가 그 이름을 불러 줄 때마다 고개를 들었다. 그런데 언제부터인가 이름 대신 직함과 역할이 앞선다. 주임님이 되고, 엄마가 되고, 할머니가 된다. 이름은 점점 뒤로 밀리고, 불리는 방식이 바뀌는 만큼 사람의 나이도 조용히 쌓여 간다. 늙는다는 건 주름이 늘어나는 일이면서, 내 이름이 점점 불리지 않게 되는 일인지도 모르겠다.

2월 19일 일요일

규태 형 결혼식에 참가했다. 사랑스러운 우리 형은 부끄러움과 긴장으로 가득 차 있었다. 평소에는 말 한마디면 방 안 공기를 장악하던 사람인데, 결혼식장에서는 오히려 그 공기에 눌려 숨을 고르는 중이었다. 상남자는 사라지고, 긴장한 신랑만 남아 있었다. 웃으며 형의 사진을 마구 찍어댔다. 정말 우리는 어렵고 어두운 청소년기를 보냈다. 이제 형과 나는 즐겁게, 여유롭게, 웃으며 살 일만 남았다.

오늘 결혼식도 다녀왔겠다, 판매를 하려고 이미지 트레이닝을 했다. 하지만 밤이 되어도 계약은 없었다. 이사님과 나는 어깨를 축 늘어뜨리고는 매장을 힘없이 걸어 다녔다. 실제로 힘이 빠지기도 했지만, 사장님이라도 오시면 계약이 없어서 고통스러워하는 모습을 보여 드려야 하기 때문이다.

또 바닥이다. 어제도 오늘도, 매출은 오지 않았다. 이사님이 소파 테이블을 판매했는데, 이것마저도 당일 취소되었다. 이사님 머리에 피가 얼마나 몰렸는지 홍당무보다 더 빨갛다. 매장 분위기는 초조함 그 자체였다. 사장님은 분위기를 조금 풀어주려고 하셨다. "초조하게 기다릴 바에는 배꼽 운동하면서 기다려요. 인상 쓴다고 오는 것도 아니고" 사장님 말씀을 따라 다 같이 배꼽 운동을 하기 시작했다.

뒷자리에 혼자 앉아 계시는 이사님은 아무것도 하지 않으시고 계속 붉은 얼굴 그대로였다. 나는 신참 직원을 대동하고는 이사님의 등과 어깨를 힐링했다. 사장님께 말씀드렸다. "사장님. 이사님 여기 너무 딱딱하신데요?" 사장님께서 태양의 기운을 몰고 등장하셔서는, 특유의 심각한 표정으로 이사님의 상태를 스캔하셨다. "이사님~ 서로 힐링 좀 해 주고 그래요." 사장님은 오시자마자 플라스틱 봉으로 이사님의 뒤통수를 두드리기 시작하셨다. 근엄하고 무거운 이사님의 뒤통수를 때리시는 사장님 모습이 너무 웃겨 전 직원이 폭소했다. 근엄한 이사님의 뒤통수를 터치하실 수 있는 유일한 분은 사장님이시다. 이사님은 뒤통수에 타격이 올 때마다 눈을 끔뻑이셨다.

패배감에 젖은 날이었지만 사장님의 주도 아래 시작된 힐링 타임으로 그나마 위로받고 퇴근할 수 있었다.

영화 '김복남 살인사건'을 시청했다. 영화를 다 보고 난 뒤에는 오히려 외국어 제목이 더 그럴듯하다고 느꼈다. 'Be devilled', '악마가 되었다'.

장면마다 배우들의 명품 연기가 감동적이었다. 영화가 끝났을 때, 나는 슬픔이 되어 조용히 눈물을 흘렸다. 제일 슬픈 부분은 섬사람 복남이가 서울 친구 해원이에게 보낸 편지들이 공개되었을 순간이다. 해원이는 편지가 오는 대로 쓰레기통에 버려 내용을 알 수 없었다. 그런데 편지는 복남이가 목숨을 걸고 적어 내려간 글이었다. "해원아. 사랑하는 해원아. 잘 지내니? 편지가 잘 가고 있는지도 모르겠다. 꼭 한 번 무도로 와라. 부탁할 것이 있어.", "해원아. 해원아. 보고 싶구나. 언제쯤 무도에 오면 너에게 부탁할 것이 있어. 다시 만나자.", "해원아. 너무너무 힘들지만 견디고 있어. 네가 언젠가 섬에 오기를 기다리고 있어." 삐뚤삐뚤한 글씨체의 복남이 편지. 친구 해원이는 복남이의 마지막 희망이었다. 친구 해원이가 오면 지옥 같은 섬에서 탈출해 보겠다는 의지로 쓴 편지였다. 나는 눈물을 흘리며 중얼거렸다. "해원이 나쁜 년! 좀 도와주지. 젠장."

본사에서는 우리의 활약을 눈여겨보았다. 내게 큰 가르침을 준 판매왕이 전화를 주었다. "조금 더 실력상승해야죠. 본사교육도 받고 다른 지역 경험도 해 보지 않을래요?" 다른 지역 판매량을 물어보니 평균적으로 우리 매장의 절반 정도에 그쳤다고 한다. 뿌듯한 마음이 들었다. 판매왕은 4월 초에 대구에 내려올 것 같다고 해서, "내려오시면 맥주 한 잔 하시죠!" 그랬다. 잠시의 침묵 뒤, 그가 웃으며 되물었다. "겨우… 한 잔?" 둘이서 한 짝을 마시기로 하였다.

오늘은 유난히도 매트리스만 세 개를 판매한, 조금은 특이한 하루였다. 퇴근 무렵 들은 몇 마디 말이 마음을 오래 붙잡았다. 시기와 질투, 그리고 은근한 상처가 섞인 말들이었다. 애써 한 귀로 흘려보내려 했지만, 몸은 정직했다.

집으로 돌아오는 길, 배터리가 방전되듯 몸과 마음의 활력이 한꺼번에 꺼져 버렸다. 아무 일도 아닌 얼굴로 하루를 마무리했지만, 심한 데미지를 받았다.

3월 7일 화요일

원장님께서 1박2일 수련을 추천해 주셨다. 시간적으로나 경제적으로나 여유가 없어 거절하고 싶었다. 하지만 몇백억을 호가하는 천연 다이아몬드도 정제하고 연마하지 않으면 그냥 돌일 뿐이라는 생각이 들었다. 정제와 연마의 과정이 수련이라고 생각하고 신청서를 작성했다. 물론 나는 다이아몬드 원석이다.

3월 8일 수요일

103배 정성 수련을 하며 몸의 마음의 균형을 되찾으려 노력했다. 단전이 식어서 오장은 굳었고, 손과 발은 차갑다. 누구는 계속 감정에 끌려다니지 말라고 하는데, 같이 근무하는 사람이 나를 감정적으로 대하고 회사가 감정을 부추긴다. 상대의 말이 모순으로 느껴졌다. 가장 감정적인 사람이 감정을 절제하라고 조언하는 것과 같았다.

누군가 소리 지르거나 날카로운 말을 하면 나는 민감하게 반응한다. 이

것은 유년 시절의 경험과 크게 관련되어 있다. 아주 어린 시절부터 나는 잦은 부부싸움을 보고 자랐다. 욕과 비난, 폭력이 난무하는 싸움 속에서 자랐다. 그래서 누군가가 소리를 지르면 강력한 방어기제가 작동한다. 수련을 통해 내 안에 잠겨있는 깊은 기억과 수치스러운 감정을 바라볼 수 있었다.

어제처럼 103배 정성 수련 중에 걱정할 것도 신경 쓸 것도 없는 무아의 경지를 잠시나마 느꼈다. 정성 수련 후에 소리 지르는 수련도 했는데 솔직히 마음에 들지 않았다. 나는 누가 소리 지르는 것도 싫고 내가 소리 지르는 것도 싫다. 어찌 되었든 소리를 열 번 정도 질렀는데, 머리 양옆이 너무 아팠다. 원장님은 나를 눕히시고는 단전과 인맥이 막혀 에너지가 자꾸 머리로만 솟는 것이라며 머리를 주물러 주셨다.

그리고 한 강의를 들었다. 깨달음은 곧 양심을 회복하는 것이라는 주제였다. "양심대로 산다는 것은 세계와 지구와 사람에 좋은 일밖에 나올 수 없어요. 깨닫는 것이 복잡다단하고 고행을 필요로 하는 것은 아니에요. 양심을 선택하고 양심대로 산다는 것이 곧 깨달은 사람입니다. 그런데 왜 많은 사람들이 양심을 선택하지 못할까? 그것은 용기가 없기 때문입니다. 양심대로 살면 경쟁에 뒤처질 것 같다는 계산, 양심대로 살면 바보라는 생각들이 모여 우리가 양심을 저버리게 만들었어요."

정성 수련을 끝내고 원장님이 활공을 해 주셨다. 명치를 만지셨는데 통증이 심했다. 원장님은, "심각하게 막혔네. 누구를 이렇게 미워합니까?" 내 입에서 거의 반사적으로 대답이 나왔다. "제 자신요." 원장님은, "맞다. 사람들은 모두 자기 자신을 제일 미워하지." 활공을 받고 있던 나는 고개가 돌아갔고, 눈물이 흘렀다. 이런 생각이 들었다. '누구를 제일 미워하냐는 말에 어떻게 너무나 쉽게 나 자신이라고 대답했을까?' 참 슬픈 일이다.

3월 11일 토요일

모악산에서 1박 2일 수련을 받았다. 오늘 일정을 동행해 주신 사범님께서 책 '단학'을 선물해 주셨다. 수련프로그램이 시작되고 참가생들은 몸과 마음을 정화하는 시간을 가졌다.

3월 12일 일요일

새벽 6시, 이른 시간부터 수련이 시작되었다. 본래 3박 4일로 진행되던 과정을 1박 2일로 압축해 운영하는 일정이라, 오늘은 새벽부터 움직여야 했다.

소리 지르기 수련. 나는 소리만 지르면 머리 두통이 너무 심해진다. 두통이 심해 먹은 것을 다 토해냈다. 트레이너님이 질문하셨다. "최선을 다했나요?" 내가 답했다. "머리가 너무 아파서요." 트레이너님은 단호하게 답했다. "그건 상관없습니다. 최선을 다하고 만족감을 느꼈나요?" 나는 역시나 대답할 수 없었다. 왜일까. 나는 다음 차례 사람들과 함께 다시 소리를 질렀다. 그리고는 또 오바이트 하러 뛰어갔다. 그런 식으로 두, 세 번 뛰어갔더니 여러 선생님들이 나를 걱정해 주셨다. "머리가 정화되기 위해서 나오는 토니깐 다 내 버리세요." 옆통수가 터질 것처럼 통증이 심했다.

막바지 차례의 두, 세 명과 다시 소리를 질렀다. 몇몇 사람들은 스스로 최선을 다하고 만족했다고 대답하고는 자리로 들어갔다. 이젠 나 혼자 남았다. 나는 도무지 최선과 만족을 몰랐다. 그래서 말했다. "최선을 다한 것 같은데 만족감이 안 들어요." 트레이너님은 내가 아주 오랫동안 그 상태였다는 것을 지적해 주셨다. "그런 것 같아. 아주 오랫동안 자기 자신에 대한 만족을 모르고 살아온 것 같아. 아주 에너지가 큰 사람인데 자신을 펼쳐본 경험이 없었던 것 같아. 그러니 저리 답답하지. 아주 에너지가 많아. 그렇죠?"

외침이 끝나고 무대에서 내려왔다. 아직 몸에 힘이 남아 있는 것이 느껴졌다. 솔직히 기분이 좋지 않았다. 100% 혼신의 힘을 냈으면 힘이 없어야 하는데, 그러지 않은 것이다. 역시 만족감이 들지 않았다. 트레이너님은 내게 더 이상 만족했냐는 질문을 하지 않으셨다.

3월 18일 토요일

수련을 시작한 뒤 몸과 마음이 동시에 무거워졌다. 이유 없는 피로와 복잡한 감정이 요동쳤는데, 나중에서야 이것이 명현현상이라는 걸 알았다. 나빠진 것이 아니라, 그동안 눌러두었던 것들이 비로소 모습을 드러낸 것이었다. 트레이너님께서 명현현상에 대해 말씀해 주신 바를 떠올렸다.

3월 21일 화요일

대학교 과목인 '글과 생각' 과제물을 작성했다. 지구에 대홍수가 났다는 상황을 설정하고, 주어진 방주에 사람, 동물, 식물, 무생물들을 하나씩만 선택해서 태우라는 것이다. 그 선택의 이유를 글로 마음껏 표현해 보라는 교수님의 메시지가 담겨 있었다. 나는 친구 김훈과 강아지 시월이, 바나나 나무와 책을 방주에 싣겠다.

3월 23일 목요일

사장님과 이사님이 사자후 대결을 펼치셨다. 이사님이 당장 퇴사하셨고, 실장님도 곧 그만두신다.

3월 24일 금요일

부장님과 함께 세종시로 소파 배송을 갔다. 차를 타고 가는 내내 한 가지 생각이 머릿속을 떠나지 않았다. 도착해서 소파를 올리고 설치하는 데는 고작 20분 남짓인데, 왕복 이동 시간은 4시간이나 걸린다니. 이건 아무리 봐도 효율적인 방식은 아니다. 이렇게 움직이는 것이 과연 맞는 일일까. 시간도, 인력도, 에너지도 과하게 소모되고 있다는 생각이 들었다. 배송이라는 이름으로 이루어지고 있지만, 어쩌면 우리는 자원을 낭비하고 있는 건 아닐까 싶었다. 언젠가는 이 비효율적인 방식을 바꿔 보고 싶다는 마음도 자연스레 따라붙었다. 하지만 곧 조심스러워졌다. 배송 방식을 바꾼다는 건 단순한 개선이 아니라, 누군가의 업무 방식과 책임에 영향을 주는 일이기 때문이다. 잘못 건드리면 부장님께 부담이나 피해가 갈 수도 있다. 생각은 앞서 나가지만, 행동은 쉽게 나설 수 없는 이유가 거기에 있었다.

배송을 마치고 내려오는 길에 맛집을 기대하던 중, 2층 흙집 식당이 눈에 띄었다. 부장님은 주차장이 가득 찬 걸 보고 망설임 없이 들어가셨다. "이 집 주차장이 이렇게 넓은데 꽉 찼제. 이거 보고 들어가는 기다." 해물

파전과 해물칼국수는 기대 이상이었다. 버섯이 듬뿍 들어간 파전은 두툼하면서도 바삭했고, 칼국수는 신선한 조개와 새우를 직접 끓여 먹는 방식이라 만족스러웠다.

3월 25일 토요일

토요일 아침, 사장님과 대구 시내 곳곳에 현수막을 달았다. 사장님의 간절함이 통했는지 계약 세 건이 성사되었다.

3월 26일 일요일

주말임에도 불구하고 한산했다. 몇몇 들어온 고객치고 계약은 없었다.

퇴근 무렵, 포항 고객님이 오셨다. 지인이 뉴패러 소파를 써 보고 좋다고 해서 구경하러 오신 것이다. 가구몰 불이 꺼지는 순간까지 적극적으로 밀어붙였고 그들은 나를 믿고 소파 풀세트를 계약했다. 여자는, "우리처럼 이렇게 비교하지도 않고 첫 매장에서 사도 되는 거예요?" 내가 답하길, "정답을 찾으셨는데 굳이 오답을 보러 갈 필요는 없죠." 고객은 미소 지으며 흡족해했다.

3월 31일 금요일

전생을 알고 싶었다. 평범치 않은 나의 일상들을 보면 전생에 어떻게 살았나 싶다. 천사님은 나의 영혼이 보여주는 것만 알 수 있다면서, 눈을 감고 숨에 집중하라고 하셨다. 그렇게 5분 정도 지나서 천사님은 혀를 차셨다. "수련을 안 하니깐 본인이 누구인지도 모르잖아요. 큰 선을 이루고 하늘과 하나였는데 수련을 안 해서 타락했어요. 본인은 많이 게을러요. 지금도 수련하기 싫죠? 수련 왜 해야 하는지도 모르겠고. 아무튼 그 게으름이 커지고 커져서 이렇게 자신이 누구인지도 모르는 상태로 타락했어요. 수련을 꾸준히 해서 깨달아야 해요."

이후 나는 옆방으로 이동했고, 원장님은 천사님께 여러 가지를 여쭈셨다. 상담이 끝났는지 내가 있는 방으로 오셔서는 활짝 웃어 보이신다. 손에는 볼펜과 나드리 김밥 전단지가 들려 있었다. 그 김밥 전단지가 원장님의 메모지 역할을 했다는 생각에 또 웃음이 터져 나왔다. 엉뚱하면서도 귀여우신 원장님. 역시 김밥 전단지 뒷면에 무언가 빼곡히 적혀 있다. 즐거운 일이다.

4월 1일 토요일

아침 일찍 센터에서 수련을 하고는 팔공산과 인근 동네에 현수막을 설치하고는 출근했다. 3월에 나의 매출은 고작 이천만 원. 부진을 끊어내야 한다.

오후에 귀여운 여학생 두 명과 학생들의 부모 되는 중년 부부가 매장을 찾아주었다. 아주머니는 작년에 식탁을 보고 가셨다고 했다. 나는 왜 이렇게 늦게 오셨냐며 붙임성 있게 다가갔다. 성심성의껏 손님에게 설명했고 우리 식탁의 장점을 나열했다. 그중에 작은딸로 보이는 여자애는 SNL에 나오는 개그우먼 김슬기와 닮았다. 따님이 김슬기를 닮았다고 하니 딸이 나를 째려보았다. 아마 김슬기를 닮았다는 말을 싫어하나 보다.

훈훈한 분위기 속에서 물건도 마음에 들고 나의 설명도 잘 들어갔지만, 예상보다 비싼 가격에 조금 더 생각해 보고 온다고 매장을 걸어 나갔다. 고객님들의 이런 반응은 익숙하다. 손님이 나가고 큰딸이 다시 들어와서는 아까 받은 견적들을 재확인했다. 큰딸에게 부탁했다. "어머니 꼬셔서 꼭 다시 오세요." 큰딸은 반드시 그러겠노라 하는 눈빛으로 뛰어나갔다. 그렇게 10분 정도 지났을까. 고객님의 오래된 식탁은 우리 식탁으로 교체될 예정이다.

퇴근 후 중고 서점에 들러 '뇌교육원론', '뇌철학' 책을 구매했다.

4월 2일 일요일

어제의 판매가 오늘도 이어지기를 바라며 아침 일찍 센터에서 수련했다. 사장님은 모악산으로 수련을 떠나셨다. 사장님은 가구몰의 비싼 임대료에서 벗어나기 위해 매장 이전을 고민하고 계신다.

이제 내가 주말 매출을 책임져야 하는데, 손님도 없고 전화도 없으니 피가 마르는 느낌이다. 이러한 기분을 이사님께서 매주 느끼셨다고 생각하니 퍽 서글퍼진다.

4월 3일 월요일

아침부터 기침이 나고 오한이 들었다. 그래도 책임감으로 새벽 일찍 출근해 경북 영주와 의성으로 배송을 떠났다.

경북 영주에는 바움, 의성에는 공로 제품을 배송해야 했다. 영주로 가며 점심식사메뉴부터 떠올렸지만, 맛집은 포기해야 했다. 도착하자마자 가구 색상 오류를 발견해 다시 실어야 했던 것이다. 본사 실수였다. 허탈한 마음에 부장님 표정도 굳었다.

곧바로 의성으로 향했다. 다행히 의성에서는 배송이 순조롭게 마무리돼 한숨을 돌렸다. 대구로 돌아가는 길, 휴게소에 들러 조촐한 점심 식사를 했다. 배송 한 건이 잘 못 되니 부장님께 맛집으로 가자고 말을 꺼내기 어려웠다.

4월 4일 화요일

다시 영주에 들렀다. 이 먼 거리를 두 사람이 오가며, 시간과 기름을 써 버리고 있다는 생각에 마음이 침통해졌다.

배송을 끝내고 매장에 돌아오니, 전화 통화를 했던 부산의 고객님께서 다시 전화를 주셨다. 클로바 매트리스를 주문하겠다고 하신다. 전화상으로는 멀리 대구까지 오지 마시고 클로바를 취급하는 근처 매장에 방문해, 제품 설명 다 듣고 견적까지 받은 다음에 비교 한번 해 보시라고만 하고 마무리했었다. "고객님. 매트리스를 정확히 모르시기 때문에 꼭 매장에서 설명 다 듣고 가격 견적까지 받아보시고 그 후에 다시 전화 주셔요. 그리고 비교는 꼭 해 보세요." 이러한 나의 전략이 통했다. 역시 고객에게 먼저 가격을 제시해서는 안 된다. 고객과 마지막으로 통화하는 판매원이 되어야 한다. 이 계약은 마른 사막에 내린 시원한 소나기 같았다.

4월 5일 수요일

휴무, 집에서 카라멜 팝콘을 먹으며 영화 '칠드런 오브 맨'을 시청했다. 그리고 팔공산 카페에서 책 '행복의 열쇠가 숨어 있는 우리말의 비밀'을 읽었다. 하늘을 공경하고 사람을 사랑한 한민족, 그러한 한민족이 쓰는 우리말은 진리와 닿아 있다. 저자는 우리말은 단순한 소통 수단이 아니라 '얼(정신, 본성)'과 깊이 연결되어 있다고 말했다.

얼굴은 얼이 드나드는 곳이라는 상징적 의미. 어린이·어른·어르신은 얼의 크기에 따른 호칭 차이. 얼차려는 정신을 차리라는 뜻이고, 얼빠진 놈은 정신 나간 놈이란 의미다.

사장님은 높은 임대료 때문에 가구몰과 가구백화점에서 빠져나올 계획이시다. 마땅한 땅과 건물을 알아보시느라 자주 매장을 비우셨다. 배송 지원을 마치고 매장으로 돌아왔는데 울산 고객님께서 직원을 기다리다 그냥 돌아가셨다고 했다. "다 알아보고 구매하러 왔는데 2시간 기다리다가 그냥 나왔어요." 없는 손님도 만들어야 할 판에 찾아온 손님을 놓쳤다니! 속상했다.

매장을 비운 사장님을 원망할 수는 없는 노릇이다. 사장님이 일부러 매장을 비운 것이 아니다. 월세가 비싼 이곳을 박차고 나가기 위해 동분서주하며 땅과 건물을 찾고 계신 상황이다. 많이 팔아도 월세를 내면 남는 게 없다.

아침 8시 센터에 도착해 정성 수련을 했다. 유독 오늘따라 별별 생각이 다 든다. 대구 시내 대로변에 또 현수막을 설치하고 매장으로 출근했다. 가구몰에는 손님보다 판매원이 더 많았다. 오늘도 계약서 한 장 쓰질 못했다. 예전에 하루 3~4장씩 계약서를 올리며 팡파르를 올리던 날들이 사무치게 그립다.

오늘도 매출은 없었다. 다른 지역에서 가격 비교 전화가 몇 차례 걸려왔다. 가격을 더 낮춰서라도 우리 고객으로 만들고 싶은 욕심이 스쳤다. 하지만 자칫 잘못하면 본사나 다른 대리점과 갈등이 생길 수 있고, 문의한 이가 실제 고객인지 경쟁사 직원인지도 알 수 없다. 이런 상황에서의 선택은 결국 도박이 된다. 전화 문의에는 언제나 행운과 불행이 함께 숨어 있다.

주변 매장 사장님들과 직원들의 한숨 소리가 끊이질 않는다. 여기가 바로 한숨 지옥이다. 업계 종사자들은 대구 가구시장에 큰 시련이 닥쳤다며 아우성이다.

오프라인과 온라인, 현실과 가상공간 사이의 경계를 허무는 작업이 필요한데 우리 회사 여건상 불가능이다. 아이디어가 있어도 실현하지 못하는 것도 고역이다.

부장님과 범어역 세무서에 3인용 소파와 1인용 소파를 배송했다. 밝고 환한 우리 소파가 들어가니 공간이 확 살아났다. 매장으로 돌아왔는데 AS만 계속 들어왔다. 과장님은 원래 장사가 안될 때 AS가 많이 들어오는 거라며, 대수롭지 않게 이야기해 주셨다.

퇴근 후 카페에서 대학교 공부에 임했다. 7과목 공부 분량이 심적으로 부담이 되었다.

포항으로 배송 지원. 영천을 지나는데 잠깐씩 보이는 시골 풍경이 정다웠다. 배꼽 힐링을 하며 풍경을 구경하는데, 부장님은 노란 작대기로 배꼽을 누르는 모습이 영 마음에 안 드셨나 보다. "정신 사납습니데이. 노란 거 그거 차 밖으로 내던져 버립니데이."

한참 달리다 보니 해병대 훈련소가 보였다. 2008년 12월 해병대에 입소했으니 거의 9년 만이다. 그때를 떠올리면 새벽을 깨우는 훈련병들의 기합 소리와 교관의 우렁찬 구령이 들리는 듯하다.

매장으로 돌아와 희소식을 접했다. 신참 직원들이 각각 하나씩 계약서를 쓴 것이다. 작은 액수도 아니었다. 나는 가만있을 수 없어 축하의 의미로 직원들에게 햄버거를 샀다.

원단 부족으로 쿠션을 받지 못했던 충청도 고객님들께 택배를 보냈다. 얼마나 점잖은 양반님들이신지 모른다. 거의 한 달가량 걸렸는데, 차분히 잘 기다려 주신 고객님들께 작은 편지를 작성해서 동봉했다.

휴무. 식탁 AS 과정에서 직원마다 다른 안내가 반복되며 문제가 꼬였다. 본사는 교환 의무를 이행했지만, 소비자는 속았다고 느꼈다. 응대 이력 공유가 되지 않은 책임은 결국 매장에 남았다. 누적된 혼선 끝에 고객의 분노는 폭발했고, 나는 아무 말도 할 수 없었다. 휴무 날에 40분 넘게 고객의 이야기를 들었다. 얼마나 화가 나셨는지 오늘 당장 들어드려야 했다. 내일 다시 통화하기로 하였다.

센터에서 절을 하고 명상을 하며 마음을 고요히 하였다.

아침 일찍 센터에서 수련을 했고, 그 덕분에 하루가 한결 덜 피곤했다.

대노한 고객님 관련 회의를 열고, 사태가 커진 전 과정을 전 직원과 공유했다. 한 사람이 끝까지 응대하지 못하고 직원이 계속 바뀌면서 고객의 불만이 누적되었음을 설명했다. 여기에 일부 직원의 섣부른 말실수가 더해져 고객의 분노가 극에 달했다고 정리되었다. 사장님은 결국 환불 외에는 방법이 없다고 판단했고, 물건 회수 일정이 잡혔다.

사장님은 혹시 다른 해결책이 있는지 고객에게 직접 물어보라는 지시를 내렸다. 고객에게 전화를 했지만, 욕만 실컷 들었다. 이번 일을 겪으며 매출보다도 AS 응대 시스템 개선이 시급하다는 걸 절감했다.

요즘 분위기가 안 좋을수록 사장님은 내 표정에 따라 반응이 다르다. 내가 웃으면 화를 내고, 내가 굳으면 오히려 미소를 짓는다. 그제야 이사님이 늘 화난 얼굴을 하고 있던 이유를 이해하게 되었다.

아침 수련 후 일찍 출근해 조용한 매장을 정리하고 가구를 수리했다. 보슬비가 내리기에 매장에 있는 큰 화분들을 내놓았다. 그 정성 덕분인지 오전에 임산부 고객에게 1인용 소파, 오후에는 식탁 세트를 판매했다. 오랜만에 터진 계약서 두 장.

우연히 '참전계경'이라는 우리나라 경전을 알게 되었다. 사람이 본래의 성품(참된 나)으로 돌아가 바르게 살아가기 위한 삶의 계율과 가르침을 담은 경전이다. 인간에게 어두운 인성, 나쁜 인성은 없다고 한다. 밝은 양심을 잃어버린 상태만 존재한다고 한다. 대학을 졸업하면 제일 먼저 읽어

볼 생각이다.

　오늘 부산 고객에게 티바 매트리스가 배송 가는 날. 고객은 매트리스 하단이 찢어졌다고 한다. 고객에게 사진을 요청했지만, 좀체 사진을 받을 수 없었다. 손님이 조금이라도 흠집을 찾아내서 가격을 할인받으려고 하는 것인가? 의심이 든다.

　혹시 모를 일을 대비하기 위해 배송을 책임지는 기사님과 통화를 해 보았다. 기사님은 침대가 아직 설치가 안 돼서 매트리스를 개봉하지 않고 왔다는 것이다. 그래서 누가 깔았냐고 물어보니 침대를 설치하는 다른 대리점 기사님이 해줬다는 것이다. 문제가 복잡해지기 시작했다. 괜히 다른 가구점과 엮여서 싸움이 날 수도 있고, 책임소재를 따지게 되면 복잡해진다. 우선 고객과 전화통화를 했다. "고객님. 제가 사진을 보지 않아서 정확히 알 수는 없지만 아마도 매트리스를 개봉하는 기사님이 포장을 뜯으면서 실수를 하지 않으셨나 하는 생각이 들어요. 그런데 그 기사님도 침대를 설치하시는 분이지 매트리스 배송 기사님이 아니어서 곤란하네요. 우리 고객님 새로 가구 받으신 날인데 기분 안 망치시도록 어떻게 도와드리면 좋을까요?" 고객은 찢어진 부분으로 공기가 샌다든가 하는 매트리스 기능에 문제를 제기했다. 나는 밑면은 보이지도 않을뿐더러 점탄성 매트리스이기에 사용하시는 데는 전혀 문제가 없다고 답했다. 그래도 고객은 마음이 불편하다고 했다.

　회유책을 살짝 꺼냈다. "고객님. 그러면 배송 기사님들 일당 받고 고생하시는데 책임을 물을 수도 없는 노릇이고, 또 저도 멀리 계시지만 저렴하게 해 드리기 위해 최선을 다한 입장이어요. 그래서 저희가 마음이나마 고객님 달래 드린다는 생각으로 조금 할인을 해 드리면 안 될까요?" 고객이 수긍하며 진정되었다. 그러나 사진을 보내 주기로 한 고객님이 끝까지 주지 않으셔서 당황스러웠다.

근무 중에 넋을 놓고 계시거나 머리를 쥐어뜯고 계시는 사장님을 목격했다. 회사 경영이 어려운 상태에서, 앞날이 너무 걱정되고 불안하기 때문에 오는 스트레스 반응이다.

사장님은 매출이 없다며 호들갑스럽게 긴급회의를 열며, 감정적인 질문을 쏟아냈다. 나는 거부감이 들어 아이디어를 말하고 싶지 않았는데, 꺼낸 의견마저 이상적이라며 묵살됐다. 계속된 압박 속에서 결국 혼자 주 6일 근무(우리 회사에서 여자는 주 5일, 남자는 주 6일 근무한다)하며 배송과 AS, 매출 스트레스까지 감당해 온 내 상황을 털어놓으며 계속 이런 식이면 나도 그만두겠다는 뉘앙스를 드러냈다. 그제야 사장님은 물러섰지만, 내 눈은 분노로 이글거렸다.

이후 이어진 자기합리화에 더 이상 반박할 마음조차 사라졌다. 사장님은, "나도 사람인지라 항상 웃을 수 없어요. 365일 중에 60일 화내는 오너는 그나마 나은 거지, 다른 곳에는 300일 화내는 오너도 많아요."

감정을 정화하기 위해 수련해야 한다는 말을 들었다. 감정을 만드는 원인을 제거하는 게 순서라고 생각한다.

월성동·영천 AS 일정으로 하루를 시작해, 환불·수리·회수 작업을 차례로 진행했다. 월성동 환불 현장에서는 죄송함만 남았고, 고객의 차가운 시선에 마음이 아팠다. 영천 AS 과정에서는 부장님의 대응과 본사의 미숙한 처리에 복잡한 생각이 들었다. 어쩌면 고난이도 AS를 마쳤다고 안도했지만, 매장 복귀 후 어느 계약 건이 취소될 수 있다는 충격적인 소식을 들었다. 마음이 크게 흔들렸고, 예정된 배송이 무사히 이어지길 간절히 바랐다.

함께 수련하는 도반이 뉴질랜드 봉사자 모집 소식을 전해주었다. 환경과 시간, 만나는 사람이 바뀌어야 사람이 달라진다고 했다.

최근 전화 문의가 늘어나며 분위기가 조금씩 살아나는 것이 느껴졌다. 저녁에는 대전에서 온 참한 부부가 매장을 찾았는데, 고작 한 팀의 방문에 모두가 긴장했다. 고객은 경쟁업체의 논리를 바탕으로 한 공격적인 질의응답을 요구했고, 나는 침착하게 응대했다. 처음 보는 드리블로 올라오는데, 실점할 뻔했다. 고민 끝에 무빙 테이블과 쿠션을 추가로 제안하며 마음을 움직이고자 했다. 결국 고객은 우리 매장을 선택했고, 직원 모두가 안도의 숨을 내쉬었다.

고객이 떠나고 복기했다. 다음에 당황하지 않도록 처음 들어 본 질문과 논리들을 메모했다.

행복한 토요일. 과장님이 1,500만 원 매출을 올렸고, 나도 포항 고객님께 랄로 소파를 판매했다. 그리고 가구점 매장 이전을 도와주시는 중요한 인물인 김 선생님이 오셨다. 등장과 동시에 우리 매장이 이사할 곳이 정해졌다. 큰 대로변에 넓은 평수의 건물. 가격도 평균 시세보다 훨씬 저렴했다. 오랜만에 사장님의 환한 얼굴을 보니 다행스러웠다. 김 선생님으로부터 매장 이전에 관한 브리핑을 들었다. 이제 매출을 발생시켜서 이전하기 전까지 사장님께 최대한 자금을 벌어 드려야 한다.

퇴근 후 카페에 들러 공부를 했다. 카페 직원들은 매일 같은 시간에 와서 늦게까지 앉아 있는 나를 잘 알고 있다. 아마도 꽤 대단한 공부를 하는 사람쯤으로 생각할지도 모르겠다. 하지만 실은 전형적인 카공족이다. 괜히 미안한 마음이 들어 음료나 디저트를 일부러 하나 더 주문한다.

밤 11시, 일기를 쓰고 절과 명상으로 하루를 정리했다. 숨 가쁜 나날을 보내는 나 자신을 가만히 바라보게 되었다. 그동안 스스로에게 너무 가혹했다는 생각이 들었다. 미안함과 고마움이 함께 올라왔다. 심각하게 살지 말고, 나를 조금 덜 몰아세우자.

다행히 매출이 있었다. 내가 소파를, 사장님이 베드와 매트리스를 판매했다. 내가 응대한 고객은 소파라고 하면 가죽만 떠올렸는데, 가죽보다 더 좋은 소재를 발견해서 너무 반갑다고 말씀해 주셨다. 그들은 기쁘게 계약했고, 나 또한 기분이 유쾌했다.

수련 도반님들이 어느 초등학교 총동창회에 다녀오셨다. 홍익 대통령을 원한다는 국민 서명을 받기 위함이었는데, 그곳에서 냉대를 받아 큰 상처를 받은 모양이었다. 마음이 쓰인다. 말로는 다 전해지지 않는 피로가 느껴졌다.

4월 26일 수요일

아침 수련을 하며 머리 위로 뜨거운 열이 빠져나가는 것을 느꼈다. 열감은 머리로 들어왔다가 다시 나가기를 반복했다. 그 흐름이 유난히 분명하게 느껴졌다. 마치 머리에 쌓여 있던 무거운 기운이 빠져나가는 듯했다.

4월 30일 일요일

2016년도 1월에 내게서 신혼가구 전부를 구매해 주신 반가운 고객님이 매장을 찾아주셨다. 성함을 기억해 내 "OOO 고객님!" 외치고 싶었지만 좀처럼 기억이 안 났다. 어제는 고객님과의 만남 자체를 기억하지 못했고, 오늘은 성함이 기억나지 않는 것이다. 문제다 문제. 겨우 생각해 낸 것이 고객님의 아파트였다. 나도 모르게 "오! 푸르지오 고객님!"이라고 소리 질렀다.

우리는 반갑게 인사를 나눴고, 우리 가구를 쓰시면서 불편한 점은 없는지 여쭈었다. 고객님은 너무 만족한다며 주변에 홍보하고 있다고 하셨다. 감사한 일이다. 최근 취소나 교환, 반품이 많아서 피가 말랐는데, 이렇게 만족하시며 잘 쓰고 계시는 고객님을 만나니 환한 미소가 피어오른다.

회식. 내일이 생일인 MH 양 생일을 다 같이 축하해 주었다. 사람들이 기뻐할 때 나는 행복감을 느낀다. 사장님은 아무리 좋은 물건을 예쁘게 진열해 놓아도 직원들끼리 한마음이 되지 못하면 매출이 나오지 않는다며 단합을 요청하셨다.

5월 6일 토요일

1월에 우리 소파를 구매한 고객의 배송 지연이 걱정된다. 5월 중순 배송 예정이었지만 원단이 없어 아직 제작도 못 들어간 상태다. 4월 말부터 본사에 재촉했지만 입고 일정조차 불분명했다. 본사는 5월 말쯤 가능하다고 해서 답답했다. 문제는 시기가 아니라, 고객과의 약속을 지키지 못하는 데 있었다. 웬만해서는 큰소리를 내지 않았는데 오늘은 단단하게 말했다. "5월 말이든 6월 초든 들어오면 되죠. 근데 고객과의 약속을 못 지키는 것이 문제죠." 우리를 믿고 선택해 주신 감사한 고객님께 폐를 끼칠까 점점 더 예민해진다.

5월 9일 화요일

양심을 저버릴 뻔했지만 곧바로 뉘우치고 바로잡았다. 눈앞의 작은 이익 때문에 사람을 속였고, 그 일이 계속 마음에 걸렸다. 불편함은 곧 양심이 아프다는 신호였다. 결국 솔직하게 털어놓고 실수를 바로잡았다. 양심을 지키자 몸과 마음이 한결 가벼워졌다.

양심을 지키는 일에 대해 곰곰이 생각해 보았다. 양심을 지키는 작은 선택 하나가, 또 다른 양심의 선택을 가능하게 만든다는 사실을 깨달았다. 그렇게 양심을 따르는 선택이 쌓이다 보면, 마음의 밝음과 선(善)의 기운도 점점 커진다.

마음이 밝아지면 사물이나 현상에 휘둘리지 않고, 온전히 나 자신으로 현재에 집중하며 살 수 있다. 그때 비로소 직관이 살아나고, 통찰도 따라

온다. 맹자가 말한 '호연지기'란, 어쩌면 이런 상태를 가리킨 것이 아니었을까.

양심을 지켜 인간 본래의 밝은 본성을 회복해 선행으로 살아갈 때, 영혼은 성장하고 그 성장은 타인을 이롭게 한다. 나는 이것이 홍익인간의 본질이라 생각한다. 이러한 존재가 많아질수록, 세상은 자연스레 이화세계로 나아가지 않을까.

퇴근 후 수련했다. 컨디션이 안 좋아 센터에서 앉아 있기만 했다. 어느 도반이 큰 수련에 참가한 소감을 나눴다. "마지막 수련 시간에 본성을 만나기 위해 가슴을 두드리며 내가 원하는 것을 계속 물었어. 그런데 진짜 가슴 속에서 단어 하나가 툭 튀어 올라오는 거야. 두 글자였는데 '사랑'이었어." 도반은 머리가 아닌 자신의 영혼이 말해 주었다는 것을 느꼈다고 한다. 나는 머리의 나와 가슴의 나의 차이에 대해 궁금했다. 머리가 에고이고, 가슴은 참나일까?

판매와 배송, 상하차 점검까지 하루가 분주했다. 세 곳의 고객 댁을 오가며 가구를 들이느라 정신없이 움직였다. 다행히 모든 고객이 새 가구를 반겨 주어 마음이 뭉클했다.

특히 배우 송혜교를 꼭 닮은 한 고객은 물개박수까지 쳐 주었다. 오래된 가구가 빠져나간 자리에 우리 가구가 들어서자, 집 안이 한층 더 환해 보였다.

김 선생님이 사장님께 직원들의 급여와 복지 환경 개선을 제안했다. 직원들이 언제든 떠날 기회만을 바라보고 있다며, 제도 정비의 필요성을 강조했다. 휴가와 인센티브 같은 기본적인 시스템이 마련되어야 한다고도 했다. 그 말에는 직원들을 향한 진심이 고스란히 담겨 있었다. 그 마음 씀씀이에 모두가 깊이 감동했다.

사장님께서 고생했다며 3시간이나 일찍 퇴근하라고 하셨다. 귀갓길에 어머니께 집으로 가고 있다고 문자를 드렸다. "벌시로 온다고? 벌시로? 아이고 오늘 꼬기 구워 먹을라고 했는데 잘됐다. 불 올리노께." 돼지목살에 구운 김치를 실컷 즐겼다.

유튜브채널 홍익학당에서 道와 깨달음, 현상세계와 로고스, 이치를 설명하는 강의를 들었다. 쉽고 재밌게 말씀해 주셔서 이해가 편했다.

인간의 마음을 이루고 있는 것은 감정인데, 칠정(인간의 7가지 감정)을 본성(양심)으로 경영하는 방법을 공부한 것이 우리 민족의 선비들이었다고 한다. 인의예지로 감정을 다스림은, 사단(四端)으로 칠정(七情)을 경영한다는 의미와 같다. 선비들은 이러한 공부를 통해 성인이 되고, 군자(보살)가 되는 것을 인생의 목표로 삼았다고 한다. 멋진 공부가 아닐 수 없다.

서양에서는 로고스라는 단어로 본성의 개념을 설명하는데, 동양과 서양은 똑같은 진리를 두고 이름만 달리할 뿐이었다. 지역의 차이뿐만 아니라 종교도 마찬가지였다. 본성(양심)을 부르는 말만 다를 뿐 그것이 의미하는 바는 모두 같았다. 기독교에서는 양심을 성령으로, 불교에서는 양심을 불성으로, 힌두교에서는 아트만으로 부른다. 우리 민족은 양심을 본성으로 말한다. 과거에 나는 인류의 성인군자들 가르침이 모두 똑같다는 막연한 결론을 내렸던 적 있었는데 새삼 그 기억이 떠오른다.

댓글에는 사람들의 다양한 의견이 달렸다. 쓸데없는 조선의 공부, 선비 공부로 효용과 실익이 없었고 백성들은 가난과 굶주림으로 고통받았다는 글이 인상 깊었다. 적절한 의견이다.

5월 26일 금요일

아침 일찍 센터에서 103배 수련을 했다. 합장하여 이마를 바닥에 내리는 동안 하늘에 감사함을 표했다. 20배 정도 하니 몸이 근질근질하고 여전히 산만했다. 50배 정도 넘어가면 고요함의 길로 접어든다. 양치질을 하루라도 안 하면 얼마나 찝찝한가. 수련도 똑같다. 수련 없는 날이 길어질수록 육체와 정신에 녹이 슬고 때가 낀다.

5월 29일 월요일

"문 대리님의 장점이자 단점인데 사람들을 좋게 보느라 부족한 점을 못 봐요." 사장님께 진심 어린 조언을 들었다. 기본적으로 나는 사람을 잘 믿는다. 대부분 선의로 해석하고, 언행의 의도를 좋게 여긴다. 또 사람을 쉽게 단정하지 않는다. 하지만 상대방이 무능 혹은 회피, 이기심을 보이는 상황에서도 나는 '저 사람은 나름의 사정이 있겠지'하고 넘긴다. 사장님께서 나를 정확하게 보시고 평가해 주신 것이다.

상대의 단점을 단점으로 인정하지 않으려는 경향도 크다. 또 사람들에게 싫은 소리를 못 한다. 상대방이 싫어할까 봐, 상대방에게 피해를 주지는 않을까 입을 다물어 버릴 때도 많다. 사장님은 내가 사람을 믿는 능력이 뛰어난데, 그로 인해 상대방의 한계까지 책임지려 들까 봐 염려되어 조언을 주신 것이다. 깊이 생각해야 될 부분이다.

최근 책 '봉우일기'를 중고로 구매해 읽었다. 봉우 권태훈 선생은 정신 수련의 목적은 곧 나 자신을 알기 위한 것이라고 했다. 그는 조식호흡 수련법을 최고로 보았다. 조식은 숨을 고르게 조절한다는 뜻이다. 권태훈 선생은 1분 동안 들이마시고 1분 동안 내쉴 수 있는 경지는 누구나 다 할 수 있다고도 했다.

사람과 동물의 호흡 길이는 천양지차다. 더 영적인 존재일수록 호흡의 길이가 길다. 천지기운을 가늘고 깊게 들이마셔 천천히 내쉰다는 것은 천지의 호흡과 동화된다는 것 아닐까. 동물들의 짧은 호흡은 그만큼 천지기운의 깊음에 다가서지 못하는 것 아닐까. 가늘고, 길고, 깊게 하는 호흡을 떠올리며 숨을 쉬어 보았지만, 여전히 일정치 못하고 급하다.

퇴근 후 법륜 스님의 즉문즉설을 들었다. 7살 아들을 키우는 엄마가 자식 교육의 어려움으로 스님에게 질문했다. 아이가 말을 안 들어서 성질이 난다며 어떻게 하면 좋겠냐는 것이다. 스님은 엄마 스스로 잘 못 하고 있다는 것을 알면서도, 그렇게 성질대로 아이를 다루면 아이는 더 빗나간다며 참회하라고 했다. "36살 된 엄마도 애하고 성질내서 싸우는 것을 못 고치면 7살짜리 애는 어떻게 그것을 고치겠어? 그러니깐 '자식은 엄마보다 더 못 해진다' 이렇게 생각하면 돼."

재밌는 것은 다음 질문자의 똑같은 질문이었다. "저는 고등학생 아들과 딸을 키우고 있는 엄마입니다. 사회생활이나 일은 너무 잘하고 있는데, 부모 노릇 하는 것이 너무 힘이 들어서 스님의 지혜를 구합니다. 어릴 때부터 일이 바빠서 제대로 못 챙겨 주었는데 그것 때문인지 딸이 너무나 난폭해지고 이제는 저를 때리기까지 합니다. 남편도 그것을 말리지 못하고요." 그러자 스님이 온화한 미소를 지으며 전 질문자를 찾으셨다. "아까 7살 난 아들 키우는 애기 엄마 어디 있죠? 지금 들으셨죠? 저렇게 되는 겁니다."

스님은 말했다. "여러분. 인연과보는 피할 수 없습니다. 콩 심은 데 콩 나고 팥 심은 데 팥 난다고요. 지금 자신의 선택에 대한 결과는 반드시 따라와요. 그게 시간이 좀 걸려서 오다 보니깐 모르는 거죠. 인연과보는 절대 피할 수 없고 이번 생에서 피한다 하더라도, 다음 생으로 따라오는 거요."

6월 13일 화요일

오전에 블로그를 보고 찾아주신 고객님들을 응대했다. 다들 뉴패러뿐만 아니라 다른 업체도 확인하고 싶어 하셔서 당일 계약은 나오지 않았다.

백화점 매장의 리오프닝을 준비해야 해서 마음이 바빴다. 나는 15일 오후부터 백화점으로 출근하게 된다.

6월 15일 목요일

13일에 응대해 드렸던 고객님들 모두 다시 매장을 찾아 주셨다. 꼼꼼히 비교해 보았는데 아무래도 뉴패러 소파가 제일 좋은 것 같다고 했다. 터져 나오는 내적 환호를 참으며 최대한 침착한 태도로 일관했다. "고객님 잘 비교하셨어요. 비교하시고 공부하신 분들이 저희 가구에 대한 만족감이 제일 높으세요. 이제 브랜드와 원단에 대한 확신이 서셨으니 고객님께 가장 편안한 소파와 마음에 드시는 소파를 골라볼까요?" 단체 손님을 응대하여 다량의 계약이 나오니 매출케파가 컸다. 무려 2,000만 원에 육박했다.

큰 매출로 무척 행복했다. 오후 늦게 백화점으로 이동해 리오프닝을 준비했다. 얼추 마무리가 되어가는데, 백화점 담당자는 설마 이게 끝이냐며 매장이 텅텅 비었다고 화를 냈다. 오늘 안으로 무조건 상품을 더 채우고 직원 데스크를 구해오라는 것이었다. 사실 매장이 썰렁하다는 것은 인정하는 바였다. 무엇보다 직원 데스크가 없는 매장이 말이 되냐며 흥분했다. 나는 며칠 전부터 사장님께 직원 데스크를 구해야 한다고 몇 번이나 말씀드렸는데 돈이 없으셔서 그런지 구매를 안 하셔서 이런 일이 펼쳐진 것이다.

오후 9시, 오늘 밤 안으로 준비가 안 되면 매장은 빼야될 것 같다고 했다. 직원 데스크가 없어서 오픈이 안 된다는 말에 김 선생님과 나는 어쩔 수 없이 새벽까지 데스크를 찾아다녔다. 늦게까지 영업하는 홈플러스에도 갔고, 가구창고도 뒤졌다. 당장 구할 수 없는 노릇이었다.

그러다 김 선생님은 수련센터에 있는 신발장이라도 들고 오자고 하신다. 그 말을 듣고 퍽 웃음이 터졌다. 어쨌든 그렇게라도 해 보자는 선생님의 뜻에 따라 차를 몰았다. 센터에 도착해 보니 신발장이 벽에 고정되어 있어서 이동이 불가했다. 그래도 센터까지 왔으니 구석구석을 돌아다녔는데, 눈에 띈 것이 원목수납장이었다. 김 선생님은 백화점의 기준에는 미달하지만, 무엇이라도 들고 가서 시간을 벌자고 했다. 그리고 혹시 몰라 다른 방에 있던 작은 수납장도 챙겨갔다. 나의 좁은 자동차에 수납장 2개 실으려고 안간힘을 쓰다가 차량 뒷좌석 시트가 찢어졌다.

밤 12시, 백화점에 도착해 수납장을 설치했다. 담당자는 매장이 채워질 때까지 퇴근할 수 없다며 추가 물량을 재촉했다. 담당자 역시 상부의 질책을 받아 곤혹스러운 기색이었다. 곧 있을 대학교 시험을 앞두고 공부도, 퇴근도 못 하는 상황에 짜증이 났다. 문제가 생기면 모른 척하는 동료들 때문에 더 화가 났다.

김 선생님이 내일 아침 오픈 전까지 매장을 채우겠다고 약속해 백화점을 빠져나올 수 있었다. 새벽부터 움직이기 위해 동대구역 근처 모텔에서 김 선생님과 함께 잠을 청했다. 몸은 지쳤고 마음도 무거웠다. 전생에 무슨 죄를 지었나 싶은 생각이 들 만큼 괴로운 하루였다. 아이고 내 팔자야.

6월 16일 금요일

새벽부터 움직여서 소파 2조를 급히 백화점에 채워 넣었다. 1톤 트럭을 구하느라 아주 진땀을 뺐다. 김 선생님은 어제오늘 고생한 나를 조기퇴근 시키고 싶어 하셨다. 하지만 백화점을 지킬 직원이 없어서 불가했다. 편의점에서 양말과 속옷을 구매해 갈아입고, 백화점에서 근무했다.

6월 18일 일요일

2017학년도 1학기 기말고사. 시험 시작 2시간 전에 경북대학교에 도착해서 워크북에 실린 기출문제를 살폈다. 문득 공부에만 전념하고 있는 젊은 대학생들이 부러웠다.

시험을 끝내고 집에서 좀 쉬려는데, 내가 응대했던 고객님이 있어서 계약조건을 설명해 주어야 했다. 소파를 구매하면 스툴을 증정해 주기로 했다는데, 내 기억에는 좀체 그런 사실이 없다.

일요일 매장에 방문한 고객상담일지를 읽어 보고 있었다. 그런데 갑자기 백화점 리빙관 대빵이 우리 매장에 불쑥 들어왔다. 조금 껄끄러운 사이라서 피해 다니기 다반사였는데, 매장에 들어와 소파에 앉아 있는 것이다. 대빵은 체구가 작고 지적인 차도남 이미지인데, 자신의 일이나 관심 있는 주제에 대해서는 날카롭게 파고드는 성향이 강하다. 대빵은 여러 가지를 물어왔는데, 성실하게 답변했다.

그러다 문득, 태세를 전환하여 대빵에게 소파 구매를 권했다. "고객님 앉아 보시니 편하시죠? 미끄러지지 않는 뉴패러의 특성 때문에 고객님이 어떤 자세를 취하셔도 그 자세 그대로 유지가 됩니다." 대빵은 내 말을 받아쳤다. "좀 미끄러져야 더 편한 거 아니에요?" 나는 평소에 고객과 이야기하듯 이어 나갔다. "그러실 수 있습니다. 하지만 미끄러짐에 익숙해지셔서 그렇지, 미끄러지지 않음이 주는 편안함이 더욱 탁월합니다. 또 의사선생님들도 미끄러지는 소파에 앉으면 허리에 안 좋다고 하셔요." 대빵 눈빛의 변화가 보였다. 어느 정도 재미를 느낀 나는 그를 파고들었다. "고객님. 저 소파에 한 번 앉아 보시죠? 고객님 체형에 가장 적합한 소파입니다." 대빵은 선뜻 바로 일어서지 않다가 몇 초 뒤에 엉덩이를 들어 바로 맞은편 소파로 옮겼다. 내가 말했다. "어떠세요? 더욱 편안하죠? 고객님 체형에는 방석에 약간 기울기가 져 있고 헤드레스트가 높은 소파가 더 큰 만족감을 드릴 겁니다. 지금 앉아 계시는 모습이 너무 편안해 보이세요."

이 외에도 질의응답이 꽤 이어졌다. 반박 논리와 지적 승부가 오고갔다. 그는 내가 고객의 선입견과 편견을 깨는 모습을 확인하고는 만족스러워하는 눈치다. 어느 정도 승기가 내게 기울었음을 서로가 알아차렸다. 오사마리 들어가야 할 때이므로 마지막 멘트를 날렸다. "고객님. 소파 바꾸실 때 안 되셨습니까? 특별히 대빵님이 선택해 주신다면 없는 혜택도 만들어 드리겠습니다." 대빵은 빙그레 웃어 보였는데, 심리적 거래의 성사라고 느껴졌다.

대빵님은 우리 매장을 평가하는 입장이지만, 제 공간에서는 전문가인 내가 당신을 안내합니다.

■ 6월 25일 일요일 ■

오늘 시험을 통과하면 드디어 대학을 졸업한다. 시험 후 가채점 결과는 평균 80점을 넘겼다. 직장과 공부를 병행하며 버텨 온 시간들이 스쳐 지나갔다. 방송통신대학교는 내게 스스로 공부하는 힘과 꿈을 안겨 주었다. 일과 학업을 함께 해 온 열정적인 학우들과의 시간 역시 평생 잊지 못할 것이다. 언젠가 성공하게 된다면, 꼭 큰 기부로 보답하고 싶다.

이제 푹 쉬고 싶다는 마음과 동시에 대학원에 진학하고 싶은 욕심도 생긴다. 학부 과정과 사회는 대체로 정답을 요구한다. 빠른 결론과 효율적인 처리가 미덕이다. 하지만 사람과 삶에 관한 중요한 질문일수록 쉽게 답이 나오지 않는다. 내가 대학원에 가고 싶은 이유는 답을 얻기 위해서가 아니라, 질문을 더 정교하게 다루는 법을 배우고 싶어서다. 물론 답을 얻으면 최고의 상태이겠다.

왜 어떤 현상은 반복되는가. 사람은 왜 그렇게 행동하는가. 내가 겪은 경험은 어떤 구조 속에 놓여 있는가. 인간 존재는 무엇인가. 인간을 이해하면 진리에 가까워질 수 있는가.

시간이 갈수록 질문은 줄어들지 않고 오히려 늘어난다. 사상과 철학, 종교와 진리에 대한 물음이 많아져 머리가 복잡해진다.

재밌는 일이 있었다. 1개월 전에 어느 고객님을 응대했었는데, 그는 사실 고객이 아니라 유명 가구몰 MD였다. 우리는 카페에서 이야기를 나눴는데 나를 스카웃하고 싶어 했다. 이번 봄에 론칭된 소파 전문브랜드 매장을 맡아달라고 했다. 왜 내가 스카웃 대상인지 물어보니 이렇게 답했다. "말 잘하고 센스 있는 판매원은 많더라고요. 그런데 부드럽게 프레임을 전환하고 계약을 이끌어 내는 사람은 드물어요. 문 대리님은 소비자의 닫힌 마음을 열어 주고, 편견을 넘어서는 힘이 있어요."

누군가에게 인정받는 것은 좋은 일이다. 또 연봉과 근무조건도 무척 좋았다. 하지만 우리 가구점의 격변기에 내가 이동할 수는 없는 노릇이기에 거절하였다. 그는 좋은 기회를 놓치는 것이라며 아쉬워했다. "나중에라도 연락 주세요. 우리는 당신을 크게 성장시킬 수 있는 시스템을 가지고 있습니다."

침대에 누워 잠에 들려는데 내가 너무 성급하게 결론지은 것 아닌가 하는 후회가 들었다.

며칠 전 소파 계약이 고객 부모님의 완강한 반대로 취소됐다. 고가의 소파라는 이유로 어머니의 반대가 특히 강했다. 어떤 설득도 통하지 않았다. 백화점 월말 5천만 원대 마감을 지켜야 하는 상황이라 고객님께 솔직히 사정을 전하며 부탁을 드렸고, 다행히 7월 초까지 기다려 주시기로 했다.

7월 2일 일요일

백화점 마감 시간에 다다랐을 때 손님 두 팀이 와서 주임님이 한 팀, 내가 한 팀을 맡아 상담했다. 내가 맡은 고객은 인테리어 디자이너가 우리 소파를 추천해서 구경하러 왔다고 했다. 소개받고 왔다기에 피곤함도 잊고 신명을 내서 설명했다. 고객 호응도 좋았다. 그렇지만 계약은 나오지 않았다. 그런데 어느 직원 말로는 내가 상담한 고객이 경쟁사 직원이라고 했다. 사장님께 보고드렸더니, 대리점에도 그 커플이 다녀갔다고 한다. 내가 말실수한 것은 없는지 되돌아보았는데 크게 문제 될 것은 없었다. 경쟁사 이야기가 나오면, "아 거기도 좋아요. 그 소파도 좋아요." 이렇게 이야기했기 때문이다. 아무튼 그들은 나의 음성을 녹음했으리라 예상된다.

7월 3일 월요일

명상센터 원장님께서 추천해 주신 대학원 면접을 준비했다. 일단 면접이나 보자는 생각에서였다.

7월 5일 수요일

대학원 면접일. 교수님께서 말씀하셨다. "내가 입학지원서를 읽어 보았는데 참 글을 잘 써요. 좋은 글이에요. 글을 잘 쓴다는 말을 좀 듣죠? 글이 워낙 좋아서 제가 이 글을 몇 번이나 읽어 보았습니다. 원래 면접 때 꼬치꼬치 캐물어야 하는데. 지원서 내용만으로도 충분할 것 같아요. 반대로 제가 질문을 받는 쪽으로 하죠."

멍해졌다. 교수님의 질문만 생각했는데 막상 내가 질문을 하려고 하니 머릿속이 컴컴했다. 지금 되돌아보면, 뭐 어떻게 질문을 드린 것 같은데, 무슨 질문을 드렸는지 기억이 나지 않는다. 일기에 쓸 수도 없다. 낭패다 낭패.

면접이 끝나고 경기도 화성에 있는 친구를 만나 밤새도록 술을 마셨다.

7월 6일 목요일

사장님께서 대학원 면접에 대해 물어보셨다. 작년에 소개해 주신 대학원에 내가 실제로 면접까지 보게 될 줄은 미처 생각하지 못하신 듯했다. 대학원에 진학하면 가구점 근무에 지장이 생기지는 않을지, 혹은 일을 그만두게 되지는 않을지 걱정하시는 눈치였다.

인생이 어떻게 흘러갈지는 아무도 모른다. 나조차 나를 잘 모르는데, 다른 사람들이 나를 어떻게 알 수 있을까. 분명한 것은, 나는 할까 말까 망설이는 일 앞에서는 늘 '한다'를 선택해 왔고, 갈까 말까 고민하는 순간에는 결국 '간다'를 선택해 왔다는 사실이다. 주저하다가 후회하는 상황을 만들고 싶지 않다.

7월 11일 화요일

대학원 면접 합격 통보를 받았다. 기쁨보다는 고민이 밀려왔다. 바로 진학할 것인가. 아니면 그냥 여기에 머무를 것인가. 그도 아니면 1년 2년

쉬었다가 진학할 것인가.

퇴근 후 센터에서 수련했다. 한 도반님의 수련 소감이 인상깊었다. 손 안에 나비가 느껴지더니 이윽고 두 손이 나비가 되었다고 했다. "계속 집중이 잘 되어서 나비 날갯짓에 몰입했고, 그러다 몸 안에 바다가 느껴졌는데 파도의 출렁거림도 있고 바닷소리도 들렸어. 그러다가 마음으로 산도 만들고 잡초도 만들고 꽃도 만들고 나무도 만들었어." 나는 신이 나서 말했다. "신이 세상을 어떻게 창조해 왔는지 느껴본 거네요!" 도반님은 내 말을 듣고는 담담하게 답했다. "그러면 신이 창조할 때는 엄청 평온한 마음으로 했겠네. 내가 완전 평온했거든."

사장님과 대학원 진학 문제로 상담했다. 사장님은 더 공부하고 싶다는 나를 응원해 주셨다. 하지만 당장 가구점 사정이 있으니, 내년에 진학하기를 원하셨다.

7월 19일 수요일

희소식! 8월 6일부터 뉴패러 소파가 장기 팝업스토어로 입점하게 되었다. 정식 입점이 아니라서 아쉽지만, 단기 팝업보다는 장기 팝업이 훨씬 더 좋다. 대리점 매장 이전으로 영업에 공백이 발생하는데, 백화점에서 뉴패러 영업이 가능하니 천만다행이다. 본사에서는 롯데백화점 입점도 준비 중이라고 한다.

다음 주부터 새로운 직원 2명이 들어올 예정이다. 제발 1명이라도 남자 직원이었으면 좋겠다.

신입직원과 함께 백화점에서 근무했다. 오후에는 구미 거주 신혼부부를 응대했다. 뉴패러와 비슷한 여러 브랜드를 비교하는 유형이라 판매원의 역량이 중요했다. 나는 발가락이 오그라드는 멘트를 잘하는 편이다. "축하드립니다. 오늘 정답을 찾아오셨네요." 그러면서 우리를 선택해 주신 고객님들 배송 리뷰 사진을 보여 드리며 고객과의 에피소드를 들려드렸다. 블로그에 배송 리뷰가 150건 넘게 쌓였는데, 다양한 모델이 다양한 색상으로 장식되어 있었다. 고객은 꽤나 망설이는 눈치였는데, 조금만 더 생각해 보겠다고 했다. "그럼요. 고객님. 소파 결정하는 일이 결코 쉽지 않습니다. 천천히 비교하고 공부해 보시면서 좀 더 생각해 보세요." 두 시간 정도 지나 부부는 다시 찾아왔다. 8월 첫 번째 고객이 탄생한 순간이었다.

포스펀칭을 하러 갔지만 뉴패러 브랜드 키가 인식되지 않았다. 확인 결과 본사가 백화점 상품본부에 판매키 활성화 공문을 보내야 했는데, 담당 부서에서 누락한 것이었다. 김 선생님은 영업 매장에 판매키가 없다는 상황에 크게 분노하셨다. "아주 주먹구구가 이런 주먹구구가 없구만. 응? 정신머리를 어디에 두고 있는 거야? 응?! 김 실장님. 얼른 본사로 연락해 보세요. 빨리!" 한 시간 넘게 기다린 고객에게 계약금을 먼저 받고, 펀칭은 내일 하기로 했다. 부끄럽고 죄송한 마음이 들었다.

퇴근 후 친구들과 소고기 무한리필집에서 배가 부를 때까지 먹었다. 우리는 고개를 갸웃했다. "이래서 남는 게 있나?" 제일 큰 형은 다 남으니까 장사하는 거라며, 괜한 생각 말고 먹는 데나 집중하라고 했다.

조용한 가게로 자리를 옮겨 술을 더 마셨다. 분위기가 풀리자 속내를 꺼내 놓을 수 있었다. 형이 내게 물었다. "네가 알고 싶어 하는 걸, 이미 깨달은 사람들이 있나? 그건 깨달을 수가 없다. 다들 생각이 다른데 어디 정답이 있노." 인간 존재를 연구하고 싶어서 대학원에 진학한다고 했을 때 돌아온 말이었다. 그래도 나는 궁금하다. 설령 속 시원한 답을 얻지 못하더라도, 알고자 애써 보고 싶다. 새벽 네 시까지 술을 마시며 수다를 떨었다.

8월 7일 월요일

휴가 시작. 가족들과 저녁식사를 즐겼다. 어머니는 온 가족 앞에서 할아버지 이야기를 꺼내셨는데, 굳이 할머니 앞에서 늙어서 생기는 번거로움과 고통스러움을 이야기하셨다. 할머니는 딸의 말을 의식하듯, "나는 아프면 내 스스로 요양원에 들어갈 테니 걱정하지 마라."라고 하셨다.

8월 8일 화요일

강아지 시월이를 데리고 경북 군위 동산계곡에 방문해 계곡에서 실컷 놀았다. 시월이가 활짝 웃는 모습을 보니 참 행복하다. 매일 직장 다니랴, 대학교 공부하랴 제대로 챙겨 주지 못해 항상 미안한 마음을 지니고 있다. 시월이 간식도 실컷 챙겨 주고, 하루 종일 쓰다듬어 주었다. 그러다 사람들이 안 보여서 목줄도 풀어 주었다. 시월이는 이리저리 자유롭게 뛰어다니다 내게 안겨서는 하염없이 애교를 부린다. 이날은 시월이를 행복이라고 불렀다.

밤이 되어 침낭을 깔고, 계곡물 흐르는 소리를 베개 삼아 잠자리에 들었다. 밝은 달, 초롱이는 별. 그리고 행복이.

출근. 거의 완공된 우리 매장 건물을 구경하러 갔다. 예상했던 것보다 더 웅장한 모습에 리모델링 총책임자인 김 선생님께 박수를 보냈다. 식사 자리에서 가벼운 농을 꺼냈다. "사장님. 김 선생님을 네 글자로 바꿔 말하면 무엇인지 아십니까? 복. 덩. 어. 리."

백화점 담당자가 급히 나를 찾았다. 7월에는 8천만 원의 매출을 올리던 브랜드가 왜 지금은 매출이 없느냐며 따져 물었다. 나는 우리 브랜드가 원래 8월에 약하다며, 매년 데이터를 봐도 그 흐름이 분명하다고 설명했다. 담당자는 잠시 대빵 사무실로 가서 더 이야기하자고 했다. 대빵 앞에서 나를 한 번 혼내는 장면이 필요했기 때문이다.

그의 입장을 이해해 군말 없이 이동했고, 그는 엄지척을 보이며 연기 시작을 알렸다. 곧 목소리를 높이며 매출을 문제 삼았고, 나는 볼멘 목소리로 죄송하다고 말했다. "저희가 챙기고 투자한 것이 얼만데, 이런 매출이라면 당장 접으세요. 서로 시간 낭비하지 맙시다. 매니저님 왜 이러세요, 진짜!!" 대빵 표정을 보니 흐뭇하면서도 인자한 미소를 짓고 있었다. 아이러니한 일이다.

퇴근 무렵, 담당자는 내게 고맙고 미안하다며 카페 기프티콘을 보내 주었다. 그와 나의 처지는 동병상련이다.

종일 신입 직원 두 명을 교육했다. 그중 한 명은 교육에 다소 소극적이었는데, 일이 맞지 않는 듯 보였다. 내일은 롯데백화점에 뉴패러가 입점한다. 할 일이 태산이다.

우리 집 옆에 있는 공터가 작은 숲으로 변해 가고 있다. 우리 할머니 작품이다. 이 빈 땅에 무언가 심고자 거름을 챙기며 기름진 땅으로 일구셨다. 어느새 보기 좋은 풀과 꽃들이 무성히 자라났다. 몇 개월 전만 해도 쓰레기와 모난 돌들이 뒤섞인 땅이었는데, 이제는 하얀 나비가 날아다녔다. 할머니는 생명을 기르는 대지의 여신이시다.

8월 21일 월요일

부장님과 점심 식사를 함께했다. 나는 직원들 생일을 챙겨 왔지만, 부장님은 늘 생일을 알려 주지 않으셨다. 백화점 작업계 신청 과정에서 주민등록증으로 생일을 알게 되었고, 실제 생일이 아닐 수도 있지만 오늘 챙겨드리기로 했다. 생일 축하 와인을 드리자 부장님은 함박웃음으로 기뻐하셨다.

방송통신대학교 졸업장이 수여된다는 문자를 받았다. 졸업이 실감난다. 동시에 대학원 등록금을 납부했다. 이번 년도는 온라인 줌 수업 위주로 듣고, 내년부터 출석수업에 참가할 계획이다.

8월 27일 일요일

아침에 써니 주임님이 참한 부부를 상담하고 있었다. 혼자서 끝까지 해 보시라고 지켜보고 있는데, 손님을 놓칠까 봐 불안함도 들었다. 시간이 지나 설명 단계를 지나 곧바로 계약 과정으로 넘어갔다. 재미있는 것은, 계약 과정에 들어가니 써니 주임님이 당황스러워하는 표정이었다. 나중에 말하기를, 계약할 줄 몰랐는데 하겠다고 해서 당황스러웠다고 한다. 판매원이라면 누구나 다 겪는 과정이다.

또 롯데백화점에서도 매출이 터졌다. 교육받은 직원들이 매출을 올리니 배로 기쁘다. 어떻게 판매했냐고 물으니, "대리님이 말씀해 주신 대로 눈을 피하지 않고 자신 있게 권했어요!" 그렇다. 판매원이 고객으로부터 눈을 피하면 끝장이다.

사장님 눈이 부어 있었다. 어제 드라마 '도깨비'를 보며 눈물을 많이 흘리셨다고 했다. 사장님과 나는, 생각보다 눈물이 많은 사람들이다. 눈물이 많은 만큼 웃음도 많다. 다음 주부터 매주 수·목요일은 대구 본점에서 근무하기로 했다.

우리가 이전하게 될 새 사옥은 대략적인 정리가 끝나, 이제는 번듯한 가구 매장처럼 보였다. 매장이 너무 조용해서 블루투스스피커 테이블과 노트북을 연결하여 잔잔한 클래식 음악을 재생했다. 김 선생님은 말씀하셨다. "역시 젊은 직원이 있어야 해. 적막한 매장에 아무도 음악 트는 사람 없었는데. 우리 문 대리님이 오니깐 음악이 나오잖아." 본점을 지키는 동료들에게 매장에 음악이 끊기는 일이 없도록 부탁했다. 소비자들의 후각과 청각, 미각과 시각, 촉각을 만족시켜 주는 오감만족 매장이 되어야 한다.

똥파리 두 마리가 날아다니면서 계속 여성 고객님의 손과 머리를 괴롭혔다. 고객님도 당황스러워하고 나도 민망했다. 남편 되는 사람이 계속 파리를 쫓아냈지만, 지독한 똥파리는 계속 아내를 괴롭힌다. 응대 중간에 김 선생님께 파리 때문에 고객이 굉장히 불편하다고 보고드렸다. 김 선생님은 지난번 백화점 매장에 영업키가 없어서 펄펄 뛰셨던 것처럼 오늘도 마찬가지였다. "이 값비싼 명품 소파를 판매하는 곳에서 똥파리가?! 그게 말이 됩니까?! 주임님! 실장님! 얼른 파리채랑 해충 퇴치제 사 와요!"

똥파리가 고객을 쫓아냈다. 김 선생님은 고무장갑과 비닐 앞치마를 두르시고 파리를 찾아다녔다. "파리 요노무 새끼들. 구석구석 파리가 앉을 만한 곳은 다 뒤집어 봐요!" 신기하게도 고객이 떠나니 파리가 보이지 않는다.

이어서 방문한 고객님과 반갑게 인사하는데, 빌어먹을 파리가 또 고객님 옆에서 알짱거린다. 눈짓으로 파리를 퇴치해 달라고 김 선생님께 신호를 보냈다. 김 선생님은 마트에 가서서 고급 전자 파리채를 사 오셨다. 매장 곳곳에서 전기채로 파리 지지는 소리가 끊이질 않았다. 이 상황이 너무 웃겨서 웃음을 참을 수가 없었다. 고객님도 소파 구경을 멈추고 김 선생님의 열성적인 파리 퇴치를 구경하셨다.

파리도 잡고 창고 정리도 하다 보니 직원들 모두 기진맥진하였다. 김 선생님은 더 이상 움직이지 못하겠다며 안락의자에 고정되셨다. 오후 늦게 사장님이 오시니 김 선생님은 힘을 되찾으셨는지 눈을 빛내시며 일거리를 찾아 헤매신다. 너무 재밌는 분이셔서 직원들 모두 웃었다. 우스갯소리로 농담을 건넸다. "이야. 김 선생님. 우리 대빵 사장님 오시니깐 허리도 다 나으시고 의욕 넘치시는데요?" 김 선생님은 나를 바라보며 의미 모를 미소를 지으시는데 귀여우셨다. 김 선생님과 함께 근무하게 되어서 너무 행복하다.

본점에 고객 방문을 유도하기 위하여 블로그에 심혈을 기울였다. 이제 대구 가구만 검색해도 우리 블로그가 상단에 노출된다.

어느 고객님이 소파에 구멍이 있다고 확인을 요청하셨다. 오후 6시 고객 댁에 도착해 문제가 되는 부분을 확인했는데 도무지 내 눈엔 구멍이 안 보였다. 고객도, "방금 전까지 있던 구멍이 어디 갔노? 어데 갔노?" 눈을 부릅뜨며 찾는다. 그렇게 크게 보이던 구멍이 내가 도착하니 찾을 수조차 없게 작아졌다고 놀라워한다. 신기한 일이다. 고객은 구멍이 없어졌다며, 밤늦게 죄송하다고 두유와 사과주스를 챙겨 주셨다. 사실 이런 경우는 종종 있다. 롯데캐슬 고객댁은 소파에서 소리가 난다고 했다. 직접 가서 수십 번을 앉았다 일어섰는데도 삐익거리는 소리는 나지 않았다. 소음이 없어진 것이다.

김 선생님도 명상센터에서 수련을 하기로 하셨다. 오전이나 밤늦게 수련할 때가 있는데 선생님 시간에 맞춰서 수련을 갈 생각이다. 함께 하면 얼마나 즐거울까.

백화점에서는 대리점 매장에 암행어사를 보내기도 한다. 암행어사는 고객인 척하며 백화점과 대리점 중 어디에서 구매하는 것이 좋으냐고 묻는다. 그러면 대리점 직원은 대리점에서 구매하라고 응대한다. 이런 사실이 누적되면 "저 브랜드는 협조가 안 된다. 저 매장은 통제가 안 된다."고 평가한다.

우리는 문제가 되지 않을 멘트를 함께 연구해야 했다. 사장님께는 대리점은 증정품 중심으로, 백화점은 현금 할인 중심으로 운영하자는 방안을 제안드렸다. 그에 따라 멘트도 정리했다.

"고객님, 브랜드 전 매장은 정가 판매를 원칙으로 합니다. 백화점에서 구매하시든 대리점에서 구매하시든 동일해요. 다만 고객님들 중에는 할인을 원하시는 분도 계시고, 증정품을 더 받으시려는 분도 계십니다. 이두 가지는 동시에 적용이 어렵습니다. 할인과 포인트 적립을 원하신다면 백화점에서 계약하시는 것이 좋습니다.”

또 다른 문제도 있었다. 대구 지역에 뉴패러 소파 매장이 세 곳으로 늘어나면서, 고객들은 자신이 혜택을 제대로 받았는지 확인하고 싶어 했다. 그래서 현대백화점 계약 고객이 롯데백화점에 처음 방문한 척하며 견적을 받는 일도 생겼다. 이럴수록 원칙과 기준을 세워, 현명하게 대응할 필요가 있다.

9월 8일 금요일

경주 고객님께서 소파 문의 전화가 왔다. 상담을 해 보니 전화로 최종 계약을 할 수 있을 것 같아 고객의 목소리에 집중했다. “고객님. 저희 브랜드 특성상 계약은 무조건 매장 내방해 주셔야 해요. 그리고 롯데, 현대, 대구 본점, 마지막으로 팝업 신세계 동시 오픈 행사가 가장 크니깐 꼭 9월 중순까지는 방문해 주시면 혜택이 큽니다.” 고객은 거리가 멀어서 중순까지는 방문이 힘들다며 그냥 전화로 계약하겠다고 한다. 계약서 쓰는 일은 언제나 즐겁다.

퇴근 후 김 선생님과 함께 수련을 했다. 난생처음 수련복을 입고 멋쩍어하시는 쉰 살 남짓한 선생님 모습에 웃음이 났다. 왜 자꾸 웃느냐고 물으셔서, 그냥 웃음이 난다고 둘러댔다.

오늘은 호흡 명상을 한 시간 넘게 이어 갔고, 들숨 40초, 날숨 30초에 도달했다. 들숨은 비교적 안정적인데, 날숨은 아직 일정하지 않다. 호흡 중

머리가 아픈 걸 보니, 어딘가 아직 막혀 있는 듯하다.

지난 상반기 계약을 취소했던 부부가 다시 매장을 찾았다. "아직 소파도 식탁도 없는데, 뉴패러 말고는 마음에 드는 게 없어요." 고객의 말이었다. 역시 취소를 요청하는 고객에게 차갑게 대하면 안 된다. 취소한다고 불친절하게 응대하면, 고객이 다시 오고 싶어도 올 수가 없다. 다시 올 기회의 문은 열어 둬야 하는 것이다. 판매가 서툰 것은 극복하면 되지만, 불친절하면 장사를 접어야 한다.

그런데 몇몇 판매원들은 짜증을 섞어 이렇게 말하곤 한다. "취소는 해 드리지만, 다음에는 좀 신중하게 결정해 주세요. 저희가 얼마나 많이 도와드렸나요."

한편 오늘은 전 매장에서 큰 매출이 나왔다. 반려견 놀이터나 유명 카페에 우리 소파가 추가로 들어간 뒤로, 뜨거운 반응이 돌아오고 있는 것이다. 감사한 일이다.

휴무, 천안에 가서 대학원 교수님을 만나 뵈었다. 교수님께서는, "제가 여러모로 지쳐 있을 때, 한 도우(道友)가 이런 말을 하더라고요. '남을 바꾸려니 많이 힘드시죠? 자기 자신을 바꾸는 것이 먼저입니다.' 네. 세상은 바뀌지 않아요. 부처님이 계실 때도, 예수님이 계실 때도 세상은 변함없었어요. 하지만 지금 여기 우리가 바뀔 수는 있죠."라고 하셨다.

다른 선배도 내게 여러 조언을 해주었는데 다음의 말이 인상 깊었다.

"결국 자신이 깨닫지 않으면 아무것도 할 수가 없지요. 어떻게 해야 깨닫는지 가르쳐 주지만 그 자신이 하지 않으면 아무런 결과도 없죠. 수련에 관해 이런 말도 있어요. '같이 걸어가 줄 수는 있지만 대신 걸어줄 수는 없다.'"

교수님께서는 대구에서 천안을 오고 가며 수학하는 것은 현실적으로 어려운 일이니, 천안으로 이직을 원한다면 찾아 주겠다고 하셨다. 감사한 일이다.

교수님과 함께 저녁 건강세미나 '자연치유력을 깨우는 방법'에 참가했다. 아름다우신 여성 의사 선생님께서 강의해 주셨다. "저는 현대의학이 병의 근본을 치료하지 못하는 데 문제의식을 지니고 살았어요. 의과대학을 졸업하고 무척 아팠던 저는 삶이 너무 힘들었어요. 약으로도, 시술로도 건강은 회복되지 않았죠. 남편은 내과의사입니다. 그런 남편도 저를 치료하기 위해 지극정성을 쏟았지만, 저는 계속 골골거리며 집에 누워만 있어야 했어요. 그러다 우연히 자연치유력이라는 개념을 알게 되고, 저 자신에게 적용하여 기적적으로 건강을 회복할 수 있었습니다. 그리고 병의 근본을 치료하는 방법이 사람의 자연치유력 회복에 달렸다고 믿게 되었습니다." 고개를 끄덕이게 만드는 순간이 많은 강의였다.

질의응답 시간에 나의 무릎에 대해 털어놓았다. "선생님. 저는 군대에서 왼쪽 무릎을 다친 이후로 계속 통증이 있어요. 그런데 병원에도 한의원에도 가 봤는데 아무런 이상이 없다고만 해요. 저는 계속 아픈데 말이죠. 왼쪽이 아프니깐 오른쪽을 많이 쓰다 보니 이제 양쪽 무릎이 아파요. 그래서 구두도 못 신어요. 이런 저도 치료할 수 있나요?" 원장님의 진지한 답변에, 비로소 무릎이 회복되리라는 희망이 들었다.

김 선생님은 파리가 보일 때마다 민감하게 반응하신다. 고급가구 판매 매장에 파리가 있다는 것은 김 선생님에겐 절대로 용납되지 않는 일이다. 오늘도 바깥에 있던 파리 몇 마리가 매장으로 들어온 모양이다. 파리의 날갯짓이 들릴 때마다 김 선생님은 개구리처럼 고개를 돌리신다. 몇몇 운 없는 파리들은 김 선생님의 손짓에 추락했다. 어떨 때는 파리 퇴치 스프레이가 없었던지 헤어스프레이로 파리들을 추격했다. 그리곤 말씀하셨다. "문 대리. 파리 퇴치제보다 헤어스프레이가 파리를 더 잘 죽이는데 이거 무슨 일이죠?"

귀가해 저녁밥을 먹고 있는데 김 선생님의 익살스러운 표정이 떠올라 폭소했다.

오늘 써니 주임님과 나는 꽤나 큰 매출을 만들어 냈다. 주임님은 마음에 감동이 컸는지, 늦은 시간에 전화가 와서는, "대리님 고마워요. 꼰대들처럼 저를 쪼았으면 저는 못 해냈을 거예요. 불안하고 답답한 순간에도 여유를 가질 수 있게 해 주셔서 감사해요"라고 말했다. 흥분과 기쁨을 마음껏 표현하는 써니 주임님의 목소리가 유난히 귀엽게 들렸다.

나는 어제, 매출이 없어 괴로워하던 주임님께 이렇게 말했다. "주임님은 다른 건 신경 쓰지 말고 판매만 하세요. 머리 아프고 복잡한 일들은 제가 다 맡을 테니, 고객에게만 집중하세요." 그 말 그대로 나는 주임님의 리듬에 맞춰 움직였고, 우리의 호흡은 결국 좋은 결과로 이어졌다.

　김 선생님과 함께 수련했다. 수련이 끝난 뒤, 선생님은 자신의 과거를 조심스럽게 들려주셨다. 어머니를 일찍 여의고, 먹을 것이 없어 굶주림이 일상이었던 유년기였다. 너무 배가 고파 부잣집에서 기르는 개들이 부러웠다는 말이 오래 마음에 남았다. 이후 아버지가 새장가를 가시면서 계모 밑에서 자랐고, 그 시간은 학대와 고립의 연속이었다. 학교에 입학한 뒤에도 친구들의 놀림을 견디지 못해 매일같이 싸움을 벌였다고 한다.

　그 모든 시간을 버티게 한 것은 '반드시 성공하겠다'는 단 하나의 다짐이었다. 그는 공부와 운동에 매달렸고, 갖은 고생 끝에 동국대학교에 입학해 학업의 결실을 맺었다. 이후 여러 경험을 거치며 정치권에 발을 들였고, 큰 인물들의 손발이 되어 현장을 누볐다. 그렇게 흘러온 삶의 끝에서, 어떤 인연으로 지금 이 가구점에 이르게 되었다.

　김 선생님과 나는 포옹을 많이 했는데 직원들이 우리 모습을 사진으로 남겨 주었다. 대뜸 김 선생님은 내게, "우리 형님 같다. 형님." 한참 어린 내게 형님 같다니. 기분이 이상했다. 아무튼 선생님과 함께 수련하고 일하는 것은 내게 참 좋은 일이다. 이상하게도 선생님과 함께 있으면 마음이 편안하다.

　밤늦게 귀가하던 길에 외국인이 택시를 탔다 내리기를 반복하는 걸 보고 말을 걸었다. 카자흐스탄 출신으로 영남대 한국어학당에 다니는 아슬슬이었는데, 심야 할증으로 요금이 부족하다고 했다. 우리 집 방향과는 반대여서 내가 데려다줄 수는 없었다. 하는 수 없이 지갑에 있던 1만 5천 원을 모두 건네며, 택시를 타면 기사님께 사정을 말씀드리라고 했다.

　외국에서 헤매던 내 경험 덕에, 도움이 필요한 외국인을 보면 그냥 지나치지 못한다. 그때 받았던 수많은 친절과 배려를 나는 아직도 잊지 않고 있다.

사랑스러운 김 선생님, 매일 백화점과 매장 관리만 해오시던 김 선생님께서 판매를 해 보고 싶으신 눈치셨다. 고객님이 들어오면 직접 설명도 하려 하시고, 가격 때문에 고민하는 고객님들에겐 만족하실 거라며 믿고 가시라고 멘트도 날리신다. "사모님. 거실에 이런 소파 딱 하나 있으면 클래스가 달라요. 다 설명 들으셨겠지만 믿고 사세요." 이런 멘트를 하시며 두 손을 합장하시는데, 픽 웃음이 나온다. 고객님은 귀여운 표정을 짓고 계시는 선생님이 부담스러우셨는지, 슬슬 자리를 피한다. 이런 말 하면 뭐하지만, 거구가 발끝을 모으고 서 있었으며, 눈웃음은 솜사탕 같았다.

다음 고객님이 오시면 선생님께 처음부터 끝까지 해 보시라고 권했다. 아마 사장님이 아시면 엄청 화를 내실 발상이었다. 김 선생님은 거절의 의미로 손사래를 치셨지만, 입은 웃고 계셨다. 마침 손님이 오셨고 나는 다른 일로 바쁜 척하며 선생님께 손님을 맡아 달라고 부탁드렸다. 쭈뼛거리며 고객에게 다가가는 김 선생님. 그 길목에서 외쳤다. "선생님! 자신감!" 나를 한번 쳐다보시더니 어깨를 펴고 당당히 걸어가신다.

고객을 응대하는 선생님의 표정은 행복해 보였다. 하지만 고객님들은 뭔가 김 선생님을 부담스럽게 느끼신다. 아무래도 마이크 타이슨처럼 생긴 아저씨가, 눈을 부라리며 소파를 설명하는데 부담스럽지 않다면 이상할 것이다. 또 김 선생님은 고객의 반박이나 날카로운 질문을 받을 때면 큰소리로 방어하기도 하신다. 계속 지켜볼 수 없는 노릇이므로 전생에 죄

많은 내가 출격했다.

나는 김 선생님이 소파를 판매하는 날에 크게 한턱 쏘겠다며 호언장담했다. 선생님의 두 눈이 반짝인다. 김 선생님과 함께 근무하는 날이 많으면 좋겠다. 선생님과 함께하는 가구점이 기대된다.

9월 28일 목요일

내 미래는 어떤 모습일까. 바라는 것이 하나 있다면, 구속받지 않는 삶을 사는 것이다. 사람들은 저마다 무언가에 매여 산다. 눈치에 매이고, 돈에 매인다. 직장과 직위에 매이고, 결혼해서는 자식에 매이고, 체제와 편견에 매인다. 나는 모든 것을 경험하되, 그 어떤 것에도 구속받고 싶지 않고, 집착하고 싶지도 않다. 미래의 나는 무언갈 붙잡지 않아도 충분한 사람이면 좋겠다. 과거에는 바람처럼 살고 싶었다면, 이제는 하늘처럼 살고 싶다.

10월 2일 월요일

누가 와도 가구점에서 잘 일할 수 있도록 매뉴얼이 필요하다는 생각에 펜을 들었다. 퇴근 후 공터에서 직원들과 오래된 서류를 불태웠고, 과장님은 나무 작대기를 짚고 불을 바라보고 계셨다. 우리가 그렇게나 매달리고 매달렸던 온갖 계약서와 배송장, 회의록이 타는 모습을 보며 마음이 한결 후련해졌다. 그러다 함께 근무했던 동료들의 글씨를 마주하니 문득 그들이 그리워졌다.

수련을 하다가 한 도반에 의해 외로움과 공허함에 대해 들을 수 있었다. "외로움은 찾아서 채울 수 있는 것인데, 공허함은 다 만족스러운 상태에서도 무언가 허전한 것이다. 공허함을 느낀다면 진아(眞我)의 부름이다.”

진아는 변하지 않는 참된 나를 의미하는 것이고, 가아는 상황·환경에 따라 만들어진 가짜 나(에고)라고도 한다. 진아는 태어나기 전에도 있었고, 죽음 이후에도 사라지지 않는 본질이다. 가아는 사회·경험·트라우마·성취로 형성된 자아 이미지이다. 왜 우리는 가아를 달고 사는가? 진아에 가아가 붙어있을 필연적인 이유가 있을까? 진아가 참이라면 진아로만 살면 되는 것 아닌가? 나의 진아는 무엇이며 나의 가아는 무엇일까? 반대로 진아를 포기하고 가아로 살면 안 되는가? 탐구심이 발동된다.

도반에게 신념과 고집의 차이, 열정과 열심의 차이, 인간과 사람의 차이도 물어보고 싶었지만, 이야기가 길어질까 물어보지 못했다.

10월 5일 목요일

나의 대학 졸업을 축하하기 위해 가족과 친지들이 우리 집에 모였다. 집은 경상도 사투리와 음식으로 가득했다. “야야 그거 뜨사가 데파묵자.” “이거 끼리라고?” “아니 저 오봉에 있는 오징어찌짐.” “오 오그락지랑 같이 무면 더 맛있겠노” “고마 깔롱직이고 이리 낑기라.” “땡초는 매매 챙기오니라.” “어마이야. 저거는 상했는지 쌔그럽더라. 이제 단디 여며가 너야지.” “상다리가 흔들거리노. 어디 뭐 공굴 거 없나?” “아이고 언서시러워. 현진이가 요만했는데 언제 저리 컸어.”

서울에 살고 있는 큰삼촌은 이제 좀 사투리를 고쳤는데, 집에만 오면 다시 부활한다며 낭패라고 했다. 그걸 들은 막내삼촌이 코웃음을 쳤다. “히야. 고쳤다는 말 어디서 함부로 하지마래이. 아무도 고쳤다고 생각 안 한다.”

가족들은 직장을 다니면서도 대학교 공부를 하느라 고생했다며 나를 위해 맛있는 음식을 잔뜩 준비해 주었다. 얼마나 많은 음식이 차려졌는지 전라도 밥상인 줄 알았다. 식탁 위에 모든 음식이 올라가지 못해 상 밑에까지 늘어놓아야 할 정도였다.

대단한 성공도 아니고, 세상이 뒤집힐 사건도 아니었지만, 그 순간만큼은 내가 어떤 과정을 통과해 왔다는 사실이 또렷이 느껴졌다. 할머니는 나를 지긋이 바라보며 미소 지어 주셨다. 어머니는 "고생했다"는 말을 몇 번이나 반복하셨다. 아버지는 말없이 술잔을 채워 주셨다.

문득 대학 입학을 고민하던 날이 떠올랐다. 꿈도 없었고 무엇이 될지도 몰라 그저 물 흐르듯 살아가려던 나에게, 정휴준 교수님은 어떻게든 대학에 가야 한다며 강하게 권하셨다. 철없던 내게 무한한 사랑과 정성을 쏟아 주셨다. 지금 돌이켜 보면 교수님께 참으로 감사하다. 대학을 다녔기 때문에 생각하는 법을 배웠다. 직장을 다니며 대학공부를 병행하는 열정적인 방통대 학우들을 만났다. 정 교수님과 우리 가족, 학우들, 직장동료들이 있기에 졸업을 할 수 있었다. 참 감사한 일이다.

몸이 편찮으신 할머니를 댁으로 모셔다 드렸다. 할머니는 손주와 더 시간을 보내고 싶으셨는지 할미집에서 자고 가라고 하셨다. 다음날이 휴무이기도 해서 그렇게 하기로 했다.

할머니와 함께 거실에서 TV를 보는데, 어느 다큐멘터리에서 삼칠일과 금줄에 대한 이야기가 나왔다. 요즘에는 삼신이나 삼칠일, 금줄을 모르고 살아도 아무 상관이 없다. 몰라도 사는 데 지장이 없다. 나는 그런 의미로 미신이 아닌가 하고 혼잣말로 중얼거렸다. "미신 아닌가. 지금은 다 모르고 사는데."

내 말에 할머니는 본인이 직접 경험한 옛날 일을 말씀해 주셨다. 경북 청송 진보 산골 마을이 고향인 우리 할머니. 할머니는 그곳에서 남편과 함께 세 아이를 키우고 있었다. 그러다 넷째도 태어났다. 그리고 금줄을 쳐서 삼칠일 동안 방 안에만 있어야 했다. 그런데 할아버지가 삼칠일 안에 실수를 저질러서 넷째가 비명횡사했다고 했다.

할머니 이야기에 무한한 호기심이 들어서 자세하게 알려 달라고 부탁드렸다. 할머니는 지난 이야기 자세히 알아서 무엇할 것이냐며 입을 닫으셨다. 나는 할머니 어깨를 주물러 드리며 졸랐다. "할머니. 아까 너무 많이 먹어서 배도 부르고 소화도 시킬 겸 안마해 드릴게요. 자세히 좀 이야기 해 주세요." 나는 어렸을 적부터 옛날이야기를 무척이나 좋아한다.

할머니는 드디어 과거를 회상하시며 입을 여셨다. "옛날에는 애기를 출산하면 산모랑 아이는 21일(삼칠일) 동안 밖에 못 나간데이. 금줄은 숯이랑 소금 고추 솔잎 달아 방에 치는 거거든. 금줄 친 방에 들어앉아 넷째 젖을 먹이고 있는데. 한 14일 지났나. 그날 새벽에 금줄이 엄청 흔들리더라고."

할머니는 나쁜 기운이나 잡귀를 막아 주는 금줄이 떨리니 너무 무서웠다고 한다. 바람도 안 부는데 금줄을 누가 잡고 흔드는 것 마냥 파파파파 흔들렸다. 공포스러운 새벽이 지나 아침이 되었다. 여느 날처럼 할머니 품에서 곤히 자던 아기였다. 그런데 갑자기 돼지 멱따는 소리를 내면서 엄청 우는 것이다. "꽤애애액! 꽤애애애애액!! 거리더라고. 돼지 소리야 영락없는 돼지 소리."

할머니는 아기를 계속 달랬다. 그런데도 아기가 무슨 낭떠러지에 떨어진 것마냥 울음을 안 멈추는 것이다. 할머니는 너무 놀라서 사람들에게 빨리 남편을 모셔와 달라고 소리쳤다. 당시 이웃 어르신들이 방으로 들어와서 할머니와 아기를 위해 천지신명님께 기도해 주었다.

할머니는 내 배로 낳은 자식이, 품 안에 안고 있는 아기가 30분 넘게 숨이 넘어가듯 우니깐 정신이 나갈 지경에 처했다. 아기 몸이 점점 불덩이가 되어 뜨거웠다. 근데 그 상황에서도 할머니 눈에 무엇이 보였다. 방문 밖 마루에서 덩치 큰 네발짐승이 막 고개를 미친 듯이 흔들면서 마루를 뛰어다니는 모습.

할머니는 아기를 지키기 위해 정신을 바짝 차리고 자세를 고쳐 앉았다. 마침 갓난아기가 울음을 그치기에 바라보니, 입에 거품을 물고 사지를 떠는 것이 아닌가. 할머니는 아기가 곧 죽겠다는 직감이 들었다. 정말 아기는 경련을 일으키다가 숨이 멎었다.

온 집안이 발칵 뒤집어졌다. 할머니는 물론, 이웃분들도 눈물을 흘리며 가슴을 두드렸다. 이 얼마나 끔찍한 일이냐며.

얼마나 지났을까. 남편이 도착했다. 남편은 집에 들어오자마자 할머니가 있는 방문을 열어젖혀 아기부터 찾았다. 아기엄마는 이미 실신해 있고, 사람들의 곡소리가 한창이었다. 남편은 맨발로 우물로 뛰어갔다. 그 차디찬 겨울에 웃옷을 벗고는 온몸에 찬물을 덮어썼다. 물을 막 뿌리면서 남편은 외쳤다. "잘못했습니다. 잘못했습니다. 잘못했습니다. 죽을 죄를 졌습니다."

시간이 지나서 할아버지는 자신이 어떤 죄를 저질러서 이런 비극이 있었던 것 같다고 실토했다. 아기가 죽은 날 자신이 저지른 일을 들려주었다.

아기가 죽은 날 아침. 할아버지는 일찍 시장에 나갔는데, 시장 한복판에 돼지가 묶여 있었다고 한다. 누가 돼지를 잡으려고 하는 것인지, 주변에 망치도 있고 크고 작은 칼들도 있었다. 당신은 다른 볼 일이 있어서 그냥 지나쳤는데, 시간이 지나서 그곳을 다시 방문하게 되었다.

돼지 앞발은 나무에 묶여 있고, 뒷발은 두 사람이 줄을 매어 잡아당기고 있었다. 그리고 돼지머리가 움직이지 않게 눈을 가리는 두건이 덮어 씌어 있었다. 문득 할아버지 생각에, 돼지가 잡는 곳이 따로 있는데 왜 여기서 돼지를 잡느냐고 물어보려 다가갔다. 그들에게 다가가고 있는데 어느 남자가 망치로 돼지머리를 내려치는 것 아닌가.

돼지가 망치를 제대로 맞았음에도 불구하고 막 발버둥을 쳤다. 그러다 앞발을 묶은 줄이 풀어졌고, 돼지는 시장을 헤집으며 이리저리 날뛰기 시작했다. 눈이 가려진 돼지의 뜀박질에 사람들이 부딪치고 넘어졌다. 그러다 어린 아이들도 돼지한테 밟혀서 위험한 상황이 펼쳐졌다. 남자들은 돼지를 따라다니며 망치를 휘둘렀다.

순간적으로, 무의식적으로 할아버지도 돼지를 잡는 일에 동참하게 되었다. 할아버지 눈앞에 보인 것은 방앗간에서 쓰는 돌망치. 할아버지는 돼지가 다가오는 길목에 서서 대기하다가, 돼지와 가까이 되자 뒤통수를 내리쳤다. 근데도 돼지는 뛰어다녔다. 제대로 맞았다고는 할 수 없지만, 그래도 맞긴 맞았는데 저렇게 펄펄 뛰어다니는 돼지가 이상하게 여겨졌다. 이 정도로 맞았으면 기절하거나 죽어야 하는데 도무지 이해가 되지 않았다. 이런 경우는 처음이라 거기에 있던 사람들이 모두 경악했다.

할아버지는 돼지를 따라다니며 망치를 휘둘렀다. 그러다 속도가 느려진 돼지에게 많은 사람들의 망치질이 시작됐다. 참 끔찍한 이야기였다. 돼지는 쓰러졌고 묵사발이 됐다. 주변 시장 사람들이 몰려와 이 돼지는 미친 돼지라고, 귀신들린 돼지라며 소금을 뿌리고 부적을 태웠다.

근데 갑자기 할아버지에게 이상한 느낌이 들었다. 순간 주변 소음이 하나도 들리지 않고, 온몸에 힘이 빠지기 시작한 것이다. 생전 이런 느낌은 처음이었다. 망치를 놓쳐 버릴 정도로 온몸에 힘이 빠졌다. 이윽고 다리까지 풀려 버려 그 자리에 주저앉게 되셨다.

마침 할아버지 머릿속에는 갓 태어난 아기 얼굴이 떠올랐다고 한다. 힘이 탁 풀린 상태에서도 큰일이 났다 싶어 집으로 뛰기 시작했다. 그렇게 집을 도착해 죽은 아기를 본 할아버지는 속죄하기 위해 우물물을 뒤집어 쓴 것이다.

아기가 땅에 묻히고, 할머니는 방에서 누워만 있었다. 할머니 건강이 점점 더 악화되었다. 음식을 먹으면 다 토했고, 시력에 문제가 생겨 종종 앞이 보이지 않는 것이다. 큰 병이다 싶어 의원에게 치료도 받고 한약도 먹었지만, 차도는 없었다.

결국 주왕산에 사는 큰무당을 불렀다. 무당은 집에 들어서자마자 소리쳤다. "어느 미친놈이 금줄 걸린 집에서 살생을 했느냐! 화를 자초해도 이런 큰 재앙을 자초한 놈은 처음이구나!" 무당은 할아버지를 하루 종일 혼을 내셨다고 한다. 삼신벌 천벌을 받았다면서 속죄하라고 했다.

무당은 사람을 살리기 위해 굿도 하고 제도 지냈다. 돼지의 혼백을 달래기도 하고 겁도 주며 집안에서 몰아내고자 했다. 그런데도 불구하고 할머니는 계속 아팠다. 무당은 호랑이 털과 늑대 털, 곰 똥을 뭉쳐서 집안 곳곳에 배치해 두었는데, 돼지가 무서워하는 천적의 털과 똥이라서 효과가 있을 것이라고 예상했다. 무당은 이것도 안 되면 자기는 더 이상 도와줄 방법이 없다면서, 천지신명님께 계속 빌라고 했다.

천만다행으로 할머니는 점차 건강을 회복하기 시작했다. 무당이 할아버지를 법당으로 불렀다. 할아버지는 자초지종을 다 설명했다. 무당이 다 듣고 말하길, 이 돼지는 뭔가 사연이 있는 돼지인 것 같다고 했다. 확실한 것은 새끼를 낳은 지 얼마 안 된 엄마돼지. 새끼들 젖도 한번 못 물려 보고 죽었는데, 도대체 왜 새끼를 낳은 엄마돼지를 삼칠일에 살생했냐며 또 혼을 내셨다. "우리나라 사람들이 새끼 낳은 짐승을 함부로 하지 않는데 어찌 그러해서 이런 화를 불러. 어미 돼지가 한을 품고 아기를 데려갔네. 자네 다시는 이런 실수를 하지 말게나." 무당은 또다시 당부했다. "모든 생명이 귀하고 하늘의 작품인데. 갓 새끼를 낳아 키우는 짐승의 마음은 인간과 다를 바가 없다. 키우고 기르고자 하는 하늘 마음과도 같다. 자네가 일부러 그렇게 살생하지 않았다는 것은 알지만. 죄는 죄다. 모든 생명은 하늘이 주심을 알아야 한다. 모든 생명 안에서 천지신명을 보는 눈을 키우며 살게나."

나중에 마을 사람들과 이 일을 조사했다. 그 돼지가 마을 돼지가 아니라는 점, 돼지 잡던 사람들도 고을 사람이 아니라 외부 사람들이었다는 점. 누가 어디서 어미 돼지를 훔쳐 와 시장에서 잡은 것 같은데, 할아버지가 운이 안 좋아 이 일에 말려든 것 같다고 했다.

할머니는 젊은 나이에 세상을 떠난 할아버지를 떠올리며 눈물을 흘리셨다. 나는 할머니의 이야기를 듣는 내내 이야기가 끊어질까 봐 어깨 마사지를 멈추지 못했다. 비극적인 이야기였지만, 내게는 무척 흥미로운 스토리였다.

직장동료들이 계약이 안 나온다며 고충을 토로했다. 특히 매니저님들 고객상담 내용을 들어 보니 가망고객을 자신 있게 끌어당기지 못한 부분이 많았다. 소파나 브랜드 이야기보다는 가격 관련 이야기를 더 많이 한다고 했다. 고객이 소파보다 가격이야기를 중점적으로 하는 이유는 두 가지일 것이다. 첫 번째는, 이미 이 소파에 대한 정보가 충분해서 구매할 수 있는 실제 가격이 궁금한 고객. 두 번째는, 내가 왜 이 비싼 소파를 사야 되는지 빨리 알려 달라는 신호를 어필하는 고객.

두 경우에 중점을 둬서 최대한 노하우를 전수해 주었는데, 한 매니저님은 제품에 대한 확신과 자신감이 없으니 계속 가격 할인으로 어떻게 해 보려고 하고 있었다. 가망 고객이다 싶으면 할인가를 공개해서 잡으려 하고, 할인가를 공개했는데도 결정하지 못하면 또 무언가 챙겨 주려고 하는 태도는 장기적으로 볼 때 좋지 못하다. 고객은 고작 할인률 때문에 제품을 구매하는 것이 아니다. 제품을 구매함으로써 오는 만족과 효용을 우선 고려한다. 그 효용을 충분히 설명해 주고 조금 더 끌어당김이 필요하다 싶으면 할인이나 증정으로 오사마리 지어야 한다. 나는 12가지 유형의 고객 응대 매뉴얼을 완성하고 나면 바로 보내 주겠다고 했다. 각자에게 일일이 말로 전해 주는 것은 시간과 에너지가 많이 드는 일이다.

휴무. 어제 퇴근할 때 실수로 중요한 파일을 집으로 가져와 버렸다. 결국 오늘 다시 매장에 들러야 했다. 휴무날에 다시 매장에 들어가는 기분은 참 오묘하다. 내가 전생에 죄가 많긴 많은 모양이다.

동료들은 반가워하면서도 놀라워했다. "이야, 우리 문 대리님 진짜 대단하십니다. 365일 전천후 근무네. 가구쟁이 시상식 열어가 문 대리님 상하나 드려야 하는데. 어째 휴무날에 나오셨심꺼?"

최근 옥상에 묶여 지내는 진돗개가 자꾸 눈앞에 아른거렸다. 그 녀석을 한번 마음껏 산책시켜 주고 싶다는 생각이 날이 갈수록 커지고 있었다. 옥상으로 올라가 진돗개에게 다가가 눈을 마주쳤다. 오늘 같이 산책을 나가지 않으면 왠지 후회할 것만 같았다.

결국 용기를 내어 개 주인에게 부탁했다. 함께 뛰어 놀고 싶은데 혹시 하루만 빌려줄 수 있겠느냐고. 주인은 내가 대형견을 다뤄 본 적이 있는지 물어보았다. 나는 거짓말을 해 버렸다. "저희 시골집에 삽살개랑 진돗개를 키우는데 자주 산책을 시켰습니다. 큰 개라도 컨트롤 잘 합니다."

주인은 개가 밖에 나가면 몹시 흥분해서 잃어버릴 수도 있다며, 만약 잃어버리면 200만 원을 물어내야 한다고 경고했다. 나는 이렇게 답했다. "가족이나 다름없는 소중한 반려견인데 200만 원으로 되겠습니까. 400만 원 물어내겠습니다." 그제야 주인은 함께 옥상에 올라가 보자고 했다.

큰 개는 미친 듯이 주인을 반겼다. 개의 꼬리는 늑대처럼 길었는데, 좌우로 흔들릴 때마다 등에서 둥둥둥 하는 소리가 울렸다. 주인은 개의 주둥이를 잡으며, 나가서 소란치지 말고 잘 다녀오라고 했다. 나는 배변봉투와 치킨 껌, 물과 육포를 챙긴 뒤 개를 끌고 단산저수지로 향했다. 개가 얼마나 즐거운지 기쁨에 겨운 짖음이 동네를 울렸다. 열 걸음쯤 걷다가 "왈왈!" 또 열 걸음쯤 걷다가 "왈왈!" 녀석은 세상을 다 얻은 것처럼 연신 짖어 댔다.

블랙탄에게 말했다. "탄아 좋으냐. 오늘 너가 지칠 때까지 걸어보자. 가자!" 탄이는 눈에 보이는 모든 것의 냄새를 맡겠다고 결심했는지, 나무와 도로표지석, 지나가는 사람들과 우체통에 코를 갖다 박는다. 쉬지 않고 흔들리는 꼬리를 보니 내 마음도 즐거웠다. 문득 너무 늦게 데리고 나와서 미안한 마음이 들었다. 진작에 주인님께 물어봐서 산책을 나올걸.

단산저수지 산책로에 도착하니 탄이는 무지막지한 힘으로 나를 끌어당겼다. 우리는 빠른 걸음으로 10바퀴를 넘게 돌았다. 내가 체력이 좋아서 뛸 수 있었다면 탄이는 더욱 좋아했을 것이다. 그러나 체력부족이다. 걷는 것도 힘들다. 탄이 상태를 보아하니 솔직히 100바퀴는 뛰어야 만족할 것 같았다.

산책로 벤치에 앉아 휴식시간을 가졌다. 물과 간식을 주었는데 탄이 눈은 참 맑았다. 그러다가 갑자기 앞을 지나가던 고양이를 발견했다. 순간 탄이의 몸이 굳었다. 나는 직감적으로 불길한 예감을 느꼈다. 순간 탄이는 미친 듯이 앞으로 튀어 나갔다.

나는 두 손으로 개줄을 잡고 있었지만 몸은 그대로 끌려갔다. 신발 밑창이 땅을 긁으며 미끄러졌다. 순간 팔이 빠질 것처럼 당겨졌다. "어허! 이 노옴! 잠깐만!"

하지만 녀석은 내 말을 들을 생각이 전혀 없었다. 나는 개를 산책시키는 것이 아니라, 개에게 끌려다니고 있었다. 나는 거의 뛰다시피 하며 따라가야 했다. 그때 문득 머릿속에 주인의 말이 떠올랐다. "잃어버리면 200만 원입니다." 나는 속으로 중얼거렸다. '아… 내가 왜 400만 원을 부른 거지.' 요크서테리어나 시츄같이 작은 개만 키우다가 대형견 목줄을 잡아 보니 참으로 대단한 것이었다. 그런데 내 마음에는 만족감이 들었다. 대형견 진돗개와 산책하니 무척 운동이 된다.

흠뻑 땀 흘리고 산책을 끝냈다. 돌아오니 개 주인은 보이지 않았다. 탄이를 옥상 주차장 집에 넣어 주고, 작별 인사를 하고 나왔다. 그런데 갑자기 건물관리인이 나를 부르는 것 아닌가. "이거 개 주인이 청년이 오면 주라고 하데. 어여 받아 가라." 얼떨결에 관리인이 건네는 봉투를 받았다.

건물을 나와 봉투를 열어 보니 10만 원이 들어 있었다! 산책을 해 주고 10만 원을 벌었다. 돈을 바라고 한 것은 아닌데, 너무 감사했다. 탄이도 좋고 나도 좋고 개 주인도 좋은 하루였다. 역시 강아지는 복덩어리다.

언젠가 반드시 배산임수 전원주택에 살면서 진돗개를 키운다. 백구와 황구, 흑구 3마리를 키운다. 진돗개 최고다.

마침 직원들 퇴근시간이었다. 동료들이 나를 발견하고는 또 눈을 빛내며 외쳤다. "아니 우리 문 대리님! 회사가 걱정되어 아직 떠나지 못하고 여기 지박령으로 계십니까요! 아이고 우리 대리님. 휴무날에 이게 지금 머선 일이고. 말씀 좀 해 보이소. 예?!"

농은 농으로 받아쳐야 제맛이다. "제발 좀 팔으이소. 매출이 좀 나와야 저도 집에서 쉬지 않겠습니꺼. 여기 사람이 몇 명인데 이래가 요래가 되겠습니까? 제발 좀 쉬게 해 주십시오."

갑자기 KD가 끼어들었다. "대리님. 오늘 식탁 AS 2건 들어왔어요…" 웃으며 말하는 KD가 얄미웠다. 요즘 식탁 문제로 죽을 맛이다.

11월 7일 화요일

다들 문 대리가 작성한 매뉴얼을 보고 공부를 많이 했다. 대학교에서 공부한 것, 일기를 매일 쓰다 보니 글을 쓰는 데는 크게 어려움이 없었다. 그런데 동료들은 이론 부분은 읽지도 않고, 고객 유형별 응대 방법만 골라

보았다.

1) 구경형 유형 "그냥 둘러보러 왔어요"

거리 유지하면서 가벼운 질문. "혹시 새로 꾸미시려는 공간이 있으세요?"

2) 정보형 유형 "인터넷에서 보고 왔어요"

가격 및 혜택 비교 중심. "온라인에서 보신 정보 외에 매장 한정 혜택도 확인하셔요."

3) 가족 동반형 "가족과 의논할게요"

결정권자를 관찰하고 설득 포인트 맞추기. "어머님께서 앉아보셨을 때 착석감은 어떠셨어요?"

4) 예산 중심형 "생각보다 비싸네"

가성비 강조 및 실속 구성 제안. "비슷한 톤의 세트 구성을 맞추면 예산 안으로도 충분합니다."

5) 스피드 구매형 "그냥 지금 사고 갈게요"

빠른 계약 업무 진행. "바로 계약 도와드릴게요. 다만 중요사항만 재차 확인드리겠습니다."

반면 동료들이 현장에서 고객 응대 경험을 쌓는 동안, 나는 사무실에 틀어박혀 서류 업무와 AS에 매달렸다. 고객님을 뵙는 시간보다 엑셀을 마주하는 시간이 더 길다. 주구장창 컴퓨터 모니터를 보고 있자니 눈이 건조하고 시리다. 전자파 차단 안경이 필요하다.

지난달에 새로 출시된 식탁 세트에서 백화현상이 발생했다. 그때부터 나의 하루는 '식탁과의 전쟁'이 되었다. 직접 방문해 수리도 하고, 다시 본사로 올리기도 했다. 사무실에서는 "문 대리, 또 식탁이야?"라는 말이 인사처럼 오갔다.

그러다 경북의 어느 고객댁에 방문하게 되었다. 백화현상이 생긴 식탁을 교체해 주기로 약속했지만, 본사의 사정으로 일정이 계속 어긋났다. 식탁은 올라갔지만 본사에서 내려와야 하는 식탁은 기약이 없는 것이다. 약속 날짜가 미뤄질 때마다 고객님보다 내가 먼저 불안해졌다. 혹시나 초인종을 누르기 전에 문이 열릴까 봐 괜히 자세를 고쳐 잡고 심호흡을 했다. 결국 직접 찾아뵙고 사과드렸다. 준비해 간 말은 단정했지만, 막상 입을 열자 "죄송합니다"가 튀어나왔다. 그때 고객님이 한숨을 쉬며 말씀하셨다. "식탁이 없어서 너무 불편해요. 근데 대리님이 일부러 늦게 해 주는 것도 아닐 텐데 일단 기다려 볼게요. 이제는 약속을 꼭 지켜 주세요."

매장으로 돌아와 고객 응대를 하고 있던 중이었다. 가구를 살펴보시던 고객님께서 서랍장 문을 여는 순간, 그 위에 걸쳐져 있던 큰 거울이 갑자기 떨어지며 손을 다치셨다. 거울은 고정되지 않은 상태였고, 명백히 우리 가구점의 문제였다.

나는 급히 고객님의 손을 부여잡고 괜찮으신지 여쭈었다. 손과 정강이에서는 열이 펄펄 날 정도로 상태가 심상치 않았다. 사장님께서는 지체 없이 고객님을 모시고 병원으로 향하셨다. 가구 위에 비치된 거울을 고정하고, 주의 안내문을 부착해야 했다.

영천의 고객님 댁에 부장님과 방문했다. 이 집은 희한하게도 소파 다리와 식탁 의자 다리가 말썽이었다. 부장님은 혀를 끌끌 차시며 혼잣말하셨다. "이 집은 어째 다리만 난리고?" 본사에서 새로 내려온 식탁 의자 수평을 점검했는데, 새 의자마저도 수평이 맞지 않았다. 그냥 복도에 세워 보았을 때는 괜찮았는데 내가 한 번 앉고 나니 오른쪽 앞 다리가 짧아진 것이다. 새로 출시된 식탁 세트 때문에 돌아 버릴 지경이다.

AS를 마치고 본점에 돌아오니 사장님이 왼쪽 다리에 깁스를 하고 계셨다. 산에서 미끄러진 뒤 뒤늦게 통증이 심해져 병원에 다녀오셨다는 것이다. 목발을 짚고 계단을 오르내리시는 모습을 보고 급히 부장님께 알렸더니, 미치고 환장할 노릇이라 하셨다. 어제는 고객님이 다치시고, 오늘은 식탁 다리며, 의자 다리며, 사장님 다리며 모두 아픈 날이었다.

구미의 한 고객님 댁에서 이사 도중 침대가 파손되었다. 이삿짐센터의 실수로 침대 하부 프레임을 떨어뜨렸다고 했다. 문제는 수리가 쉽지 않다는 점이었다.

본사에 부품을 요청했지만 돌아온 답변은 새 상품 구매를 유도하라는 것이었다. 그렇게 처리할 수도 있었지만, 나는 이삿짐센터가 부담해야 할 비용을 조금이라도 줄여 주고 싶었다. 사람 네 명이 하루 종일 뛰어다니며 이사비로 백만 원을 받는데, 침대 하나를 망가뜨렸다는 이유로 백만 원을 물어내야 한다면 얼마나 허탈할까. 전화기 너머로 들려오는 이삿짐센터 사장님의 기운 없는 목소리가 마음에 걸렸다.

본사는 좀처럼 부품을 내주려 하지 않았다. 우리 사장님께도 이 일을 의논했는데 이렇게만 말씀하셨다. "본사가 부품을 안 준다면 어쩔 수 없지 뭐." 나는 승복하지 않고 담당자에게 거듭 매달렸다. "차장님, 다름이 아니라 이사도 정말 열심히 해 놓고 침대 부품 하나 고장 났다고 침대 한 대 값을 전부 물어내야 한다면 너무 힘들지 않겠습니까. 50만 60만 원 하는 침대도 아니고 비싼 침대고요. 업체가 보험도 들어 놓지 못한 상황이라 사정이 정말 딱합니다. 부탁드립니다. 침대 헤더나 사이드 패널은 모두 멀쩡합니다. 하부 패널 부품만 내려 주시면, 나머지는 저희가 알아서 처리하겠습니다." 담당자는 내 간곡한 부탁을 듣더니, 자기 선에서 최대한 노력해 보겠다고 답해 주었다. 새 제품을 유도하는 것은 어렵지 않은 일이나, 나는 그런 식으로 이윤을 창출하고 싶지 않다.

내 돈이 귀하듯, 다른 사람들의 돈도 귀하다. 상술에 치우친 이윤은 이윤도 아니다. 표면적으로 매출액은 올라갈 수 있지만, 보람 없는 일이다.

11월 18일 토요일

오늘은 직원 모두 사장님 생신을 미리 축하하는 자리를 마련하였다. 다음 주는 다 같이 모이기 어려울 것 같아 오늘로 정한 것이다. 생일 케이크의 촛불이 꺼지고 직원들이 준비한 선물과 편지를 받아 들며 사장님은 말씀하셨다. "내가 올해로 가구점 시작한 지 10년째예요. 10년이 되어서 이런 감사한 일도 있나 봐요. 여러분 덕분에 가구몰에서 독립하고, 회사 규모도 커지고. 참 고맙습니다." 사장님이 행복해하는 모습을 보니 내 마음이 참으로 따뜻해졌다. 우리 사랑스러운 귀염둥이 사장님.

오늘은 신입 직원 스마심 님의 첫 출근 날이었다. 나보다 형님인 경기도 출신의 스마트한 분으로, 첫날부터 많은 이야기를 들려주었다. 20대 초반엔 복싱을 했고, 군인이었던 아버지는 지금 지리산에서 수련 중이라 했다. 피트니스센터를 운영하며 큰돈을 벌었고, 모든 것을 정리한 뒤 가구점에서 새출발을 하려는 상황이었다. 다 같이 점심식사를 했는데 그가 이런 말을 했다. "이제 사람 사는 것 같아요. 제가 이제껏 일하던 곳에서는 밥도 다 따로 먹고 다 이기적으로만 모여 있었는데." 그 말을 들으니 녹록치 않은 그의 과거가 느껴졌다.

아직은 더 지켜봐야겠지만, 언젠가 이분에게 매장을 맡기고 다른 지역으로 이동해도 되겠다는 생각이 들었다.

오랜만에 친구 환장이를 만났다. 친구는 슬프고 힘들 때 내 생각이 많이 났다며, 자기 이야기를 들려주었다. 친구는 휴대폰을 팔면서 불법적으로 부당 실적을 올려 큰돈을 벌었다. 그런데 이 일을 공모한 중고 휴대폰 업자가 고스란히 가지고 튀었다. 이 일은 곧 세상에 까발려졌고 친구는 모든 죄를 뒤집어쓰게 되었다. 돈도 잃고 빚만 늘어난 상태에서 친구는 어떻게든 갚아 나가겠다고 자신에게 주어진 청춘을 모두 사용했다고 했다. 돈을 많이 벌 수 있는 일이라면 무엇이든 찾아다녔다. 속된 말로 몸도 팔고 마음도 팔고 불법 도박사이트 운영도 했단다. 그래서 이제 빚은 2천만 원 정도만 남았다고 했다. 나는 이제 그 빚을 다 갚고 양지에서 햇빛 밑에서 일하자고 했다. 하지만 친구는 번아웃이 왔는지 일어설 힘이 나지 않는다고 했다.

친구가 말했다. "예전에는 빚 갚는데 정신 팔려서 공부할 시간도 없었는데 이제는 네 말대로 공부나 좀 해 볼라고. 네가 맨날 내가 하고 싶은 공부하라고 했잖아." 나는 항상 너가 원하는 공부를 해 보라고 잔소리를 했었다. 그게 지금은 아무런 효과가 없는 것 같지만, 나중에는 길이 되고 기회가 된다고.

친구는 또 말했다. "네가 어릴 때부터 존나 빠가인데 갑자기 영어 독학했다고 했잖아. 솔직히 안 믿었거든? 근데 갑자기 해외여행도 다녀오고 호주 워홀도 다녀오고 외국인이랑 같이 일도 하고 영어도 존나 잘 씨부리고 해서 진짜 놀랬다. 또 니 프랑스에서 뭐 꽃도 배웠다매? 그니깐 신기하지." 친구는 계속 이야기했다. "그리고 빠가가 하는 일 보면 존나 연관성 없는 것들의 연속이라고 생각했는데 지금 생각해 보면 다 연관성이 있는 것 같다. 몸도 약한 기 해병대에 갔다왔다고 하제. 외국인 결혼식도 영어, 꽃집에서 일하다가 프랑스 갈 수 있었던 것도 영어, 호주에서 세상 구경한 것도 영어, 이제는 네가 직장 다니면서 대학교 졸업하고. 이제 대학원 가고 싶다고 폼 잡고 있고."

환장이는 정말 똑똑한 친구다. 잘생기고, 건강하고, 키도 크고, 머리도 좋다. 무엇보다 말을 얼마나 잘하는지 모른다. 당연히 여자들에게 인기도 엄청 많다. 그에 비하면 나는 친구 말대로 '빠가'의 수준이다. 멍청하고 느리고 답답하다. 여자들한테 인기도 없다. 오늘의 이야기에 국한해서 그와 나의 달랐던 점은 크게 두 가지라는 생각이 든다. 하나는, 친구는 책을 무시하지만 나는 책을 읽는다. 부족한 스스로를 너무 잘 알기에 책을 가까이한다. 책을 읽지 않았다면, 근시안적으로 세상을 이분법적으로만 판단했을 것이다.

　두 번째는, 친구는 기록과 성찰을 무시하지만 나는 일기를 쓴다. 사람들은 종종 일상에서 막연한 불안감에 휩싸이거나 복잡한 감정으로 괴로워한다. 그 감정 때문에 현명한 판단을 내리지 못하게 된다. 그러나 일기를 쓰면 현상의 원인과 결과에 다가서게 되고, 나 자신이 느낀 감정을 객관적으로 평가할 수 있다. '내가 이걸 걱정하고 있었구나.', '아 오늘의 나는 여기까지였구나.', '아 그렇구나.' 계속적으로 나의 일상을 관조하면서 스스로를 이해하게 되고 상대방을 이해하는 것이다. 더 나아가서는 마음의 흐름을 꿰뚫게 된다.

　굳이 비교를 하자면 그는 여전히 나보다 뛰어나다. 아직 친구에게 나는 빠가일 뿐이다. 하지만 책 읽기를 멈추지 않고, 일기를 멈추지 않는 한 나는 계속 성장한다.

　친구의 이야기를 들으며 참 마음이 아팠다. 그를 잘 이끌어줄 수 있는 스승이 있었다면 어땠을까. 참 다이아몬드 같은 능력을 타고난 환장이인데, 옳은 길을 안내해 주는 선생님이나 스승님이 있었다면 어땠을까… 아무튼 친구가 공부를 시작한다고 했으니 책을 마음껏 살 수 있도록 문화상품권을 선물해 줄 생각이다. 친구와 함께 건강하게 평화롭게 살고 싶다. 다른 사람들처럼 함께 해외여행도 가고, 맛난 것도 많이 먹고 싶다.

11월 23일 목요일

　스마심 님이 일찍 출근해 매장 청소를 하고 있었다. 나도 일찍 나온 상황이었는데, 왜 이렇게 일찍 나왔는지 궁금해서 물어보았다. "사장님이 아침에 함께 명상을 하자고 일찍 나오라고 하셨는데 사장님이 안 나오셨어요." 우리는 깔깔깔 웃었다.

스마심 님은 오늘도 끊임없이 자기 이야기를 털어놓았다. 계속 들어보니 주임님이 스스로 털어놓고 정리하는 과정에 있음을 알았다. 나의 조언이나 충고 따위는 필요하지 않았다. 그냥 들어줄 사람이 필요했던 것이다. 그래서 나는 무념무상으로 마음을 비운 채 계속 들어주었다. 주임님은 자신이 살아온 이야기를 하면서 스스로 반성하고, 스스로 교훈을 찾고, 스스로 깨달았다. 특이하게도 그가 이야기를 시작하면 어떤 무엇도 우리를 방해하지 않았다. 전화도 없었고 손님도 없었다. 일이 바쁘면 들어줄 수도 없었을 것이다.

해 질 무렵, 두 귀가 먹먹했다. 이제 그만 경청을 멈추었다. 나는 스마심 님에게 일기를 써 보라고 권했다. 주임님은 당장 오늘부터 쓰겠다고 했다.

11월 29일 수요일

회식 역사상 처음으로 노래방까지 갔다. 본점 직원들, 백화점 직원들, 퇴사하신 이사님과 직원들, 협력업체팀, 배송팀 등 모두 모이니 시끌벅적한 인원수였다. 각자 서로가 견디고 있는 어려움을 토로했다. "비 맞으며 바지 찢어진 채로 소파를 올려 보셨어요?", "차라리 몸 쓰는 게 낫지. 매출 안 나오면 피가 말라요 피 말라.", "아이고 사장님. 백화점의 살벌한 검사관들 보면 교도소예요, 교도소. 아침저녁으로 와서는 매출이 얼마 찍혔냐고 물어보는데 파리목숨이라니깐요." 조용히 듣고만 있던 내가 말했다. "저는 배송도 하고 AS도 가고 매출에도 쫓기고 백화점에서도 근무하는데요?" 사장님께서 내게 판정승을 내리셨다. "그래 우리 문 대리가 일복이 터졌지." 이사님은 나를 두고 대학교 공부를 하면서 직장까지 다닌 게 보통 인간이 아니라고 하셨다. 우리는 신나게 먹고 마신 뒤 노래방으로 이동했다.

막상 노래방에 오니 다들 노래 예약에 쭈뼛거릴 뿐이었다. 난 부끄러움 많은 경상도 아저씨들에게 찰싹 달라붙어 노래 예약을 받아 내야 했다. 처음에는 다들 꺼려하셨지만, 계속된 나의 요구에 마음속에서만 맴돌던 노래 제목들이 튀어나온다. "존재의 이유", "고래의 꿈", "여인의 밤", "빈잔" 겉으로는 무뚝뚝하지만 속은 여리고 귀여운 아저씨들이다. 이후부터는 굳이 요청하지 않아도 노래가 10개씩 예약되었다. 나는 '뻑이가요'와 '죽일 놈'을 불렀다. 최 기사님은 내 옆에서 계속 브로를 외쳤다. "요 브로! 예스 브로! 문 브로!" 얼마나 많이 웃고 떠들었는지 모른다. 감사한 일이다.

11월 30일 목요일

스마심 님이 첫 계약을 올렸다. 첫 계약으로 천백만 원이라는 매출액이 대단하다. 인재다 인재. 과거 이사님께서 내게 해 주셨듯이, 그의 머리를 쓸어올려 성인식을 치러 주었다.

퇴근 후 친구 고민을 들어주었는데 남자 친구와 헤어질까 고민 중이었다. "남자 친구에게 많이 투자하고 이끌었는데 내가 원하는 만큼 바뀌지 않는 것 같아." 나는 계산기 두드리면서 연애하냐고 물었다. "다들 이렇게 계산하면서 만나. 그게 정상이야."

사랑은 계산이 필요 없다. 그러나 상처를 경험한 사람은, 사랑 앞에서 먼저 손에 계산기를 쥔다. 이 사람과 만나면 내가 잃을 것은 무엇인지, 얻을 수 있는 것은 얼마나 되는지, 지금 이 감정이 나중에 후회로 돌아오지는 않을지 등을 따져 본다. 마음이 움직이기도 전에 머리가 앞서 묻기 시작하는 것이다. 내 생각에, 계산하는 연애는 이기적이어서가 아니다. 오히려 그 반대다. 한 번쯤 너무 깊이 다쳐 본 사람, 진심을 다 줬다가 무너져본 사람이 선택하는 생존 방식 혹은 방어기제인 것이다.

친구는 신중하다. 연락의 빈도, 감정의 깊이, 미래의 가능성까지 하나하나 저울 위에 올려놓고 살아가고 있다. 사랑을 하고 싶지 않아서가 아니라, 사랑 때문에 다시 무너지고 싶지 않아서다.

하지만 계산에는 한계가 있다. 사랑은 손익계산서에 담기지 않는다. 가장 중요한 감정들은 언제나 예상 밖에서 시작되고, 계획 밖에서 깊어진다. 계산의 연애는 안전할 수는 있어도 충만하지는 않다. 다치지 않을 수는 있어도 살아 있다는 느낌은 점점 희미해진다.

12월 11일 월요일

오늘 부장님으로부터 새로운 경상도 사투리를 들었다. "꼬방지다."는 고소하다는 뜻이고, "짜달시리"는 별로라는 뜻이다. 경상도 사투리는 참으로 무궁무진하다.

대구·경북에 살고 있는 대학원 학우들이 우리 가구점에 놀러 왔다. 가구와 미술 작품을 구경하고 함께 맛있는 음식도 먹었다.

학과의 부대표님도 함께 오셨다. 전라도가 고향이신 분으로, 한국전력에서 오랜 시간 근무하며 지사장 자리까지 오르신 분이다. 그의 좌우명은 '불행한 사람은 행복하게, 행복한 사람은 더 행복하게'였다. 참 훌륭한 좌우명을 가슴에 품고 사람들을 만날 때마다 사랑을 전하시는 분이다. 인품이 참으로 훌륭한 어른이시다.

부대표님은 '전기아저씨'라는 유튜브 채널도 운영하고 계신다. 매사 위험하고 어려운 일에 부딪혀야 하는 한국전력 직원들을 지키기 위해 늘 깊이 고민하셨다고 한다. 특히 가장 위험한 작업이 있을 때면 언제나 먼저 나서 솔선수범하셨고, 그래서 부하 직원들의 깊은 존경을 받고 계신다.

그분은 늘 웃으며 사람을 대했지만, 그 웃음 속에는 수많은 위험한 현장을 지나온 사람의 깊이가 있었다. 좋은 어른이 우리 학과의 부대표라는 생각에 기뻤다.

오늘 본점에서 정식 오픈 행사를 가졌다. 유명 화백님의 그림도 가구점에 전시한 대규모 행사였다. 직원들은 11월 말부터 이날을 위해 밤낮으로 고생했다. 본사 사람들과 협력업체, 거래처, 지인들과 고객님들을 초대해 100명 넘는 인원이 모였다. 주차장이 부족해서 애를 먹었다. 사장님의 환영 인사를 시작으로 화백님과 직원들을 소개했다. 이후 방문객들은 뷔페를 즐기며 가구와 그림을 감상했다. 가슴 벅찬 하루였다.

하지만 몇몇 직원들은 추가 수당 없이 강행된 야간작업으로 불만이 가득했다. 그들의 불만은 정당한 것이었다. 변화된 시대에 고등교육을 다 마친 스마트한 직원들에게는 용납될 수 없는 일이었다. 사장님께 솔직하게 말씀드리고 싶어도, 너무 당연하게 생각하시는 부분이어서 입을 닫고 있어야 했다. 앞으로 이런 일이 반복된다면, 우리 가구점은 내부에서부터 무너질 것 이다. 걱정스럽다.

나는 대학원 진학을 위해 1월 초까지만 근무하기로 했다.

사장님과 스마심 님, 실장님과 나는 아침 일찍부터 수련을 시작했다. 날이 갈수록 같이 수련하는 도반들이 많아져서 즐겁다. 우리 모두 호흡이 깊어지고, 눈이 맑아진다. 곧 생각과 감정에 휘둘리지 않게 될 것이다. 원래 오전 10시까지만 수련하려고 했는데 수련생들의 몰입도가 높아 11시가 되어서 끝났다.

수련이 끝나고 농담을 건넸다. "회사에서 수련시켜 주고 밥 먹여주고 추울 때는 따뜻하고, 더울 때는 시원하고. 진짜 젖과 꿀이 흐르는 직장입니다. 그렇지 않나요?"

저녁에는 오라 검사를 받았다. 검사기와 연결된 노트북 화면에 연두색과 파란색, 노란색이 어울린 사진 한 장이 나왔다. 오라 분석가는 내게 하나씩 설명해 주었다. "화가 많았던 사람이었는데 수련으로 인해 정화가 많이 되었어요. 이상과 이념을 추구하고 살아요. 무언가 외로움 때문에 끊임없이 무언가를 해왔는데 다른 사람들이 보기에는 산만해 보이고 또 이해도 못 하죠. 좌뇌보다는 우뇌가 훨씬 발달하였고 아주 논리적이면서 똑똑합니다. 생각이 많다 보니 공상을 할 수도 있는데 이런 것도 필요하죠."

나는 무릎이 안 좋아서 구두를 못 신는다고 털어놓았다. 그녀는 기다렸다는 듯이 말했다. 류마티스 관절염은 수련자들 사이에서 영적인 무언가라고 했다. "도망가지 않고 견뎌 온 삶을 나타내요. 나 자신을 돌보기보다는 항상 주변이 우선이었던 사람이라서 그래요. 이제는 버티지 말고 내려놓으셔도 됩니다." 나는 더 듣고 싶었지만 그들은 말을 아꼈다.

롯데백화점 매장 진열 변경 작업으로 밤 11시에 퇴근할 수 있었다. 일하는 내내 오라 검사 결과가 맴돌았다.

요즘 좋은 일들이 계속된다. 모든 매장에서 매출도 잘 나오고 스마심 님 생일도 오늘 다 같이 축하해 주었다. 나는 무중력의자를 선물하였는데 스마심 주임님이 기뻐해 주었다.

아침부터 내가 큰 계약을 만들었고 곧이어 스마심 주임님도 덩달아 매출을 올렸다. 둘이 합쳐 이천만 원. 주임님은 사장님 칭찬받을 생각에 들떠 있었다. 예전의 나를 보는 것 같았다. 옛날의 나도 계약서를 들고 사장님의 환호와 칭찬을 기대했었다.

오후 즈음에 한 여성분이 매장에 들어와서 가격을 흥정했다. 손님의 태도가 너무 교만하고 예의 없었다. 기어코 실장님께 반말까지 했다. "이 아가씨가 왜 이래 낭창하게 이야기하노. 저리가." 얼마나 당황스러웠는지 모른다. 고객님께 다가가 말씀드렸다. "고객님 반말하시는 것은 아니죠!" 손님은 쌔한 눈치를 남기고는 그냥 돌아나갔다. 그 뒤부터 실장님이 나를 바라보는 눈빛이 달라졌다. 뭔가 '문 대리에게 이런 면이 있네' 하는 눈치다. 매일 웃고만 있는 얼굴이라서, 크게 달라 보였나 보다.

친구 김훈이 곧 스페인 여행을 떠난다고 한다. 같이 가고 싶은 마음이 굴뚝 같았다. 김훈과 필리핀 여행을 떠났을 때 참 행복했는데, 이제 너무 바빠서 친구와 어디 여행 가기가 어렵다.

영화 '신과 함께'를 감상했다. 천륜(天倫)에 대해 궁리하게 된다. 인륜은 사람 사이에서 형성된 질서와 도리를 뜻한다. 천륜은 하늘이 정해 놓은, 인간이 거스를 수 없는 질서이자 도리이다. 천륜은 사람이 태어날 때부터 이미 내재해 있는 질서라고 할 수 있다.

이 말이 맞다면, 내재해 있는 천륜을 어떻게 드러낼 수 있는가? 머리로, 지식으로 표현될 수 있을까? 천륜을 알고자 하면 어떻게 해야 하는가? 내 안의 내게 물어봐야 하나? 아니면 천명(天命)과 순천(順天)을 말하는 동양 고전을 공부해야 하는가? 궁금하고 또 궁금하다.

부장님께서 밤늦게 나를 부르셔서는 말씀하셨다. "문 대리야. 그래도 니가 여기서 많이 노력하고 이루어 냈는데 지금 떠나면 후회하지 않겠나? 이제 편하지 않나?" 나는 편안하고 안락하다고 답했다. 부장님은 그러면 왜 떠나냐고 따져 물으셨다. 나는 더욱 다양한 경험을 하고 싶고, 더욱 성장하고 발전하고 싶다고 답했다.

4장

새로운 흐름으로
2018년 1월

신입 직원과 함께 근무했다. 2018년의 첫날이다. 오늘은 손님이 올까. 매출을 올릴 수 있을까. 신입 직원은 고객이 오면 자신이 응대해 보겠으니 잘 살펴봐 달라고 했다.

마침 손님이 찾아왔다. 1월 1일에 매출 소식을 올리면 가구점의 시작이 참 좋다. 우리는 합심하여 최선을 다했다. 그런데 문제는 고객의 허영심이었다. 외제차를 타고 다니고 명품 가방을 들고 있었지만, 집은 협소하고 오래된 주택이었다. 사실 우리 집도 협소하고 오래된 집이다. 오래된 달동네, 여름에는 덥고 겨울에는 추운 아주 가난한 집이다. 고객이 어디에서 살든 그것은 전혀 중요한 일이 아니다.

문제는 고객이 집에 대해 자세히 설명해 주지 않는다는 점이었다. 가구가 들어가려면 집의 평수나 구조, 거실 분위기, 배송 차량이 들어갈 진입로 등을 확인해야 한다. 그런데 고객은 집 이야기가 나오는 것을 몹시 불편해했다. 결국 정계약까지는 이어지지 못하고 가계약으로 마무리되었다.

사람은 누구나 자신의 부족한 부분을 감추고 싶어 한다. 어떤 사람은 돈으로, 어떤 사람은 말로, 어떤 사람은 겉모습으로 그것을 가린다. 외제차와 명품 가방은 어쩌면 그 사람이 세상에 내보이고 싶은 모습이었을 것이다. 고객의 마음이 충분히 이해된다. 나 역시 크게 다르지 않다. 나도 때로는 남들 앞에서 조금 더 괜찮은 사람처럼 보이고 싶어 가식과 위선을 떨 때가 있으니까. 특히 여자들 앞에서는 똑똑한 척, 강한 척한다. 진짜로.

사람의 허영심은 어쩌면 약점이 아니라, 상처를 가리는 한 겹의 옷 같은 것일지도 모른다. 사람은 있는 그대로의 자신으로 살기보다, 보이고 싶은 모습으로 살아가려 한다. 물론 이런 마음이 절대 비정상은 아니다. 오히려 정상이다.

　아무튼 계약을 성사시키기 위해 나는 어떻게 했어야 했을까. 지금 시간을 되돌릴 수 있다면, 나는 이렇게 했을 것이다. 신입 직원에게는 아내분을 응대하도록 맡기고, 나는 남편을 조용한 곳으로 모셔 실무적인 이야기를 나누었을 것이다. 그랬다면 결과도 달라졌을지 모른다.

　가구는 집으로 들어가지만, 계약은 사람의 마음으로 들어간다. 새해 첫날 정계약이 나오지 않아 무척 아쉽다. 오늘 매출이 나왔더라면 우리 사랑스러운 사장님께서 행복한 미소를 지으며 하회탈춤을 추셨을 텐데. 또 우리 MH 양이 "문 대리님, 당신 좀 대단한 사람이네요."할 텐데.

　아주 오랜만에 군대 후임들과 만나 회포를 풀었다. 에너지드링크를 섞은 예거마이스터를 마시고 있는 내게 한 녀석이 대공포상에서 있었던 일을 이야기해 달라고 했다. 너무 재밌는 이야기라서 다시 듣고 싶다는 것이다. "문 해뱀! 일병 때 돌부처 선임이랑 귀신 본 거 이야기 좀 해 주십시오. 진짜 다시 한 번 소름 느껴 보고 싶습니다."

　'대공포상' 네 글자를 들으니 까맣게 잊고 있던 짙은 안개에 싸인 그때가 떠올랐다. 아무나 겪지 못할 특이한 경험이었다. 이야기가 길어서 나중에 따로 말해 준다고 넘어가려 했으나, 이야기를 모르는 다른 후임들이 모두 듣고 싶어 해서 요약해서 이야기를 해 주었다. 이야기가 끝나자 옥계부탄가스가 고개를 절레절레 흔든다. "지금껏 들은 이야기 중 제일 무섭습니다." 그때의 일을 여기에 옮겨 놓는다.

　내가 일병 시절의 어느 여름, 전라도 돌부처 병장 선임과 새벽녘 대공포상 경계 근무에 들어갔을 때였다. 돌부처면 돌부처지 왜 전라도 돌부처냐. 말도 거의 없고, 감정 표현도 거의 없는 부처 같은 선임이었다. 그런 선임이 한 번 입을 열 때마다 전라도 특유의 구수하고 정감 있는 사투리는 참으로 정겨웠다. "어 아그야. 해부렸냐이.", "웜머. 저그슨 뭔디 저따구로 하것냐이.", "콱~~ 그냥!", "이짝으로? 저짝으로? 이놈? 저놈?", "아따 겁나게 맛있게 생겼는디~ 어찌 그려? 독이라도 들었을깜시?"

부대원 모두 돌부처 선임의 사투리를 즐거워했다. 돌부처 선임과 가까운 기수의 몇몇 해병들은 입이 무거운 부처의 입에서 사투리를 듣고자 무리수를 두는 경우도 있었다.

우리 부대는 포병 부대이니까 아무래도 적 전투기에 취약하다. 그래서 실전이 발발하면 3개의 대공포상이 진지 방어를 위해 운영된다. 1포상이 북쪽 산 중턱에 있고, 2포상과 3포상이 진지의 동쪽과 서쪽에 서 있다. 평상시에는 1포상에서만 경계 근무를 선다.

나는 산 중턱에 위치한 2층 건물 높이의 대공포상이 좋았다. 봄이면 푸른 초원에 핀 각양각색의 꽃들도 좋았고, 흰나비, 연두나비, 호랑나비, 노랑나비의 날갯짓도 좋았다. 여름에는 사방에서 모여든 산새들이 합창 대회와 비행 대회를 열었다. 특히 비 오는 날이면 자연의 향긋한 향기에 힐링을 받았다. 계속 도심에 살다가 자연의 아름다움을 모르고 살았는데, 해병대에 입대해서 자연의 가치를 알게 된 셈이다. 사람들은 도시와 가까운 사령부 근무를 원했지만, 나는 이상하게도 이 고요한 자연 속에서 보내는 시간이 더 마음에 들었다.

그런데 대공포상 근무를 좋아하는 내 모습을 보고 선임 해병들은 어딘가 의아해하는 눈치였다. 대공포상은 산을 한참 타고 올라가야 하는 곳이니, 다들 힘들어서 꺼리는 줄로만 알았다. 그런데 나는 오히려 그곳을 좋아하니 이상하게 보였을지도 모른다 싶었다. 그러나 나는 모르고 있었다. 그곳에는 다른 이유가 있었다. 결코 가벼운 이유가 아니었다.

대공포상 근무에 들어가면 병들끼리의 불문율이 존재했다. 안개가 심한 날에는 무전기를 거의 받지 않는 것이다. 언제부터 이 불문율이 시작되었는지는 모른다. 통신반에서도 안개가 심한 날에는 포상 근무자들을 위해 무전 송신 자체를 꺼렸다.

하루는 돌부처 병장 선임과 새벽녘 대공포상 근무에 투입되었다. 솔직히 기대가 컸다. 병장 선임들은 기수 차이가 많이 나는 이병·일병 후임들을 대개 동생처럼 대해 주었기 때문이다. 혼나기보다는 친한 형과 함께 시간을 보내는 기분에 가까웠다. 무엇보다 돌부처 선임 특유의 구수한 사투리를 들을 수 있다는 점이 좋았다. 묵직한 그와 이런저런 이야기를 나눌 생각을 하니 괜히 마음이 들떴다. 그렇게 설렘을 안고 근무를 준비했다.

새벽 1시 30분. 근무 시간에 맞춰 병기와 랜턴, 모기 기피제를 챙긴 뒤 돌부처 선임과 함께 대공포상을 향해 산을 오르고 있었다. 그런데 이상한 장면이 눈에 들어왔다. 우리가 도착하기도 전에 기존 근무자들이 산을 내려오고 있는 것이 아닌가. 원칙대로라면 포상에서 직접 교대를 해야 한다. 그런데 이미 내려오고 있었다. 기존 근무자는 상병과 일병이었다. 선뜻 이해되지 않는 상황이었다. 나는 돌부처 선임이 당연히 두 사람을 혼낼 거라 생각했다. 상병과 일병이 10미터 전방에 서서 경례했다. 돌부처 선임은 수고했다면서 그 자리에서 실탄통을 인계받았다. 그러고는 한숨을 쉬며 상병에게 뭐라고 했는데 제대로 들리지 않았다. 끝마디만 귓가에 맴돌았다. "오메, 고거사 오늘이여? 환장하것구만."

산 중턱에 오르니 포상이 보였다. 옅은 안개에 싸인 음산한 건축물. 선임은 2층 대공포 거치대에 앉아 단독 무장과 턱끈을 풀었다. 나는 정자세로 사주 경계를 시작했다. 음산한 분위기였지만 우리는 첫사랑 이야기, 단체 미팅 이야기, 소개팅 이야기, 세상에서 가장 예쁜 여자 등을 주제로 수다를 떨었다. 돌부처 선임은 얼굴과 몸매가 예쁘기만 하면 무엇이든 맞춰 살 수 있다고 호언장담했다. 나는 대화가 잘 통하는 여인이 세상에서 가장 예쁘다고 했다.

얼마나 지났을까. 한창 대화에 빠져 있었는데 안개가 점점 짙어지기 시작했다. 산꼭대기를 바라보니 더욱 짙은 안개가 우리 쪽으로 스멀스멀 내려오는 것이 보였다. 달빛에 비친 안개 무리가 내려오는 장면을 본 사람이라면 다들 오싹함을 느낄 것이다. 안개가 이미 끼어 있는데 산에서 더 짙은 안개가 내려오는 모습. 곧 짙은 안개는 우리에게 닿았고, 우리는 안개에 잠겨 버렸다. 영화 '사일런트 힐'의 자욱한 안개 속 한 장면과 같았다.

대공포상은 2층 건물 높이였다. 우리 발밑이 안개로 덮이자 포상 주변 하방 시야도 사라졌다. 주변에 가로등 하나 없는 산 중턱. 간간이 우리를 비추는 달빛이 귀했다. 을씨년스러운 분위기에 긴장이 되기 시작했다. 분위기가 싸해지자 선임은 더 이상 말을 꺼내지 않았다. 신기하게도 귀뚜라미와 여치, 쓰르라미의 울음이 하나둘 잦아들었다. 풀숲을 채우던 풀벌레 소리가 서서히 죽어 갔다. 끝내 아무 소리도 남지 않았다. 고요를 넘어선 적막. 여름밤이 순식간에 겨울밤으로 뒤바뀐 듯했다. 짙은 안개로 시야가 가려지더니, 이번에는 소리까지 사라져서 긴장감은 배를 더했다. 마치 공포가 제 시간에 맞춰 도착한 것처럼.

그래도 나는 괜찮았다. 하늘같은 병장 선임과 함께 있으니까. 아무렇지 않으실 거라 생각하고 돌부처 선임을 쳐다보았다. 그런데 무뚝뚝하기로 유명한 그 얼굴에 긴장한 기색이 역력했다. 병장 선임이 후임에게 긴장한 모습을 보여 주고 싶을까. 선임은 철모를 고쳐 쓰고 단독 무장을 다시 채웠다. 눈빛은 마치 바로 이동해야 하는 군인 같았다.

무슨 일이 있으려나 생각하는데, 갑자기 어디선가 여자 향수 냄새가 나는 것이 아닌가. 여름밤, 산 중턱 대공포상에서 여자 향수 냄새라니. 나는 물었다. "김 장비 해병님, 무슨 냄새 안 나는지 알고 싶습니다." 선임이 되물었다. "뭔 냄새가 나냐? 무슨 냄새?" "지금 나는 냄새 안 나는지 알고 싶습니다. 여자 향수 냄새 같습니다." 선임은 아무 말이 없었다. 미세하게 흔들리는 눈빛이 보였다. 아무래도 이상했다.

예초 작업이 더딘 곳이라 대공포상 근처는 키가 큰 풀들로 가득했다. 그런 곳에 돌을 던지면 풀들이 먼저 눕는 소리가 나고, 나중에 돌이 땅에 부딪치는 소리가 난다. '추루루 두. 추루루루 두둑.' 저 멀리서 누가 돌을 던지는 것이 아닌가. 처음에는 멀리서 던지더니, 몇 분 후에는 조금 더 가까운 곳에서 소리가 들렸다. 선임과 나는 얼어붙었다. 선임은 굳게 닫힌 입을 열었다. "어매어매야. 소름 끼친디야. 더 가까이 오면 암구호 날리자잉."

암구호를 날린다는 것은 실탄을 준비하라는 뜻이다. 탄약함 열쇠는 각각 초장과 초병 두 명의 목걸이에 달려 있다. 나는 내 열쇠를 탄약함에 꽂았다. 그리고 선임에게 열쇠를 받으러 가는데, 병장 선임이 오른손을 쥐락펴락하고 있었다. 돌부처 선임이 얼마나 긴장했는지 알 수 있었다. 나는 무슨 일이 나겠거니 생각하며 침을 삼켰다.

곧 탄약함을 열어 실탄 탄창을 꺼냈다. 병장 선임에게 탄창을 건네고, 나 역시 병기에 실탄을 장전했다. 그러나 탄창을 끼우는 순간에도 안개

속 풀밭에서 들려오는 돌 떨어지는 소리는 멈추지 않았다. 아무것도 보이지 않고 소리만 들리는 상황은 사람을 미치게 만들었다. 보통 이런 경우라면 병장 선임이 무전기로 상황반과 당직 사관에게 즉시 보고해야 한다. 하지만 선임은 무전기를 들지 않았다. 대신 시선을 안개 속 어딘가에 고정한 채 미동도 하지 않았다.

소리는 점점 가까워졌다. 이제는 10미터 남짓한 거리였다. 그때 선임이 나를 바라보았다. 말은 없었지만, 그 눈빛은 분명했다. 암구호를 날리라는 신호였다. 선임은 소리가 나는 방향으로 랜턴을 비추었고, 나는 포상 벽에 K2 소총을 거치한 채 사격 준비 자세를 취했다. 그리고 외쳤다. "멈춰! 움직이면 쏜다! 태양열!" 당시 암구호는 태양열이었다. 암구호를 던졌는데 저쪽에서 암구호를 답하지 않으면 우리는 실탄 사격이 가능하다.

우리의 외침에 아무런 반응이 없었다. 앞은 보이지 않고 심장은 쿵쾅거렸다. 등과 이마에서 식은땀이 흘러내렸다. 실탄을 쏠 생각으로 방아쇠 안전 모드를 풀고 단발 사격으로 바꾸는 순간, '띠디딕, 띠디딕.' 무전기가 울렸다. 타이밍이 아주 절묘했다. 선임은 무전기를 바라보았고, 나는 여전히 전방을 주시 중이었다. 선임은 무슨 이유에서인지 무전기를 받을지 말지 고민하는 눈치였다. 지금 무슨 상황이 벌어지고 있는지 감도 안 잡힌다.

선임은 이내 결심한 듯 걸쭉한 욕을 내뱉으며 무전기를 들었다. 3초 정도 들고 있더니 이내 아무 말도 없이 끊어 버렸다. 병장 선임은 랜턴의 등을 황색과 적색으로 번갈아 가며 주변을 비추었다. 무전기에서 어떤 소리가 들렸는지 궁금했다. 선임이 말하길, 3초 동안 이상한 소리가 들렸는데, 그 소리는 바로 우리가 여기서 듣고 있는 돌 던지는 소리와 같았다.

소름이 심해져 온몸의 살갗이 오그라들었다. 무시무시한 포항 겨울바다 칼바람에도 이렇게 오그라들지는 않았는데, 평생 이런 감각은 처음이었다. 피부가 오돌토돌해져 전투복 안의 내의가 피부에 닿는 느낌까지 생생했다. 너무 무서웠지만 자리를 피할 수는 없었다. 우리는 군인이기에.

그때 갑자기 전 근무자였던 상병과 일병이 대공포상을 먼저 내려간 일이 떠올랐다. 포상에 안개가 끼는 것 같으니까 먼저 이동했구나. 너무 무서운 상황에서 마음속으로 기도를 드렸다. '하늘님 살려 주십시오. 부처님, 공자님 도와주십시오. 조상님 지켜 주십시오.' 다행스럽게도 돌 떨어지는 소리는 더 이상 나지 않았다.

선임은 내 병기의 총구를 바닥으로 내리더니 담배를 한 대 피우고 이동하자고 했다. 나는 물었다. "어디로 가는지 알고 싶습니다." 선임은 대공포상 1층으로 내려가자고 했다. 나는 솔직히 막사로 철수할 것을 기대했기에 아쉬움이 컸다. 우리는 포상 벽에 붙어 담배를 진하게 태우고 짐을 챙겨 신속하게 내려갔다.

계단을 밟는데 짙은 안개 때문에 내 발이 보이지 않았다. 선임을 따라 자욱한 1층에 들어섰다. 1층은 녹슨 번호 자물쇠가 걸려 있었지만 잠겨 있지는 않았다. 1층에는 벤치라고 부르기에도 우스운 모양의 가로로 길쭉한 나무 의자 두 개가 양쪽 벽에 붙어 있었고, 중앙에는 낡아 빠진 나무 탁자 하나가 있었다. 선임이 의자에 앉고 나는 입구 쪽을 향해 사주 경계를 했다. 선임은 내게 서 있지 말고 의자에 앉으라고 했다. "감사히 앉겠습니다." 인사를 드리고 자리에 앉았다.

어느새 우리를 따라 내려온 짙은 안개 때문에 1층 내부는 제대로 보이지 않았다. 공간을 밝히는 것은 선임의 랜턴과 내 랜턴뿐이었다. 하지만 내 랜턴은 빛이 약하여, 있으나 마나 한 수준이었다. 선임 랜턴은 입구 쪽을 비추었고, 내 랜턴은 천장을 향하게 두었다. 그럼에도 우리는 서로의 얼굴조차 식별할 수 없었다.

선임이 물었다. "무슨 생각 허냐?" "똑바로 하겠습니다." '똑바로 하겠습니다'라는 말은 여러 가지 의미를 지니고 있다. 선임은 철모를 내려놓으며 다시 물었다. "너 밖에 있는 저게 뭐라고 생각 허냐?" 난 무서운 분위기를 빠져나가기 위해 장난스레 답했다. "고라니 같습니다." 선임이 코웃음을 쳤다. "거짓말하지 말고."

다시 솔직하게 답했다. "귀신 같습니다." "왜?" "귀신은 신출귀몰하다고 했습니다. 풀숲에 돌 던지는 소리가 저 멀리서 났는데, 그게 아무 소리도 내지 않고 저희 쪽으로 접근했다는 게 이해되지 않습니다." "그럼 우째야?" "알아보겠습니다."

선임은 잠시 뜸을 들이더니 옛날에 여기서 겪은 이야길 해 주었다. 자기는 이런 일이 대공포상에서 세 번째라고 했다. "내가 후달릴 때 선임들이 뭘 보더라도 무조건 못 본 척하라고, 무시하라고 해서 알겠다고 했지. 그런데 진짜 여자 샴푸 냄새 비스무리한 게 나더니 대공포상 계단으로 여자 귀신이 올라오는 거여. 아니, 날아온 거지. 다리도 없이 스윽."

돌부처 선임은 너무 선명하게 봐서 트라우마가 엄청나다고 했다. 그 귀신을 뚫어지게 쳐다봤는데, 스스로의 생각으로는 자신과 귀신이 꽤 오랜 시간 눈을 맞춘 것 같다고 덧붙였다. 내가 물었다. "김장비 해병님. 그래서 어떻게 되셨는지 알고 싶습니다?" "우째긴 우째야. 선임들이 무시하라고 했으니 무시했제. 근데 눈은 안 떨어지더라." "혹시… 어떻게 생겼는지 알고 싶습니다." "고것이 참말로 희한한 노릇이여. 분명 얼굴을 봤는데 얼굴이 기억이 안 나부러."

안 그래도 오싹한 분위기인데 그런 이야기를 들으니 더 무서웠다. 공포에 잠식되어 버리는 느낌이었다. 근무시간이 얼마나 남았나. 언제 끝나나 이 생각만 가득했다.

이제 선임이 담배를 태우려 담뱃갑과 라이터를 꺼냈다. 그리곤 담배를 입에 문 채 라이터를 켰다. 아주 짧은 순간, 작은 불꽃이 1층 내부를 스치듯 밝혔다. 환하게 보인 것은 아니었다. 그러나 그 잠깐의 빛으로도 1층에 무엇이 놓여 있는지는 충분히 확인할 수 있었다.

그 순간 우리 눈에 들어온 것은 나무 탁자 아래 웅크리고 앉아 있는 한 여자였다. 나와 선임은 동시에 숨이 멎었다. 그리고는 거의 본능적으로 비명을 질렀다. "우워워우어웡워워!"

선임은 어쩐지 모르겠고 나는 그게 눈에 들어오자마자 두 다리가 쫘악 벌어졌다. 완전 쩍벌로. 귀신이랑 완전 떨어져야 한다는 몸의 본능적인 반응 같았다. 그리고 눈이 터질듯이 커졌다. 정말 번개처럼 선임이 1층을 박차 뛰쳐나갔다. 나도 탄약함을 챙겨 따라 나갔다. 둘이 힘차게 뛰어가는데 2층 포상에 있는 무전기가 계속 울렸다. '띠디딕 띠디딕 띠디딕'

선임은 미친 듯이 빨랐다. 안개 속에서 몇 걸음만 떨어져도 보이지 않았다. 선임을 놓치면 나는 끝이라는 생각으로 죽을힘을 다해 뛰었다. 디비지게 뛰어서 선임을 놓치지 않았다. 곧 포상이 보이지 않을 정도의 거리에서 멈춰 섰다. 우린 숨을 헉헉 몰아쉬며 주저앉았다.

때마침 근무교대자가 올라와서 랜턴 신호를 쏘았다. 돌부처 선임은 교대자들에게 자신이 당직반에 이야기할 테니, 대공포상에 가지 말고 여기에 있으라고 했다. 돌부처 선임과 나는 그렇게 산을 내려왔다.

이후 돌부처 선임은 나의 근무를 다 주간으로 돌려주었다. 대공포상 근무 자체는 뺄 수 없었지만, 낮에만 들어가도록 배려해 주신 것이다.

돌부처 선임의 전역이 코앞에 다가왔다. 나를 불러 그때 일을 꺼냈다. "아주 잠깐이었지만… 고거슨 나를 보는 듯했는데?" "똑바로 하겠습니다…" "아그야. 선임은 또 얼굴을 봤디야. 근디 희한하지. 또 고년의 얼굴이 기억이 안나부러잉." 그 말을 들으니 다시 무서웠다. 동시에 그것의 정체가 무엇인지 궁금했다.

탁자 밑에 여자가 있었던 건 분명했다. 선임과 내가 동시에 보았다. 내가 본 그 귀신의 모습은… 너무 순식간에 벌어진 일이라서 정확하지 않겠지만, 탁자 밑에 앉아서는 입구 쪽을 바라보고 있었다. 머리숱이 많았고, 머리카락이 상체를 다 가릴 정도로 길었던 것 같다. 쪼그려 앉아 팔로 무릎을 감싼 듯한 느낌이었는데, 확실치는 않지만 창백한 어깨와 야윈 팔을 본 것 같다.

선임은 전역하기 전 부대 간부와 함께 대공포상에 올라갔다. 행정관은 돌부처 선임의 말에 되게 귀를 잘 기울이는 편이었다. 선임은 무슨 말을 했을까. 북쪽 대공포상 근무지는 폐쇄가 되고, 동쪽 대공포상이 근무지로 추가되었다. 부대원 모두 그 소식을 반겼다.

많은 시간이 지나 나는 병장을 달았다. 전역할 때 즈음에는 간부들과 술자리를 가지기도 한다. 사관과 행정관님과 함께 맥주를 마실 수 있는 기회를 가졌다. 나는 그때 이야길 꺼냈다. "행정관님. 그때 대공포상에서 죽을 뻔했습니다. 진짜 오줌 지렸습니다." 그랬더니 행정관은 이미 돌부처한테 들었다고 했다. "돌부처가 그러더라. 여기 그대로 두면 진짜 큰일 난다고. 그땐 사람이 죽을 수도 있다고." 그래서 근무지가 변경된 것이었다.

행정관은 돌부처와 나는 진짜 해병이 아니라고. 귀신 잡는 해병이 아니라며 빨간 명찰을 떼라고 핀잔을 주었다. 사관은 새로 부임한 지 얼마 안되어서 행정관에게 더 이야기를 해 달라고 졸랐다. 행정관은 굉장히 난처해하면서도 조금씩 이야기해 주었다.

나는 이 일을 결코 잊을 수 없다. 세상에 분명히 귀신이 존재한다는 것을 믿게 해 준 사건이었다. 이 이야기를 몇몇 동기들과 후임들에게 해 주었다. 다들 나와 같이 비슷한 경험을 했다고 한다. 하지만 도브비누 귀신을 직접 두 눈으로 확인한 것은 돌부처 선임과 나뿐이었다. 우리는 그 귀신을 도브비누라고 불렀다. 향기는 좋았다.

우연히 문제가 있던 대공포상 건물은 2016년 즈음에 철거가 되었다는 소식을 들었다. 이렇게 글을 쓰다 보니 돌부처 선임이 보고 싶다. 선임과 함께 이 이야기를 다시 나누면 어떨까.

1월 5일 금요일

동네 고물상 입구에 책들이 산처럼 쌓여 있었다. 본능적으로 다가가 책들을 하나하나 살펴보았다. 한국고전문학전집과 논술한국대표문학전집이었다. '인현왕후전', '계축일기' 등 흥미로운 이야기들이 가득했다.

사장님께 이 책들을 판매하는지 여쭈어 보니 싸게 가져가라고 하셨다. 책 같은 경우는 고물상 앞에 두면 사람들이 종종 사 가기도 한다고 했다. 전부 사 가고 싶었지만 집이 좁아 다 살 수는 없었다. 게다가 책장에는 아직 읽지 못한 새 책들도 많았다. 그래서 이 책들 가운데 절반 정도만 가져가겠다고 하니 만 오천 원만 주면 된다고 하셨다. 참 감사한 일이다.

집으로 돌아와 저녁식사를 후딱 해치우고는 '인현왕후전'을 읽었다. 영화 '김복남 살인사건의 전말'을 보고 흘렸던 눈물만큼이나 눈물을 쏟았다.
나는 웃음도 많지만 눈물도 참 많다. 큰일이다. 특히 어진 왕후를 보호하
기 위해 목숨을 걸고 충언을 하였던 신하의 말에서 가슴이 뜨거워졌다.

"전하! 마음을 깊이 생각하여 보소서. 아비가 아무 죄 없는 어미를 내치
려 하오면 그 자식이 어이 죽도록 간치 아니하리이까? 생각하기 어렵지
않은 일이거든 어찌하여 전하께서는 그리 생각지 아니하시나이까?"

"신을 죽이고자 하오면 바로 내어 베실 것이지 억지로 자백을 구하려고
하시나이까? 신이 보오니 전하께서 지나치게 기운을 쓰시어 밤이 새도록
격노하시오니, 예사 성만 내셔도 기운이 손상하는 것이온데 옥체 상하시
는가 염려되옵나이다. 아무리 자백을 받으려고 해도 신의 마음이 임군을
속여 거짓 자백은 못 드리겠나이다."

"신이 죽어 지하에 간들 형벌 못 견디어 거짓 자백하온 귀신이 되어 무
리에서 홀로 떠돌게 되면 어이 부끄럽지 아니하겠나이까? 신의 어미 나이
일흔이 넘삽고 생부 나이 예순하나이오니 오늘 다시 보지 못하고 죽으면
그 정세 망극하겠거니와, 오늘날 죽기를 정하와 벌써 나라에 몸을 맡겼으
니 어찌 사사로운 정을 돌아보리이까? 죽이시겠거든 빨리하소서. 다만 신
은 죽어도 옳은 귀신이 될 것이오니 한이 없사오리다."

천안으로 올라가면 여유 시간이 생길 것이다. 그때 오늘 사 온 책들을
하나씩 읽어 볼 생각이다.

1월 10일 수요일

가구점에서의 마지막 근무. 사장님은 내게 마지막으로 판매 비법들과
노하우 전부를 직원들에게 전수하라고 하셨다. 녹음기가 작동되었고, 계

산기와 계약서, 줄자가 테이블 위에 놓여졌다. 스마심 주임님과 초이 실장님을 신혼부부로 설정하고 응대했다. 사장님은 주임님에게 아주 까탈스럽고 응대하기 어려운 고객으로 연기해 달라고 요청했는데, 아무리 시연이고 연기라지만 그 덕분에 아주 고단하였다.

우리 직원들 모두 가구나 소재, 원목의 특성과 장점들을 잘 공부하고 있다. 하지만 그 내용을 어떻게 고객에게 맞춰 설명할 수 있는가가 고급 가구 판매의 핵심이다. 우리 브랜드는 쿠션 하나도 10만 원 이하 가격이 없다. 고급이다. 그래서 응대와 상담에 철저해야 한다. 어떤 고객은 우리 말을 믿지 않을 것이고, 어떤 고객은 100만 원 넘게 할인해 주어야 구매할 거라고 한다. 어떤 고객은 판매원의 인내심을 시험하며 쥐락펴락할 것이다. 또 어떤 이는 마음은 있으나 확실하게 결정하지 못할 것이다. 이런 모든 유형을 파악하여, 고객 유형에 맞는 응대와 오사마리가 중요하다. 강아지가 되어야 할 때는 강아지가, 늑대가 되어야 할 때는 늑대가 되어야 한다.

퇴근 후 고급 레스토랑에서 '문 대리' 송별회가 열렸다. 2년이 조금 넘는 시간, 바삐 달려온 날들이었다. 가구점 일은 내가 해야 할 일이었고, 좋아하는 일이었으며, 또 잘할 수 있는 일이었다는 생각이 든다.

동료들은 새로운 도전을 시작하는 나를 진심으로 응원해 주었다. 대학원에서 뜻하는 바를 이루라며, 원하는 길을 끝까지 가 보라며 따뜻한 축복을 건넸다. 한 사람 한 사람과 포옹을 나누는 순간, 가슴이 뭉클하게 차올랐다. 그동안 함께 울고 웃었던 시간들이 짧은 장면처럼 스쳐 지나갔다.

무엇보다 사장님께 감사의 편지를 전해 드렸다. 사장님은 내게 월급을 주신 분이기 전에, 일을 가르쳐 주신 분이었고 수련을 지도해 주신 분이셨다. 때로는 교훈으로, 때로는 꾸중으로 나의 자만과 어리석음을 깨우쳐 주신 분이기도 했다.

나를 믿고 큰일을 맡겨 주셨던 사장님이 계셨기에 나는 크게 성장할 수 있었다. 우리 홍익인간 사장님은 내 인생의 귀인이자 스승님이다. 그 사실은 변하지 않는다. 우리 가구점은 내게 이화세계와 같은 직장이었다. 나는 매일 일터에서 세상을 조금씩 배웠다. 이곳에서 사랑을 배웠고, 어느 정도의 삶의 이치와 관용, 자비를 깨쳤다.

사장님과 함께한 날들을 떠올리면 서로가 웃는 모습이다. 원래 내가 웃음이 많은 사람이지만, 사장님이라서 더욱 웃었다. 나중에 어렵고 힘든 일이 있으면, 사장님과의 추억을 떠올려야겠다. 사장님은 완벽하지 않아 더 인간적이고, 허당끼가 있어 더 사랑스러우며, 말은 세지만 정은 누구보다 깊다. 덕분에 직장에 웃음이 끊이질 않았다. 사장님은 시트콤 주인공으로 딱이다. 회의 땐 카리스마 폭발이지만, 퇴근길엔 슬리퍼 끌고 편의점 간다. 직원들에게 "정신 차려!"라고 외치고는, 정작 자기 휴대폰을 매장에 두고 퇴근한다. "지금 이게 매출이야?!"라고 윽박지르지만, 곧 "근데… 오늘 점심은 내가 쏠게."라고 한다. 여기에서 소중한 인연을 만나 즐겁게 근무했다. 참 하늘님께 감사하다.

레스토랑을 나오는데 직원들로부터 받은 선물로 양손에 짐이 한가득이었다. 사랑하는 사람들과의 이별은 너무 아쉽고 슬픈 일이다. 언젠가 다른 분야에서 실력자가 되어, 우리 가구점에 힘이 되는 사람이 되겠다.

홍익인간 일기 2

ⓒ 문현진, 2026

초판 1쇄 발행 2026년 3월 31일

지은이　문현진
펴낸이　이기봉
편집　좋은땅 편집팀
펴낸곳　도서출판 좋은땅
주소　서울특별시 마포구 양화로12길 26 지월드빌딩 (서교동 395-7)
전화　02)374-8616~7
팩스　02)374-8614
이메일　gworldbook@naver.com
홈페이지　www.g-world.co.kr

ISBN　979-11-388-5847-2 (03810)